KB274940

기 문학론을 중심으로

한승옥

지식과교양

　이 책은 현대문학도의 시각으로 본 전통문예비평론이다. 한국 문예비평론은 고전과 현대가 엄격하게 구분되어 있다. 고전비평은 동양의 전통에 뿌리를 둔 반면 현대비평은 서구의 비평이론에 젖줄을 대고 있다. 현대문학을 연구하는 필자도 당연히 모든 이론을 서구의 석학들의 이론이나 문예비평 방법을 차용하여 우리 작품을 분석하고 해석하여 그 실체를 규명하려 노력하였다.

　서구의 이론은 현란하다. 새로운 이론이 나오거나 유행을 타는 비평론이 등장하면 정신없이 그를 따라가야 했다. 작품을 꼼꼼히 읽고 그 심층을 탐구하는 것보다 이론을 익히고 그것을 적용하는 것이 급선무였다. 여기에는 반드시 시행착오가 따르게 마련이다. 그뿐 아니라 완전히 숙지하지 못했거나 설익은 이론으로 우리 작품을 분석하자니 견강부회나 오독이 많았다. 뿌리가 없는 문학연구였다. 우리의 뿌리를 찾고 그에서 싹을 틔우는 일이 무엇보다도 필요했다.

　그러나 이 문제 결코 단순하거나 용이한 일이 아니었다. 특히 현대

문학도의 입장에서는 더욱 그러했다. 고전문학 영역에서는 비평론이나 시론이 활발히 논의되고 있으나 이것은 강 건너 불빛이나 다름없었다. 강 저편과 이편은 완전히 딴 세상이기 때문이다. 양안은 딴 세계가 아니라 같은 한민족의 영토다. 이제는 다리가 필요할 때다. 물론 지금까지 이러한 노력이 전무 했다는 이야기는 아니다. 그러나 미흡했던 것 또한 부인할 수 없는 사실이다. 다리는 양편에서 함께 건설해야 한다.

다리를 건설하여 양안을 하나의 영토로 연결시키는 작업이 이루어지면 그 다음 단계로 이 이론이 세계화되어야 한다. 이를 위해 필자가 선택한 화두는 원래 '자연'이었다. 자연은 동서양을 막론하고 문예론의 중심화두다. 서구 문예이론의 전범이라 할 수 있는 아리스토텔레스의 시학은 물론 동양의 전통적 문예론도 자연을 바탕으로 하지 않고는 성립될 수 없는 것이 사실이다. 이 화두는 지금도 변함없다. 모든 이론은 이 속에 숨어 있다. 문제는 이 근원적인 화두를 어떻게 풀어내느냐의 문제다. 자연은 본질적으로 동서양의 구분이 없다. 다만 그 접근 방법이 다를 뿐이다. 우리는 우리 방법대로 접근해야 한다. 만일 그것이 타당하다면 어떤 서양 이론도 그 이론 안에 포용될 것이다.

필자가 화두로 삼은 '氣'도 이런 맥락에서 채택된 논리였다. '자연'이란 개념은 그 자체로 너무나 방대하고 추상적인 개념이다. 문예론에 쓸려면 이것이 보다 구체화되어야 한다. 또한 우리 전통 문예론이 구체화된 개념 안에 하나로 통합되어야 한다. 더 나아가서는 현재의 문예 상황에 그것이 적절히 대응되어야 한다. 이를 위해 필자가 시도한 것이 자연에서 태극으로, 태극에서 음양으로 분화시키며 그 접점을 찾는 것이었다. 동양의 철학적 사유는 물론 우리에게 전통적으로 통용되었던 가장 보편적이고 타당한 철학적 사유를 찾는 것이 필요했다. 물론 이 사유 체계는 자연이 보다 명징하게 규명될 수 있는 어떤 것이야 했다.

우리 사유 체계에서 자연, 곧 우주의 철리를 명징하게 규명한 이론은 이기철학이다. 이기철학은 우리 철학사상사에서 항상 논의의 중심을 차지해 왔다. 현대에 와서는 서양 철학이 팽배하여 그 위력이 약화되었지만 근본 진리 면에서는 서양사상에 조금도 뒤지는 사유체계다. 이기철학을 중심으로 사물을 보면 사물이 명징하게 보인다. 그런데 문제는 문학에의 적용이었다. 문학은 현실적 집적물이고 창작물이다. 현실에 뿌리를 둔 특수한 제도다. 관념만 있어서는 공허한 집적물이 된다. 현실적으로 육체가 있는 생명체로 존재해야 한다. 하여 필자가 택한 것이 '氣'를 중심으로 한 문예론이다.

氣論은 현실성이 강한 철학이다. 문예론도 기론을 중심으로 하면 현실성 있는 이론이 될 수 있다. 본 저서에서는 기론에서 한발 더 나아가 '氣文學論'이란 명제를 선택하였다. 기문학론이란 용어는 아직까지 공용화된 용어가 아니다. 필자의 자의적인 명명이다. 만약 필자가 고전문학을 전공했다면 감히 붙이지 못했을 이름이었을 것이다. 현대문학도이기에 무식함을 무릅쓰고 이름을 붙인 것이다. 앞으로 제현의 질정이 있으리라 믿는다.

필자가 기문학론을 정리하고 현대문학에 이를 적용하면서 느낀 것은 독창적이고 개성적인 작품을 창조하고 나름대로의 독특한 문예론을 전개한 문인들은 대부분 氣가 강한 사람들이었다는 점이다. 이들은 당대의 고루한 관습이나 고정관념에 사로잡히지 않고 현실의 질곡을 뚫고 자연의 본질을 발견하고 이를 용기 있고 과감하게 설파한 사람들이었다. 理를 중시한 사람들이 관념에 얽매어 있을 때, 氣를 중시한 문인들은 현실을 직시하고 현실 속에서 진리를 발견하고 그를 과감하게 만천하에 설파한 기가 센 문인들이었다. 이들은 호연지기를 실천하고 호방하고 강건한 정신력으로 현실의 질곡을 바로잡아 나갔다. 또한 체험을 중시하고 공허한 공리공론은 사갈시 하였다.

이 책에서는 먼저 기의 개념을 정리하고, 다음으로 고려와 조선조의 문인들 중 기를 중시한 문인들을 선택하여 그들의 문예론적 특성을 살폈다. 이를 중심으로 기문학론의 요체를 추출하여 기문학론의 미학적 범주를 규정하였다. 물론 이 작업은 현대문학을 위한 것이다. 이론이 아무리 훌륭하고 전통에 뿌리 내리고 있다하여도 그것을 현대문학에 적용할 수 없다면 그 이론은 헛된 것이 되고 만다. 이를 위해 시론적으로 서구의 현대 문예비평이론을 기문예론으로 점검해 보았다. 이 작업은 앞으로 더욱 구체적이고 세밀한 천착이 필요한 부분이다. 여기서는 그 가능성만을 점검하였다. 그런 연후에 몇몇 작가의 현대문학작품을 기문학론적 관점에서 분석하였다. 이 작업도 앞으로 계속 이어져 나갈 것이다. 이렇게 하여 기를 중시한 문인들이 드러나 그 계보가 설정되면 우리 문학사도 자연스럽게 재편되리라 생각된다. 필자의 소견으로는 기를 중시한 문인들의 작품이 문학사의 중심에 설 것이라 확신한다. 개성과 창의력, 힘과 창조력을 바탕으로 작품을 창작하여 그것이 독자와 감동으로 교감할 때 그 작품은 영원한 생명을 지닐 것이다. 그 위대성은 영원히 빛날 것이다. 이 책은 그 첫 시도에 불과하다. 앞으로 많은 논의와 천착이 이루어져 이 이론이 보다 견고해질 때 우리 문학론의 맥이 살아남은 물론 서구의 이론을 능가하는 우리의 전통문예론이 세계에 우뚝 설 때가 오리라 믿는다.

　이 책이 만들어지기까지 오랜 진통이 있었다. 기를 화두로 잡아 작업을 진행한지는 20여년이 지나고 있다. 그러나 결과물은 너무 보잘것 없기에 부끄럽기 한량없다. 그럼에도 불구하고 세상에 빛을 보게 된 것은 〈지식과 교양〉 윤석원 사장님의 절대적인 은덕이다. 이 자리를 빌려 감사의 마음을 전한다. 또한 전문가적 안목으로 정성껏 좋은 책을 만들어 주신 윤예미 편집자에게도 이 자리를 빌려 고마움을 전한다.

2010년 9월 초가을에
덕평 우거에서 한승옥 씀.

목차

일러두기

- 4단원과 5단원 인용문의 한문 원문을 미주로 처리하여 책 말미에 첨부하였다.
  각주 번호와 혼동되는 부분을 막기 위해 미주번호 앞에는 한자 ‘文’을 삽입하였다.

1

서론

한국 전통문예론 연구

한국 현대문학연구 방법론은 다분히 이질적인 서구의 이론체계를 이식 접목하면서 발전하여 왔다. 이러한 현상은 급격한 서구 문화 수용 과정에서 그간의 전통이 붕괴되고 신구시대의 단절이 야기된 동양 여러 나라에서 공통적으로 발견되는 현상이다. 이는 마치 어울리지 않는 남의 옷을 걸치고 다니는 것과 같다. 어딘지 어색하고 부자연스러울 수밖에 없다. 무엇보다 우리의 주체적 사유체계와 정체성이 간과되거나 무시된 것이 가장 큰 문제점이라 하겠다. 그 이론적 정합성조차도 의심받을 수밖에 없다. 문학은 본질적으로 정신적 창조물이다. 따라서 서구와 대비되는 동양적 고유정신의 발견과 민족 고유의 사상체계의 정립은 우리에게 부여된 가장 절실한 과제이며 필연적 사명이라 하겠다.

문학은 우리가 몸담고 있는 시대나 삶의 현장과 밀접하게 상호 교류하면서 생명력을 지속시켜 온 특수한 제도다. 그것은 어떠한 형태로든 당대 사회현실을 반영하기 마련이다. 우리의 삶의 모습이 서구적이면 문학의 모습도 그에 따를 수밖에 없다. 문학이 서구화 되어가는 것은 우리의 삶의 현장이 서구화되어 가고 있음을 뜻한다. 생활의 서구화는 이제 '우리의 것'이 무엇인지조차 분명히 내놓고 이야기할 수 없을 정도에까지 이르렀다. 학계에서 나름대로 전통을 찾고자 하는 노력이 역사, 문화, 사회 등 여러 방면에서 활발히 이루어지고 있는 것이 그나마 다행이라면 이행이라 하겠다.

지금까지 문학 영역에서 전개되어온 전통계승론은 어디까지나 한국문학의 연속성을 입증하고자 하는 것이었다. 이에 따라 학계의 관심은 고전문학과 현대문학의 문학적 연계성을 확보하는 데 초점이 맞추어져 왔다. 이를 위해서는 한국적 정서, 서민의식, 민중의식 등 정신사적 연계성의 규명이 필수적이었다. 또한 근대문학 형성이 결코 서구문학의 일방적 영향에 의한 것이 아니라 자생적 힘이 바탕이 되었음을 규명하는 일도 우리에게 부여된 중요한 임무 중의 하나였다.

그러나 이러한 전통 논의가 문학연구 내지 '문학읽기'라는 구체적 차원으로 내려오면 다분히 당위론적인 명제 수준에 머무는 것이 대부분이었다. 뿐만 아니라 우리의 전통 회복을 중심과제로 삼는 많은 논의들조차, 자신도 모르게 서구적 안목, 서구적 기준에 따라 이를 재단해버리는 모순에 빠지기 일쑤였다. 이는 지금까지 논의되어 온 기존 방식의 문학론만으로는 한국문학의 진정한 모습이나 정신을 읽어내고 이에 대한 심화 발전된 논의를 전개시키는 데는 한계가 있음을 암시한다. 앞에서 언급한 그런 문제점들은 단순히 전통을 회복하자는 당위적 명제의 확인만으로 해결될 성질의 것이 아니기 때문이다. 어설프게 뿌리내리기 시작한 서구의 근대 개념이 한국문학을 고전문학과 현대문학으로 양분시켰다. 좀체 허물 수 없는 높은 벽을 쌓아놓았다. 한국 문학의 맥을 끊어 놓은 것이다. 이제는 한국문학의 연속성 회복이라는 문제 차원을 넘어서서 문학 본질 자체의 심각한 왜곡까지도 초래할 가능성을 안게 되었다.

본 연구의 필요성은 여기에서 제기된다. 본 연구는 기왕의 서구 이론 일변도의 문학론만으로 한국문학의 정체성을 완전히 해명하기 어렵다는 인식에서 출발한다. 이를 수정·보완하거나 새롭게 대체할 수 있는 대안적 방법론이 모색되어야 한다. 이렇게 할 때만이 서구 일변도의 문학연구방법론이 범할 수 있는 오류를 차단하고 온전히 우리의 '세계'를 읽을 수 있고 설명할 수 있는 이론이 창출될 수 있다. 이런 시도는 정신사적 문제와 깊이 연계된다. 한 발 더 나아가 심층적인 영역에서 '우리의 정체성'을 찾아내는 현대화 작업과도 필연적으로 연계된다.

이러한 심층적 영역을 다룸에 있어 필자가 중심축으로 삼은 중요 명제는 '기(氣)'라는 개념이다. 기는 동양에서 철학은 물론 문학, 서예, 미술 심지어는 한방에서도 중요한 개념으로 널리 통용되어 왔다. 그만큼 기 개념은 그 의미 범주의 내포와 외연이 넓고 복잡하다. 이를 문학론의 영역으로 끌어들여 특수화시킨다는 것은 힘들고 지난한 일임에 틀림없다. 우리가 일상에서 쓰는 기의 개념만 보더라도 충분히 짐작 갈만하다. 기는 형체를 가늠할 수도 없는, 지극히 유동적인 어떤 것이기 때문이다. 더구나 아직까지 '기문학(氣文學)'이라는 용어도 확정된 상태에 있지 않다. 이를 위해 동양적 전통에 뿌리박은 우리 사상의 연원을 거슬러 올라가고, 거기에서 기의 정확한 개념 자체를 완벽하게 정립해야 한다. 그러나 이것부터가 그리 호락호락한 작업이 아니다.

그럼에도 불구하고 기를 중심으로 하나의 문학론을 정립하고자 하는 데는 나름대로 필연적인 이유가 존재한다. 그 근본적인 이유는 고려조 이후 우리의 전통 문예론에서 기를 작품 해석과 평가의 중요한 척도로 삼아왔다는 점이다. 이인로, 이규보, 최자 등으로 대표되는 고려의 문인과 서거정, 김시습, 서경덕, 이이, 허균, 박지원, 최한기 등으로 이어지는 조선후기 실학파 문인들에 이르기까지 '기(氣)'는 항상 빼놓을 수 없는 중심 화두였다.

필자는 본 연구가 한국문학의 정체성을 온전히 해명하고, 나아가 세계문학과 아울러 한국문학을 동시에 설명할 수 있는 이론적 틀을 일시에 정립할 것이라고 자만하지는 않는다. 다만 여기서는 '기론(氣論)'에 입점을 두고 한국문학의 전통성이 어디에 있고, 이것이 어떻게 연속성을 지녀 현대문학에까지 연속되는가를 추적함에 일차적 의미를 두려한다. 이러한 노력이 쌓이면 궁극적으로 독자적 한국문학론의 정립이 가능해 지리라 믿는다.

본 연구는 기의 미적 범주를 살펴 새로운 문학론 전개와 실현의 가능성을 우선적으로 가늠하는 데 목표를 둔다. 이러한 가능성을 탐색하기 위해 본 연구에서는 우선 기의 개념과 기 사상 전개 양상을 동양철학 전반에 걸친 조망을 통해 살펴 볼 것이다. 그런 연후에 우리가 정작으로 필요한 예술과 문학론에 나타난 기로 범위를 축소하여 정밀하게 살펴 그 가능성을 타진할 것이다. 다음으로 우리 문예론에 나타난 기문학론의 전개 양상을 살필 것이다. 먼저 고려시대 문예론과 기를 이인로, 이규보, 최자를 중심으로 살펴본 후, 조선시대 문예론에 나타난 기문학론의 특성을 살릴 것이다. 조선조에서는 유가중심의 시대 조류 속에서 그를 거부하거나 아니면 그에서 한 발 나아가서 천(天) 중심의 문예론을 펼쳤던 유수한 문인들이 있다. 서거정, 김시습, 서경덕, 이이, 허균, 박지원, 최한기 등이 그들이다. 이들은 공통적으로 기를 중시했다. 하여 본고에서는 이들을 중심으로 이들 문인들의 문예론을 고찰하여 공통점을 추출하고 그들만이 지니는 특성을 추출할 것이다. 그러나 이러한 작업을 하는 종국적인 의미는 이러한 이론들이 현대 문학 이론에 필요한 요소를 제공할 수 있느냐를 점검할 것이다. 이 작업의 성패는 이들 이론들이 현대적인 미적 당위성을 지니며 현대문학 이론 정립에 미적 적절성을 제공할 수 있느냐의 여부에 달려 있다해도 과언은 아닐 것이다.

2

기의 개념과 기 사상 전개 양상

한국 전통문예론 연구

기란 무엇인가에 대한 질문은 항상 우리를 당황하게 만든다. 그것은 기란 개념의 다의성 때문일 것이다. 기의 일반적 사전적 해석을 보면 원소, 천지간의 자연 현상, 신체의 근원이 되는 활동력, 만물 생성의 근원력이나 질량, 인간이 생래로 타고난 품성, 절기, 힘, 기상 등으로 실로 그 뜻도 다양하다.[1] 이렇게 여러 가지로 설명되는 기의 실체를 알기 위해서는 기의 개념을 전체적으로 조망하고, 그에서 기의 실체를 파악할 수밖엔 없다.

먼저 살펴 볼 것이 동양의 고전인 『논어』에 나오는 기다. 공자는 『논어』에서 생활 속의 기를 이야기 하였다.[2] 〈태백편〉에 사기(辭氣)[3]란 말이 나오는데 여기서 사는 언어로, 기는 성기(聲氣:음성과 기색)로 풀이할 수 있다. 곧 '말을 입에 담는 일'로 보아도 무방할 것이다. 〈향당편〉에 나오는 병기(屛氣:숨소리를 죽임)와 식기(食氣:인간의 식욕), 그리고 〈계씨편〉의 혈기(血氣:인간의 생리기능 일반)는 뒷날 몸 안을 도는 생명(생체) 에너지로 의학을 중심으로 활용되고 있다.[4] 이로 미루어 볼 때, 아주 옛날부터 기란 말이 자연스럽게 쓰여 온 것을 알 수 있다.

『맹자』에서도 기란 말이 나오는데, 이때에는 천지에 충만한 기로 쓰이고 있다. 『논어』에서의 기가 생활 속의 기라면, 『맹자』의 기는 사상적인 기라 할 수 있다. 맹자가 말한 호연지기(浩然之氣)에서의 기는 지극히 크고 굳센 것을 뜻한다. 맹자는 기는 마음을 곧게 가지고

---

1 崔信浩, 「文學理論에 나타난 「기」에 대하여」, 《진단학보》 38호, 1974. 10. 185쪽.

2 마루야마 도시아끼(丸山敏秋), 『기란 무엇인가-논어에서 신과학까지)』, 정신세계사, 1989.

3 小野澤精一 福永光司 山井湧 編, 全敬進 譯, 『기의 思想-中國에 있어서의 自然觀과 人間觀의 展開』, 원광대학교 출판국, 1987. 51쪽.

4 상게서, 54쪽.

잘 키워서 아무 해치는 일이 없으면 천지 사이에 가득 채우게 될 것이며, 만일 도의와 잘 배합되지 않으면 금방 바로 시들어 버린다고 하였다. 의리심이 모일 때에만 기가 가득 생겨난다는 뜻이다. 곧 사람의 의지가 기의 주재자로서, 기는 온몸에 가득 차 있다고 본 것이다.[5] 기는 신체를 채우는 아주 미세한 요소들인데, 이것이 사람의 의지에 의해 통어된다고 생각하였다. 맹자는 인간 뿐 아니라 천지자연에도 기가 고루 퍼져 있다고 생각한 사람이다. 〈고자편〉 상에 나오는 야기(夜氣)는 한밤중에서 새벽녘에 걸친 순수하고 착하며 맑고 시원한 정신 상태를 가리키는 것이다.

노자도 기에 대해서 언급한 주요한 인물이다. 노자는 만물 생성론적인 입장에서 말하였다. 『노자』 42장에 보면, 도(道)에서 하나인 기가 나오고, 그 하나인 기가 다시 둘로 나뉘어져 음과 양이 생기고, 그 둘인 음과 양이 서로 조화됨으로써 세 번째인 화합체가 생기고, 이 세 번째의 화합 체에서 다시 만물이 생성된다고 하였다.[6] 따라서 만물은 그 안에 음과 양을 상대적으로 업거나 안아서 지니고 있으며, 음과 양의 2기가 하나가 되어서 조화로운 화합체를 이룬다는 것이다. 곧 음양이 서로 쉬지 않고 운동하며 충기(冲氣)가 화합하여 만물이 생성한다고 보았다.[7]

장자도 기에 대해서는 일가견을 피력한 사람이다.[8] 장자의 경우는 자연의 기, 즉 천기, 지구, 사시의 기, 운기(雲氣) 등에 관한 용례를 많

---

[5] 상게서, 63쪽.
[6] 상게서, 156쪽.
[7] 張立文 편, 『기의 철학』, 예문지, 1992. 32쪽.
[8] 小野澤精一 외, 전게서, 157~160쪽.

이 썼다. 음양의 기는 오행(금, 수, 화, 목, 토)의 기와 함께 원리로서의 기의 성격을 띤다. 노자의 "만물은 음을 짊어지고 양을 껴안고 있으며, 충기로써 조화를 이룬다"는 사상을 발전시켜 음양의 기는 인류를 포함한 천지 만물을 구성하는 근원적인 물질이라고 인식하였다.[9] 장자는 사람의 생사를 기의 이합취산으로 파악했던 사람이다. 곧 사람이 태어나는 것은 기가 모인 것이란 이야기다. 기가 모이면 삶이 되고, 기가 흩어지면 죽음이 된다고 생각했다. 장자는 옛말을 인용하면서 세상에는 오직 일 기만 있다고 하였다. 기일원론(一元論)적 생각이라 하겠다. 삶과 죽음을 기의 이합취산으로 본 것은 우리나라에서도 김시습을 통해 다시 확인 할 수 있어 흥미롭다. 이로 볼 때, 도가는 자연 만물의 존재가 운동하고 변화·생성하고 취산(聚散)하는 상태를 가지고 기를 논함을 알 수 있다.

여기까지 살펴보면 기란 개념은 이 세상 모든 것에 편재하는 보편적인 개념으로까지 확대된다. 기란 분명히 손에 잡히지는 않으나, 우리가 살고 있는 이 세상에 근원적인 것으로 존재하는 것임에 틀림없다. 인간 뿐 아니라 모든 생물은 끊임없이 호흡에 의해 생명이 유지된다. 콧구멍을 통해 보이지 않는 어떤 것이 드나들고, 이 생명체에 드나드는 생명에너지로서의 어떤 것을 우리는 기라고 부를 수 있는 것이다. 『장자』의 〈제물론편〉에 보면 '대개 이 땅덩어리가 뿜어내는 숨을 바람이라고 하고, 바람은 정해진 모양은 없으나 구름을 움직이고 비를 부르고 자연계의 운행의 원동력'이라고 했는데, 기는 이와 같이 보이지는 않으나 에너지의 근원이 되는 어떤 것임에 틀림없다. 숨과

---

9 張立文, 전게서, 32쪽.

바람은 생명현상과 자연계의 생멸 변화를 상징하는 두 가지 원초적인 이미지에 해당한다. 모든 움직이는 것은 기에 의해 가능하다는 말이기도 하다. 비단 움직이는 것뿐 아니라 이 세상에 존재하는 것은 모두 기에 귀결된다.

『순자』는 물과 불에서 초목, 금수, 인간까지 모두 기로 구성되고 기에 통일되어 있으며, 기가 없으면 아주 단순한 사물조차도 생길 수 없다고 하였다. 그리고 인간이 인간된 까닭은 생명과 지능 뿐 아니라 의로움이라는 사회도덕을 가지고 있기 때문이라고 하였다.[10]

『관자』는 여러 학파의 기에 관한 논의나 사상을 회통하여 기를 정기(精氣)라고 규정하였다. 정기란 끊임없이 운동·변화하는 정미한 기를 가리킨다. 정기는 천지 만물과 인류를 형성하는 정미한 물질이며, 그것은 인간에게 생명과 지혜를 주고, 인간의 형체를 부여하는 어떤 것을 일컫는다.[11]

위의 사상을 종합해 볼 때, 현상계에 있는 모든 존재 또는 기능의 근원으로 이 현실 세계의 모든 존재물들은 모두 기로 이루어진 것이란 이야기가 가능해 진다. 곧 기는 존재물을 구성하는 가장 궁극적적인 원자란 이야기다. 이런 관점에서 보면 기는 생명의 근원으로 생명체는 기가 취합된 것이고, 인간의 정신 기능을 지배하는 마음의 활동도 기(心氣, 意氣, 神氣)에 의해서 가능하다고 볼 수 있다. 그러니까 기는 물질임과 동시에 작용이며, 기의 차원에서 사물을 볼 때는 물심(物心), 신심(身心)의 간격이 사라지고 모든 것은 원래 하나인데, 천기(天氣), 지기(地氣), 혈기(血氣), 용기(勇氣), 민기(民氣), 화기(和氣)의 모습

---

10 상게서, 33쪽.

11 상동.

은 기가 갈라져 나타난 모습이고, 일기, 원기는 기가 통합된 것으로 볼 수 있게 된다. 결국 기 일원론적 세계관이 가능하게 되는 것이다. 이것은 우주의 근원이 무엇이냐, 곧 철학의 근본 문제와 자연스럽게 맞닿게 된다.

동중서(董重舒)는 유학을 중심으로 은주시대 이래의 천명론과 음양오행사상을 종합하였다. 그는 원기라는 범주를 내놓아 기 범주의 함의를 풍부하게 했다. 이른바 원기는 가장 근원적인 기를 가리키기도 하는데, 그것이 바로 만물을 생성하는 근원적인 물질이라는 것이다.[12]

동서양을 막론하고 우주의 근원이 무엇이냐에 대한 생각은 철학이나 종교의 근본을 이루는 것인데, 동양에서는 우주론에서 기를 빼놓고는 설명할 수 없을 정도로 기의 우주론이 일찍이 발달했었다. 한나라 초기의 『회남자』〈천문훈〉의 서두에 기술된 글을 보면 중국류의 우주 생성론이 어떤 것인지를 짐작하게 한다.[13] 〈천문훈〉을 보면 하늘과 땅이 아직 형성되지 않았을 때에는 걷잡을 수 없이 크고 세차게 빛나 탁 트인 채 아무런 모양도 갖추고 있지 않았다고 기록되어 있다. 따라서 그 상태를 태시 또는 태소라고 하였다. 도는 허확(虛廓:무한이 넓음)에서 비롯되고, 허확에서 우주가 생겼으며, 우주에서 기가 생겼다는 것이다. 기에는 음양청탁의 구분과 한계가 있기 마련이며, 맑고 밝은 기는 엷게 흩어져 하늘이 되었고, 흐리고 무거운 기는 아래로 쳐져 굳어져 가지고 땅이 되었다는 것이다. 청아하고 기묘한 기가 하나로 모여서 하늘이 되기는 쉬우나 흐리고 무거운 기가 엉기고 뭉쳐서 땅이 되기는 어렵다는 것이다. 그래서 하늘이 먼저 이루어지고 나중

---

12 상동.

13 마루야마 도시아끼, 전게서, 43쪽.

에 땅이 자리 잡았다고 생각했었다. 천지의 정기가 모여 합쳐 가지고 음과 양이 생겼고, 음양의 정기는 어느 한 쪽으로 기울어서 사철을 이루었으며, 사철의 정기가 흩어져서 만물이 되었다는 것이다. 양의 열기가 쌓여서 불이 되었고, 화기의 정수가 해가 되었다는 것이다. 그리고 해와 달에서 넘쳐 남은 정기들이 별들이 되었다는 것이다. 따라서 하늘에는 해와 달과 별들을 받고, 땅은 빗물을 받기 마련이란 것이다.

이런 우주 창조론을 기로 풀어나가면 우주 생성론은 보다 명징해질 수밖에 없다. 이런 이야기가 될 것이다. 무한히 흐르고 확대되어 가는 시간과 공간, 거기에는 아무 것도 없었다. 이윽고 기가 출현했다. 아직 형태를 이루고 있지 않다. 혼돈 망막한 일기에 지나지 않는다. 하지만 기에는 맑거나 흐리고, 가볍거나 무거운 것 등 차이가 있다. 맑고 가벼운 기는 상승하여 가로 펴져 하늘을 이룬다. 무겁고 탁한 기는 하강하여 굳어서 땅이 된다. 이렇게 하여 상부의 하늘과 하부의 땅의 구조가 완성되었다. 천지 사이에는 기가 가득 차 있다. 하늘은 기를 토해내고 땅은 그것을 안아 들인다. 기는 청탁경중, 음양의 성질을 가지고 있어 한 쪽으로 기울기도 하고, 화합하기도 하고, 끊임없이 운동하기도 하여서 만물이 형성되고 자연계의 온갖 현상이 빚어지게 되었다. 이런 설명이 가능해질 것이다.

기로는 우주 생성론도 해결할 수 있지만 동시에 우주 구조론도 해명할 수 있다. 옛 사람들은 우주 구조를 크게 세 부류로 본 것 같다. 첫 번째가 개천설(蓋天說)이다.[14] 하늘과 땅이 평행하게 존재한다고 본 것이다. 둥근 모양인 하늘이 네모난 모양인 땅의 8만 리 상공을 덮

---

14 小野澤精一 외, '진한기의 기의 사상' 전게서, 170쪽.

고 있다고 생각했던 것이다. 두 번째가 혼천설(渾天說)이다.[15] 우주를 달걀 모양으로 본 것이다. 하늘은 달걀 껍데기에 해당하며, 둥근 모양을 하고 땅을 감싼다고 생각한 것이다. 땅은 노른자처럼 하늘에 감싸여 있고, 하늘의 외부와 내부에는 물이 있고, 천지는 물 속에 떠 있다고 보았던 것이다. 천지 상하의 상대적인 위치는 기에 의해 유지되고, 땅은 정지되어 있고, 하늘은 남북극을 축으로 하여 수레바퀴처럼 회전한다고 본 것이다. 마치 천동설을 연상하게 만드는 발상이라 하겠다. 세 번째가 선야설(宣夜說)이다.[16] 우주를 무한한 공간으로 파악한 것이다. 『진서』〈천문지〉에 보면 선야설이 나오는데, 하늘을 수레지붕이나 알껍데기 같은 실질적인 것으로 보지 않고 무한한 공간으로 파악한 것이다. 일월성신은 이 공간에 저절로 생성되어 떠돌며 기의 활동에 따라 동정하고 있는 것이란 이야기다.

기를 우주의 근원적인 것으로 보는 관점은 동양에서 우주의 철리를 규명한 고전 중에 고전이라 할 수 있는 『주역』에서도 엿볼 수 있다. 〈계사상전〉에 '사물의 형상이 있기 전의 것을 도라 하고, 형상이 갖추어진 이후의 것을 도를 담아 놓은 그릇이라 한다.'는 구절이 바로 그것이다. 여기서 도란 『노자』에서 말한 것처럼 무형무상(無形無象)하면서 모든 것들을 존재하게 하는 존재의 근거 또는 현상의 배후에 있으면서 온갖 현상을 일어나게 하는 원인이며, 그릇이란 일정한 형체를 갖춘 개개의 물을 말하는 것이고, 이것을 기의 취합체로 본 것이다.

『장자』에서는 인간이 태어나기 전의 모든 시원을 무(無)로 보았다. 인간이 태어나기 이전에는 본디 생명 같은 것이 없었다는 것이다. 생

---

15 마루야마 도시아끼, 전게서, 51쪽.

16 상동, 52쪽.

명이 없었을 뿐만 아니라 본디 형체도 없었고, 기도 없었다는 것이다. 아무런 형체도 없는 어둡고 흐릿한 혼둔 사이에서 저절로 변화하여 기기 생겼고, 기가 변하여 형체가 생겼으며, 형체가 변화하여 생명이 생겨났다는 것이다. 기(氣)-형(形)-생(生)의 순서로 생명이 나타나는 데, 기에 앞선 개념으로 무가 가장 근원자란 생각이다.

무란 무엇일까? 동양사상에서 무를 인정하지 않으면 풀리지 않는 수수께끼가 너무나도 많다. 기도 사실을 형체를 잡을 수 없지만, 분명히 실재하는 어떤 것이 분명한데, 이를 규명하는 데는 역시 보이지 않는다는 그 점 때문에 어려움이 따르는 것이다. 그러면서도 우주의 근원이며 동시에 인간의 존재의 비밀을 추적해 들어가는 데는 오히려 이런 보이지는 않으나 실재하는 어떤 것이 보다 효과적일 수도 있다. 보이지 않는 신의 존재를 믿는 것 보다는 훨씬 과학적일 테니까 말이다.

기를 추적해 들어가다 보면 앞에서 언급한 것처럼 자연스럽게 우주의 근원적인 문제에 도달하게 된다. 『회남자』의 〈정신훈〉에 보면 일이 도와 동일시되고,[17] 『여씨춘추』에서는 '태일(太一)'이란 말이 나오는데, 이것은 우주의 근원을 의미하는 것이라 하겠다.[18] 모든 것이 태일로부터 생성된 것이란 이야기다. 여기서도 기를 전제로 출발하고 있다.

이러한 사상은 기일원론이 전개되는 시초가 된다. 원기가 태일과 같고, 태일이 즉 태극이며, 이 태극이 도라는 생각은 도교 철학의 바탕이 된다.

정호(程顥)와 정이(程頤)는 기화론(氣化論)을 이본체론(理本體論)에

---

17 小野澤精一 외, '진한기의 기의 사상', 전게서, 166쪽.
18 마루야마 도시아끼, 전게서, 57쪽.

끌어들여 기를 이의 운동 변화 과정으로 보았다. 남송 시대의 주희는 장재의 기본체론과 정호와 정이 형제의 이본체론을 융합하여 이가 근본이고 기가 말단이라는 틀 속에서 기와 이의 성질, 지위와 작용을 상세하게 논하였다. 이를 통하여 기는 만물을 구성하는 재료로서 이와 사물 사이를 매개하는 중요한 역할을 담당하게 되었다. 설령 이라고 하더라도 기에 의탁해야만 존재할 수 있으며, 그렇지 않으면 이도 현실 속에서 자기를 실현할 수 없다고 하였다. 이것이 송 대의 철학인데, 송 대의 철학은 원명 시기를 경과하면서 발전하여 주기적(主氣的) 객체이파(客體理派), 주리적(主理的) 절대이파(絶對理派), 주심적(主心的) 주체이파(主體理派)를 형성하였다.[19]

이후 중국 전통과 서양의 근대 문화가 충돌하였던 시기에 강유위, 엄복, 담사동 등은 서양 학문을 공부하는 과정에서 서양근대 과학지식을 흡수하여 물리학·화학·생물학을 가지고 기범주를 해석하였다. 강유위는 기는 열기와 습기·중력·광전(光電) 등등의 속성을 가지고 있다고 하면서 전기로써 기를 규정하여 기의 운동성과 관통성을 제시하였다. 담사동은 기는 우주 사이에 충만해 있는 일종의 물질적 매개이며 빛과 소리가 전파되는 매체라고 생각하였다. 그는 이러한 매개 또는 매체를 '에테르'라고 하였다.[20]

기는 현상계에 있는 모든 존재 또는 기능의 근원이며, 또한 생명의 근원으로 인간의 정신기능을 지배하고 마음의 활동을 지배하는 원리라 하겠다. 기는 물질인 동시에 작용이며 실재하는 무엇이며, 생명의 근원이며, 인간의 오관으로 포착되는 존재 또는 에너지체로서 인간의

---

19 張立文, 전게서, 35쪽.
20 상동, 36~37쪽.

정신면, 특히 정서면에서의 분위기, 마음가짐까지 포괄하는 일체의 개념으로 쓰인다 하겠다.

앞에서 언급하였듯이, 기는 우주론적인 입장에서도 조명이 가능하다. 이것은 우주의 생성론적인 입장에서의 근원을 설명하는 것인데, 기를 만물의 시원으로 보고 기일원론적인 세계관을 주장하는 학설이 이에 해당한다. 이러한 우주론적 기론은 지리와 풍수의 세계와 연계된다. 인간은 인간이 살고 있는 주위 자연 환경으로부터 영향을 받게 된다. 이때 인간에게 영향을 미치는 근원자가 토지의 기라는 관점이다. 하늘은 대우주고, 사람은 소우주다. 이 둘이 서로 감응한다는 생각인 것이다.

기는 생명과학과도 연관된다. 기는 생명체에 충만해 있으면서 그 활동을 영위하게 하는 생체 에너지다. 이런 관점에서 보면 수명도 태어날 때 각자가 받은 기의 두텁고 엷음에 이해 좌우되며, 죽음도 기의 이산에 불과한 것이란 설명이 가능하다. 이런 생명과학적 입장에서 보면, 기와 의학은 불가분의 관계에 선다. 질병의 발생을 음양의 기의 역조로 인지한다든지, 경락을 통해 질병을 치료하는 것은 이런 인식에 근거한다. 의학에서는 기의 균형회복을 건강을 회복시키는 정도라고 여기고 있다. 기의 조절이 곧 양생의 사상과 기법인 것이다.

위에서 살펴보았듯이 기는 다양한 측면과 여러 차원의 의미를 지니고 있음을 알 수 있다. 이를 시대적 변천 과정을 중심으로 종합적으로 정리하면 다음과 같다.[21]

첫째, 기는 안개 또는 운기다. 둘째, 기는 호연지기와 정기다. 셋째,

---

21 張立文, 상게서, 31~38쪽.

기는 원기다. 넷째, 기는 무이기도 하고 유이기도 하다. 다섯째, 기는 식(識)이 드러난 경(境)이다. 이는 불교에서 말하는 기 개념으로 마음(心)과 대상(境)은 모두 공(空)한 것이고 원기는 제8식(心識)이 변화되어 드러난 경계이며, 마음과 대상이 합쳐져서 천·지·인이 생겨났다는 심식이론에 근거한 것이다. 여섯째, 기는 도인법(道引法)에서 말하는 신기(神氣)다. 기의 이합취산을 말하며, 생사에도 끊임없이 순환한다는 뜻이다. 신기를 도인한다는 것은 숨을 조절하여 묵은 것을 토하고 새 것을 받아들여 혈액 순환을 촉진하고 유기체의 각 부분의 기능을 조절하여 인간의 면역력과 생명력을 보강하여 오래 살도록 하는 것을 말한다. 일곱째, 기는 태허(太虛)다. 기는 만물의 시작이고 태극은 기보다 앞서 존재하지 않으며, 도와 기는 일체란 생각이다. 여덟째, 기는 전기, 질점(質點) 또는 에테르이다. 서양학문과의 접촉으로 물리학, 화학, 생물학을 가지고 기의 개념을 해석한 결과라 하겠다.

따라서 기는 자연 만물의 근원 또는 본체이며, 객관적으로 존재하는 질료 또는 원소인 동시에 기는 동태기능을 갖춘 객관 실체이기도 하며, 우주에 가득 찬 물질 매개 또는 매체이기도 하다. 또한 기는 인간의 성명(性命)이며, 도덕지경이기도 하다. 인간이 기를 받고 태어나기 때문에 기의 청탁(清濁)·혼명(昏明)·현비(賢卑)의 차이에 따라 인간의 자질, 요절과 장수, 귀하고 천함이 크게 달라진다는 생각이며, 기가 도덕지경이란 뜻은 의(義)를 모음으로써 생기는 일종의 도덕적 이상을 의미한 것이다.

지금까지 기의 개념이 고금을 통해 현재까지 어떻게 쓰이고 있는가를 살펴보고 그 개념 법주를 규정하였는데, 그 개념이 매우 광범위하고도 유동적임을 알 수 있다. 그런데 정작 여기서 필요로 하는 것은 인문학에서의 기의 개념이다. 여기서는 특히 예술에서의 기의 개념을 살펴보도록 하겠다. 예술은 인문학의 꽃이며, 인간이 만들어 낸 가장 정치한 미적 형상물이기 때문이다. 이것을 파악해 들어가기 위해서는 포괄적으로 동양 기사상 전통의 뿌리인 중국의 기예관(技藝觀)부터 살펴보기로 한다.

3

예술과 문학론에 나타난 기

한국 전통문예론 연구

기를 통해 동양적 예술관을 추출하려면 먼저 중국의 기술관을 살펴보아야 한다. 기술(技術)이란 일을 교묘하게 처리하는 솜씨, 또는 솜씨의 교묘함을 뜻한다. 기예(技藝), 술예(術藝), 기교(技巧), 방술(方術)과 같은 뜻이다. 중국에서는 기술의 담당자를 공(工), 공인(工人)이라고 부르는데, 공은 교(巧)와 같은 말이다. 이 공은 다시 천공(天工)과 인공(人工)으로 나뉜다. 천공이란 자연계의 변화와 움직임, 만물을 낳고 기르는 활동을 일컫는다. 인공이란 인위로서의 기술을 말한다. '인공은 천공을 본뜬다'란 생각이 중국 기술 문명의 밑바탕에 흐르는 기본적인 사고다.[1]

종합적 기술서라 할 수 있는 『고공기(考工記)』에 의하면 기물의 제작에 대해 '하늘에는 시(時)가, 땅에는 기가, 재료에는 미(美)가, 공인에게는 교(巧)가 있다. 이 네 가지가 합쳐지고서야 비로소 기물이 좋아지게 된다. 재료가 아름답게 가다듬어져 있고 공인의 기교가 훌륭할지라도 좋은 기물이 만들어지지 않는 까닭은 하늘의 시와 땅의 기를 얻지 못했기 때문이다'라고 했는데, 이 경우에 땅의 기란 외적인 자연환경을 가리킨다고 보아도 무방하다. 소재나 기교가 우수하다고 해도 시절과 환경이란 외적 조건에 적합하지 못하면 좋은 기물을 만들 수 없다는 것이다. 자연과 인위의 조화를 중시한 예술관이 중국인들의 기술관이라 하겠다.

이로 보면 동양적 사상은 자연을 중시하였음을 알 수 있다. 물론 서양도 자연에 대한 철학이 일찍이 발달했으나 동양처럼 자연을 절대시하지는 않았다. 사람이 아무리 재주가 뛰어나다 해도 대자연 앞에서

---

1 마루야마 도시아끼, 전게서, 164쪽.

는 겸손해지는 것이 동양적인 사고방식의 요체다. 자연은 우리의 스승이자 모든 것의 근원이기 때문이다. 우리가 지금 주제로 삼고 있는 기의 문제도 모두 크게는 자연과 관계되는 것이다.

동양에서는 예술에서 기운(氣韻)을 느낀다는 말을 자주 한다. 이때의 기운도 결국 자연에서 발생하는 어떤 힘으로 보아야 한다. 특히 그림에서 기운론이 일찍이 발달하였음은 주지의 사실이다.

제나라 화가이면서 논객으로 이름이 나 있는 사혁은 그림에 있어서의 육법론(六法論)을 전개하면서 특히 기운을 강조하였다.[2] 그림을 그리는데 있어서 꼭 지켜야 할 여섯 가지 법을 말하는데, 그중 첫 번째로 기운이 살아 움직여야 한다고 했다. 여기서 기운이란 그려진 대상이 기운이 있어야 한다는 말인데, 그 대상이 지닌 울림과 냄새, 활기가 넘쳐나야 좋은 그림이 된다는 말이다. 기는 보이지는 않지만 예술이 예술이 되게 하는 근본이라 할 수 있다. 아마도 호레이쇼우절의 담징의 벽화가 기운이 넘친 것은 자연 대상의 기운을 잘 포착하였기 때문이었을 것이다. 또한 담징 자신도 기운이 넘치는 화가였으리라 짐작된다.

당대 말 형호라는 사람은 사혁보다 한 단계 더 나아가 기운이 그려지는 대상에만 있는 것이 아니라 그리는 사람과 그것을 감상하는 사람 쪽에도 동시에 작용해야 한다고 생각했다.[3] 산수화의 경우 화가는 대자연에 잠겨 있는 신기(神氣), 곧 자연의 변화와 움직임을 지배하는 영묘한 기의 활동을 그려내야 하는데, 그러기 위해서는 화가의 기 뿐만 아니라 그림을 감상하는 자의 기가 자연의 기와 서로 감응하여 상

---

2 小野澤精一 외, '淸代 思想에 있어서의 기 槪念', 전게서, 565쪽.
3 마루야마 이시아끼, 상게서, 189쪽.

통할 수 있어야 한다고 했다.

기운은 미술에서 매우 주요한 개념이다. 북송의 소동파도 만물일체의 기운 생동을 주장하면서 천지를 관통하는 이에서 발하는 기의 리듬을 화면에 그려내는 것이 회화의 본령이라고 주장하였다.[4] 같은 시대의 곽약허도 기운을 중요시 했는데, 그는 기운을 배워서 얻어지는 것이 아니고 하늘에서 타고나는 천품으로 보았다. 또한 천품은 인품이 높을 때만이 그 천품의 기운이 드러날 수 있다고 하였다.[5] 명나라 동기창도 기운에 대해 언급한 것이 있는데, 곽약허의 생각을 따르면서도 조금 견해를 달리했다. 기운은 하늘에서 주는 것이기는 하지만 배워서 얻는 점도 인정했기 때문이다. 이런 기운론이 청대에 들어와서는 구체적인 그림의 수법과 결부되어 논의 되는 것이다. 장경은 기운에 순위를 매겨, 무아무심의 한 경지에서 우러나오는 기운을 첫째로 꼽고, 의(意: 作意)에서 우러나오는 것을 다음으로, 용필(用筆)에서 우러나오는 것을 그보다 못한 것으로, 용묵(用墨)에서 우러나오는 것을 제일 떨어지는 것으로 이야기 하고 있다.

이렇게 중국회화에서의 기운론은 다양한 형태로 나타난다. 그러나 한 가지 원칙만큼은 변함이 없다. 기운이란 그림 속에 그려진 대상의 선과 색채를 넘어서 나타나는 것인 동시에, 감상하는 사람에게 느껴져 오는 막막한 어떤 무엇을 가리킨다는 다는 점이다.

그렇다면 기와 문학론과는 어떻게 연관될까?

중국에서 문학론으로 기의 문제를 최초로 제시한 사람은 조비다.[6] 그는 전대에 살았던 왕충(王充)의 〈기질설〉에서 영향을 받은

---

4 상동, 182쪽.
5 상동, 182~185쪽.

것으로 알려졌다. 조비의 기는 곧 기질(氣質), 즉 개성주의의 존중과 같은 뜻으로 이해할 수 있다.[7] 문이란 그 작가가 선천적으로 타고난 기질이 반영되었다는 생각이다.[8]

그 뒤에 기에 관한 언급으로 대표적인 예가 유협의 『문심조룡』이다. 〈문심〉은 시문을 지을 때 활동시키는 마음을 가리키는 것이고, 〈조룡〉은 문학에서 수식을 뜻하는 것이다. 유협이 『문심조룡』을 저술한 의도는 문체가 취해야 할 규준을 보여주고, 형식과 내용이 함께 갖춰진 참된 문학을 모색하려는 데 있었다. 유협의 문학사상은 『주역』의 〈계사전〉을 바탕으로 하고 있다는 것이 정설이다. 문학은 도가 드러나야 한다는 것이 유협의 생각인데, 그렇다고 유교의 실천사상을 드러내야 좋은 문학이 된다는 이야기가 아님은 분명하다. 오히려 우주 본체가 드러나야 한다는 생각에 더 가까운 것이다.

우주 본체를 보면 태극에서 음양이 생겨나고, 그 일기(一氣)의 유통에 의해서 우주의 온갖 현상이 생겨난 것이다. 이렇게 음양이 생겨나는 것 그것이 바로 유협이 생각한 도인 것이다. 이 도가 드러나는 곳에 반드시 아름다움(美)이 있고 글이 있게 된다는 것이다. 하늘에는 반짝이는 아름다운 별이 있고, 땅에는 아름다운 풀꽃들이 있다. 저녁 노을이나 산수에 비낀 안개는 어떤 화가가 그린 그림보다도 뛰어 나고, 풀꽃과 초목은 어떤 직조공이 짠 비단보다도 더 곱다. 숲을 건너가는 바람의 음향은 베토벤의 교향곡보다도 더 아름답고, 돌에 부딪

---

6 小野澤精一 외, '淸代 思想에 있어서의 기의 槪念', 전게서, 548쪽. 최신호, 전게 논문, 186쪽.

7 최신호, 전게 논문, 186쪽.

8 小野澤精一 외, 상게서, 550쪽.

치는 물소리는 어떤 피리소리보다도 맑고 우아하다. 온갖 만물, 모양이 이 자연에서 이루어지고, 소리가 여기서 일어나지 않는 것이 없다. 이 자연의 소리와 빛깔이 바로 문체인 것이다. 자연을 모르고 쓸데없는 재간만 부려서 글이 되는 것은 아니라는 이야기다. 천성과 자연에서 저절로 우러나야 하는 것이다. 이 자연의 문장을 사람의 말로 찾아내고 표현하는 일이 바로 문장이며, 문장을 가장 아름답게 짓는 바른 길이라는 것이다.

유협의 문체론의 요체는 바로 자연을 꾸미지 않고 있는 그대로 본받아 그대로 드러내는 데 있다.[9] 진솔한 자연의 아름다움을 인간의 언어로 표현하는 것이다. 유협은 문장을 꾸미는 것을 전적으로 부인한 것은 아니지만, 기교를 부리는 수식을 배격하고, 자연 그대로 떠오르는 아름다움을 더 중시한 사람이다. 이렇게 자연 그대로의 아름다움을 끌어내기 위해서는 항상 기를 기르고, 마음을 씻어내고 비워서 자연과 벗하는 경지에 몸을 두어야 한다고 생각한 사람이기도 하다. 양기론(養氣論)을 내세운 것은 바로 이런 뜻이다. 기를 길러야 한다는 것이다.

유협은 이렇게 말한다. '정신을 자연이 시키는 대로 맡겨두면 이치에 잘 통하고 감정은 부드럽고 맑게 될 것이다. 그러나 정신을 지나치게 가다듬으면 신경이 피로하고 기는 도리어 쇠약해 질 것이다. 이것이 사람의 성정(性情)에 대한 법칙이다. 대체로 학문은 부지런해야 하고 공은 게으르지 않아야 이루어진다. 그렇기 때문에 송곳으로 제 다리를 찌르며 공부에 힘쓰고, 곰의 쓸개를 맛보면서 노력한 사람도 있

---

9 마루야마 도시아끼, 전게서, 187쪽.

었던 것이다. 그러나 글을 쓸 때는 이와는 다르다. 글을 쓰는 일에 뜻을 두는 것은 마음속에 쌓인 것을 펼치고 내쏟는 것이기 때문에, 마땅히 마음이 가는대로 맡겨두면서 여유를 갖고 마음에 맞는 말이 떠오르는 것을 기다려야 한다. 만약에 정신과 담력을 다 쓰고, 온화하고 맑은 기를 손상시키며, 종이를 앞에 놓고서 자기의 수명을 단축시킨다든지, 붓을 잡고 자기의 성질을 해친다든지 한다면 성현이 저술한 본심에도 맞지 않고, 글을 짓는 올바른 이치에도 벗어나게 될 것이다. 그러므로 글을 짓는 데는 알맞게 힘써야 하며, 머리가 흐려지면 즉시 생각을 멈춰서 기분을 답답하게 하지 말아야 할 것이다. 착상이 떠올랐을 때 붓을 잡는다. 하지만 생각이 막혔을 때는 붓을 놓고 마음을 쉬는 것이 좋다'고 하였다. 글 쓰는 이의 기가 충분히 가다듬어 지고, 막히는 것이 없이 죽죽 뻗어나고서야 기력이 담긴 싱싱한 문장을 써나갈 수 있다는 것이다. 이렇게 하여 글 쓰는 이의 기가 발동하여 문장에 나타난 것을 風이라 하였다. 풍은 글 쓰는 이의 창작 동기나 감정, 또는 의지이자 작품에서 발하는 정취를 의미한다. 독자에게는 그것이 감동으로 전달되는 것이다.

유협은 천부적 기질과 작품과의 관계를 해명하려 한 것이라 볼 수 있다. 글은 각자의 개성에 따라 창작된다는 생각이었다. 글이 다른 것은 마치 만 사람이면 만 사람이 다 다른 것과 같은 이치라고 본 것이다.[10]

한퇴지도 문학에서 기를 중시한 사람이다.[11] 그는 문을 도를 싣는 도구로 보았다. 그러면서 문자의 활력인 기를 물(水)에 비유하였다.

---

10 최신호, 전게 논문, 187쪽.

11 상동. 187쪽.

기를 물과 같은 속성으로 이야기 하여 우리의 이해를 쉽게 한 것이다. 말은 바로 물에 뜨는 물(物)과 같은 속성으로, 물이 크면 큰 것도 작은 것도 모두 뜨게 마련이란 것이다. 기가 왕성하면 말의 장단과 음성의 오르내림이 모두 좋게 된다고 하였다. 역시 한퇴지도 글을 잘 쓰기 위해서는 기를 기를 것을 강조한 사람이라 하겠다.

정이천은 이 세상 만물은 위로는 일월성신으로부터 아래로는 산천초목에 이르기까지 모두 음양에 의해서 태어나는데, 사람은 수기(秀氣)를, 만물은 잡기(雜氣)를 가지고 태어난다고 보았다.[12] 그 중 사람에 대한 것이 인성에 대한 생각인데, 성(性)은 선(善)이므로 지우(智愚)를 막론하고 모두 같다는 것이다. 다만 기에는 맑고 흐린 청탁의 구별이 있기 때문에 선(善)과 불선(不善)이 생기게 된다고 보았다. 그러니까 사람도 우주 만물과 같이 이기이원을 갖추고 있는데, 이는 본성이기 때문에 언제나 선한 것이지만, 기 즉 기질의 성은 선악의 구별이 있게 된다고 하였다. 곧 맑은 기를 받으면 선하게 되고 탁한 기를 받으면 악하게 된다고 본 것이다.

그 후로 이어지는 주자 역시 만물을 이기이원으로 파악한 사람이다.[13] 즉 이에서 보면 만물은 그 근원이 똑 같아 사람과 사물은 원래 구별이 없다고 보았다. 이것을 주자는 본연지성(本然之性)이라고 했던 것이다. 그러나 같은 사람이라도 성인의 기는 맑고 범인의 기는 비교적 흐리다고 하여 이를 기질지성(氣質之性)으로 보았다. 주자는 우주의 기를 인간적인 것으로 구체화시킨 사람이라 할 수 있다. 그러니까 본연지성은 이로 맑음, 깨끗함, 선, 가치로운 것을 뜻하고, 기질지성

---

[12] 상동.

[13] 최신호, 전게 논문, 183쪽.

은 기로 맑고 깨끗하고 가치로운 이 현실에서 구체적 모습으로 나타난 것으로 거기에는 맑고 혼탁함이 있어서 성인과 범인이 구별될 수 있다고 본 것이다. 우리나라 문인들이 다양한 입장에서 자기의 문학론을 펼친 것도 그 근원을 찾아 올라가면 이런 정이천과 주자의 영향을 받았다고 볼 수 있다. 지금까지 살펴 본 것이 기를 중심으로 한 중국의 문예론이었는데, 이들을 공통적으로 묶을 수 있는 것은 모두 기를 중시하였다는 점이다.

한편 문학론에서 기에 대한 관점은 크게 둘로 나눌 수 있는데, 그 하나가 기질론(氣質論)적 관점이고, 다른 하나가 기상론(氣象論)적 관점이다.[14] 기질론은 기를 기질이라 보아 개성이란 측면을 부각시키는 관점이고, 기상론은 맹자의 호연지기를 원류로 파악하여 힘, 의지 등으로 파악하는 관점이다. 기질론이나 기상론이나 문학에서는 둘 다 중요하다. 문학은 개성의 발로이기 때문에 개인의 독특한 체험이 전제되지 않으면 문학은 애초에 성립될 수 없을 것이며, 글 쓰는 이의 힘이나 창의력이나 의지가 없다면 표현 예술인 문학은 애초에 존재할 수도 없을 것이기 때문이다.

앞에서는 기질론적 측면이 강한 문학론이 주로 논의되었다. 이에 비견되는 기상론적 측면을 살펴보려면 그 원류로 맹자의 호연지기를 대상으로 삼아야 한다.[15] 맹자의 호연지기는 자연, 우주, 물리의 기라기 보다는 인간의 정신적 기다.

호연지기의 가장 큰 특성은 부동(不動)이다. 객체가 아무리 강화되어도 불변하는 주체의 강건한 기를 의미한다. 이 경우는 기가 힘이요,

---

14 상게 논문, 186~192쪽.

15 심호택, 「기의 유형체계시고」, 《국어국문학》 87호, 263~287쪽.

의지다. 주체가 객체에 부동하고 나아가 객체를 압도하는 인간의 기라 하겠다. 이를 기상이라 부르는 것이다. 호연지기가 기상임은 이기 철학의 대가인 주자가 이 기를 기상이라고 했고, 우리나라 송시열도 〈호연장(浩然章)〉을 분석하면서 일찍이 호연지기를 대성기상(大聖氣象)이라고 말한 데에서도 찾을 수 있다.

기상이란 소보다 대, 저보다 고, 천보다 심, 좌절보다 불굴, 구속보다 해방 등의 의미를 지닌다. 그러나 이렇게 기상의 개념을 자꾸 확대하는 것은 좋은 현상이 아니다. 왜냐하면 인간계에 존재하는 모든 가치의 높은 것을 총망라해야 하는 개념이라면 기상의 의미는 확대될수록 무의미해질 가능성이 많기 때문이다. 그러므로 오히려 중요하다고 생각되는 요체를 더 깊이 파고들어 확실하게 알아보는 것이 더 현명한 방법이다.

호연지기를 문학론적으로 구체화시킨 예를 찾기 위해서는 사공도의 『이십사시품』을 분석해 보는 것이 순서일 것이다. 맹자의 호연지기를 문학적으로 변용 해석한 것이 『이십사시품』이기 때문이다. 사공도는 유도반기(由道返氣)라 하여 기를 종국적인 귀착지로 격상시킨 사람이다. 정서적 조건을 제일 조건으로 제시한 사람이기도 하다. 이 중에서도 가장 중요한 개념인 강건(剛健), 호방(豪放), 웅혼(雄渾)을 통하여 기상의 속성을 알아보면 다음과 같다.

강건은 굳세고 건강하다는 뜻이다. 시의 풍격으로서의 강건은 행문의 기세가 처음부터 끝까지 거리낌이 없이 꿋꿋하게 뻗어나가는데서 느끼는 미감이다. 시 창작에서 시인의 신기(神氣)의 운행을 천체의 운행에 비유한 것이다. 시인의 가슴 속에 소박하고 진실하고 굳센 것이 갖추어져 있을 때 강건이 저절로 반영된다는 관점이다.

호방이란 호기가 있고 분방함을 뜻한다. 기상이 크고 사소한 절도에 얽매이지 않음을 의미한다.

웅혼은 힘차고 거리낌이 없음을 나타낸다. 기력과 원숙함을 겸비한 경우를 뜻한다. 진실한 힘이 내적으로 충일하여 완전하게 되면 마치 구름이 피어오르듯, 장풍(長風)을 타듯, 상외(象外)에까지 뛰어넘을 수 있다는 것이다. 웅혼이란 강대함을 쌓는 것이기에 강건보다 한 차원 높은 개념이라 할 수 있다.

지금까지 살펴본 기상론의 세 가지 측면[16]인 강건, 호방, 웅혼은 모두 힘을 공통점으로 하고 있음을 알 수 있다. 이 힘이 중요한 것이다. 예술을 하려면 힘이 있어야 한다. 여기서 말하는 힘이란 예술이 예술이 될 수 있는 창조력에 바탕을 둔 의미라고 하겠다. 작가의 측면에서 보면 기운이 생동하는 창조적 역량이 있어야 좋은 작품을 쓸 수 있는데, 이 때 창조적 역량이 바로 작가의 기상에 해당한다. 또한 마찬가지로 작품에도 생명력이 있어야 명작이 되는데, 이 때 작품을 영활케 하는 생명력은 작품에 기가 충일하게 배어 있기 때문이다. 그러니까 기상론은 작품을 명작이게 하는 생명력의 근원인 동시에 글 쓰는 사람의 창조력을 근본으로 추구해 들어갈 때 만나는 본질적 개념이라 할 수 있다. 앞서 미술에서 말한 기운론과도 상통하는 이론이다.

심호택 교수는 이 기상론을 보다 구체화시키기 위해 주체와 객체의 관계를 공자의 생애에 빗대어 기상이 어떻게 주체로부터 객체에 이르게 되면서 작용하는 가를 살핀 바 있다.[17] 공자의 일생이라 할 수 있는 성인이 되는 단계를 기상론적 측면에서 대입하여 주체가 객체를

---

[16] 심호택, 상게 논문.

[17] 상동.

압도하는 7단계로 구분하여 각 단계마다 그에 해당하는 기상의 특징을 대응시킨 것이다. 각 단계를 살펴보면, 첫째가 생동(生動)기상이다. 지학(志學)에 해당한다. 둘째가 장건(壯健)기상이다. 이립(而立)에 해당한다. 셋째가 불굴(不屈)기상이다. 불혹(不惑)에 해당한다. 넷째가 저항(抵抗)기상이다. 불혹처럼 움쩍하지 않는 데 만족하지 않고 주체가 객체에 대해 저항하기 시작하는 단계를 일컫는다. 다섯째가 발월(發越)기상이다. 지천명(知天命)에 해당한다. 여섯째가 압탄(壓呑)기상이다. 이순(耳順)에 해당한다. 일곱째가 최고의 경지인 웅혼(雄豪)기상이다. 이 단계가 주체가 고차원의 자유를 누리는 단계로 대성(大聖)의 경지를 말한다. 이 경지에 이르러서야 작품이 독자를 완전히 사로잡게 된다는 것이다.

지금까지 중국에서의 기를 중시한 문학론을 살폈고, 기질론적 측면과 기상론적 측면이 있음도 알아보았다.

문제는 이러한 광범위하고 역사가 오래된 기사상이 어떻게 우리 사상에 영향을 주었고, 그것이 문학론에 구체적으로 어떻게 반영되어 나타났으며, 특히 우리 문학론에서 침투하고 굴절되어 독자적인 문학론이 형성되었는가이다. 이를 보다 구체적으로 살펴보기로 하겠다.

4

고려시대 문예론과 기

한국 전통문예론 연구

이인로(李仁老)의 문예론

이인로의 문예론을 규명하기 전에 간략하게 그의 전기를 살펴 볼 필요가 있다. 그의 문예론이 형성된 배경을 고찰하기 위해서다. 이것은 그의 기질을 파악하는 데 도움이 될 뿐 아니라, 그의 문예론을 파악함에 있어서도 일조가 되리라 생각되기 때문이다.

이인로의 가문인 경원 이씨는 고려조 전기의 삼대 가문의 하나로 누대에 걸쳐 국혼으로 왕가의 외척이 되어 부동의 명문을 이루었었다. 그러나 이인로는 이러한 명가의 후손으로 태어났으나 불행하게도 일찍 양친을 여의고 아무 곳에도 의지할 데가 없는 천애의 고아가 되었다. 이런 이인로를 명종의 숙부 되는 화엄승통 요일(蓼一)이 데려다 키웠다. 학문은 요일 스님에게 주로 배웠다.

이인로가 19세 되던 해에 정중부의 무신란이 일어난다. 그때 문신들이 무참하게 많이 죽었다. 이인로는 난을 피해 불문으로 피신한다.

그 후 문신들에 대한 살육의 폭거가 멎게 되자 이인로는 다시 환속한다. 환속하여서도 그는 죽림고승으로 자처하며 불가의 뜻을 펴기에 노력한다. 그러는 한편 과거 시험에도 응시한다. 이상하게도 다른 문인들은 낙방을 거듭하는데 그만은 성공하여 비서감좌간의대부에까지 이른다. 그러나 이인로는 선조들에 비하여 그의 벼슬길이 보잘것없는 것이어서 항상 그것에 불만족이었다. 무신들이 집권하고 있던 시기라서 더 이상 올라 갈 수는 없었고, 이 불만과 좌절을 오직 문학에서 살려 보겠다는 결심을 하고 문학에 정진하였다. 그는 항상 문벌 귀족의 후예라는 긍지와 그의 타고난 문학적 재능에 항상 스스로 자부심을 지니고 있었다. 그러면서도 벼슬길에 대한 미련도 버리지 못했다. 그는 항상 현실에 참여하여 자신의 뜻을 정치에 폄으로써 자신의 가문의 명예를 회복시키고 선조들의 영광을 드러내야 하겠다는 생각을 품고 있었다.

이로 볼 때 이인로는 매우 적극적인 사고방식과 행동으로 살아왔던 문인이었음을 알 수 있다. 그는 선비의 궁극의 목표를 문학에서 뿐 아니라 관직에 나아가 유자적인 입신행도를 실천하는 것도 그에 못지않게 중요한 것으로 인식했고 그것을 실천했던 문인이다.

이인로의 문예론적 관점은 『파한집(破閑集)』에 잘 반영되어 있다. 『파한집』은 주지하는 바와 같이 시화를 모은 문집이다. 시를 짓는 데 따른 일화에다 시평까지 곁들였고, 가끔 작가론이나 문학 일반론까지 보태서 후학들에게 고려시대의 문예론을 알아보는데 귀한 지침서가 되고 있다. 한가함을 온전히 해야만 그것을 깨뜨릴 수 있다는 뜻인데, 그런 사람만이 문학을 할 수 있다는 의미라 하겠다.

이런 배경을 토대로 그의 문예론을 살펴보기로 한다.

첫째, 이인로는 문장이 지위의 고하에서 오는 것이 아니라 마음의 심원에서 오는 것, 즉 기의 청탁(淸濁)에서 기원됨을 분명히 하였다. 문장의 정신적 우월성을 강조한 것이다. 곧 '세상 모든 사물 중에서 귀천과 빈부를 기준으로 하여 높고 낮음을 정하지 않는 것은 오직 문장 뿐'이라 하였다. '훌륭한 문장은 마치 해와 같이 하늘에서 빛남과 같고 구름과 안개가 허공에서 모이고 흩어지는 것과 같아서, 눈이 있는 자로서는 보지 않을 수가 없으므로 그를 감출 수 없게 된다'는 것이다. '그런 까닭에 가난한 선비라도 무지개와 같은 아름다운 빛을 드리울 수 있으며, 아무리 귀하고 세력 있는 자라도 문장에서는 모멸을 당하게 되는 것'이라 하였다.1 · 文1)

이인로의 '좋은 문장은 해와 달처럼 높이 떠서 세상을 비춘다'는 말은 지금도 변함이 없는 진리다. 그는 문장이 지위의 고하와는 반드시 일치하지 않는다는 점을 누구보다도 명철히 인식하였다. 문장의 독자성과 가치성을 본질적인 측면에서 인식한 것이다. 고관대작이 되면 마음에 구름이 가려 탁한 문장이 생산될 가능성이 높다. 가난하지만 심성이 곱고 정신이 빛나는 선비가 오히려 아름답고 고결한 문장을 만들 수 있다. 요는 고관이냐 가난한 선비냐가 아니다. 어떤 마음의 상태를 지니고 있느냐. 그를 통해 얼마나 훌륭한 문장을 짓느냐가 사안의 본질인 것이다.

둘째로 문장 작법에서 탁물우의(托物寓意)의 수법을 중시하였다.

이인로는 이 예로 두 시인(紳駿과 林椿)을 들었다. 이 두 시인은 '탁물우의'하여 시를 읊었는데, 표현한 것이 구슬프고 한스러워 마치 한

---

1 李仁老, 破閑集 下.

사람의 입에서 나온 것 같다고 하였다. 이들 시인은 약속한 것도 아닌데 똑같이 꾀꼬리를 의탁하여 사람의 구슬픈 심금을 울리는 시를 지었다는 것이다. 이것을 보면 시란 것이 마음의 샘물에서 흐르는 것이 분명하다 하였다.[2 · 文2] 시가 탁물우의의 수법에서 의해 이루어지고, '마음의 샘물에서 흐르는 것'이 분명하다는 견해는, 그가 시의 근원을 철사(綴辭)보다는 설의(設意)에 두고 있음을 의미한다. 이것은 다음에 살펴볼 이규보의 시학과도 통한다. '마음의 샘물에서 흐르는 것'은 '기가 흐르는 것'과 동일한 의미로 해석 가능하다.

셋째, 창의력을 중시하였다.

이인로는 본격적인 흉내 내기는 물론 환골탈태까지도 표절의 일종으로 보아 폄하하였다. 그가 으뜸으로 친 것은 오로지 창의였다. 이런 견해는 환골과 탈태에 대한 그의 지적에서 잘 드러난다. 이인로는 '전에 산곡(山谷)이 시를 논하기를, 옛사람의 문구의 의미를 본떠서 자기 말을 만든 것을 환골(換骨)이라 하고, 또한 옛사람의 문구의 의미를 본떠서 자기 것으로 분식한 것을 탈퇴(奪胎)라고 하였다. 이것은 비록 남의 것을 통째로 삼키는 것과는 큰 차이가 있으나, 결국 남의 것을 교묘히 표절하는 것을 면하지 못한다. 어찌 옛사람이 이르지 못한 경지에서 새로운 뜻을 발출해내는 묘함이라고 할 수 있겠는가?'[3 · 文3]하였다. 환골이나 탈태도 가상하기는 하지만 그것은 결국은 표절에 지나지 않음을 의미한다. 진정한 시인이 해야 할 일은 창의력을 발휘하여 선조들이 미치지 못한 경지에 이르러야 한다는 견해다.

넷째, 선천적 재능을 누구보다도 중시하였다. 하지만 그것이 문장

---

2 破閑集 下.

3 破閑集 下.

수련에 의해 비로소 빛을 발할 수 있다 하였다.

그는 이렇게 말하였다. '또한 사람의 재주는 마치 그릇의 모나고 둥근 것과 같아서 모두 다 갖출 수는 없는 것이니, 천하의 기이하고 신기한 경관은 가히 마음과 눈을 기쁘게 하는 것이 매우 많으나, 진실로 재주가 그 뜻에 미치지 못하니, 곧 비유하자면 둔한 말이 연월(燕越)[4]천리(千里)길을 감에 채찍질을 비록 부지런히 해도 먼 곳에 이를 수 없는 것과 같다. 그래서 옛 사람들은 비록 뛰어난 재주가 있어도 감히 함부로 손을 대지 아니하고, 반드시 연마와 탁마의 공부를 더한 연후에야 무지개 같은 광휘를 드리워서 천고에 빛낼 수 있었던 것이다'[5·文4]라고 하였다. 후학들이 이인로를 기보다는 용사를 중시한 문인으로 오해하는 것은 위와 같은 언급에 근거할 것이다. 그러나 위의 언급에서 볼 때, 문맥상 이인로는 용사 보다는 기를 더 중시한 문인으로 해석된다. 다만 세상에 제일가는 천리마라도 그것을 부리는 기수가 서툴다면 아무리 말에 세찬 채찍질을 가해도 그 말이 천리를 뛸 수 없는 것처럼, 문사도 재주만 믿고 문장 수련하는 게을리 하면 명문장을 쓸 수 없다는 사실을 깨우쳐 주려한 언급이라 해석된다. 하물며 재주마저 없으면 둔한 말과 같아 천리 원정은 꿈에도 이룰 수 없음이 자명하다. 재주와 노력이 적절히 조화되어야 명문장이 될 수 있다. 선후를 따지자면 재주가 먼저요 노력이나 수련은 그 다음임이 분명하다.

다섯째, 그의 문장 수련관은 법고창신(法古創新)이었다.

재주는 타고나되 그 재주만 믿고 함부로 시작을 해서는 안 된다. 옛 것을 익히면서 그 옛 법을 자기 것으로 완전히 소화해야 한다. 그럴

---

4 燕越: 古燕國與越國. 燕在北, 越在南, 因以泛指距離遙遠之地.『晋書. 慕容廆載記』.

5 破閑集 下.

때만이 독창적인 시를 지을 수 있다. 만일 옛 것을 그대로 답습하고 자신의 것을 창조하지 못한다면 진정한 문장이 될 수 없다. 이인로는 과거의 것을 그대로 답습하는 당시의 병폐를 다음과 같이 지적하여 경고하였다.

'시인들이 시를 지을 때 고사를 많이 사용하는 것을 일러 점귀부(點鬼簿)[6]라 하고, 이상은[7]이 험벽(險僻)한 곳에서 고사를 사용한다 하여 서곤체(西崑體)[8]라 하니, 이것은 모두 문장의 한 병폐이다. 근자에 소동파와 황산곡이 우뚝 일어났는데, 비록 그 법을 추종하고 숭상하면서도 언어가 더욱 교묘하여 지나친 기교의 흔적[9]이 없으니, 청어람(靑於藍)이라 할 만하다'[10]·文5) 하였다.

---

6 點鬼簿: 죽은 사람의 이름을 적은 장부. (唐代詩人楊烱寫文章喜歡連用古人的姓名,當時人稱他為點鬼簿。)

7 李商隱: 812~858. 唐나라때 시인. 자 의산(義山). 호 옥계생(玉谿生). 허난성(河南省) 친양(沁陽) 출생. 그는 변려문에 뛰어났으나 그의 시는 한(漢)·위(魏)·6조시(六朝詩)의 정수를 계승하였고, 唐詩에서는 두보(杜甫)를 배웠으며, 이하(李賀)의 상징적 기법을 사랑하였다. 또한 전고(典故)를 자주 인용, 풍려(豊麗)한 자구를 구사하여 당대 수사주의문학(修辭主義文學)의 극치를 보여주었다.

8 西崑體: 중국 宋初의 시인 집단의 시를 일컫는 말. 송나라 초기에는 아직 새 시대에 알맞은 새 문학이 생기지 않았으며, 주로 당대(唐代) 문학의 모방을 일삼았다. 특히 당의 마지막 시기인 만당(晚唐)의 시에서 영향을 받았다. 그 중에서도 특히 이상은(李商隱)의 시를 열심히 모방한 것이 양억(楊億)·유균(劉筠)·전유연(錢惟演)·정위(丁謂)·장영(張詠) 등의 시인들이었다. 그들은 같은 제목의 시를 지어 우열을 겨루었고, 15명의 시 247수를 수록한 『서곤수창집(西崑酬唱集)』 2권을 남겼다. 西崑이란 西方仙山의 뜻이며, 그와 마찬가지로 그들의 시도 미사여구를 존중하고 내용이 공허한 비현실적인 것이었다. (詩體之一。宋初楊億、錢惟演、劉筠等相互唱和,有西崑酬唱集行世,後世稱他們詩體為西崑體。其特色為模擬李商隱詩風,好用僻典麗辭。宋·歐陽修·六一詩話:蓋自楊劉唱和,西崑集行,後進學者爭效之,風雅一變,謂西崑體。)

9 斧鑿之痕: 도끼나 끌로 베거나 다듬은 흔적이라는 뜻으로, 詩나 문장이 지나친 기교로 말미암아 오히려 자연스럽지 못함에 비유하는 말.

10 破閑集 下.

창신(創新)이 되지 않은 상태의 문장은 그것이 아무리 매끄럽고 잘 다듬어 나무랄 데가 없다하여도 그것은 모방에 지나지 않는다. 새로움을 창조한 문장이 아니다. 이인로는 이점을 지적한 것이다. 이로 볼 때 이인로는 누구보다도 독창성을 중시하면서 창신을 강조하였던 문인이었음을 알 수 있다.

이상의 논의를 종합해 볼 때, 이인로는 문장이 정신의 소산임을 분명히 하였고, 문장의 독자성을 강조하였다. 문장이 비유적 수법에 의해 창작되어야 효과를 발휘할 수 있음을 일찍이 깨달았던 문인이다. 창의력이 필요함을, 그리고 이를 뒷받침할 수 있는 선천적 재능을 누구보다도 중시하였던 문인이다. 그렇다고 재주만 강조하고 문장 수련을 등한시한 문인은 아니었다. 재주도 중요하지만 그에 버금가는 문장 수련이 뒤따를 때 그 재주가 비로소 빛을 발할 수 있음을 분명히 하였다. 그의 문예론은 재주, 곧 기의 선천성을 인정하였으면서도 그 재주만을 믿는 것이 아니라 그에 버금가는 후천적 노력도 못지않게 중요함을 강조한 것으로 요약된다.

이규보(李奎報)의 문예론

이규보의 가계에 대해서는 자세히 알려진 바가 없다. 아마도 추측하건대, 그 전에는 한미하였던 모양이다. 무신란이 일어났을 때, 이규보는 시골 향리에 상당한 농토를 가지고 있었다고 한다. 이것을 바탕으로 무신란 이후 새로운 정치 풍토와 사회적 조건을 틈타 중앙으로 진출이 가능했다는 것이 일반적인 견해다. 당시 그의 고향인 여주에는 그의 동족들인 이씨 일족이 살고 있었으며, 그들은 호장(戶長), 교위(校尉)의 직책을 담당하고 있었다. 이들 직책은 지방 토착 세력을 대표하는 층들이 맡는 것이 통례였다.

이규보의 가계는 진취적이었다. 하기에 그의 기상도 진취적이고 적극적이었다. 이규보의 생애를 살펴보면 초반의 불운에도 불구하고 후반에는 순탄한 영달의 길을 밟아갔으며, 마침내 평장사라는 최고위직에까지 올랐다. 그는 지방 토호라는 출신 배경으로 보아 민중과도 뿌리 깊은 유대의식을 견지할 수 있었던 것으로 보인다. 이규보는 무신란을 겪으며 사회적 진출의 기회를 포착하였고, 그를 계기로 세력을 얻은 문인이다. 신흥 사대부에 속한다. 앞서의 이인로와는 좋은 대조를 이룬다.

이인로의 문학이 몰락한 사대부 계층의 자위책이라면, 이규보의 문학은 관직 진출을 위한 길이자 수단이었다. 이러한 예는 죽림칠현의 하나가 되라는 권고를 받았을 때, '칠현이 어찌 조정의 관직이라고 빈 자리를 메우겠는가?'라고 하면서 시를 지어 그를 나무리고 기절한 깃만 보아서도 알 수 있다. 이규보는 이들 죽림칠현을 자처하는 문인들이 '겉으로는 청담한 체 하면서도 자기 집 오얏나무가 다른 데 가서 서식하지 못하게 오얏씨에 구멍을 뚫으면서 칠현으로 자처하는 왕융(王戎)과 같은 속물들'11ㆍ文6)이라고 맹비난 하였다. 위선적인 문인에게 직격탄을 날린 것이다. 문학이 현실과는 별개로 따로 독립하여 존재하는 것이 아니라 현실에 적극 참여하여 도를 실천하는 도구로 사용되어야 한다는 그의 문학관이 피력된 결과라 하겠다. 그가 관직을 구하기 위해 그토록 노력했던 것도 그의 이런 인생관에서 비롯된 것이다. 그의 문예론을 정리하면 다음과 같다.

첫째로 이규보는 시작에서 기를 중시였다. 이런 문예관은 다음과 같은 언급에서 확인할 수 있다.

이규보는 시를 지을 때 '무릇 시는 의(意: 뜻)를 위주로 해야 한다. 하기에 뜻을 마음속에 잡는 것이 가장 어렵고, 이것을 말로 엮어 표현하는 것은 그 다음 일이다. 그런데 의는 기를 주로 하는 것이니, 기가

---

11 李奎報, 東國李相國集 七賢說.

뛰어나냐 아니면 보잘 것 없느냐에 따라 의의 깊고 얕음이 결정된다'12·文7)고 하였다. 이규보는 언어의 표현보다도 더 근원적인 의에 중점을 두고 있다. 한 발 더 나가 의를 형성하거나 움직이는 힘으로 기를 설정하였다. 일찍이 조비(曹丕)는 시에서 기의 중요성을 역설한 바 있다. '시는 기가 주가 되어야 한다'고 하였다. 이규보도 이에 영향을 받은 것으로 보인다. 조비는 '기에는 청탁의 체(體)가 있어서 타고난 것이라 억지로 이룰 수 없는 것이라' 하였다. 이규보도 역시 기의 선천성을 중시하였다.

따라서 그의 두 번째 문예론적 특징은 기의 선천성이다.

이규보는 '기는 천성적인 것이다. 타고 나야 한다. 배워서 이룰 수는 없는 것이다'13·文8)하였다. 뛰어난 기를 타고난 사람이 그를 살려 글을 지으면 좋은 문장을 만들 수 있다. 그러나 선천적으로 기를 타고 나지 못한 사람, 즉 기가 떨어지는 사람이 문장을 지으면 글을 다듬는 데 만 오로지 하여 수식만을 능사로 삼게 된다. 그렇게 되면 의를 중요시 하지 않게 된다. 대체로 글을 깎고 다듬어 문장이나 문구를 아름답게 꾸미면 우선 보기에는 미려하다. 그러나 사람도 화장을 짙게 하여 꾸미고 나서면 첫눈에는 아름답게 보이나 뜯어볼수록 깊은 맛이 없어 곧 싫증을 느끼듯이 글도 마찬가지다. 자꾸만 수식하여 아름답게 꾸미면 처음에는 볼 만하나 깊은 뜻이 함축되어 있지 않기에 곧 싫증을 느끼게 된다. 이로 볼 때, 이규보는 기교 보다는 더 근원적인 시상의 심도 있는 설정을 중시하였으며, 깊이 있는 의를 이루기 위해서는 기가 뛰어나야 하며, 이러한 기는 선천적으로 타고난 것이라는 생

---

12 東國李相國集 論詩中微旨略言.

13 상동.

각을 지녔음이 확인된다. 이러한 기의 선천성은 그의 타고난 기질이 그렇다는 것을 의미하기도 한다. 이러한 점은 그의 〈시벽편(詩癖篇)〉에서 확인된다.

'나는 본래 시를 좋아했다. 전생의 빚이라도 있었나 보다. 특히 내가 병들었을 때는 더욱 좋아하였다. 그럴 때는 보통 때의 두 배는 더 좋아하게 되었다. 나도 그 까닭을 모를 정도였다. 홍이나고 물에 촉발될 때마다 읊지 않은 날이 없고, 그렇게 하지 않으려 해도 그렇게 안 하고는 배기지 못하였다. 나는 이것을 병이라 하였다. 나의 이런 병은 스스로 생각해도 슬플 정도였다'14 · 文9)라고 하였다. 이 말에서도 알 수 있듯 이규보는 억지로 의도적으로 시를 짓는 것이 아니라 물에 촉발되어 홍이 나면 절로 넘쳐나듯 그대로 시를 지었음을 알 수 있다. 이규보는 누구보다도 선천적인 기를 타고난 생래의 시인이었음에 틀림없다. 하기에 그는 누구보다도 기의 선천성을 중요시하였다.

이규보는 신의(新意)를 중요시하였다. 이것이 이규보의 세 번째 문예론적 특성이다.

이는 다음과 같은 그의 말에서 드러난다. 그는 이렇게 말하였다.

'나는 어려서부터 막 굴고 찬찬하지 않아서 책 보는 게 그리 정밀하지 못했다. 육경, 제자, 사서의 글이라 하더라도 섭렵했을 따름이지, 그 본원을 탐구해 내기까지에는 이르지 못했다. 하물며 제가의 장구야 더 말할 것도 없다. 그 글에 익숙하지 못하니 그 체를 본받고 그 말을 훔칠 수 있겠는가. 이 때문에 새 말을 만들지 않을 수 없게 된 것이다'15 · 文10) 하였다.

---

14 東國李相國集 白雲小說.

15 東國李相國集 卷第二十六 答全履之論文書.

그러면서도 이규보는 주도면밀한 계획 하에 문장을 지을 것을 역설하였다. 이것이 이규보 문예론의 네 번째 특징이다. 이를 이규보는 다음과 같이 비유로 설명하였다. '대체로 고인의 체를 본받는 자는 반드시 그 시를 습독(習讀)한 연후에 본받아서 능히 따라 갈 수 있는 것이다. 그렇지 않으면 표절(剽竊)도 오히려 어려울 것이다. 비유하건대 도적질하는 자는 먼저 부자의 집을 엿보아서 그 문호(門戶)와 담장과 울타리를 익숙하게 익힌 연후에 그 방에 들어갈 수 있고, 남의 소유물을 훔쳐서 자기의 소유를 만들어도 남들은 알지 못하는 것과 같은 것이다. 그렇지 않으면 주머니를 더듬고 상자를 들기 전에 반드시 잡히고 말 것이다'16 · 文11) 라 하였다.

이규보는 선인의 문장이나 상상력을 본받는 것은 좋으나, 그것을 설익게 모방하는 것을 경계하였다. 더 나아가 창의적으로 자신만의 것을 독창성 있게 만들 것을 주장하였다. 이것이 이규보 문예론의 다섯 번째 특징이 된다. 선인들의 문장이나 상상력을 본받는 것은 필요하나 뛰어난 기도 없으면서 문장 수식만 일삼는 것을 저어한 것이다.

이규보는 선인의 문장을 설익게 모방하려다 발생하는 병폐를 구불의체(九不宜體)라 하였다. 구불의체는 이규보 문장관의 총체라 할 수 있는 것으로, 기상이 있으면서도 자연스러움을 강조한 그의 문예론이 그대로 드러난 비평관이라 할 수 있다. 이 자료는 현대 비평에도 많은 시사점을 제공하며, 특히 기를 중심으로 비평론을 재구하는 데 결정적 단서가 된다.

이규보가 말하는 문장에서의 아홉 가지 병폐는 다음과 같다.17

---

16 東國李相國集 卷第二十六 答全履之論文書.

17 東國李相國集 白雲小說.

첫째가 한 편의 시에 옛사람의 이름을 많이 쓰는 경우이다. 이것을 이규보는 '귀신을 수레에 가득 실은 체(載鬼盈車體)'라 하였다.

둘째가 옛사람들의 시상을 훔쳐 쓴 경우이다. 훔쳐 쓴 것도 나쁜데, 그 훔쳐 쓴 것마저도 제대로 되어 있지 않은 시가 많다는 것이다. 이런 시는 금시 본색이 드러나게 되는데, 이를 이규보는 '설부른 도둑이 쉽게 잡히는 체(拙盜易擒體)'라 하였다.

셋째가 근거도 없는데 강운을 근거도 없이 쓰려는 것도 병통이라 하였다. 마치 '센 활을 당겨 내지 못하는 것(挽弩不勝體)'과 같은 이치라는 것이다.

넷째가 자신의 재주를 헤아리지 못하고 압운을 지나치게 어긋나게 쓰는 경우를 들었다. 이런 체를 '술을 지나치게 마셔댄 체(飮酒過量體)'로 비유하였다.

다섯째로 험자(險字)를 써서 사람을 곧잘 미혹하게 만드는 사람들이 있다는 것이다. 이것은 마치 '함정을 만들어 소경을 이끄는 것'과 같은 체(設坑導盲體)'라 하였다.

여섯째로 말이 순하지 않은데도 억지로 인용하는 체를 또 하나의 병폐로 지적하였다. '남에게 무리하게 자기를 따르라는 체(强人從己體)'에 비유하였다.

일곱째로 상말을 많이 쓰는 사람들도 병폐로 지적하였다. 이런 것을 '촌사람들이 많이 모여 떠드는 체(村夫會談體)'라 하였다.

여덟째로 공자나 맹자를 범하기를 즐겨하는 사람들을 들었다. 이것은 '존귀한 사람들 것을 능멸하는 체(凌犯尊貴體)'라 하였다.

마지막 아홉 번째로 사설을 어수선하게 하는 사람도 좋게 보지 않았다. 이것은 마치 '잡초가 밭에 가득한 것과 같은 체(莨莠滿田體)'라

는 것이다. 文12)

　이상의 것을 종합해 볼 때, 이규보는 옛 선인들의 이름이나 기대면서 그들의 시상을 훔치고 모방하는 행위를 사갈시 하였으며, 부자연스럽게 자신을 과시하기 위하여 운을 강하게 쓰거나 압운을 지나치게 어긋나게 쓰는 경우도 병폐로 지적하였으며, 험한 말을 함부로 쓰거나 순화되지 않은 말을 거칠게 쓰는 것도 좋게 보지 않았음을 알 수 있다. 이규보는 천의무봉의 자연스러움을 누구보다도 강조한 문인임을 다시 한번 확인하게 해 준다. 이것은 그가 의(意)를 중요시하였으며, 이 의는 기에 의해서 자연스럽게 흘러 넘쳐야 하며, 이것이 억지로 만드는 것이 아니라 자연스럽게 문장에 배어 나와야 비로소 훌륭한 시가 창작된다는 그의 생각, 즉 기 중심의 문예론이 피력된 결과라 하겠다.

최자(崔滋)의 문예론

최자는 '문학은 기를 주로 삼아야 한다'고 하여 이규보보다도 한 발 더 진전된 견해를 보여 주었다. 이것이 최자 문예론의 첫 번째 특징이다.

이를 좀 더 자세히 살펴보면 아래와 같다.

'시문은 기를 위주로 하는데, 기는 성(性)으로부터 나오고, 의(意)는 기에 의지하며, 말은 정(情)에서 나오니, 정이 바로 의이다'[18 · 文13)라 하였다.

이를 간략하게 요약하면, '기는 성에서 비롯되고, 성에서 비롯된 기는 의를 가능케 하며, 최종적인 언어, 곧 말은 정에서 나온다. 그러니까 의와 정은 같은 차원의 것이다'로 정리된다. 곧 성이 가장 근원적인 것이고 그 다음이 기이며, 기에서 의가 나오고, 의와 같은 차원인

---

18 崔滋, 補閑集 中.

정을 통해 말이 형성된다는 것이다. 〈성→기→의(정)→말(시)〉의 도식이다. 이것은 이규보가 기와 의만을 언급한 것에 비하면 한 걸음 나아간 것이다. 최자는 기와 의에 성과 정을 더 추가하여 세분화하였고 시어에 대한 언급까지 하였다는 점에서 선대와는 다른 특징이 있으며, 앞으로의 문학론 전개에 있어 많은 시사점을 제공한다. 성은 조선조에 와서 성리학의 근원적인 개념이 되며, 정도 역시 사단칠정론 논의에 핵심이 됨은 물론 현대의 문학론에서도 키워드로 작용한다. 이것은 앞으로 계속 논의될 것이다.

두 번째, 최자는 기가 살아 있어야 함을 역설하였고 더 나아가 이를 발전단계로 설명하였다.

〈시평〉에 이르기를, '기는 살아 있는 것을 중히 여기고, 말은 원숙(圓熟)해지려고 한다. 초학(初學)의 기가 생생한 다음이라야 장년(壯年)이 되어서 기가 표일(飄逸)해지고, 장년의 기가 표일한 다음이라야 노년(老年)이 되어서 기가 호탕(豪宕)하여진다' 하였다.[19 · 文14] 최자는 최고의 경지를 노기호(老氣豪)로 보았는데, 이런 경지까지 가려면 매우 많은 시간과 노력, 그리고 수양이 필요하다고 본 것이다.

최자도 이규보와 마찬가지로 기의 중요성을 강조한 것은 동일한데, 이규보와 다른 점은 이규보가 기의 선천성만을 강조한데 비해 최자는 선천성 못지않게 후천적 노력까지도 함께 고려하고 있다는 점에서 차이가 난다.

최자 문예론의 세 번째 특징은 기의 언어적 표현에 남다른 관심을 표했다는 점이다.

---

19 補閑集 下.

이것은 기가 살아 있어야 함을 숭상한다는 그의 인식에서 근원한 것이다. 살아있는 기를 어떻게 생생하게 언어로 옮겨 놓느냐가 중요한 관건임을 누구보다도 투철하게 깨달았다는 이야기가 된다. 이런 견해는 그의 다음과 같은 언급에서 확인된다.

최자는 '기는 항상 살아있기를 숭상하지만 그것을 표현하는 언어는 또한 원숙해야 한다'[20]고 하였다. 살아있는 기를 원숙한 언어로 표현하는 것은 어려운 일에 속한다. 기가 살아있으면 뜻이 새롭게 되기 마련인데 이것을 언어로 표현하기란 여간 어려운 일이 아니겠기 때문이다. 무턱대고 욕심만 부려 새로운 표현을 하려고 서둘다 보면 더욱 생소하고 조잡해지는 것이 정한 이치다. 최자는 일상적이고 진부한 언어를 사용하는 것만이 능사가 아님을 일찍이 깨달은 문인이다. 살아있는 기를 새롭게, 곧 러시아 형식주의자들이 말하는 '낯설게하기'[21] 수법으로 창조하기 위해서는 새로운 시각에 의한 새로운 표현법이 필요하다. 하지만 이것은 동서고금을 막론하고 창작을 하는 문인들에게는 제일 어려운 과제에 속한다.

최자는 시를 지을 때 기괴함에 의탁해서라도 독자를 격동시켜야 함을 주장했다. 이것이 최자 문예론의 네 번째 특징이다.

최자는 비유의 중요성과 함께 독자와의 교감을 중시한 문인이며 동시에 독자를 감동시키는 것이 무엇보다도 중요함을 인식한 문인이다. 이런 점에서 그의 문예론은 독자반응비평적 관점에서 오늘 날에도 통

---

20 상동.

21 Boris Eichenbaum, Victor Shklovsky 등이 주장한 'defamiliarization(ostraneniye)을 말함.(Vincent B. Leitch, [The Norton Anthology of Theory and Criticism], W·W·NORTON & COMPANY, New York, 2001. p.1060.

용 가능한 문학론이라 하겠다. 이는 다음과 같은 최자의 언급에서 확인된다. '문이라는 것은 정도를 밟아 나가는 문(門)이기에, 법도에 맞지 않는 말은 쓰지 않는다. 그러나 기운을 돋우고 말을 생동하게 해서 듣는 사람을 감동시키기 위해서는, 혹 험괴(險怪)한 것도 말하게 된다. 하물며 시를 짓는 데 있어서랴. 시는 비(比), 홍(興)과 풍유(諷諭)를 근본으로 한다. 그러므로 반드시 기궤(奇詭)에 우탁(寓託)한 뒤에야 그 기운이 씩씩하고 그 뜻이 깊으며 그 말이 뚜렷하여, 사람의 마음을 감동시켜 깨닫게 하고 깊고 미묘한 뜻을 드러내어 마침내는 올바른 데로 돌아가게 할 수 있다'[22 · 文15) 하였다.

문학에서 비유의 수법은 가장 대표적인 표현 수법이다. 그만큼 가장 유용한 표현 수단이기도 하다. 미국의 신비평가들이 비유를 시 분석의 핵심적 준거로 삼은 이유도 이에 있다.[23] 탁물우의의 수법을 쓰면서 기괴함에 의탁해서라도 독자를 사로잡고 충격을 주며, 새로운 감흥을 주어야 문학이 문학다워진다는 최자의 통찰은 현대에도 그대로 적용되는 문학의 기본 원리다. 고려 시대에 이미 이런 언급을 하였다는 점은 특기할 만하다.

최자는 비유를 써서 글을 짓는 것을 가장 좋은 방법으로 여겼지만 그렇다고 누구나 이런 효과를 거두는 것은 아니라 하였다. 최자는 이렇게 말하였다. '시를 지을 때 남의 말을 빌려 비유하는 방법보다 더 좋은 방법은 없다. 그러나 노련한 사람일 때만 이 방법은 효과를 거둘 수 있다. 노련한 사람이 이 방법을 쓰면 시어가 원숙하고 내용이 정교

---

22 補閑集 序.

23 Lois Tyson, [Critical Theory Today], Garland Publishing, Inc. New York & London, 1999. pp. 120~126.

롭게 된다. 그러나 서투른 사람이 이 방법을 쓰면 말이 생경하고 내용
이 생소하게 돼버리고 만다'24 · 文16)고 하였다. 곧 무엇보다도 표현에
있어 원숙한 경지, 노기호의 경지에 도달할 때 비유는 제 품격을 얻을
수 있다는 말이기도 하다. 또한 함부로 기괴함에 의탁하여 험구를 마
구 쓴다든가 지나치게 꾸민다든가, 아니면 선인의 잘된 표현을 마구
표절한다든가 하는 것을 극도로 금기시 하였다. 기가 뛰어나거나 재
주가 뛰어나더라도 그것을 원숙하게 표현할 수 있을 때까지 공을 들
이고 문장 수련을 게을리 하지 말 것을 주문한 것이다.

따라서 최자 문예론의 다섯 번째 특징은 문장을 지나치게 수식하지
말고 자연스러운 문장을 쓰라는 것이다.

거칠게 쓰지 말고 고상하게 쓸 것이며, 경솔하게 필을 잡지 말고 내
적으로 성숙시켜 원숙한 경지에 이를 때까지 기다렸다 때가 차면 그
것을 자연스럽게 글로 표현하여야 한다는 것이다. 이러한 견해는 최
자의 다음과 같은 언급에서 확인된다. '만약 남의 것을 몰래 그대로
훔쳐 오고 사실적인 것에 치우치며, 과장되고 요란스러워 절제되지
않은 것은 일은 글 읽는 사람이 참으로 해서는 안 되는 일이다. 비록
시가(詩家)에는 시의 연구(聯句)를 다듬는 네 가지의 격식이 있어 왔으
나, 취하는 것은 글귀를 다듬고 뜻을 연마하는 것일 따름이다. 그런데
요즈음의 후진들은 성율(聲律)과 장구(章句)만 숭상하여 글자를 다듬
을 때 항상 자신의 시어를 새롭게만 하려고 한다. 그런 까닭에 그 말
이 세련되지 못하고 생경하게 되고 말며, 대구를 연마할 때는 기어코
짝을 맞추려고만 하기 때문에 그 뜻이 옹졸해지고 만다. 웅걸하고 노

---

24 補閑集 中.

성한 기품은 이로 말미암아 잃게 되는 것이다.'25 · 文17) 웅걸하고 노성한 기품은 기에 의해 만들어지는 것이고 이것은 자연스럽게 절로 넘쳐흘러야 되는데, 그것을 억지로 인위적으로 꾸미고 맞추니 어색해지고 옹졸해 진다는 것이다. 기가 생생한 것도 중요하지만 그것을 표현할 수 있는 수단도 그에 버금가게 밑받침되어야 좋은 문장을 쓸 수 있다는 견해다. 이러한 견해는 최자의 다음과 같은 말에서도 거듭 확인된다. '자신의 것을 마음대로 쓴다는 것은 재주가 뛰어날 경우에 해당한다. 문제는 이 타고난 재주를 어떻게 쓰느냐가 문제다. 재주를 타고 난 사람들은 재가 승하여 다른 것이 박하게 된다. 사람의 재주란 그릇의 모나고 둥근 것과 같이, 함께 겸비할 수가 없는 것이다. 천하의 기이한 경치나 이상한 구경거리가 마음과 눈을 즐겁게 할 수 있는 것은 대단히 많지만, 실로 재주가 뜻을 따르지 못하니 마치 노마(駑馬)의 발굽이 연(燕)과 월(越)간의 천릿길에 나선 것처럼 채찍질을 아무리 하여도 멀리 갈 수가 없는 이치와 같다. 그러므로 옛날 사람들은 비록 뛰어난 재주를 가지고 있어도 감히 경거망동하게 손을 놀리지 않았다. 반드시 갈고 닦는 공을 들였다. 그런 연후에야 빛이나 무지개처럼 천고에 빛날 수가 있었다'26 · 文18)하였다. 이로 보아 최자는 기의 선천성을 인정하기는 하였으나 그 기를 담아낼 수 있는 그릇도 함께 중시하였음을 간파할 수 있다.

최자가 말한 재주는 기와도 상통하는 말이다. 재주는 타고난 것이며, 기 또한 타고난 것이다. 문장이 기에 의지하는 것과 마찬가지로 재주도 역시 문장을 이루는 데는 없어서는 안 되는 것이다. 재주가 없

---

25 補閑集 序.

26 破閑集 上.

는 사람이 문장 수련만 한다고 훌륭한 문장을 만들 수는 없는 법이다. 비록 문장을 아름답게 장식한다 하더라도 그것은 화장을 요란하게 한 여인과 같이 금시 그 본색이 드러나고 만다. 그런데 이 재주는 정(情)과도 깊이 관련된다. 곧 앞서 살펴보았듯, 성에서 비롯하여 기가 나오고, 기에서 의가 형성되며, 의는 정과 같은 차원의 것이라 하였는데, 최자는 여기에 더하여 재주와 정을 함께 논하고 있다. 그는 '재주가 그 사람의 감정보다 낫다면 비록 좋은 뜻은 없더라도 그 말은 오히려 원숙하며, 감정이 재주보다 낫다면 사어(辭語)가 천박하여 글 속에 좋은 뜻이 있음을 알 수 없다. 감정과 재주를 함께 얻은 뒤에야 그 시는 볼만하게 된다'27 · 文19)하였다. 재주는 정과도 깊은 연관이 있다. 예술적 재능이 그 정보다 뛰어나면 말은 원숙할 수 있으나 고상한 사상 감정은 기대할 수가 없게 된다. 반대로 정이 그 재능을 능가하면 말이 낮고 촌스러워져 또한 역시 고상한 사상이나 감정을 드러낼 수 없다. 그러므로 정과 재능을 아울러 갖춘 뒤에야 시는 볼만한 것이 될 것이다.

재주는 타고난 것임은 이론의 여지가 없다. 재주는 후천적으로 얻어지는 것은 아니다. 문학에서도 타고난 재주가 있어야 함은 재언을 요치 않는다. 기질론과 기상론에서 재주는 기질론에 가깝다. 기질은 타고나는 것이며, 천재적 기질을 지닌 작가들이 좋은 작품을 남기는 것은 두말할 여지가 없다. 그런데 문제는 최자는 이 재주를 정과 비교하여 설명하고 있다는 점이다. 재주와 노력은 그런대로 비교가 되나 재주와 정은 우리의 상식으로는 비교 대상이 될 수 없는 것이다. 하기에 여기서는 재주는 기와 통하기는 하지만 이를 기와 동일 개념으로

---

27 補閑集 中.

보아서는 안 되며, 앞에서 살펴 본대로 정을 의와 동일한 차원이란 점을 염두에 두고 볼 때, 재주를 문장으로 표현할 수 있는 힘이나 능력으로 보는 것이 타당하다. 그러니까 여기서 말하는 예술적 재능이란 속에 있는 생각을 문장으로 표현하는 재능이며, 정은 그 표현을 가능하게 해 주는 상상력이나 문장의 내용에 해당한다고 볼 수 있다. 최자가 정과 재능을 아울러 중요시 한 것은 문장의 내용과 형식이 원숙하게 균형을 이룰 때 좋은 문장이 창작됨을 강조하기 위한 것이라 생각된다. 재능이 없는 사람이 글을 지을 때 욕심만 앞선다면 그 표현이 속되고 난잡하게 될 수밖에 없다. 속되고 난잡한 작품을 서둘러 만드는 것은 아무 쓸모가 없다. 오래 걸리더라도 잘 다듬어 좋은 작품을 만드는 것이 훨씬 중요하다. 재능이 없는 사람이 욕심을 내는 것도 문제지만 글을 쓸 때 공을 들이는 것이 무엇보다도 중요하다. 기가 뛰어나고 그것이 살아 숨쉬고 생생하게 생동한다 하더라도, 또 그것을 표현하는 재주를 타고 났다고 하더라도, 그것만을 믿고 도에 넘게 만용을 부리면 난잡한 작품을 만드는 결과를 초래하고 말 것이다. 공을 들이고 아름답고 원숙하게 모든 혼을 쏟아 부어 작품을 창작할 때 불후의 명작이 탄생됨은 동서고금을 막론하고 변하지 않는 진리라 하겠다. 천재일수록 재주는 1에 지나지 않고 99는 노력이라고 겸허하게 말하는 것을 우리는 새겨들을 필요가 있다. 일찍이 조지훈 시인도 필자가 학부생일 때 강의 중에 위와 같은 말을 한 것을 필자는 기억하고 있다. 지훈은 타고 난 기를 지닌 사람이었고 또한 재주도 뛰어난 시인이었다. 그러나 그는 천재성 보다는 노력을 더 중시하였다.

위에서 언급한 것을 토대로 볼 때 최자 문예론의 여섯 번째 특징이 드러난다.

그것은 정과 재주를 둘 다 중시하였으나 재주 보다는 정을 중시하고 있다는 점이다. 재주만 믿고 정을 등한시 하면 좋은 문장을 지을 수 없다는 말이다. 이것은 재주와 정 둘을 놓고 볼 때, 정이 더 근원적인 요소임을 말해 주는 것이다. 최자는 앞에서도 말한 바와 같이 재주뿐만 아니라 문장 수련도 강조하였다. 특히 선대 문인들의 훌륭한 문장을 본받을 것을 강조하였다. 최자가 문학에서 기를 중시하였다고 하여 선인의 문장을 본받는 것을 소홀히 한 것으로 오해할 가능성이 있으나, 최자도 역시 선인의 문장을 철저히 공부하여 본받을 것을 강조한 문인이었다.

최자 문예론의 일곱 번째 특징은 이인로나 이규보와 마찬가지로 법고창신을 주장하였다는 점이다.

최자는 이렇게 말하였다. '무릇 글을 짓는 사람은 마땅히 맨 먼저 글자의 본뜻을 살피고, 경사(經史)와 백가(百家)에서 사용된 것과 함께 참고하여 충분히 생각한 뒤에 붓을 들어 써야 한다. 그래야만 말이 정밀해지고 굳세어져서 표현해내기 어려운 교묘한 말까지 나타낼 수 있다. 만약 말이 정밀하고 굳세지 못하면 비록 뛰어난 감정과 호방한 기상이 있다하더라도 그러한 실질을 나타내 펼칠 길이 없으니, 결국 졸렬하고 난삽한 시문이 되는 것이다'28 · 文20) 하였다. 옛사람의 글을 본받고 익혀 자기의 것으로 하려면, 가장 먼저 해야 할 일이 자본(字本)을 자세히 살펴보는 일이다. 곧 언어의 의미를 정확하게 파악해야 한다는 뜻이다. 그런 연후에야 붓을 들어야 한다. 그것이 고전이나 대가들에게 어떻게 쓰였는가를 참작하면서 붓을 들어야 한다는 뜻이다.

---

28 補閑集 上.

언어 구사가 정밀하고 힘차야 어려운 기교가 비로소 피어날 수 있다. 만일에 언어를 씀에 있어 정확하지 못하고 힘차지 못하면, 아무리 고상한 정과 호방한 기가 있다고 하여도 드날리는 바가 없어서 마침내 옹졸하고 조잡한 시작품이 되어 버리고 말 것이기 때문이다. 그러니까 최자는 누구보다도 투철하게 뛰어난 기 못지않게 그의 표현도 중요한 몫을 차지함을 강조한 문인이었음이 확인된다. 최자가 고전을 섭렵하라고 한 것은 그의 문학관, 곧 선천적인 기만이 아니라 후천적 수양에 의해서 보다 나은 기가 수련되고 이렇게 쌓인 기가 좋은 문장을 만들 수 있다는 인식이 있었기 때문이었을 것이다. 하여 우리는 그가 고전 공부를 할 때의 주의사항이나 요령을 자주 강조한 것을 도처에서 확인할 수 있다. 최자는 '배우는 사람이 경사와 백가를 읽는 것은 그것에서 뜻을 얻고 도를 전수받는 것만으로 그치는 것이 아니라, 장차 책 속의 말을 익히고 그 문체를 본받음으로써 마음속에 배운 것을 깊이 간직하고 글을 짓는 일에 익숙하게 하여, 글을 짓거나 시를 읊을 경우에 마음과 입이 서로 들어맞아 말을 하면 곧 문장이 되게 하는 것이다. 그러므로 사물에 느끼어 시를 지을 때 생경하고 난삽한 말이 없으며, 옛사람의 말이나 생각을 그대로 답습하지 아니하여 저절로 새롭고 놀라운 글을 창출(創出)하게 되는 것은 오직 뜻을 구성하여 문장을 베푸는 것일 따름이다'[29 · 文21)라고 하였다.

학자들이 고전과 대가들을 연구할 때는 단지 그 사상 감정을 체득하고 그 이치만을 전수받는 데 그쳐서는 안 된다. 거기 표현된 말을 익혀 자신의 어휘를 풍부하게 하고 문체를 본받아 마음에 새기고 입

---

29 補閑集 中.

에 익숙해지도록 해서 시가를 창작할 때에는 마음과 입이 상응하여 글로 쓰면 바로 시가 될 수 있어야 한다. 그 경지에 들어가야 글을 지어도 조금도 생경한 곳이 없게 된다. 고전을 배울 때는 자칫 옛사람들을 모방하기가 쉬운데, 옛사람들을 모방하지 않고 새롭고 훌륭한 작품을 만들어 내기 위해서는 오로지 사상 감정을 잘 이끌어 내야하고, 이것을 문장으로 잘 표현해야 한다는 뜻이다. 굉장히 까다로운 주문이다. 고전을 잘 익히되 모방에 그치지 말고 창의적으로 자신의 시상을 잘 이끌어 내야 한다는 것이다. 만일 시인이 기가 모자란다면 아무리 고전을 익힌다 해도 모방의 단계를 벗어나지 못할 것이다. 기가 충만한 연후에 고전을 잘 익혀 기법을 배운다면 그때 비로소 창신은 이루어지게 될 것이다. 아무리 훌륭한 고전이라도 새롭게 해석되어 창의적으로 계승되지 못하면 그것은 죽은 것이나 다름없다.

최자가 다음과 같이 역설한 것도 이러한 이유에서 일 것이다. '훌륭한 고전은 무엇인가 새로운 것을 창조하였을 때만이 고전으로 살아남을 수 있다. 고전이 아니라도 좋다. 좀 생경하더라도 착상이 새롭다는 것은 매우 고무적인 일이다. 전에 김정신이 나에게 말하기를 "내용이 아무리 웅건하고 심오하더라도 이미 낡은 것이라면 평범한 데 머물고 만다. 비록 심오하지는 못하더라도 새 경지를 개척한 것이라면 우수한 것이다."라고 하였는데, 나는 그때 옳고 그름은 말하지 못하였으나 지금 다시 생각해 보니 역시 김장원의 말이 옳다는 생각이 든다'[30 · 文22)] 하였다.

최자는 항상 새로운 것을 창조하도록 요구하였음을 알 수 있다. 고

---

30 補閑集 中.

전을 익히되 그를 뛰어 넘어 새로움을 창조하는 것을 우선으로 여겼던 것이다. 모방 보다는 좀 생경하더라도 창조에 더 가치를 둔 것이다. 그러나 이왕이면 생경하기 보다는 고전을 섭렵하여 그것을 완전히 소화하여 노기호(老氣豪)의 경지에서 원숙함을 창조하는 것이 한결 바람직 할 것이다.

최자는 이의 전범으로 누구를 꼽을 수 있느냐는 질문에 서슴지 않고 이규보를 추천한다. '나는 서슴지 않고 이규보 선생을 꼽고 싶다. 지난번에 문안공 유승단을 방문하였을 때 공은 이렇게 말하였다. "이 즈음 학사 이규보의 시작품을 보았는데 매우 우수하여 자못 참신한 내용이 많았다. 그의 장편시를 관통하는 기는 작품 마지막에 이를수록 더욱 장쾌하여 마치 천리를 달리는 준마가 바야흐로 네거리를 달려 나가다가 중도에서 굳건하게 우뚝 멈춰선 그런 기상이다."라 하였다.'[31·文23) 최자의 말이다. 그는 이어서 후에 음미해 보니 이규보를 그렇게 적절하게 평하기도 힘들다는 생각이 들었다고도 하였다. 최자는 '이규보는 일찍이 사람들을 보고 자기 창작은 해마다 발전해서 작년의 작품을 금년에 보아도 가소롭게 생각되는데 거의 해마다 그러하였다고 말하였다. 그는 젊었을 때에 붓을 달려 시를 빨리 쓰면서 거의 치밀한 구상을 하지 않았었다. 그런데 만일 그 어구가 시의 형태를 갖춘 것이 있으면 사람들은 모두 이를 베껴 가지고 다니면서 읊었을 정도였다. 늘그막에 이르러서는 이규보는 시 창작에 신중을 기하였다. 구상도 깊이하고 시어도 다듬었다. 그러나 사람들은 그 심오한 맛을 즐길 줄 몰랐다. 그리고 본즉 시를 이해하기는 어려운 일이란 것을 새

---

31 補閑集 中.

삼 깨닫게 됐다. 어려운 일 중에서 가장 어려운 일이 시를 이해하는 일이라 생각이 들었다'32·**文24)**라고 칭찬하기도 하였다.

최자의 이규보에 대한 칭찬은 그칠 줄 모른다. '이규보는 젊었을 때부터 붓을 달려 작품을 빨리 썼는데, 모두 참신한 내용을 내놓았으며, 어구의 표현이 다채로워 그 기가 마치 천리마의 기세와 같았다. 성운과 격률 조직에 있어서도 치밀하고 교묘할 뿐 아니라 호방하고 기발하였다. 그러나 우리가 이규보를 우리나라의 걸출한 시인이라고 하는 것은 그의 율시에 대해서만 하는 말은 아니다. 그는 고시와 장편시의 어렵고 곤란한 운율이라도 자유분방하게 한꺼번에 수백 장을 써 나가면서 결코 옛사람을 답습하지 않고 훌륭히 하였기 때문에 우수하다고 하는 것이다'33·**文25)**라 하였다.

최자는 또 '기암 거사 안순지도 이규보의 문집을 보고 매우 감탄해 마지않으면서 "그의 빛나는 문장은 잠시 동안에도 백 편의 시를 지으며 신묘한 재능은 참신하고 뛰어났다. 사람들은 그를 이태백과 같다고 하는데 과연 그렇다. 내가 보기에는 그가 시를 창작할 때에는 물결 치는 비단인 양 자유분방하며 작품은 비단결같이 빛나는 그 점이 이태백과 비슷한 것 같다. 그리고 율격이 엄격 정제하고 대구(對句)가 적절하여 급히 서둘러 쓰는 중에서도 노력한 흔적이 나타나는 점은 이태백보다 우수한 듯하다."고 말하였는데, 아마도 당대 문인 중에서 이규보만큼 걸출한 시인은 없을 것이다'34·**文26)**라 극찬하였다. 어느 시대에나 전범이 있다는 것은 바람직한 일이다. 더구나 본고와 같이

---

32 補閑集 中.

33 補閑集 中.

34 補閑集 下.

기문학론을 입론하는 입장에서 보면 기문학의 전범으로 이규보가 있다는 것은 여간 다행한 일이 아니다.

마지막으로 최자의 실제 비평관을 살펴 볼 차례다.

이규보가 구불의체를 들어 문장의 병폐를 지적한 바 있는데, 최자는 간략하게나마 시품을 나누고 있어 그의 비평관이 종합된 것을 일목요연하게 살펴 볼 수 있다. 최자는 산문의 경우 '글은 호매(豪邁)하고 장일(壯逸)한 것으로 기(氣)를 삼고, 경준(勁峻)하고 청사(淸駛)한 것으로 골(骨)을 삼으며, 정직(正直)하고 정상(精詳)한 것으로 의(意)를 삼고 부섬(富贍)하고 굉사(宏肆)한 것으로 체(體)를 삼는다. 만일 생경(生硬)하고 난삽(難澁)하며. 자잘하고 섬약(纖弱)하며, 어지럽고 천근(淺近)한 것에 매인다면 이는 병통이다'35 · **文27)** 하였다. 이는 지금까지 살펴 본 그의 문예론이 그대로 반영된 견해라 하겠다. 기가 호매해야 하고 사상 감정을 있는 그대로 드러내야 하며, 문체가 소박하다는 것은 자연스러워 꾸밈이 없어야 한다는 말과 상통한다. 또한 기가 뛰어나야 하기에 호방해야 하고 힘차야 하는 것이다. 조금이라도 생경하거나 천박하거나 난잡하거나 하면 탈이라 한 것은 원숙을 지향한 그의 평소의 생각이 반영된 결과라 생각된다.

최자는 시의 경우 정밀하게 시품을 나누고 있다.

'시를 두고 말하면 신기(新奇), 절묘(絶妙), 일월(逸越), 함축(含蓄), 험괴(險怪), 준매(俊邁), 호장(豪壯), 부귀(富貴), 웅심(雄深), 고아(古雅)한 것이 으뜸이며, 정준(精雋), 주긴(遒緊), 상활(爽豁), 청초(淸峭), 표일(飄逸), 경직(勁直), 굉섬(宏贍), 화유(和裕), 병환(炳煥), 격절(激切),

---

35 補閑集 下.

평담(平淡), 고막(高邈), 우한(優閑), 이광(夷曠), 청완(淸玩), 교려(巧麗)한 것이 그 다음 등급이고, 생졸(生拙), 야소(野疎), 건삽(蹇澁), 한고(寒枯), 천속(淺俗), 무잡(蕪雜), 쇠약(衰弱), 음미(淫靡)한 것은 병통이다'36 · 文28) 하였다.

또한 '시를 평하는 사람은 먼저 기골(氣骨)과 의격(意格)을 살피고, 다음으로는 사어(辭語)와 성률(聲律)을 살핀다'고 하였다. 같은 내용이라도 시어와 운율의 차이가 있는 법이라 내용과 형식이 함께 우수하기는 그리 흔치 않기 때문이란 것이다. 하기에 평론가들의 평가도 한결같지가 않다는 것이다.

또한 『시격(詩格)』에 이르기를, 싯구가 노성(老成)하면서 글자가 속되지 않으며, 이치가 심오하면서 뜻이 잡스럽지 않고, 재주는 자재로우면서 기가 성내지 않으며, 말이 간략하면서도 사실을 밝혀낸다면 바야흐로 풍소(風騷)에 들게 된다'37 · 文29)고 하였다. 지금도 문학하는 사람들에게는 사표가 될 만한 말이다.

---

36 補閑集 下.

37 補閑集 下.

이제현(李齊賢)의 문예론

이제현은 1288년에 태어나 1367년까지 살았다. 이규보는 1162년에 태어나 1241년에 몰하였고, 최자는 1188년에 태어나 1260년에 죽었다. 이규보와 최자가 13세기 문인이라면, 이제현은 14세기문인이다. 이규보와 최자는 19살 차이이니 동시대의 문인이라 해도 상관없다. 이제현은 최자보다도 100년 늦게 태어났으니 꼭 한 세기가 차이가 난다.

이제현은 기란 용어를 꼭 집어 사용하지는 않았어도, 옛 것을 그대로 답습하고 모방하는 것을 저어하였고, 새로운 내용에 적응하는 새로운 형식의 창조를 중요시하였다. 이점에서 이인로, 이규보, 최자의 문예론과 궤적을 같이 한다. 특히 그는 개성과 독창성을 중시하였다. 뜻이 지향하는 바를 언어로 표출한 것이 시라 하였다. 또한 기상을 중시하였다. 이제현은 사엄이의신(辭嚴而意新)을 창작에서 중요시하였다. 이는 표현하는 언어의 엄격함과 뜻의 새로움을 강조한 것이다. 이 점에서도 앞서의 고려시대 문인들과 동일한 생각을 지니고 있음이 확인된다. 이제현도 글귀만 아름답게 다듬기 보다는 체험이 진실하고 이 체험이 곡진하게 나타날 때만이 독자를 감동시킬 수 있다 하였다.

이제현의 문예론은 『역옹패설(櫟翁稗說)』에 잘 나타난다. '역'은 구도토리 나무를 뜻하고 '패'는 논에 나는 피를 뜻한다. 구도토리 나무는 재목으로는 쓸모가 없어 오래 생명을 부지할 수 있고, 피 또한 쓸모없는 것이기에 아무도 돌아보지 않아 버려지는 것이다. 지신의 처지를 구도토리나무에 비유하고 자신이 지은 글을 피로 비유한 것이다. 문학 즉 여기(餘技)라는 동양 전통적인 문학관을 나타낸 것이다. 이를 통해서 우리는 그가 여유와 소외로 인한 고독을 오히려 즐겼음을 알 수 있다. 문학이 문학다워지기 위해서는 현실에 거리를 두고 관조할 수 있어야 함을 은연중에 암시한 것이다. 『파한집(破閑集)』, 『보한집(補閑集)』과 같은 맥락에서 이해될 수 있는 암시적인 의미가 깃들여 있다.

이제현 문예론의 첫 번째 특징은 '언외의(言外意)'를 중시하였다는 점[38]이다.

이제현은 함축적인 의미와 함께 여운의 미를 중시하였다. 이러한 그의 시에 대한 생각은 다음과 같은 그의 말에서 확인된다. 이제현을 '옛사람의 시는 눈앞의 경물(景物)을 묘사하였지만 의미는 말 밖에 있으므로, 말은 끝이 났지만 맛은 끝이 없다'[39 · 文30]고 하였다. 이의 예로 다음과 같은 시를 들고 있다. '도팽택(陶彭澤)의 시에 〈동쪽 울 밑

---

38 李齊賢, 櫟翁稗說 後集一.

39 櫟翁稗說 後集一.

에서 국화를 따다가(採菊東籬下)/유연히 남산을 보도다(悠然見南山)〉
와, 진간재(陣簡齋)의 시에 〈문을 여니 비 온 줄을 알겠거니(開門知有
雨)/늙은 나무 절반이 젖어 있네(老樹半身濕)〉라고 한 것이 그런 류(類)
이다'40 · 文31)고 하였다.

특히 이제현은 「못가에 봄풀이 나온다(池塘生春草)」란 시를 특별히
애송한다 하였다. 말로는 도저히 다 전할 수 없는 한없는 묘미가 깃들
어 있기 때문이란 것이다. 이것은 마치 난초가 손님을 응대할 때나 사
물을 논할 때는 그 향기가 있는 줄 깨닫지 못하다가 밤이 깊어 고요히
가라앉아 있고 달빛이 창에 들 때면 그윽한 향기가 코에 풍기41 · 文32)
는 것과 같은 이치라 하였다. '언외의'란 말은 다하였으나 그 뜻은 말
밖에 있어 그 맛이 끝나지 않고 은은히 여운을 남기는 것과 같은 의미
이기도 하다.

이제현 문예론의 두 번째 특징은 앞서 거론한 문인들과 같이 그도
역시 모방을 배격하고 개성적인 표현을 중시했다는 점이다.

이제현은 옛 것을 배우는 것이 중요하기는 하지만 그렇다고 모방만
을 일삼는다면 그것은 용렬한 짓이 될 것이라 하였다. 무엇보다도 개
성이 중요하다고 역설하였다. 이것은 '소노천(蘇老泉 노천은 소순(蘇洵)
의 호)이 구양공(歐陽公)에게 올린 편지에, "…집사(執事)의 문장은 맹
자(孟子)나 한자(韓子 한유(韓愈))의 문장이 아니요 구양자(歐陽子)의 문
장입니다." 하였는데, 시(詩) 역시 그러하다. 가령 이백(李白)·두보(杜
甫)로 하여금 구공(歐公)과 같은 시를 짓게 하여도 반드시 똑같게 짓지
는 못할 것이며, 구공으로 하여금 이백·두보와 같은 시를 짓게 하여

---

40 櫟翁稗說 後集一.

41 櫟翁稗說 後集一.

지었다 하더라도, 우맹(優孟)이 손바닥을 치면서 담소(談笑)하는 것과 같으리니 이를 진짜 손오(孫敖)라 할 수 있겠는가?'42·**文33**)라는 이제현의 말에서 확인된다.

아무리 뛰어난 시인인 이태백이나 두자미라 하더라도 그들에게 구양수와 같은 시를 지어보라 하면 반드시 같지 못할 것이 정한 이치고, 또 반대로 구양수에게 이태백이나 두보와 같은 시를 지으라 하면 마치 초장왕 때 배우인 우맹(優孟)이 손뼉 치며 담소하는 것 같거나 아니면 초장왕 때의 어진 신하 손숙오의 흉내를 내는 것과 같이 되어 버릴 것이다. 뛰어난 예술가는 그만의 독창성이 있는 것이고, 이 독창성과 개성을 잘 드러낼 때 명작이 가능한 것임은 동서고금의 진리다. 독창성과 개성의 중시는 모방을 배격할 뿐 아니라 사대주의적인 발상을 혐오하고 우리 고유의 주체성을 옹호하며 그에서 진정한 문학의 가치를 찾는다. 비평론에서 기를 중시한 문인들이 이와 같은 입장에 서 있음은 고려조나 조선조나 동일하다.

이제현 문예론의 세 번째 특징은 풍유를 중시하였다는 점이다.

이것은 앞의 문인들에서도 발견되는 특징이었다. 풍유를 중시한다는 것은 시의 함축적 의미와 표현 기법의 중시를 의미하는 것이기도 하다. 이제현은 훌륭한 시가 되기 위해서는 풍유를 잘 사용하여야 함을 실제 시를 실례로 들면서 설명하였다.

'장장간(張章簡) 일(鎰)의 다음과 같은 승평연자루(昇平燕子樓) 시가 있다.

---

42 櫟翁稗說 後集二.

연자루에 풍월만 쓸쓸하니	風月凄涼燕子樓
낭관이 떠난 뒤 꿈결처럼 아득하네	郎官一去夢悠悠
당시의 좌객들 늙는 것 혐의할 게 뭔가	當時座客何嫌老
누대에서 춤추던 가인도 흰 머리 된 것을	樓上佳人亦白頭

곽밀직(郭密直) 예(預)가 수강궁(壽康宮)에서 새매 잃은 것에 대하여 지은 시가 있는데 다음과 같다.

여름 겨울 보살펴 살지게 길렀는데	夏涼冬暖飼鮮肥
어인 일로 날아가고 돌아오지 않는가	何事穿雲去不歸
제비에겐 한 알의 곡식도 준 적 없건만	海燕不曾資一粒
해마다 돌아와서 들보 옆을 난다네	年年還傍畫樑飛

이동안(李動安) 승휴(承休)의 하운(夏雲) 시가 있는데 다음과 같다.

한 조각이 문득 흙탕물 위에서 생겨	一片忽從泥上生
동서 남북으로 종횡하다가	東西南北便從橫
장마비 내려 메마른 식물(植物) 소생시키겠다고	謂成霖雨蘇群槁
부질없이 해와 달의 밝은 빛 가렸네	空掩中天日月明

정밀직(鄭密直) 윤의(尤宜)가 안렴사(按廉使)에게 준 시가 있는데 다음과 같다.

<table>
<tr><td>새벽에 말을 달려 외로운 성으로 들어가니</td><td>凌晨走馬入孤城</td></tr>
<tr><td>사람 없는 울타리 가에 살구 열매만 달렸네</td><td>籬落無人杏子成</td></tr>
<tr><td>뻐꾸기는 나랏일 급한 줄 모르고</td><td>布穀不知王事急</td></tr>
<tr><td>온종일 숲가에서 봄갈이 재촉하네</td><td>傍林終日勸春耕</td></tr>
</table>

이상의 시는 사람으로 하여금 즐겨 애송하게 한다. 그러나 장간(章簡)의 시는 감분(感奮)하여 지은 시일 뿐 딴 뜻이 없으나 나머지 3편은 모두 풍유(諷諭)가 함축되어 있는데, 특히 정(鄭)·곽(郭)의 시는 미묘하고도 완곡(婉曲)하다'43 · 文34)고 하였다. 장일, 곽여, 이승휴, 정윤의 시를 비교하였는데, 그 중 장간의 시는 단순한 감회만 읊은 것이어서 별다를 뜻이 없으나 나머지 세 사람의 시는 풍유가 그윽하고 완곡하여 명편이 된다는 것이다.

시에서 상징이나 심상이나 그 밖의 기법적 소도구도 중요하지만 시적 기법이 모두 모여 총체적으로 표상되는 그윽하고 완곡한 풍유는 독자에게 감동을 주기위한 시적 기법으로는 으뜸에 해당한다. 풍유는 사람마다 다 다른 것이어야 하고 그만의 독창성이 있어야 새로움을 창조하게 되는데, 이것은 개성이 밑받침되어야 가능하다. 이렇게 창조된 신의는 함축적 의미를 지니게 되어 언외의의 목적을 달성할 수 있다. 개성과 언외의, 풍유는 따로 떨어져 존재하는 것이 아니라 함께 어우러져야 비로소 광채를 낼 수 있다.

이제현 문예론의 네 번째 특징은 시의 근원을 '뜻이 지향하는 바가 발현'된44 · 文35) 것으로 보았으며, 시를 평할 때 기상을 중시하였다는

---

43 櫟翁稗說 後集.

44 史贊.

점이다.

이제현은 임춘과 최자의 시를 들어 시의 기상을 비교하였다.

'임서하춘(林西河椿)이 꾀꼬리 울음을 듣고 시를 지었는데 다음과 같다.

농가에 오디 익고 보리는 마르려 하는데	田家椹熟麥將稠
푸른 숲에 꾀꼬리 소리 처음 듣겠네	綠樹初聞黃栗留
낙양에서 꽃 아래 노닐던 사람 제 아는 듯이	似識洛陽花下客
은근히 울어울어 그치지 않는구나	慇懃百囀未能休

최 문청공(崔文淸公 문청은 시호)이 밤에 숙직(宿直)하다가 채진봉(採眞峯)에서 학(鶴)이 우는 소리를 듣고 시를 지었는데 다음과 같다.

구름 갠 높은 하늘에 달이 마냥 밝으니	雲掃長空月正明
소나무 둥지에 자던 학 청아함 이기지 못하네	松巢宿鶴不勝清
온 산의 새와 짐승 마음 알아주는 것 적으니	滿山猿鳥知音少
홀로 성긴 날개 퍼덕이며 밤중에 우는구나	獨刷疏翎半夜鳴

위의 두 시는 모두 불우(不遇)를 슬퍼하여 지은 것이다. 그러나 문청의 시는 기절(氣節)이 강개하여 임춘에게 견줄 바가 아니다'[45 · 文36]고 하였다.

이제현은 임춘과 최자가 같은 새(꾀꼬리와 학)의 울음소리를 읊었어

---

[45] 櫟翁稗說 後集二.

도 그 기상은 최자가 월등하여 비견할 바가 못 된다 하였다. 다 불우한 처지에 있는 시인의 감정을 읊은 것인데도 최자의 것이 뛰어난 기상을 지니고 있다고 평하였다. 이로보아 이제현도 이규보나 최자와 마찬가지로 시품을 나눌 때 기상을 중시하였음을 알 수 있다.

또한 이규보와 마찬가지로 시는 뜻이 지향하는 바가 발현되는 것이라 하였는데, 이는 당대의 동양적 시관의 일반적 경향을 보여주는 언급이라 특이할 것은 없을지 모르나 고려시대의 기를 중시한 문인들과 같은 인식을 보여주고 있다는 점에서 의미가 있다. 곧 '마음먹은 것, 이것이 말로 표현된 것이 시'라 하여 의(意)의 중요성을 강조하였으며, 비록 기라는 말은 생략하였어도 그 의미의 함축으로 보아서는 기를 중심 개념으로 놓고 시론을 전개한 것으로 생각된다. '최자와 임춘의 차이가 이에 근원'한다 한 것도 기의 차이를 염두에 두고 한 말일 것이다.

이제현은 시를 평할 때도 실제 그 시가 어떠하냐를 직접 따져보고 평하여야 한다는 견실한 태도를 견지한 문인이다. 이제현은 '『논어』에 "고장 사람들이 모두 좋아하더라도 옳은 것이 아니고 모두 미워하더라도 옳은 것이 아니니, 선(善)한 사람이 좋아하고 불선한 사람이 싫어하는 것만 못하다" 하지 않았던가? 시문(詩文)을 짓는 것도 이와 무엇이 다르겠는가?'46 · 文37)라고 하였는데 시를 평할 때도 이와 같이 해야 한다는 것이다. 또한 '옛사람이 이르기를, "시는 만고에 떠들썩하게 전할 수는 있으나 공감을 얻게 할 수는 없으며 온 좌중(座中)을 놀라게 할 수는 있으나 사람마다 적의(適誼)하게 할 수는 없다"하였는데, 참으로 명언(名言)이다'47 · 文38)라고도 하였다. 불후의 명작을 남

---

46 櫟翁稗說 後集.

47 櫟翁稗說 後集.

기는 일이 얼마나 어려운 가를 설파하였음은 물론, 누구에게나 어느 처지에 있는 사람에게나 감명을 주고 공명을 불러일으키는 일이 얼마나 지난한가를 깨우치는 말이라 하겠다. 기가 뛰어난 작품이 요구되는 것도 이러한 공감의 문제인 것이다. 기상이 뛰어나면 독자의 마음을 움직여 공감은 물론 감동을 줄 수 있겠기 때문이다.

■■ 소결 - 고려시대 문예론의 전반적 특징

이상에서 고찰한 고려시대 문예론을 개인별로 요약하면 다음과 같다.

이인로는 문장이 정신의 소산임을 분명히 하였다. 문장의 독자성을 강조하였으며, 문장이 비유적 수법에 의해 창작되어야 효과를 발휘할 수 있음을 강조하였다. 그는 창의력이 필요함을, 그리고 이를 뒷받침할 수 있는 선천적 재능이 있어야 함을, 재주도 중요하지만 그에 버금가는 문장 수련이 뒤따를 때 그 재주가 비로소 빛을 발할 수 있음을 분명히 하였다. 기의 선천성(先天性)을 인정하였으면서도 그 재주만을 믿는 것이 아니라 그에 버금가는 후천적 노력이 이에 못지않게 중요함을 강조하였다.

이규보는 시를 지을 때 '무릇 시는 의(뜻)를 위주로 해야 한다. 하기에 뜻을 마음속에 잡는 것이 가장 어렵고, 이것을 말로 엮어 표현하는 것이 그 다음 일이다. 그런데 의는 기에 좌우된다. 기가 뛰어나냐 아니면 보잘 것 없느냐에 따라 의의 깊고 얕음이 결정된다.'고 하였다. 이규보도 기의 선천성을 주장하였다. 그러면서도 주도면밀한 계획 하에 문장을 지을 것을 강조하였다. 이규보는 선인의 문장이나 상상력을 본받는 것은 좋으나, 그것을 설익게 모방하는 것을 경계하였다. 더 나아가 창의적으로 자신만의 것을 독창성 있게 만들 것을 주문하였다. 이규보는 선인의 문장을 설익게 모방하려다 발생하는 병폐를 구불의체라 하였다. 여기서 그는 기상이 있으면서도 자연스럽게 문장을 지을 것을 강조하였다.

최자는 '문학은 기를 주로 삼아야 한다'[48]고 하여 이규보보다도 한 발 더 진전된 견해를 보여 주었다. 최자는 기가 성에서 비롯된다 하였고, 문학을 창작할 때 근원이 되는 요소인 의는 기에 의지해야 가능하며, 말은 정에서 나온다 하였다. 곧 의와 기는 시를 짓게 하는 근원이 되는 것이고, 의와 정은 같은 것이기에 정이 곧 의라 하였다. 최자는 기가 살아 있어야 함을 역설하였고 더 나아가 이를 발전단계로 설명하였다. 특히 처음 시를 배울 때는 기가 생생하여야 좋은 시를 지을 수 있다 하였다. 그래야 장년이 되어서 기가 뛰어나게 되고, 장년 시기에 기가 뛰어나게 돼야 늙어서도 기가 호방해질 수 있다는 것이다. 최자는 최고의 경지를 노기호로 보았다. 최자도 이규보와 마찬가지로 기의 중요성을 강조한 것은 동일한데, 이규보와 다른 점은 이규보가 기의 선천성만을 강조한데 비해 최자는 선천성 못지않게 후천적 노력까지도 함께 고려하고 있다는 점에서 차이가 난다. 최자는 기의 언어적 표현에 남다른 관심을 표했다. 기는 항상 살아있기를 숭상하지만 그것을 표현하는 언어는 또한 원숙해야 한다 하였다. 최자는 시를 지을 때 기괴함에 의탁해서라도 독자를 격동시켜야 함을 주장했다. 곧 비유의 중요성과 함께 독자와의 교감을 중시한 문인이며 동시에 독자를 감동시키는 것이 무엇보다도 중요함을 인식한 문인이다. 최자는 문장을 지나치게 수식하지 말고 자연스러운 문장을 쓰라 하였다. 거칠게 쓰지 말고 고상하게 쓸 것이며, 경솔하게 필을 잡지 말고 내적으로 성숙시켜 원숙한 경지에 이를 때까지 기다렸다 때가 차면 그것을 자연스럽게 글로 표현하여야 한다 하였다. 최자는 정과 재주를 둘 다 중시하였으나 재주 보다는 정을 중시하였다. 재주만 믿고 정을 등한시 하면 좋은 문장을 지을 수 없다는 말이다. 최자도 법고창신을 주장

---

48 補閑集 中.

하였다. 그러면서도 최자는 항상 새로운 것을 창조하도록 요구하였다. 고전을 익히되 그를 뛰어 넘어 새로움을 창조하는 것을 우선으로 여겼다. 모방 보다는 좀 생경하더라도 창조에 더 가치를 두었다.

최자는 산문의 경우 '글은 호매(豪邁)하고 장일(壯逸)한 것으로 기(氣)를 삼고, 경준(勁峻)하고 청사(淸駛)한 것으로 골(骨)을 삼으며, 정직(正直)하고 정상(精詳)한 것으로 의(意)를 삼고 부섬(富贍)하고 굉사(宏肆)한 것으로 체(體)를 삼는다. 만일 생경(生硬)하고 난삽(難澁)하며. 자잘하고 섬약(纖弱)하며, 어지럽고 천근(淺近)한 것에 매인다면 이는 병통이다'[49] 하였다.

최자는 시의 경우 정밀하게 시품을 나누고 있다.

'시를 두고 말하면 신기(新奇), 절묘(絶妙), 일월(逸越), 함축(含蓄), 험괴(險怪), 준매(俊邁), 호장(豪壯), 부귀(富貴), 웅심(雄深), 고아(古雅)한 것이 으뜸이며, 정준(精雋), 주긴(遒緊), 상활(爽豁), 청초(淸峭), 표일(飄逸), 경직(勁直), 굉섬(宏贍), 화유(和裕), 병환(炳煥), 격절(激切), 평담(平淡), 고막(高邈), 우한(優閑), 이광(夷曠), 청완(淸玩), 교려(巧麗)한 것이 그 다음 등급이고, 생졸(生拙), 야소(野疎), 건삽(蹇澁), 한고(寒枯), 천속(淺俗), 무잡(蕪雜), 쇠약(衰弱), 음미(淫靡)한 것은 병통이다'[50] 하였다.

이제현의 문학론을 일별하면 기란 용어를 꼭 집어 사용하지는 않았어도, 옛 것을 그대로 답습하고 모방하는 것을 저어하였고, 새로운 내용에 적응하는 새로운 형식의 창조를 중요시한 것을 보면 그의 문학관이 이인로, 이규보, 최자의 문학론과 대동소이함을 알 수 있다. 물

---

[49] 補閑集 下.

[50] 補閑集 下.

론 당대의 문인들이 동양 일반 문학론의 영향 하에 있었다는 것을 부인할 수는 없으나 특히 개성과 독창성을 중시하였고, 뜻이 지향하는 바를 언어로 표출한 것이 시라 하였고, 창작에서 기상을 중요시하였다는 점에서, 또한 표현하는 언어의 엄격함과 뜻의 새로움(辭嚴而意新)을 강조하였다는 점에서, 기를 중시한 문예이론과 동일한 궤적을 그린다. 이제현도 글귀만 아름답게 다듬기 보다는 체험이 진실해야 하고 이 체험이 곡진하게 나타날 때만이 독자를 감동시킬 수 있음을 강조하였다. 이제현은 『역옹패설』의 의미에서도 암시하듯, 문학론에서 여운의 미를 중시하였다.

5

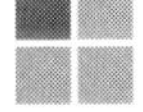

조선시대 문예론과 기

한국 전통문예론 연구

서거정(徐居正)의 문예론

서거정(1420~1488)은 조선조 시대에 활동한 시론가이며 비평가이다. 서거정은 재도문학의 대변자로 평가되어 왔다. 그는 창의력 보다는 옛 것 중시하고 그를 본받는 사장파의 입장에 서 있었던 문인으로 알려져 왔다. 그러나 서거정의 문예론을 꼼꼼히 살펴보면 의외로 고려조의 이인로나 이규보, 최자의 문예론인 기문학적 견해를 상당수 계승하고 있음을 발견하게 된다. 비록 왕조는 달리하였더라도 문학적인 입장에서는 고려의 맥을 계승하고 있는 것이다. 특히 그는 문장의 원천을 기로 보았다는 점에서 고려조의 이규보나 최자와 근본에서는 동일하다.

서거정 문예론의 첫 번째 특징은 문장을 기로 보았다는 점에서 찾을 수 있다.

서거정은 다음과 같이 말하였다. '나는 문장은 곧 기라고 생각해 왔다. 때에 맞춰 자연스럽게 운행하는 것이 곧 문장이란 뜻이다. 이 기는 하늘에서 받는 것이다. 그래서 기에는 맑고 흐린 것이 있고, 순수한 것과 잡된 것이 있게 된다. 이런 차이가 글에 그대로 나타나게 된다. 글 중에도 공교롭게 잘 다듬어진 글이 있고, 졸작이 있어 그 차이가 나는 것이나, 혹은 높은 기상이 있는 글과 저급한 기상이 드러나는 글이 있어 그 품위가 서로 갈리게 되는 것도 다 이 때문이다'[1] 文1)하였다. 이러한 견해는 서거정이 문학을 사(辭)보다는 기가 우선하는 것으로 보고 있음을 단적으로 증명한다. 이는 고려 시대의 이규보나 최자의 문학론과 동일하다. '문장은 곧 기'다란 말이나, '문장은 시운(時運)이다'란 말은 바로 좋은 문장이 되려면 하늘에 있는 기를 받아야 하고, 이 기를 얻어야만 그것이 나타나서 비로소 말이 형상화됨을 의미한다. 좋은 글은 형식 보다 내용이 우선되어야 한다는 생각이다. 시품을 나눌 때도 기상의 수월성 여부로 판단 기준을 삼았다. 기를 우선으로 한다는 점에서 서거정의 문학관은 고려시대의 기문학적 문학관을 계승하고 있음을 알 수 있다. 이러한 견해는 다음과 같은 그의 말에서 보다 분명히 확인된다.

'시는 마땅히 기절(氣節)을 앞세워야 한다. 글맵시(文藻)는 그 뒤에 할 일이다. 시는 마음에서 우러난 것인 동시에 기가 넘쳐흐른 것이다. 그래 옛사람들은 시를 읽으면 그 사람됨을 알 수 있다 하였다. 역시 옳은 말이다. 시란 뜻에 간직한 것을 말로 표현한 것이다. 뜻이란 것이 무엇인가? 그것은 바로 마음이 지향하는바 어떤 것이 아니겠는가? 그러므로 시를 읽으면 그 사람을 읽는 것이나 다름없게 되는 것이다.

---

1 徐居正, 四佳文集 券之四 觀光錄序.

대개 벼슬을 하여 높은 자리에 오른 사람들의 시는 호방하고 풍부한 것이 일반적인 특징이다. 초야에 묻혀 지내는 사람들의 시는 정신과 기상이 맑고 담백하다. 중이나 도인의 시는 정신이 메마르고 기운이 모자란다. 이렇게 분류한 것은 내가 한 것이 아니고 옛날 시를 잘 보는 사람들이 그렇게 나눈 것이다'2 · 文2)하였다

위의 말에서 시가 반드시 기절을 앞세워야 한다고 했을 때, 기절이란 말은 기와 시운을 함께 언급한 말로 해석할 수 있다. 시가 마음에서 우러난 것인 동시에 기가 넘쳐흐른 것이란 견해는 기문학론의 요체에 해당한다. 억지로 지어서 만들거나 공교하게 하기 위하여 기교를 부리는 것이 아니라, 기절을 앞세워 천지의 운행하는 이치를 문장에 담아 자연스럽게 표현해야 좋은 문장이 된다는 주장이다. 문장이 곧 사람이란 말은 현대의 문체론에서 논의되는 바와 동일하다. 문체는 문학에서 매우 중요한 비중을 차지하는 부분이다. 문학이 문학다울 수 있는 요체가 문체임은 재언을 요치 않는다. 문체는 문학에서 개성을 확인할 수 있는 중요한 요소다.

서거정이 글 쓰는 사람의 환경에 따라 글이 달라질 수 있다고 본 것은 글이 환경의 지배를 받는다는 이야기에 다름 아니다. 사람에 따라 기에 청탁이 있음을 간파하고 그것이 글로 나타남을 말하기 위한 것이라 볼 수 있다. 이 때 기상(氣象)이 환경의 지배를 받는 것으로 보았다는 점에서 최자가 기의 후천성을 주장한 것과 맥락을 같이 한다. 서거정이 말하려 한 요점은 사회적 신분의 우열에 의해 시품의 우열이 결정된다는 것을 강조하기 위한 것이 아니라, 사회적 환경에 의해 기

---

2 徐居正, 東人詩話 卷上, 卷下, 四佳文集 卷之六 桂庭集序, 四佳文集 卷一四.

가 좌우될 수 있고, 이것이 시에 자연스럽게 나타나기에, 시품도 이를 기준으로 나누어질 수 있음을 강조하기 위한 것이라 해석된다. 이때 서거정이 시 창작의 원동력인 기가 신분에 의해 좌우된다고 이야기 하면서도 그것이 옛 사람들의 견해임을 애써 강조한 것은, 옛 사람들의 견해에 동조는 하면서도 다음과 같은 그 자신의 생각을 정당화하기 위한 것이라 해석된다.

'어떤 처지에 있거나 그 기가 살아있으면 훌륭한 문장을 남길 수 있다. 곧 천지의 정기(精氣)가 사람에게 집중되면 훌륭한 문장이 되는 것이다. 문장이란 인간 언어의 정수이며 인간의 말 중에서도 가장 화려하고 아름다운 부분이다. 그러므로 좋은 시대를 만나 기쁨을 노래하는 경우에도 그 문장은 마치 하늘에서 빛나는 다섯 별(금, 목, 수, 화, 토의 다섯 개의 별)과 같이 찬란히 빛을 발하게 되는 것이고, 불우한 때를 당하여 세상을 개탄하고 자연을 읊조려도 그 문장은 빛나게 되어 있는 것이다. 마치 골짜기에 버린 구슬과 같아서 그 구슬이 빛나는 것을 가릴 수 없는 것과 같은 이치다. 그러니까 어떤 처지에 있건 좋은 문장은 사람들의 안목을 놀라게 하여 그 이름을 후세에 전할 수 있는 것이다. 그 처지의 좋고 나쁨은 문제가 되지 않는다'3 · 文3)라 하였다.

이것은 일견 앞서의 견해와 상호 모순되는 것으로 생각할 수도 있다. 앞에서는 사람이 처한 환경에 따라 기가 결정되고 그것이 나타난 것이 시이기 때문에 처지에 따라 시가 다르게 나타난다 하였기 때문이다. 그러나 위에 인용한 것을 보면 그와는 다르게 어떤 처지에 있거나 기가 훌륭하면 얼마든지 좋은 시를 쓸 수 있다 하였다. 또한 그 문

---

3 四佳文集 卷一四.

장은 다섯 개의 별과 같이 빛난다 하였다.

우리는 여기서 서거정이 도학자답지 않게 오행을 인용하였다는 점에 주의를 기울일 필요가 있다. 그는 이미 음양오행의 원리를 체득하고 있었으며, 기의 작용도 이 음양의 조화와 오행의 운행에 의해 이루어진다는 것을 깨닫고 있었음을 암시하는 것이다. 그러니까 앞의 사회적 신분이나 처지에 따라 문장이 달라진다는 것은 일반적인 견해를 피력하여 기의 중요성을 역설하기 위한 수단이라 볼 수 있으며, 서거정의 본래의 뜻은 방금 위에서 살펴본바 대로 '어떤 처지에 있거나 그 기가 살아 있으면 훌륭한 문장을 남길 수 있다'는 기의 중요성을 역설한 것이 의도의 핵심이라 해석된다.

서거정 문예론의 두 번째 특징은 기의 후천성 인정이다. 서거정은 기를 기르기 위해 노력해야 하며, 이를 위해 여행을 많이 할 것을 권장하였다.

서거정이 여행을 특별히 권장한 것은 도처에서 자주 확인되는데, 이는 기를 기르기 위해 체험을 확대해야 함을 강조하기 위한 것이다.

서거정이 '소영빈도 일찍이 논하기를 〈문장이란 기의 나타남〉이라 하였다. 맹자는 호연지기를 잘 기른 분 중에 대표적인 사람이다. 사마천은 먼 지방을 여행하면서 문장의 기를 키웠다. 하기에 사마천의 문장은 소탈하고 호탕하였다. 앞에서 말한 소영빈도 또한 여러 지방을 여행하면서 여러 가지 사물을 관찰함으로써 장쾌한 기운을 기르려고 노력하였다. 하여 종남산의 숭고한 모습과 황화수의 분방한 흐름을 구경한 후 북경에 이르러 장엄하고 화려한 건물들과 구양수 한퇴지 같은 걸출한 인물들과 접촉하기도 하였다. 이들을 만나고 난 후 "천하의 문장은 바로 여기에 있다"고 감탄하였다. 마자재도 이렇게 말하였다. "사마천의 문장은 책에서 배운 것이 아니다. 여행 중에 배운 것이다. 여행과 현실을 관찰하는 중에 배우지 않은 문장은 곧 낡아버리고 썩기 쉬운 것이다"라고 하였다. 나 자신의 경우만 보더라도 일찍부터 여러 지방을 여행하면서 기를 기르고 문장을 빼어나게 하려고 마음먹었다. 그러나 이제 나는 늙어 버렸다'4·文4)고 말한 것은 기를 기르기 위해 체험을 확대해야 함을 역설한 것이라 해석된다.

안두에서 익힌 공부는 탁상공론에 지나지 않아 기백이 넘치지 못하고 현실과 유리될 수밖에 없다. 그런 문장은 탄탄치 못하다. 진실된 체험이 밑받침 되어야 힘찬 문장이 나올 수 있다. 그럴 때만이 문장은 공허하지 않게 되고, 읽는 이를 감동시킬 수 있다.

서거정은 또 이렇게 말하였다. '좋은 문장을 쓰려면 독서를 많이 하는 한편 현실에 직접 부딪치면서 자신의 체험 영역을 넓혀가야 한다. 혹자는 구태여 멀리 여행을 하면서 고생을 할 필요가 있겠는가? 수 만 권의 책을 읽으면 문 밖에 나서지 않고서도 천하 고금의 일을 다 알 수 있는데 무엇하러 일부러 여행을 하면서 고생을 할 필요가 있는가 하고 생각할지 모른다. 그렇다면 글 쓰는 사람들은 먼 여행을 하지 말고 집에만 틀어박혀 책만 읽어야 하겠는데, 이러면 또한 기백을 기를 수 없게 되는 게 흠이다. 나라의 임무를 띠고 사방으로 다니면서 산천을 유람하면 문장과 기를 더욱 장하게 할 수 있다. 여행을 하면서 견문을 넓히고 기를 기르는 것 또한 독서를 수 만 권 하는 것보다 더 중요하다. 요는 둘이 모순되지 않고 상보적인 역할을 할 때만이 좋은 문장이 되는 것이다. 수 만 권의 책을 읽어 기본적인 주체를 세우고, 여

---

4 四佳文集 卷一三 遊松都錄序.

러 지방을 여행하여 활용할 만한 능력을 기르면 자기에게 부과된 문학의 임무를 완성할 수 있다'5·文5)라 하였다.

서거정은 독서는 체를 세우는 데 필요하고, 그것은 뼈대를 세우는 일로서 반드시 있어야 하는 것이지만, 그것을 활용할 수 있는 능력을 배양하기 위해서는, 특히 기백을 기르기 위해서는 두루 여행 할 것을 권고하였다. 이러한 견해는 서거정이 이론적인 사유체계에만 집착한 형이상학자가 아니라 실제를 중시한 실학자적인 면모를 지니고 있음을 알 수 있다. 그는 문학이 기가 중심이 되어야 함을 역설한 문인답게 현실과 체험을 중시하였으며, 이는 그냥 얻어진 것이 아니라 그의 철학이 이러한 현실 중심적 철학에 뿌리내리고 있기에 가능했다고 생각된다. 즉 모든 사물의 운행 원리를 음양의 조화로 파악하였기에 그러한 폭넓은 인식을 지닐 수 있었을 것이다. 이러한 점은 다음과 같은 진술에서도 확인된다.

'모든 것은 음양이 조화를 이룰 때 성사된다. 문과 무의 관계도 이와 같은 이치다. 이 둘의 관계는 마치 음양이 서로 떠나지 못함과 같은 것이다. 그러므로 한편으로는 당기고 한편으로는 늦추는 것이 곧 문무의 도라 할 수 있다. 문이라는 것이 글귀나 읽고 고전이나 해석하는 것만을 뜻하지 않는다. 또한 무라는 것도 적장을 베고 깃발을 빼앗아옴만을 오로지 뜻하는 것이 아니다. 본래의 뜻은 문으로써 일체의 활동의 본체를 확립하고, 무로써 그 운용을 활달하게 하는 것을 의미한다. 이렇게 하면 백성들의 생활은 편안하게 되고, 모든 것이 정착되고 국방을 튼튼히 함에 부족함이 없게 되는 것이다'6·文6)라 하였다.

---

5 四佳文集 卷一三.

6 四佳文集 卷一三.

세상 어떤 일이든지 체(體)만 있어서는 안 되며 그것의 용(用)이 있어야 비로소 완성될 수 있다는 생각이다. 이러한 서거정의 생각은 음양오행의 원리를 바탕으로 한 것임은 위에서 확인되는 바다. 문장에서도 세상 다른 이치와 마찬가지로 체만 있어서는 안 되며 그의 용도 함께 있어야 완전한 문장을 얻을 수 있다는 인식이다.

이러한 체와 용이 잘 조화되어야 함을 강조한 그의 생각은 자연스럽게 재도문학(載道文學)과 연결된다. 이것이 서거정 문예론의 세 번째 특징이다.

서거정은 '시라는 것은 소기(小技)에 지나지 않을 수도 있으나 이 시는 세상을 교화하는 수단이 될 수 있기에 군자가 마땅히 취해야 할 것'7ㆍ文7)이라 하였는데, 이는 서거정이 문학을 단순한 여기로만 보지 않고 세상을 교화할 수 있는 실용성 있는 수단으로 생각하였음을 말해 주는 것이다. 이러한 서거정의 생각은 문의 근원을 자연의 운행 원리에 두고 있기에 가능한 인식이었다.

서거정은 '문은 하늘과 땅이 나누어지자 이에서 생겨난 것이다. 해와 달, 별이 곧 하늘의 문장이 되었고, 그 아래로 벌려 있는 산과 골짜기를 흐르는 물이 모여 땅의 문장이 되었다. 이에 성인이 괘를 긋고 글자를 만들었다. 이리하여 인문이 점차 베풀어지게 되었다. 정일중극(精一中極)인 덕치가 문의 체요, 시서예악은 문의 용이다. 따라서 시대마다 각각의 문이 있고, 그 문에는 체가 있는 것이다. 문이라는 것은 도를 꿰는 기구에 다름 아니다. 하기에 육경의 문은 문을 짓는 데에 뜻이 있는 것이 아닌데도 자연히 도에 합하는 것이다. 후세의 문

---

7 東人詩話 券下.

중에는 오직 문을 짓는 데에만 뜻을 둔 경우가 종종 있어서 그럴 경우에는 도에 순수하지 못하게 되는 것이다. 문은 도에 뿌리를 박아야 진실한 문장이 된다'고 하였다.

재도문학론은 서거정 혼자만의 것은 아니다. 동양의 보편적 가치관이었다. 그러나 한 가지 주목해야 할 것은 그가 문장의 근원을 정일중극으로 보았다는 점이다. 이는 용에 앞서 체의 근원이 되는 것을 태극(太極)으로 보았다는 의미다. 태극은 우주의 근원을 이야기 할 때 상정되는 형이상적인 우주의 본체다. 이것이 무엇으로 설명되느냐에 따라 철학적 입장이 달라진다.

도 또한 마찬가지다. 도를 무엇으로 보느냐에 따라 철학적 입장이 달라진다. 유가적 입장에서 보느냐, 도가적 입장에서 보느냐, 아니면 불가의 입장에서 보느냐에 따라 달라지게 된다. 서거정은 재도문학론자였다. 조선조의 성리학자였다. 이점을 감안할 때 유가적 입장이 강했을 것으로 생각된다. 서거정은 '시인들은 뜻을 세우고 말을 사용함에는 같지 않은 점이 있으나 모두 각기 궁극의 목적은 정(正)으로 돌아가는 데 있다'고 하였고, '글들이 비록 잘되고 못된 것의 구별은 있으나 그 귀결을 살피면 모두 성정을 바탕으로 한 것에는 한결같다'라고 말한 것을 보면 그의 문학론이 성리학에 근거하고 있음은 부인 못할 사실이라 하겠다. 그러나 그가 문학의 근원을 정일중극으로부터 생성된 것으로 본 점으로 미루어 볼 때, 성리학적 입장에 도가적 입장을 가미한 것으로 해석된다. '문은 하늘과 땅이 나누어지자 이에서 생겨난 것이다'란 인식에서 우리는 그가 문장의 근원을 기로 보았음을 간파할 수 있다. 기는 곧 도의 근원이란 말과 동일하다고 보아도 무방하다. 이것은 문장의 근원이 자연 그 자체란 인식이며, 더 거슬러 올라가면 그것을 가능케 한 것이 기라는 의미에 다름 아니다. 이 점은 앞서 서거정 문학론의 첫 번째 특징으로 거론한 '문이 기에 의해 이루어졌다'란 명제와 연관된다. 곧 문은 도이며 동시에 기인 것이다. 따라서 도와 기는 동급이거나 아니면 둘 다 근원적인 어떤 것을 나타내는 형이상적 실체가 된다.

서거정 문예론의 네 번째 특징은 개성을 중시하였다는 점이다. 그렇다고 고전을 중시하지 않은 것은 아니다. 고전을 모방하는 데 그치면 안 되고 그를 뛰어 넘어 개성을 통한 창조를 주장하였다.

서거정은 '문장, 그 중에서도 특히 시는 남의 것을 답습해서는 안 된다. 옛사람은 문장은 마땅히 제 생각대로 써야 한다고 하였다. 형상을 어찌 남과 같이 만들어 낼 수 있겠는가? 사람의 얼굴이 다 다르듯이 모든 글은 또한 그 글 나름대로 개성이 있어야 되는 것이다. 어찌 다른 사람과 같이 생활 할 수 있겠는가?' 하였다. 이로 볼 때 서거정도 여타의 창신을 주창한 기문학자답게 창의적이고 개성적인 문장을 주문하였던 것을 알 수 있다. 개성을 중시하고 다른 사람과 변별성을 지닌 독창적인 문장을 만들어 낼 때 진정한 문학은 탄생된다. 이것은 동서고금을 막론하고 변하지 않는 진리다. 그렇다고 서거정이 고사를 완전히 등한시 한 것은 아니었다.

고사 인용에 대한 서거정의 생각은 다음과 같았다.

'옛사람들이 고사를 인용함에 있어서는 그 사실을 직설적으로 인용하기도 하고 본래의 의미와는 반대로 인용하기도 한다. 고사를 바르게 인용하는 것은 누구나 할 수 있는 일이다. 그러나 그 의미를 반대로 인용하는 것은 탁월한 사람이 아니면 할 수 없는 일이다'8ㆍ文8)라고 하였다.

그는 이어서 '조선 태종 때 사람으로 조수 선생이 있는데, 일찍이 수확을 노래한 시에 '낫 모양이 초승달 같다'란 구절이 있다. 조수 선생이 나에게 이르기를 한퇴지의 시에 '초승달이 낫과 같다'는 말이 있는데 나는 이 말을 인용하면서 그 뜻을 반대로 하였노라고 하였다. 이런 것을 일컬어 번안법이라 한다. 시를 배우는 사람들은 반드시 알아야 할 기법이다'9·文9)라 하였다.

위의 말로 미루어 볼 때, 서거정은 시를 지을 때 고사를 인용하는 것은 있을 수 있는 일이나 출처가 분명해야 하고, 더 중요한 것은 그것을 그대로 인용하기 보다는 그 의미를 반대로 인용하여야 한다는 말이다. 의미를 반대로 인용한다는 것은 완전한 창조에는 미치지 못한다. 그러나 고사를 있는 그대로 묘사하여 모방하는 것보다는 의미를 반대로 인용하는 것이 보다 어려운 것은 사실이다. 또한 이것도 넓게 보아서는 창조에 해당한다. 그런데 여기서 서거정이 강조하는 것은 고사를 완전히 배제하지 말고 옛 전통을 이어 받되 그것을 보다 창의적으로 극복하여 자기 것으로 만들라는 것이다. 핵심은 문장은 어떤 경우에도 모방하거나 옛것을 그대로 답습하여서는 안 된다는 점이라 하겠다.

서거정 문예론의 다섯 번째 특징은 비유와 함축성을 중시하였다는 점이다.

그는 이인로의 「천수사 벽에 쓴 시」를 예로 들면서 '이루 다 표현할 수 없는 내용이 시어 밖에 나타나도록 하여야 좋은 작품이 됨'10·文10)

---

8 東人詩話 上.

9 東人詩話 下.

10 東人詩話 上.

을 말하였다. '언외의(言外意)'가 있어야 좋은 시가 됨을 밝힌 것이다.

서거정은 '시는 내용을 직접 드러내지 않고 함축성 있는 것이 좋다. 그러나 함축적인 것과 애매한 것과는 다른 것이다. 희미하고 은밀한 말은 아픔과 기쁨을 명백하게 밝히지 못해 또한 시의 큰 흠집이 되는 것이다'文11)하였다.

미국 신비평에서 비유를 분석하고 함축적 의미를 찾기 위해 여러 가지 비평 장치를 개발한 것도 이러한 맥락이라 하겠다. 신비평에서 애매성(ambiguity)11은 시어의 다의성을 말하는 것인데, 이것은 서거정이 말한 애매한 것과는 다른 의미다. 분명하지 않은 것과 함축적이고 다의적인 것과는 근본적으로 구분되어야 한다.12 시어의 함축과 암시성은 동서고금을 막론하고 변함없는 진리라 하겠다.

서거정은 비유에 대해서도 탁견을 지니고 있었는데, 이것은 다음과 같은 그이 말에서 확인된다.

'옛 시인들은 시에서 흔히 사물에 의탁하여 정황을 보여주는 수법을 많이 썼다. 하여 옛사람들의 시를 읽어보면 표현에 그럴듯한 것이 많다. 예를 들자면, 문정 최항은 검은 팥을 읊으면서 '흰 눈은 속된 것을 미워하는 듯, 복수심을 안고 세상을 흘긴다'고 하였는데, 문인 열사를 검은 팥에 비유한 것은 특이하다 아니할 수 없다'13 · 文12)하였다.

검은 팥에는 흰 점이 박혀 있다. 그것을 무심히 지나치지 않고 속된 것을 비판적으로 흘겨보는 문인 열사의 눈에 비유한 것은 비유의 날

---

11 Lois Tyson, [Critical Theory Today], Garland Publishing, Inc. New York & London, 1999. pp. 122~123.

12 Vincent B. Leitch, [The Norton Anthology of Theory and Criticism], W · W · NORTON & COMPANY, New York, 2001. pp. 1439~1440.

13 東人詩話 上.

카로움이 엿보이는 점이라 하겠다. 이것을 끌어내서 비유의 필요성과 적절성을 역설한 서거정의 비평안도 보통은 아니라 생각된다.

서거정 문예론의 여섯 번째 특징은 시어의 조탁을 강조했다는 점이다.

옛사람들은 시에서 격조를 다듬고, 시구를 다듬고 시어를 다듬었으며, 그것으로 만족하지 않고 스승과 벗에게 보이고 허물을 찾아내어 고치곤 하였다는 것이다. 시의 기교는 어구 하나를 묘하게 쓰는 데 달려 있다고 해도 과언이 아니라 하였으며, 하기에 옛사람들은 어구 하나까지를 모범으로 삼았다는 것이다.

이로 보아 서거정은 사장파(詞章派)의 태두답게 문장에서 기가 우선적이고 근원적이지만 그것을 갈고 닦는 문장력, 곧 문장의 기교가 뒷받침되지 않으면 훌륭한 문장을 창출할 수 없다는 생각을 지니고 있었다. 후세 사람들이 선학들의 문장을 본받으라 강조한 이인로의 말을 언어 그 자체로만 받아들여 독창성을 무시하고 모방을 중시한 사람으로 평가하는 것은 문장수련의 필요성을 강조한 본래의 뜻을 오해하여 곡해한 결과라 생각된다. 시 창작에 있어서 독창성은 당연한 것이기에 그것은 대전제로 깔아 놓고 소홀히 하기 쉬운 문장 수련을 강조한 것이다.

위의 제 논의를 바탕으로 볼 때, 서거정은 문장의 기교나 수식을 오로지 중시하는 문인이 아니라 기를 문장의 근원으로 삼고 그에서 용출되는 시를 진정한 문학으로 평가하였음을 알 수 있다. 이는 그가 이규보의 장편시를 최고의 시로 평가하는 데서 그 진의가 드러난다.

서거정은 '일찍이 이규보의 장편시를 읽었는데, 그의 시는 웅건 장쾌하며 기세가 용감하여 마치 맨손으로 맹수를 때려잡고 오르는 용을 휘어잡는 듯하여 기이하고 놀랄 만했다'14·文13)고 하였는데, 여기서 비평기준이 되는 것은 웅건(雄建), 장쾌(壯快), 용감(勇敢) 등이다. 이 것은 모두 뛰어난 기상을 의미하는 용어들이다.

또 이색의 장편시도 비평하였는데, 변화가 자유롭고 고금을 관통하여 마치 도도한 바다의 물결이 온갖 기괴를 부리는 것 같다 하였다. 그런데 이인로는 이색이 속어를 즐겨 사용한 것이 문제라 하였다.15·文14) 속어 는 그 자체로 나쁜 것은 아니다. 그것이 산문에서 잘 쓰이면 생동감을 얻고 바흐친이 말한 다성성16을 획득할 수 있다. 홍명희의「林巨正」 이 우리 문학의 보고로 추앙받는 것은 그가 속어를 생동감 있게 사용 하였고, 순수한 우리말을 폭넓게 사용하였다는 점에서라 하겠다. 이 인로가 속어 사용을 문제시 한 것은 속어 사용 그 자체가 문제가 아니 라 그로 인한 파급 효과나 품위의 문제 때문일 것이다. 속어도 잘 사 용한다면 얼마든지 문학적인 가치를 획득할 수 있다. 문제는 그것이 비속해 질 수 있다는 데 있다.

이인로가 '시를 배우는 사람들이 만일 이색을 배우다가 실패하면 결 국 비속한 데로 흐르게 될 것이며, 만일 이규보를 배우다가 실패하면 마치 바람을 잡고 그림자를 얽어매는 것 같아서 내려앉아 근거를 삼 을 만한 곳을 모르게 된다'17·文15)고 말한 것은 그만큼 비속어를 시어 로 사용한다는 것이 어렵다는 사실을 일깨워 준 것이라 하겠다. 그러 니까 아무나 할 수 있는 일이 아니란 이야기다. 또한 함부로 모방할

---

14 東人詩話 下.

15 東人詩話 下.

16 Katerina Clark/Michael Holquist, [MIKHAIL BAKHTIN](이득재/강수영 옮김), 문 학세계사, 1993. 210~226쪽.

17 東人詩話 下

수 없다는 이야기도 된다. 기상이 뛰어난 천재적 시인에게서나 기대할 수 있는 일이란 의미이기도 하다. 마치 둔마가 천리마를 흉내 내려다 십리도 못가 주저앉고 마는 이치와 같다 하겠다. 이로 보아 이인로는 시작에 있어서 시인의 기상을 무엇보다도 중시하였음을 알 수 있다. 성리학이 주축이 되고 이성이 중시되었던 조선 초기에 기상을 중시하는 고려시대의 문학관이 서거정을 통해 계승되고 있다는 사실은 기문학을 정립하는 입장에서 볼 때 실로 의미 있는 일이라 아니할 수 없다.

김시습(金時習)의 문예론

김시습(1435~1493)의 자는 열경(悅卿)이요 본관은 강릉이다. 시습은 나면서부터 천품이 남달리 특이하여 난 지 8개월 만에 스스로 글을 깨쳤다고 전해진다. 어렸을 때 시습은 말을 느릿느릿하게 하지만 정신은 경민하여 글을 볼 때에 입으로는 비록 읽지 못하나 그 뜻은 알았다 한다. 세 살 때에 시를 지을 줄 알았고, 다섯 살에 『중용』과 『대학』에 통하니, 사람들은 그를 신동이라 불렀다. 장헌대왕(莊憲大王)이 듣고 승정원에 불러 시로써 시험을 하여 보았더니 과연 재빨리 아름다운 시를 지어내자 "내가 친히 보고 싶으나 일반 백성들이 해괴하게 여길까 두려워 그러니, 그 가정에 권하여 잘 감추어 교양하도록 하고, 그의 학업이 성취되기를 기다려 장차 크게 쓰리라."하고, 비단을 주어 집으로 돌려보냈다 한다. 그때부터 그의 명성이 전국을 진동하게 되어, 그의 이름을 부르지 않고 '5세'라고만 불렀다 한다.[18]

김시습은 이외에도 숱한 일화를 남겼다. 그의 삶 자체가 기인, 광인의 일생을 살다 간 사람이다. 김시습의 삶은 삶 그 자체가 끼(氣) 있는 삶이었다. 원래 끼 있는 사람을 몇 마디로 정의한다는 것은 무리가 따른다. 그렇다고 방외인(方外人), 기인, 광인 등 간명한 몇 마디로 넘어갈 수도 없는 일이다. 오히려 그의 삶을 가능한 한 생시의 모습대로 재생해 보는 것이 더 의미 있는 작업이 될지도 모른다. 김시습은 그 자체가 기문학적인 생을 살다간 전범이기 때문이다.

김시습의 생을 당대의 사람으로 비교적 간명하면서도 요령 있게 기술한 것은 이율곡의 「김시습전」이다. 이를 토대로 김시습의 생전의 모습을 기문학적 입장에서 복원해 보기로 한다.

'시습은 나면서부터 천품이 남달리 특이하여 난 지 8개월 만에 스스로 글을 알았다. 최치운이 보고 기이하게 여겨 〈시습(時習)〉이라고 이름을 지었다. 시습은 말을 느릿느릿하게 하지만 정신은 경민하여 글을 볼 때에 입으로는 비록 읽지 못하나 그 뜻은 모두 알았다. 세살 때에 시를 지을 줄 알았고, 다섯 살에 『중용』과 『대학』에 통하니 사람들이 신동이라 하였다.'

태어난 지 8개월 만에 글을 깨쳤다는 것은 상식적으로는 도저히 납득이 가지 않는 점이다. 이것은 전설적인 것이 보태진 것이라 추측된다. 그러나 한번 입에서 입으로 전해지면 그 전설은 사실로 굳어진다. 어쨌거나 그가 신동이라는 사실은 틀림없는 사실일 것이다. 또 다섯 살에 『중용』과 『대학』에 통하였다는 것은 영재 중에 영재였음을 증명한다.

---

18 李珥, 栗谷集 金時習傳 (이하 김시습의 생애는 栗谷集을 참고하였음.)

　'경태(景泰) 연간에 영릉(세종대왕)과 현릉(문종대왕)이 승하하시고, 노산(단종)이 3년 만에 왕위를 계승하게 되었다. 이 때에 시습의 나이 21세였다. 삼각산 속에서 글을 읽다가 서울에서 온 사람으로부터 세조가 왕위를 찬탈하였다는 소식을 듣고 곧 문을 닫고 3일 동안 바깥출입을 하지 않다가, 방성통곡한 다음에 읽고 쓰던 글을 모조리 불살라 버리고 광기를 일으켜 뒷간(厠間)에 빠졌다가 도망하여 불문에 의탁하였다. 승명은 설잠(雪岑)이요, 그의 호는 여러 번 바꾸어 청한자(淸寒子), 동봉(東峰), 벽산청은(碧山淸隱), 췌세옹(贅世翁), 매월당(梅月堂)이라 하였다.'

　우리에게 알려진 가장 일반적인 그의 호는 매월당이다. 그 외에도 설잠이란 승명이 있고, 청한자나 동봉 등 그의 삶의 성격이 바로 드러나는 호를 여럿 가지고 있었다. 이는 그가 매우 동적이거나 다양한 삶을 살았다는 증거도 된다. 벽산청은이나 췌세옹이란 호에서 그의 속세를 떠나 자연과 벗하며 지낸 삶의 내력이 읽힌다. 호연지기를 몸소 삶으로 살아낸 문인이라 하겠다.

　계속하여 이율곡은 다음과 같이 그를 평하였다.

　'사람 된 품이 얼굴은 못생기고 키는 작으나 호매영발(豪邁英發)하고 간솔(簡率)하여 위의(威儀)가 없으며 경직하여 남의 허물을 용서하지 않았다. 따라서 세상이 잘못 돌아가는 모습을 보고는 크게 마음이 상하여 울분과 불평을 참지 못하였다. 세상을 따라 저앙(低仰)할 수 없음을 스스로 알고 몸을 돌보지 아니하고 방외(속세를 버린 세계)로 방랑하게 되어 우리나라의 산천치고 그의 발자취가 미치지 않은 곳이 없었다. 명승을 만나면 곧 거기에 자리 잡고, 고도(故都)에 등람하면 반드시 두유(逗留)하며 여러 날을 슬픈 노래를 불러 그치지 않았다.

총명하기가 남보다 뛰어나서 사서·육경을 일찍이 스승에게 배웠으나, 제자와 백가서는 배움을 받지 않고도 섭렵하지 않은 것이 없었다. 한번 기억하면 일생 동안 잊지 않았기 때문에 평일에 글을 읽거나 책을 가지고 다니는 일이 없었지만, 고금의 문적을 꿰뚫지 않은 것이 없었으며, 남의 물음을 받을 때에는 응하지 못하는 것이 없었다.'

키는 작았으나 호매영발하고 간솔하다 했으니 아마도 외양은 볼품이 없었으나 호탕하기는 천하를 안은 듯하고 머리가 영민하기는 범인이 따를 수 없는 경지에 이른 것 같다. 거기다가 사람됨이 솔직하고 단순하였다 하니 그만큼 그는 자신을 웅숭그리거나 숨기지 못했을 것이다. 또한 거짓 위선을 부려 남의 허물이나 어리석음을 보고도 못 본 체 하거나 앙큼을 떨며 입에 바른 아부를 할 수 없었을 것이다. 그저 본대로 생각나는 대로 내키는 대로 솔직히 말해 버렸을 테니 누군들 그 앞에서 바보가 되지 않았을까 생각된다. 그가 위의가 없었다는 말은 이런 그의 성격 탓일 것이다. 성격이 곧고 강했다니 그래서 남의 허물은 조금도 용서하지 않았다니 세상을 순탄하고 평범하게 살아가기가 힘들었을 것이다.

명승을 만나면 그곳에 자리 잡고, 고도를 만나면 거기에 올라 슬픈 노래를 지어 부르며 통곡을 하였다니 그의 호연지기와 호방함, 그리고 끝갈 데 없는 속세에 대한 한(恨)을 짐작할 만하다 하겠다. 사서, 육경은 물론 제자백가를 두루 통달하였다니 그의 학식이 얼마나 심오하며, 또한 책을 가지고 다니지 않아도 한번 읽은 것은 평생 기억하여 언제라도 술술 나왔다 하니, 그래서 누가 물어도 막힘이 없었다니 그 이 천재성이 놀라울 뿐이다.

이율곡은 계속하여 다음과 같이 기술한다.

'가슴 가득 차게 쌓인 불평과 비분강개의 용솟음을 풀어 낼 길이 없어, 세간의 바람과 달, 구름과 비, 산림과 바위, 흐르는 시내와 샘, 그리고 궁실 의식, 꽃과 나무, 새와 짐승, 사람 사는 일들 중에 생기는 옳고 그름이나 이해득실, 부귀빈천, 늙고 병들고, 죽고 태어남, 희로와 애락이며, 또는 성명, 이기, 음양, 유현 등에 이르기까지의 유형, 무형의 말할 수 있는 것을 모두 한결같이 문장에 붙이기 때문에, 그의 문장은 물이 용솟음치듯, 바람이 문득 일어나는 듯, 산이 모든 것을 품에 안듯, 바다가 깊이 싸안듯, 신선이 노래하는 듯, 귀신이 수작하는 것과도 같아, 보는 사람으로 하여금 그 본말 시종을 잘 알아내지 못하게 하였다. 성률과 격조는 애써 마련하지 않아도, 그 뛰어남은 사치가 고상하고 원대하여 상정을 멀리 빗나가고 벗어났으니, 그저 자구만 아로새기는 자들의 기망할 바가 되지 못하였다.'

이율곡이 평하는 김시습의 문장은 필자가 지금까지 논하여 온 기문학론의 전범이 될 수 있는 문장이라 하겠다. 세상 돌아가는 것을 보고 비분강개하여 산천을 표표히 방랑하면서 아무 곳에도 얽매임이 없이 정말 글자 그대로 자유인이 되어 자연과 함께 자연으로 돌아가 자연의 소리로 글을 읊은 문인이 김시습이었다고 생각된다.

위대한 문학은 가장 자연스러운 것이어야 한다. 천의무봉의 경지에 올라야 한다. 이렇게 되기 위해서는 자연(넓은 의미에서의 인생까지)을 소재로 하여야 함은 물론 생각과 감정도 자연에서 배워야 할 것이며, 형식까지도 자연에서 본받아야 비로소 가능해진다.

시습의 글은 물이 용솟음치고 바람이 일어나는 듯하며, 산과 바다를 포용하는 듯 하다 하였으니, 그것은 시습의 문장이 살아서 생동하고, 깊은 함축성을 문장 안에 내포하고 있었다는 의미일 것이다. 거기다가 귀신이 노래하는 듯 끝단 데를 모를 지경이었다면 이것은 신의 경지에 도달하였다는 이야기도 된다. 귀신이 노래를 부르는 것 같고, 귀신과 같은 수준에서 귀신과 대화를 하며 시를 주고받을 수 있었다니 그런 경지란 범인으로서 상상도 못할 신선의 경지라 하겠다. 하기에 그에게는 속세에 찌든, 그것도 자기 눈앞의 이익에만 집착하는 어리석은 중생들이 불쌍해 보였을 것이며, 어리석은 중생들은 감히 그의 글을 범접할 수도 없었을 것이다. 시습의 문장이 보는 사람으로 하여금 어디가 시작이고 어디가 끝이고, 무엇이 변죽이고 무엇이 주제인지 조차도 파악할 수 없었다니 그의 문장이 도달한 경지가 가히 신의 경지였음을 짐작케 한다. 재주만 피운 사람이 아니라 뜻 깊은 곳에서 우러나온 문장을 자유자재로 펼쳤다는 점에서 기문학의 전범이 되는 문인으로 평가될 수 있다. 그의 문장이 호방하고 신비하면서도 생각이 치밀하여 이치에 조금도 어긋나지 않았으며, 그 뜻이 고상하여 생각함이 멀고 크게 앞을 내다 본 것이었다는 평은 그의 문장이 완벽하였음을 나타내는 말이라 하겠다. 이것은 현시점에서 김시습의 문장을 평하는 평자들도 공감하는 바다.

시습은 날개를 달고 하늘을 마음대로 훨훨 날아다닌 사람임이 분명하다. 그러니 좁다란 구석자리에 앉아서 문장의 걸음마도 못하는 주제에 시를 짓는다고 운을 강제로 맞추고 시상을 억지로 진부한 형식에 꿰맞추는 당대의 시인들이 경멸스러웠을 것은 틀림없는 사실이었을 것이다.

김시습은 '하늘과 땅 사이에는 다만 하나의 기가 풀무질하고 있을 따름'이라 하였다. 그는 계속하여 '이 이치에는 굽히고 펴며, 차고 비는 것이 있으니, 굽히고 펴는 것은 묘(妙)이고, 차고 비는 것은 통(通)

이다. 펴면 차고, 굽히면 비는 것이다. 차면 나아가고 비면 돌아온다. 나아가면 신(神)이라 하고 돌아오면 귀(鬼)라 한다. 진실로 이(理)는 하나이나 나누어지면 두 가지의 다른 상태가 된다. 돌며, 오가며, 영화롭다가 말라 떨어지는 조화의 자취는 2기(음양)가 소장(消長)하는 양능(良能)이 아닐 수 없다'[19 · 文16]라고 하였다.

이로 보아 김시습은 조선조 지배 이념이었던 성리학의 영향을 받아 이를 근원적인 것으로 인정하나 그를 움직이는 역동적인 실체는 기로 본 것이라 해석된다. 곧 주기론자라 하겠다. 주기론자는 세상을 매우 현실적으로 분석한다. 경험을 중시하고 이를 문학에 반영시키는 경향이 강하다.

김시습의 문장에 대한 생각은 주기론자답게 매우 현실적이고 실질적이다. 그는 '글을 쓰려면 허식적인 말을 되도록 깎아 버리고 다만 실속 있는 이론을 전개할 것'[20 · 文17]을 주장하였다.

이것이 김시습 문예론의 첫 번째 특징이다.

이렇게 하여 '전후의 논리가 일관되고, 구구자자마다 사상과 감정이 넘쳐흘러야 독자의 심금을 휘어잡을 수 있다'[21 · 文18] 하였다. 제갈량이 쓴 출사표(出師表)나 호전(胡銓)이 고종에게 올린 건의서가 비록 그 뜻이 끝내 관철되지는 못하였을망정 천년 뒷날에 이르기까지 그 충성이 확연히 전달되는 것은 그 글을 읽을 때마다 제갈공과 호씨의 정신과 드높은 정열이 영원히 살아 있는 것을 느낄 수 있기 때문이란 것이다.[22 · 文19] 이들 제씨의 글이 허식적인 말은 되도록 깎아버리고 실속

---

19 金時習, 梅月堂集 鬼神說.
20 梅月堂集 與柳自漢.
21 梅月堂集 與柳自漢.

있는 이론만을 전개하여 전후 논리가 맞고, 구구자자마다 사상과 감정이 넘쳐났기 때문에 후세에도 명문이 되었다는 의미다.

김시습은 당대 과거 제도를 신랄하게 비판하기도 하였다. 당시 과거장의 글들을 보면 얼른 화려한 것 같으나 잘 따지고 들어가 보면 전부가 아무런 의미가 없는 허사 투성이란 것이다. 갈 之자나 말 이을 而자나 입겻 乎자나 입겻 也 등 허사만 사용하여 내용 없는 말들을 수식해 놓았을 뿐이라 하였다. 수사만 입술에 매끈하게 흘러내린 것들만 판을 쳤다는 이야기다. 그러나 정작 그 뜻은 새벽이슬, 봄 서리와 마찬가지로 실속이 없다는 것이다.[23] · 文20)

김시습의 문장관을 대하면 지금 우리의 문장도 저절로 반성하게 된다. 수사만 매끄럽게 늘어놓아 겉치장만 잘 한 소설이나 시가 일부 평론가들의 편애에 힘입어 명작 행세를 하고 있기 때문이다. 역시 문학은 진실한 체험이 밑바탕이 되어야 독자들을 감동시킬 수 있고 불후의 명작으로 후세에 남을 수 있다. 본서에서 주제로 삼은 기를 중심으로 한 문학이론도 결국 체험을 중시하는 문학론과 맞닿게 될 수밖에 없다. 이런 의미에서 김시습은 삶으로나 철학으로나 글로나 이 방면에서 선구자라 하겠다.

김시습 문예론의 두 번째 특징은 문학은 학습에 의해 이루어지는 것이 아니라 자연스럽게 타고나야 된다는 것이다.

이러한 문학관은 기를 중시한 고려조 문인들과 근본적으로 맥을 같이 한다. 곧 기의 선천성을 인정한 것이다. 그러나 김시습은 이를 다음과 같이 시를 통해 함축적으로 암시하였다.

---

22 梅月堂集, 與柳自漢.

23 梅月堂集 與柳自漢.

객의 말이 시는 능히 배울 수 있다하기에

능히 전할 수 없노라.

다만 그 묘한 곳을 볼 따름

성(聲)과 연(聯)이 있느냐 묻지 말게

산 고요하며 구름들에 걷히고,

강은 맑고 달 하늘에 오르면

시상은 저절로 날개를 펴지

싯구에 노닐 신선을 찾아.

객의 말이 시는 가히 배울 수 있다하기에

시란 무엇인가? 시는 샘물

돌에 부딪치면 흐느껴 울부짖고

못에 고이면 거울처럼 비치지.

굴원과 장자는 강개함이 많았고,

위·진은 점점 얽히고 어지러웠도다.

보기엔 심상한 풍격이나

그 묘리는 말하기 어려워라.24·文21)

    이로 볼 때, 김시습은 시는 학습되거나 후천적으로 노력해서 되는 것이 아니라 생래로 뛰어난 기를 타고나야 좋은 시를 지을 수 있으며, 탁월한 기가 자연과 교감할 때만이 좋은 시가 창작된다는 생각이었음을 알 수 있다.

    이것이 김시습 문예론의 세 번째 특징이다. 곧 자연을 그대로 본받

---

24 梅月堂集 學詩.

아야 좋은 시를 창작할 수 있다는 기본 원리이다.

김시습은 위에 인용한 시를 통하여 좋은 시를 짓기 위해서는 자연 속에 노닐면서 자연 속에서 묘리를 절로 터득하여 그것을 깨우치고 시법마저도 자연에서 배워 그것이 절로 흘러 넘쳐야 비로소 시를 지을 수 있다고 말한 것이다. 자연은 우리의 위대한 스승이다. 자연 속에서 욕심을 버리고 거기서 모든 것을 배우고 그에 맡겨버린다면 시는 저절로 흘러나올 것이다. 아리스토텔레스가 시는 자연의 모방이라 한 것이나, 김시습이 자연 속에 노닐어야 시가 나온다는 것이나 그 근원은 같다고 볼 수 있다. 다만 아리스토텔레스의 문학론이 미메시스 이론으로 해석할 수 있다면, 김시습의 문학론은 동양 전통의 하늘을 본받아야 한다는 기와 의를 중시한 문학론이란 점에서 낭만주의에 가깝다는 점이라 하겠다.[25]

김시습은 귀신에 대해서도 일가견을 가지고 있었다. 앞에서 기가 나가면 신(神)이고 돌아오면 귀(鬼)라 하였는데, 시습은 사람의 삶과 죽음을 기의 이합취산에 지나지 않는 것으로 보았다. 기가 모이면 생(生)이고 기가 흩어지면 사(死)라 하였다. 그가 『전등신화』를 모방하여 귀신의 이야기, 곧 『금오신화』를 지은 것도 이런 그의 생각이 밑바탕에 깔려 있기 때문이라 볼 수 있다. 귀신 이야기가 허황된 것 같으나 실은 그 안에 진실이 담겨 있다는 이야기다. 김시습은 이런 방법을 통해서 한이 해원(解怨)된다고 생각하였다. 시습은 굴원을 그 좋은 예

---

25 Abrams는 [Mirror & Lamp]에서 문학은 문학을 창조하는 주체가 중요하기 때문에 '거울'로 상징되는 반영론 보다는 '램프'로 상징되는 문학 창조자에게 더 의미를 두었다. 사실주의적 관점보다는 낭만주의적 관점에서 문학론을 편 대표적인 이론가인데, 기문학론에서도 창조자에게 더 비중을 둔다는 점에서 Abrams의 관점이 많은 시사점을 제공한다.

로 꼽고 있다.26·文22) 굴원이 불우한 신세가 되어 소상강 남쪽으로 추방당하자 자기의 심정을 하소할 길이 없어 귀신에게 제 지내는 노래를 지어 불렀다는 것이다. 그 노래의 진실한 뜻은 충신으로 현명한 군주를 만나지 못한 한맺힌 사연인데, 행여나 군주가 자기 잘못을 깨닫고 고치기를 염원한 내용이 담겨져 있다는 것이다. 귀신을 노래한 시에서도 충성심과 애국심을 충분히 깨달을 수 있다는 것이 김시습의 생각이었다. 이것은 김시습의『금오신화』에도 그대로 적용되는 내용이다. 귀신들의 이야기지만 그것은 결국 시습의 간절한 진의가 그 속에 살아 숨 쉬고 있다는 뜻이다. 이것은 또한 한을 풀어 준다는, 문학이 해야 할 한 기능 중에 한 측면이기도 하거니와 김시습의 네 번째 문학론적 특징이기도 하다.

곧 김시습 문예론의 네 번째 특징은 문학을 해원의 한 수단으로 보았다는 점이다.

당시의 문학이 재도문학이며, 인성의 수양을 위주로 한 문학이었음에 비추어 볼 때, 문학이 해원의 기능을 할 수 있다는 김시습의 문학론은 매우 뛰어난 것이며, 현대 문학 이론과도 맥이 닿는 탁월한 문학관이라 하겠다.

김시습의 다섯 번째 문예론적 특징은 문학이 현실 비판적 기능을 수행해야 한다고 본 점이다. 이렇게 하기 위해서는 현실의 모순을 몸소 체험해야 한다고 생각하였다.

율곡의『김시습전』을 보면 시습은 당대에 떵떵거리는 재상들 앞에서도 길을 막고 직언을 서슴지 않았다고 쓰여 있다. 이것은 매월당의

---

26 梅月堂集 鬼神論.

곧고 매운 성격이 드러난 결과라 생각된다. 시습은 초야에 묻혀 지내면서 몸소 산자락을 일구어 농사를 지으며 연명하기도 하였는데, 그 고생이야 이루 말로 형언하기 어려웠을 것이다. 또한 주위 농부들의 참상도 그만큼 핍진하게 목도하였을 것이다. 그런 참상을 몸소 겪고 체험하다가 서울 나들이라도 할라치면, 더더군다나 백성들은 먹을 것도 없어 굶기를 다반사로 하는데, 호의호식하며 거들먹거리고 있는 재상들의 호사스런 행차를 만나거나, 너무나 농민들의 고난의 삶과는 동떨어진 호화스런 생활을 하고 있는 성안 사람들을 보면 절로 강개한 느낌이 들었을 것이다.

시습의 다음과 같은 시에서 우리는 그를 핍진하게 이해할 수 있다.

> 농부는 한 해가 다 가도록 땀 흘려 애쓰고
> 누에치는 아낙네는 봄 내 쑥대머리 되어 고생하는데
> 취하고 배부르고 좋은 옷 입은 무리들이 성시(城市)에 가득해
> 만나는 사람마다 편안한 분들 뿐이로구나.27 · 文23)

현실을 비판적으로 본다는 것은 진실에 몸담고 있을 때 가능하다. 이러한 진실은 공허한 데서 나오는 것이 아니다. 현실에 굳건히 발을 딛고 섰을 때 가능한 것이다.

이상에서 볼 때, 기를 중심으로 한 문학론이 나갈 방향이 김시습에 의해 보다 명징해진다 하겠다. 글을 쓸 때 수식 보다는 실속이 있어야 하고, 자연과 노니는 호방한 기가 충만해야 하며, 자연의 섭리에 충실

---

27 梅月堂集 咏山家苦.

하고, 현실의 모순을 직시할 수 있는 혜안과 그를 문학을 통해 비판할
수 있는 용기가 있어야 한다는 점 등이다.

서경덕(徐敬德)의 문예론

서경덕(徐敬德: 1489~1546)은 기일원론자다. 자는 가구(可久), 호는 복제(復齊) 또는 화담(花潭), 아버지는 부위(副尉) 호번(好蕃)이며 모계는 정확히 알 수 없다. 어머니가 공자의 사당에 들어가 꿈을 꾸고 잉태하여 그를 낳았다는 설이 전해진다. 14세에『서경』을 배우다가 태음력의 수학적 계산인 일, 월 운행의 도수에 의문이 생기자 보름 동안 궁리하여 스스로 해득하는 집착력을 보였다고 한다. 19세에 태안 이씨 선교랑 계종의 딸을 아내로 맞이하였고, 31세 때 조광조에 의해 채택된 현량과에 응시하도록 수석으로 추천 받았으나 사양하고 개성 화담에 들어가 서재를 세우고 연구와 교육에 힘썼다고 한다. 1531년 (중종 26년)에 어머니가 원하기에 생원시에 응시하여 장원으로 급제하였으나 벼슬을 단념하고 더욱 성리학 연구에 몰두하였다 한다. 황진이의 유혹을 물리친 일화는 지금도 인구에 회자되는 에피소드이기도 하다. 박연폭포, 황진이, 서화담은 송도삼절로 불리기도 한다. 송 대의 주돈이, 소옹, 장재의 철학 사상을 조화시켜 독자적인 기일원론을 제창한 사람이기도 하다.

유학은 인간의 심성 문제를 탐구하는데 주력하는 것이 일반적인데 화담은 인간 내적 성찰보다는 자연현상을 관찰하고 거기에서 이치를 밝히고자 하였다. 어려서 봄에 종달새가 하늘 높이 나는 것을 신기하게 여겨 그 이치를 궁구하여 그것이 지기(地氣)임을 깨달았고, 14세 때『상서』를 배우다가 '기삼백(期三百)'의 말에 의심이 풀리지 않아 홀로 궁리하여 보름 만에 그 이치를 통달했다고 하며, 18세 때에는『대학』의 '격물치지(格物致知)'장에 감격하여 '학문을 하면서 먼저 격물을 하지 않으면 글을 읽어서 어디에 쓰리오'라고 탄식하면서 천지만물의 이름을 벽에다 써 붙여 두고 날마다 궁구하기를 힘써서 얻음이 있은 후에 책을 읽어서 증명하였다고 한다. 이와 같이 지기, 기삼백, 격물치지는 화담철학을 잉태시킨 원형적 모티브라 하겠다. 즉 지기에서 기철학의 원형을, 기삼백에서 천문학적 수리학적 성격을, 격물치지에서 성리학적 자연학의 성격을 추출해 낸 것이다.

격물치지로 학에 입문한 화담에게서 절실하게 제기된 문제는 구체적으로 경험할 수 있는 자연현상에 관한 문제였다. 어려서부터 깊은 관심을 쏟아 온 자연의 변화이치에 관한 과학적 탐구욕과 인식욕이 자연스럽게 소강절(邵康節)의 자연과학 및 자연철학적 사상에 경도하게 된 것으로 보인다. 소강절이 선천(先天)을 본체계(本體界)로 후천(後天)을 현상계(現象界)로 설정하였다면, 화담은 이를 발전적으로 계승하여 소강절의 선천심학(先天心學)을 선천기학(先天氣學)으로 심화 발전시켰던 것이다.

화담은 또한 주자의 '무극이태극(無極而太極)' 사상과 장횡거의 '태허즉기(太虛卽氣)' 사상을 계승하고 종합 지양하여 자신의 독창적인 기철학을 전개시켰다. 이런 사상을 근거로 하여 우주만물의 궁극적인 시원은 하나의 기일 뿐이라고 주장한 것이다.

화담의 일원론적 사유는 '어기담연지체(語氣淡然之體) 왈 일기'[28]라는 말에 극명히 드러난다. 기를 우주 만유의 유일실체로 一에는 저절로 二가 포함되어 있으니, 一은 곧 음양의 시원이며 감리(坎離)의 본체로서 담연하여 하나라는 것이다. 음과 양, 또는 감과 이의 대립을 일기의 분화 현상으로 보고 양자는 결국 궁극적인 통일자로서 一氣에 포괄되는 것으로 보는 견해라 하겠다.

화담은 형이상의 본원적 존재와 현상계의 사물 존재와의 관계를 설명하기 위하여 기를 다시 체와 용으로 구분하였다. 즉, 허정(虛靜)한 것은 기의 체로, 취산하는 것은 기의 용으로 본 것이다. 기가 아직 동작하기 이전의 원상을 기의 체라 하고, 기가 모이고 흩어짐으로써 일어나는 천지만물의 생성을 기의 용이라 하였다. 그러니까 담연무형한 태허를 기의 체로, 참차부제(參差不齊)한 사물을 기의 용사로 본 것이다.

이러한 화담의 철학은 다음과 같은 그의 말에서 확인된다.

'나는 사물의 생성, 변화의 과정을 기의 취산으로 설명하려 한다. 기의 담일 청허한 것은 가없는 허에 미만되어 있다. 기가 모인 것의 큰 것이 천지가 되며, 모인 것의 작은 것이 만물이 되는 것이다. 모이고 흩어짐의 형세에는 뚜렷한 것과 어렴풋한 것, 오랜 것과 빠른 것이 있을 뿐이다. 태허에서 기가 흩어지는 양상의 대소에 따라 사물이 크

---

28 徐敬德, 花潭集 卷之二, 雜著, 原理氣.

고 작은 차이가 있게 되는 것이다'29 · 文24)라 하였다.

화담은 이러한 취산에는 대소(大小), 현미(顯微), 구속(久速)이 있어 만물을 다양화하는 동시에 생성변화를 일으키게 된다 하였다.

화담은 스스로 '물(物)이 있어 오고, 와도 다 오지 않으니, 다 왔는가 하고 보면 또 다시 온다. 오고 와도 옴은 본디 시작이 없으니 과연 물은 어디로부터 오는 것일까? 물이 있어 가고 가도 다 가지 않으니 다 갔는가 하고보면 간 것이 아니다. 가도 가도 돌아감은 끝이 없으니 물은 과연 어디로 가는 것일까?'30 · 文25)하고 의문을 제시한 후 다음과 같이 답을 내리고 있다.

'기는 움키려면 허하고 잡으려 하면 아무 것도 없는 것이다. 그러면서도 도리어 실하니 이것을 무라고는 할 수 없다. 이 경지에 이르면 들을 수 있는 소리도 없고 맡을 수 있는 냄새도 없게 된다'31 · 文26)는 것이다. 하여 그는 '태허는 허이지만 허하지 않다'32 · 文27) 하였다. 허가 곧 기이기 때문이란 것이다. 허는 끝도 없고 가도 없으니, 기도 역시 끝이 없고 가도 없다는 것이다. 하여 '태허는 담연하여 고정된 형체가 없으니 선천(先天)이라 이름 지을 수 있다'33 · 文28)는 것이다. 그 '담연허정한 것이 기의 본디의 모습'이라 하였다. 하기에 '기는 널리 퍼져 있으면서 또한 가득 차 있어 조금도 빠진 데가 없으니 터럭 하나도 끼어들 틈이 없다'34 · 文29)는 것이다.

---

29 花潭集 卷之二, 雜著, 鬼神死生論.
30 花潭集, 卷之一, 有物.
31 花潭集, 卷之二, 雜著, 原理氣.
32 花潭集, 卷之二, 雜著, 太虛設.
33 花潭集 卷之二, 雜著, 原理氣.
34 花潭集, 卷之二, 雜著, 原理氣.

그렇다면 기는 어떻게 움직일 수 있는 것일까? 이에 대해 화담은 다음과 같이 말하였다.

'갑자지 약동이 생기고 홀연히 개벽이 생기는 것은 누가 그렇게 시켜서 되는 것이 아니다. 제 스스로 그렇게 되는 것이다. 움직임과, 고요함, 닫힘과 열림이 없을 수 없는 것은 그 기틀이 스스로 그러하기 때문이다'35 · 文30)하였다.

기는 스스로의 힘에 의해 천지만물을 생성시킨다는 이야기다. 기가 갑자기 약동하며 홀연히 개벽이 일어나는 것은 그 기틀이 스스로 그러하기 때문이라 한 것은 밖으로부터 어떤 작용을 받거나 무엇에 의존하려는 것이 아니라 기가 자족적이며 자율적인 본원체이기 때문이란 뜻이다. 화담은 성리학에서 출발했지만 궁극에는 이를 인정하지 않고 기를 우주의 본원체로 보았다는 점에서 기일원론자임이 다시 한 번 확인된다.

이상에서 화담의 철학의 근본을 고찰해 보았는데, 화담은 다른 철학자에 비해 저술이 그리 많지 않은 편이다. 일화로 전하는 이야기들이 야담집에 많이 전하고 있지만 문학에 대한 이론은 별로 없는 형편이다. 다만 「화담집」에 전하는 시부와 잡저로서 그의 문학관을 살펴볼 수 있을 따름이다.

화담 문예론의 첫 번째 특징은 집착을 버리고 초연할 것을 강조한 점이다.

화담은 문예도 하나의 학이기에 정진과 탐구를 게을리 해서는 안 된다 하였다. 그러면서도 집착을 버리고 초연해야 소기의 목적을 달

---

35 花潭集, 卷之二, 雜著, 原理氣.

성할 수 있다 하였다. 이러한 문학관은 다음과 같은 화담의 말에서 확인된다.

'군자가 학을 소중하게 여기는 까닭은 학으로써 그치는 것을 아는데 있다. 학을 해서 그치는 것을 모른다면 학을 하지 않은 상태와 무엇이 다르겠는가? 문예도 또한 학의 하나다. 당연히 과정을 엄히 세우고, 역량을 다해서 나에게 기약될 수를 다 채우며 탐구해야 하겠지만, 공부하는 예가 날카로운가. 둔한가, 거두는 공이 마땅한가. 부적당한가를 살펴서, 일체를 방하(放下)하고 물러나 일없는 상태에서 듣는 것이 어찌 초연하게 그칠 줄 아는 경지가 아니겠는가?'36 · 文31)하였다.

이는 문학을 할 때 글을 써야겠다는 데 집착하면 마음이 사물에서 멀어져 오히려 글이 이루어지지 않으므로 그치는 것을 알아야 한다는 교훈이라 하겠다. 거두는 공이 마땅치 않을 때는 일체를 방기하고 물러나 일없는 상태에서 초연히 들어야만 진정한 문예가 이루어 질 수 있다는 말이다.

화담은 기일원론자답게 예술에서도 무의 중요성을 역설하였으며, 무 속에서 유를 볼 수 있어야 진정한 예술을 할 수 있다 하였다. 곧 유무를 동시에 투시하는 경지에 이르러야 기쁨을 얻을 수 있다는 생각이다. 기를 전제로 한 무의 중요성을 강조한 것이다. 이것이 서화담 문예론의 두 번째 특징이다. 이런 견해는 다음과 같은 말에서 다시 한 번 확인된다.

'거문고로서 줄이 없다면 체만 남고 용은 버린 것이라 해야 하겠다. 그러나 참으로는 용을 버린 것이 아니고, 정(靜)이 동(動)을 포괄한 것

---

36 花潭集, 卷之二, 序, 送沈敎授義序.

이다. 소리에서 듣는 것은 소리 없는데서 듣는 것보다 못한 것이다. 형체에서 나오는 음악은 형체 없는 데서 나오는 음악보다 못한 것이다. 형체 없는 데서 나오는 음악이라야 그 미를 얻고, 소리 없는 데서 들어야 그 묘함을 얻는 것이다. 밖으로는 유에서 얻고, 안으로는 무에서 만나는 것이다. 그 가운데서 취를 얻는 것이지 어찌 줄 위의 공부만 일삼겠는가?'[37 · 文32)] 하였다.

줄 없는 데서 듣는 음악은 글자에서 나타나는 뜻만을 파악하려 하지 말고 글자와 글자 사이의 침묵의 언어, 곧 언외의를 파악하라는 말로 이해된다. 용을 용으로 나타내지 않고 체로써 용을 포괄하고, 동을 동으로 나타내지 않고 정으로써 동을 포괄하고, 유를 유로 나타내지 않고 무로써 유를 포괄한 문학이 진정한 문학이란 뜻이다. 용이나 동이나 유는 모든 사람이 쉽사리 보고 즐길 수 있는 것이지만, 체나 정이나 무는 쉽사리 보이지도 않기에 그를 즐길 수 있는 사람도 적을 수밖에 없다. 체가 바로 용이므로 체가 바로 용을 포괄하고 있고, 정이 바로 동이므로 정이 동을 포괄하고 있고, 무가 바로 유이므로 무가 유를 포괄하고 있다는 것을 알아야만 비로소 볼 것을 제대로 보고, 즐길 것을 제대로 즐기는 경지에 이를 수 있다. 눈에 보이는 것만 보고 그만을 오로지 즐긴다면 그것은 심해의 깊이는 알지 못하면서 표피만 즐기는 것에 다름 아니다.

이것은 물아일체가 이루어져야 비로소 기쁨을 얻고 참다운 문학을 얻을 수 있다는 말이기도 하다. 이러한 물아일체는 기학적 물아일체다. 화담에게서의 기쁨, 곧 흥취는 기학적 물아일체의 심미적 표현이다.[38]

---

37 花潭集 卷之二, 銘文, 無絃琴銘.

38 박희병, '서경덕의 철리시', 『한국의 생태사상』, 돌베개, 167쪽.

　서화담이 말한 문학의 기쁨은 인식의 기쁨을 전제로 한 것이다. 그러나 알아야 할 것을 아는 데 그치지 않고 자기 자신이 안 바에 따라서 움직이기 위해서는 문학 창작이 필요한 것이라 보았다. 산천을 보고 춤을 추어 산천의 이치가 자기 마음이 되듯이 시를 써야 한다는 것이다. 그러므로 시를 쓰는 자세는 학의 마음과 같아야 할 뿐만 아니라, 자연의 움직임과 합치되어야 한다고 하였다.[39]

　이것이 서경덕 문예론의 세 번째 특징이다. 문학을 할 때, 자연의 이치를 따라 그에 합일된 문학을 하여야 참다운 문학을 할 수 있다고 본 것이다.

---

39 조동일, 『한국문학사시론』, 지식산업사, 138쪽.

이이(李珥)의 문예론

율곡 이이(1536~1584)는 이기이원론자이지만 이보다는 기를 중시한 주기론자다. 같이 기를 중시한 서화담과는 근본적으로 다르다. 서화담은 기일원론자다. 그러면서도 율곡은 기일원론을 어떤 점에서는 긍정적으로 받아들였다. 화담이 이기는 떨어져 있을 수 없다고 한 말은 긍정적으로 받아들였으나, 음양이 생겨나는 근원으로서 담일청허(淡一淸虛)한 기는 인정하지 않았다. 곧 그것은 아무 것도 없이 비어 있는 상태로 태허담(담, 담)일적연(太虛淡(澹, 湛)一寂然)한 것을 의미하는데, 율곡은 이러한 담일청허한 기가 우주의 근원이라는 생각에 대해서는 부정적이었다. 음도 아니고 양도 아닌 어떤 종류의 기가 따로 있어, 음과 양을 관리한다는 것이 성립할 수 없다고 보았다. 율곡은 주자와도 생각이 달랐다. 주자는 이와 기를 이물(二物)이라 하여 이기이원론을 성립시켰지만, 이와 기를 논함에 있어서도 먼저 이가 있어야 한다고 주장했으나, 율곡은 이와 기가 둘도 아니면서 또한 하나도 아니라고 이기비일비이론(理氣非一非二論)을 폈다. 또한 서화담은 이와 기가 하나이고 이황은 둘이라고 한데 대해서 율곡은 변함없이 理氣는 하나이면서 둘이고, 둘이면서 하나라고 주장하였다. 율곡은 이기이원론의 선후설을 인정하지 않은 것이다. 이통기국설(理通氣局說)이라 후세 사람이 명명한대로, 기가 발하면 이가 탄다는 생각이었다.[40 · 文33] 율곡은 이를 다음과 같이 자세히 말하였다.

'기가 발하여 이가 탄다는 것은 무엇이냐 하면, 음이 정하고 양이 동하는 것으로 기가 저절로 그러한 것이지, 시킨 자가 있는 것은 아니다. 그럼으로, 주자는 태극이란 것은 본연의 묘이며, 동정이란 것은 탄 바의 낌새라 하였다. 음이 정하고 양이 동하는 까닭은 이다. 그러므로 주자의 말에, 태극이 동하여 양을 낳고 정하여 음을 낳는다 하였으니, 이른바 동하여 양을 낳고 정하여 음을 낳는다는 것은 미연(未然)한 데 근원하여 말한 것이며, 동정의 타는 것은 이미 그러한 것을 보고 말한 것이다. 동정이 끝이 없고 음양에 처음이 없으니, 이기가 흘러가는 것이 다 이미 그러한 것뿐이다. 어찌 그렇지 않을 때가 있겠는가? 그러므로 천지의 조화와 우리 마음의 발하는 것이 모두 기가 발하는 데 이가 탄 것이다. 이른바 기가 발하여 이가 탄다는 것은 기가 이보다 앞선다는 것이 아니다. 기는 유위요 이는 무위이므로, 그렇게 말하지 않을 수 없는 것이다. 대개 이 위에는 한 자도 더할 수 없으며, 털끝만치의 인위적으로 수양하는 힘도 더할 수 없으니, 이가 본래 선한데 어찌 인위적으로 닦을 수 있겠는가?[41 · 文34] 하였다.

---

40 栗谷集, 書, 答成浩原.

41 栗谷集, 書, 答成浩原.

율곡은 '성현의 수많은 말이 다만 사람들로 하여금 기를 검속(檢束)하여 기의 본연을 회복하게 할 따름이다. 기의 본연이란 것은 호연의 기다. 호연의 기가 천지에 가득하면 본래 선한 이가 조금도 가리는 것이 없으니, 이것은 맹자의 기를 기르라는 말이 성인의 문에 유공(有功)한 것이다. 만일 기가 발하여 이를 탄다는 것 외에 이가 따로 작용하는 것이 있다면 이가 무위라고 할 수 없다. 공자는 어째서 사람이 능히 도(道-〈理〉)를 넓히는 것이요, 도가 능히 사람을 넓히는 것이 아니다 하였겠는가? 이와 같이 간파하면, 기가 발하여 이를 탄다는 한 가지 길이 명백해 진다'42·文35) 하였다.

이런 생각은 인성론(人性論)에도 그대로 적용된다는 것이 율곡의 일관된 생각이었다. 이것을 율곡은 말과 말을 탄 사람에 비유하여 다음과 같이 말하였다.

'말과 말을 탄 사람의 경우, 타는 사람은 성(性)이요 말은 기질(氣質)이다. 말의 성질이 혹 순하기도 하고 불량하기도 한 것은 기품의 청탁(淸濁)과 수박(粹駁)이 다른 것과 같은 이치다. 문을 나설 때 말이 사람의 의사를 따라 나오는 경우도 있고, 혹 사람이 말의 다리만 맹목적으로 믿고 나오는 수도 있으니, 말이 사람을 따르는 경우에는 사람이 주가 되니 도심이 되고, 사람이 말만 따라가는 경우에는 말이 주가 되니 인심이 되는 것이다. 문전의 길은 사물이 당연히 행해야 할 길(道)이다. 말을 탄 사람이 문을 나서기 전에는, 사람이 말 다리를 믿을지 말이 사람의 의사를 따를지 알 수 없으니, 이것은 인심과 도심이 처음부터 상대된 근거가 없다는 말과 같은 뜻이다. 성인의 혈기도 남들과 같

---

42 栗谷集, 書, 答成浩原.

다. 주릴 때 먹으려는 것, 목마를 때 마시려는 것, 추울 때 입으려는 것, 가려울 때 긁으려는 것은 성인도 면할 수 없으니, 이것은 성인에게도 인심이 없을 수 없기 때문이다. 비유하건대, 말의 성질이 온순하다 하더라도 사람이 말만 믿고 문을 나서는 때가 없겠는가? 다만, 말이 사람의 뜻을 순종하여 견제하지 않고도 바른 길을 따르니, 이것은 성인이 심(心)의 하자는 대로 맡겨도 범칙을 넘지 않아서 인심도 역시 도심이 되는 것과 같은 것이다. 다른 사람은 그렇지 못하고 기품이 불순하여, 인심이 발할 때에 도심이 주가 되지 못하고 흘러서 악이 되나니, 이것은 비유하건대, 사람이 말의 다리만 믿고 문에 나선 후에도 견제하지 않으면, 말이 제멋대로 걸어서 바른 길을 따르지 아니하는 것과 같은 것이다. 그 중에 순하지 아니한 말은 사람이 견제하지 않으면, 말이 제멋대로 걸어서 바른 길을 따르지 아니하는 것과 같은 것이다. 그 중에 가장 순하지 아니한 말은 사람이 비록 견제하여도 날뛰기를 그치지 않고 가시밭으로 달아나나니, 이것은 기품이 탁하고 순수하지 못하여 인심이 주가 되고 도심이 가리어진 것과 같다. 말의 성질이 이와 같이 순하지 아니하면 늘 날뛰어 조금도 가만히 서 있을 때가 없으니, 이는 마음이 흐리멍덩하고 어지러워 근본이 서지 못한 것과 같은 것이다. 비록 순하지 아니한 말이라 하더라도 혹 요행히 조용하게 설 때가 있어서 그때만은 순한 말과 다름이 없으니, 이것은 중인의 마음이 흐리멍덩하고 어지러워 중체(中體; 大本)가 서지 못하였으나, 혹 미발할 때가 있으면, 이 순간에는 담연(湛然;깨끗하고 순박함)한 본체가 성인과 다름이 없는 것과 같은 것이다.

이러한 비유를 인정한다면, 인심·도심, 주리(主理;도심)·주기(主氣;인심)의 설을 명백히 알 수 있지 않겠는가? 만일 퇴계선생의 호발(互

發)의 설로 이것을 비유한다면, 아직 문을 나서기 전에 사람과 말이 각각 서로 처소를 달리하다가, 문을 나선 후에야 사람이 말을 타는데, 혹 사람(理)이 먼저 나와 말(氣)이 따르기도 하고, 혹 말이 먼저 나와 사람이 따르기도 하는 것이니, 이것은 이름이나 천지에 모두 합당치 않아서 말이 될 수 없는 것이다'43 · 文36)하였다.

말을 인심(人心)에 비유하고 말 탄 사람을 도심(道心)에 비유한 것이다. 말과 말을 탄 사람은 분명 하나가 아니며, 그렇다고 따로 떨어져 존재할 수 없으니 또한 둘도 아니다. 다만 이것은 사람이 말을 타고 어디를 외출할 때를 가상해서 한 비유다. 말도 타기 전에 말이 나쁘다고 하는 것은 언어도단이다. 즉 성(性)이 발하기도 전에 인성을 나쁘다고 규정짓는 것은 잘못된 생각이다. 말을 타고 그냥 말 가는대로 놓아두어도 말이 순하면 옳은 길을 갈 수 있다. 인성이 곧고 바르면 인성대로 행동하여도 도에 어긋나지 않게 행동할 수 있다. 물론 말이 잘못가는 경우도 상정할 수 있다. 이때는 사람, 곧 도심이 이것을 바로 잡아주면 되는 것이다. 율곡의 독특한 철학을 대변해 주는 비유라 하겠다.

율곡은 인심과 도심을 물과 물을 담는 그릇에 비유하기도 하였다.

물의 본시 맑은 것은 성의 본시 선한 것과 같고, 물을 담은 그릇(器)이 깨끗하기도 하고, 더럽기도 한 것은 각 사람의 기질이 제각각 다른 것과 같은 이치라 하였다. 그릇이 움직일 때 물이 움직이는 것은 기가 발할 때 이가 타는 것이요, 그릇과 물이 함께 움직여 그릇이 움직이는 것과 물이 움직이는 것이 다름이 없는 것은 이가 발하는 것과 기가 발하는 것이 구분이 없는 것과 같다는 것이다. 그릇이 움직이면 물이 반

---

43 栗谷集, 書, 答成浩原.

드시 움직이나, 물만이 스스로 움직이지 못함은 이는 무위요, 기는 유위한 이치 때문이라 하였다.[44 · 文37)]

율곡은 성에는 본연지성(本然之性)과 기질지성(氣質之性)이 있는 것을 인정하면서도, 주자가 본연지성에만 이가 있고 기질지성에는 이와 기가 섞여 있다고 하여 본연지성과 기질지성을 둘로 갈라놓는 것은 잘못이라고 주자의 설을 부정하였다. 또 퇴계처럼 마음속에 이만 있는 것이 성인 본연지성이고 마음속에 기만 있는 것이 정(情)인 기질지성이라 하여 두개의 성이 있다고 한 것을 부인하고, 율곡은 성은 이와 기가 서로 떨어지지 않고 같이 있는 것이라 하였다.

율곡은 이를 다음과 같이 논리정연하게 설파하였다.

'심(心)은 하나인데 도심과 인심 두 가지로 나눈 것은 성명(性命)에서 나온 것(道心)과 형기(形氣)에서 나온 것(人心)을 구별함이요, 정(情)은 하나인데 혹은 사단으로 말하고 혹은 칠정으로 말한 것은, 오로지 이만을 말할 때(四端)와 기를 겸하여 말할 때가 다른 까닭이다'하였다. 그러므로 '인심과 도심을 서로 겸할 수는 없으나 서로 시작과 끝이 될 수 없으며, 사단은 칠정을 겸하지 못하나, 칠정은 사단을 포함할 수 있다'[45 · 文38)]는 것이 율곡의 견해였다. 그는 이어 '사람들의 심이 처음에는 성명의 정에서 바로 나왔다가도, 우리가 그것을 선으로 완성시키지 못하고 사(私)를 섞으면, 이는 처음에는 도심이나 나중에는 인심으로 마치는 것이며, 그와 반대로 우리의 심이 처음에 형기에서 나왔더라도, 그것이 정에 어긋나지 않은 경우에는 도심과 다르지 않은 것이며, 또는 처음에는 정에 틀린 심이라도 곧 그릇된 줄 알

---

44 栗谷集, 書, 答成浩原.

45 四端七情論 答成浩原 其一의 一.

고, 그 심을 고쳐서 욕심을 따르지 않으면 이는 처음의 인심이 도심으로 결말을 짓는 것이다'46 · 文39)라 하였다. 왜냐하면 인심과 도심은 정(情)과 의(意: 정이 발한 후에 헤아리고 생각하는 것)를 겸하여 말한 것이요, 정만을 가리킨 것이 아니라 생각하였기 때문이다. 칠정이란 것은 사람의 심이 동할 때에 이러한 일곱 가지가 있다는 것을 통틀어 말한 것이요, 사단이란 칠정 중의 선한 일변만을 가리켜 말한 것이니, 이는 인심과 도심을 성명과 형기의 상대적으로 말한 것과는 다르다고 생각한 것이 율곡의 견해였다. 율곡은 퇴계처럼 사단과 칠정의 관게를 억지로 인심과 도심의 그것에다 짜 맞추지 않았다. 그는 '사람의 심을 양변으로 설명하려면 마땅히 인심과 도심의 설을 따를 것이요, 선한 일변만을 설명한다면 마땅히 사단의 설을 따를 것이며, 선과 악을 겸하여 설명하려면 마땅히 칠정의 설을 따라야 한다'47 · 文40)고 주장하였다.

율곡은 '심이 발하지 않은 때를 성이라 하였고, 이미 발한 것은 정이요, 발한 뒤에 헤아리고 생각함은 의라 하였다. 성, 정, 의(性, 情, 意)가 주가 되므로 기가 발하지 않은 것과 이미 발한 것과 발한 후에 비교하여 서로 대어보고 헤아림을 다 심이라 하였다. 퇴계는 기질지성의 기는 원래 미발일 때에도 악한 것을 가지고 있다고 보았으나, 즉 기에 해당하는 희로애락이 이미 악한 것을 가지고 있다하였으나, 율곡은 희로애락이 발하지 않는 것을 중(中)이라 하여 이때에는 선과 악이 존재하지 않는다고 보았다. 문제는 이것이 발하고 난 후에 일어난다는 것이다. 하기에 의를 닦아야 한다'48 · 文41)고 역설하였다.

---

46 四端七情論 答成浩原 其一의 一.

47 四端七情論 答成浩原 其一의 一.

이런 생각으로 미루어 율곡은 드러난 현상을 중시하는 현실주의자임을 알 수 있다.

이는 다음과 같은 율곡의 말에서 다시한번 확인된다. 그는 '사람의 기품(氣稟)에는 선악이 있다'한 정자(程子)의 말을 인용하면서, 정자가 말한 이(理)는 기(氣)를 타고 유행하는 이(理)를 말한 것이지 이(理)의 본연을 말한 것은 아니라 하면서, 본연의 이는 정작 순수한 선이나, 기를 타고 유행할 때에는 그 나눔이 만 가지로 다르니, 기품에 선악이 있으므로 이에도 선악이 있을 수 있다고 하였다. 곧 이의 본연은 순수한 선일뿐이나 기를 탈 때에는 온갖 방면으로 한결 같지 않아서, 아주 맑고 깨끗한 물(物)에나 매우 지저분하고 더러운 곳에 이가 없는 데가 없으니, 맑고 깨끗한 곳에서는 이(理)도 맑고, 지저분하고 더러운 곳에서는 이(理)도 또한 더러워지는 것이라 하였다.[49·文42] 이(理)의 무조건적인 절대성을 인정하지 않은 것이다. 만일 더러운 것이 이(理)의 본연이 아니라면 옳지마는, 그렇다고 더러운 물(物)에 이(理)가 없다하여서는 옳지 못하다 하였다. 대개 본연의 이는 하나요, 유행은 분화(分化)의 다른 것이니, 유행하는 이를 버리고 따로 본연의 이를 구함은 본래 옳지 못하거니와, 만일 이의 선악이 있음을 보고 이것이 이의 본연인 줄 생각하면 또한 옳지 못하다 하였다.

율곡은 '이일분수(理一分殊)' 네 글자를 깊이 생각하라 하였다. 그는 석씨(釋氏)는 이가 하나인 것만 알고 나뉨이 다른 것은 모르기 때문에 작용을 성이라 하여 함부로 방자하였고, 순자(荀子)는 양자(揚子)의 분화의 다른 것만 알고 이가 하나임을 몰랐으므로, 성이 악하다느니 성

---

48 四端七情論 答成浩原 其一의 二.
49 四端七情論 答成浩原 其二의 一.

이 선과 악을 혼합하였다느니 한 것이라 하였다. 하기에 발하지 않을 때에도 불선의 싹이 있다는 생각은 잘못된 것이란 것이다. 발하지 않은 것은 성(性)의 본연이요, 태극의 묘(妙)함이요, 중(中)이요, 중요한 근본이니, 여기에도 역시 악의 싹이 있다면, 이는 성인만 중요한 근본이 있고 범인은 중요한 근본이 없는 것이 되고, 맹자의 성선설은 헛소리가 되어, 사람마다 요·순이 되지 못할 것이니 이 어찌 모순이 아니겠느냐 하였다. 그리고 자사(子思)는 왜 「중용」에서 군자의 희로애락이 미발한 것이 중(中)이라 한다라고 말하지 않고, 범연하게 '희로애락의 발하지 않음이 중(中)이다'라 하였겠는가?[50] 하였다. 여기서 우리는 동양에서 최고의 덕목으로 꼽고 있는 중용의 도를 말하면서도 희로애락이 미발한 것이 중용이 아니라 그것을 발하지 않는 것이 중용이란 자사의 말에 동의하는 데서 인간의 의지와 수양을 중시하고, 현실 또한 중시하는 율곡의 사상을 만날 수 있다. 이상과 관념에 함몰하는 퇴계적 사유가 아니라 현실을 중시하고 실질을 숭상하는 철학적 견해라 하겠다. 이러한 견해는 현상의 흐름을 중시하는 기철학적 입장과도 상통하는 사상이라 하겠다.

지금까지 율곡의 주기론적 철학관을 살펴보았는데, 여기서 필요로 하는 것은 문예론에서의 그의 생각이다.

율곡은 '이도위문(以道爲文)', 즉 도가 나타난 것을 문이라 하였다.[51]·문43) 문을 도를 싣는 그릇(載道文學)으로 본 것이다. 이것은 조선조 도학자들의 공통적 현상으로, 그는 도 가운데 문이 있는 것은 성현지문(聖賢之文)이라 하였고, 반대로 문에만 치중하는 사장학을 속유

---

50 四七論-答成浩原 其2의 1.

51 栗谷全書 卷12 拾遺卷3 與宋頤菴.

지문(俗儒之文)이라 배격하였다.52·文44) 이것은 문장 수식에만 매달리고, 문을 출세의 수단으로만 이용하는 당대 유학자들을 경계하기 위한 것이었다. 역시 문은 율곡이 말한 대로 도덕에 근본을 두지 않고 유행하는 사조만 무조건적으로 추수하거나, 수양을 통한 자기완성에 힘쓰지 않고 현실적인 눈앞의 이익만을 쫓는다면 마치 빈 강정과 같아 좋은 글을 쓸 수 없게 될 것이다. 좋은 글을 쓰기 위해서는 역시 부단한 인격적 수양과 노력을 해야 할 것이고 자기의 내적인 자기완성을 위해서 문을 힘써야 할 것이다. 단단한 인격적 체험, 그리고 고결한 정신이 함께 어울려야 훌륭한 문이 만들어짐은 고금을 통한 불변의 진리다. 이상에서 볼 때, 율곡도 일반적인 조선조 유학자들과 마찬가지로 문이 도를 실어 날라야 된다는, 즉 재도문학적 견해를 가지고 있었음이 확인된다.

그러면서도 율곡에게서 기철학자다운 면모를 발견할 수 있는 것은 기로 문학론을 정리하는 본 논고에는 많은 시사점을 제공하고 있다. 율곡이 최립에게 주는 시(贈崔立之序)53를 읽어 보면 기로써 문학의 이론체계를 세운 것이 뚜렷하게 파악된다.

율곡은 문학은 인간이 스스로 성정(性情)을 소리의 형태로 표현한 현상이라 하였다. 소리는 기가 충적해서 밖으로 발한 연후에 이 소리가 인성(人聲)이 된다 하였다.54 사람에게 소리를 내게 하는 근원이 기라는 것이다.

또 그는 '기를 작용하는 것이 心이고 心을 작용하는 것이 천지고, 천

---

52 栗谷全書 拾遺 卷6 文策.
53 栗谷全書 拾遺 卷3 贈崔岦之序.
54 栗谷全書 拾遺 卷3 贈崔岦之序.

지를 천지로서 작용하게 하는 것이 무극이태극(無極而太極)'55·文45)
이라 하였다. 이것을 간단히 도표로 나타내면 無極而太極→天地→心
→氣→聲(文)으로 정리된다. 이것을 다시 정리하면 '첫째 心은 性과
氣를 합해서 일신을 주재하는 것인데 마음(心)이 사물에 감응해서 밖
으로 발해진 것이 정(情)이므로 인성(人性)도 정(情)에 포괄될 수 있다
는 것이다. 하기에 문학은 마음(心)에 본원하고 있다는 결론에 도달
하게 되고, 둘째로 마음(心)이 발하여 정(情)이 되는데, 이때 발하는
것이 기고 발하게 되는 소이연은 이인데, 기가 아니면 능히 발하지 못
하고 이가 아니면 발할 소이연이 없다는 것이다. 그러므로 정(情)은
기가 발한 것이고 결국 문학은 인간의 기에 의해 이루어진다'56는 것
이다. 기가 없으면 실제로 문학이 성립될 수 없다는 이야기다. 이때
기는 문학이 형태를 이룰 수 있는 어떤 실체나 힘으로 파악될 수 있는
그 무엇이다.

율곡은 문학이 이루어지는 과정에서 기를 매우 중시한 것을 알 수 있
다. 이는 소이연은 될 수 있으나 성정(性情)이 실제 소리로 나올 수 있게
하는 힘은 없다는 것이다. 그것을 가능하게 하는 것은 기라는 것이다.

따라서 율곡 문예론의 첫 번째 특징은 문학이 이루어지는 과정에서
기를 중시한 점이라 하겠다.

율곡은 문학 형성 과정에서 기를 매우 중시하였으면서도 기에 의해
발해지는 것이 모두 문학이 될 수는 없다 하였다. 율곡은 인성을 유
용지성(有用之聲)과 무용지성(無用之聲)으로 나누면서 유용지성(有用
之聲)만이 文이 될 수 있다 하였다. 그 유용지성 중에서도 미성(美聲)

---

55 栗谷全書 拾遺 卷3 贈崔岦之序.
56 栗谷全書 卷14 人心道心圖說.

과 악성(惡聲)이 있는데, 미성만이 문이며, 이 미성 중에서도 실성(實性)과 허성(虛聲)이 있는데 실성만이 문이 된다 하였다. 이 문에도 정자(正者)와 사자(邪者)가 있는데, 정자만이 진정한 문이 될 수 있다하였다.[57 · 文46)]

율곡은 성리학자답게 정(正)의 문학을 주장하였지만, 그렇다고 문학에서 즐거움을 인정하지 않은 사람은 아니었다. 사람이 내는 소리 가운데 뜻을 가지고 즐거움을 수고 글로 정착되고 도리에 합낭한 것을 선명(善鳴)이라 하였다.[58 · 文47)] 이 선명은 유익하면서도 즐거움을 주는 글을 말한다. 선명이란 앞에서 말한 정자(正者)에 해당한다.

따라서 율곡 문예론의 두 번째 특징은 문학에서 즐거움을 인정하였다는 점을 들 수 있다.

유익함만을 오로지 하는 것이 아니라 유익하면서도 즐거움을 줄 수 있는 것을 문학으로 보았다는 이야기다. 서구문학이론이 효용론과 쾌락론을 중심으로 전개되어왔음을 상기할 때, 문학에서 즐거움을 인정한 것은 의미하는 바가 크다 하겠다. 율곡은 선명 중에서도 가장 으뜸인 것을 문사(文辭)라 하였고, 그 중에서도 시를 최고로 쳤다. 이는 다음과 같은 율곡의 말에서 확인된다.

'소리 중에서 정(精)한 것은 말보다 더 큰 것이 없을 것이다. 말 중에서도 정해서, 가장 빛나고 우뚝하며, 야비하지 않고 속되지 않은 것은 바로 문사다. 시라는 것은 문사 중에서도 영탄하며 넘치는 것이어서 가장 빼어나다'[59 · 文48)] 하였다.

---

57 栗谷全書 拾遺 卷3 贈崔岦之序.

58 栗谷全書 拾遺 卷3 贈崔岦之序.

59 栗谷全書 拾遺 卷3 人物世稾序.

그는 또 '사람 목소리의 정수가 말이 되며 시는 말 중에서 더욱 정수인 것이다. 시는 성정(性情)에 근본한 것으로서 억지나 거짓으로 이루어지는 것이 아니며 성음의 고하는 자연 나오는 것이다.『시경』의 삼백편은 인정을 위곡(委曲)하게 다하고 물리(物理)를 방통하며 우유(優柔)하고 충후(忠厚)하여 요점은 성정의 바름에 귀착되니 이것이 시의 본원이다. 세대가 점점 내려올수록 풍기(風氣)가 점차 흐려져 표현해서 시를 짓는 것이 능히 모두 성정의 바른 데에 근본하지 못하고 혹은 문식(文飾)을 빌려서 남의 이목을 기쁘게 하기를 힘쓰는 것이 많아졌다'60·文49)고 하여 남의 이목을 끌기 위해 가식적으로 글을 꾸미는 것에 강한 질타를 보내기도 하였다.

율곡은 위와 같은 문예론을 근간으로 하여 시를 나누는 기준, 곧 시품에 대한 견해도 피력하였다. 이것은 그의 비평관을 함축적으로 나타내 주는 것이어서 그의 문학적 견해를 파악하는데 좋은 척도가 된다.61·文50)

율곡이 가장 높이 평가한 시는 충담소산(沖澹蕭散)한 시다. 꾸미고 장식하는 것에 힘쓰지 않고 자연스러운 데서 묘취(妙趣), 고조(古調), 고의(古意)가 깊이 들어 있는 시를 일컫는다. 충담허명한 기는 이미 서화담이 말한 바 있다. 충담소산한 경지는 역시 태극에 근사한 자연의 최고 경지라 할 수 있지 않을까 생각된다. 자연을 꾸밈없이 드러내는 것, 그것은 바로 호연지기의 원해의 모습을 드러내는 것이라 할 수 있다. 호방하면서도 거칠 것이 없는 기의 경지다. 이규보나 최자 등 역대 기문학을 주도한 사람들이 추구한 문학의 이상적 경지가 아닌가

---

60 栗谷全書 卷13 精言妙選序.

61 栗谷全書 拾遺 卷4 雜著1 精言妙選總叙.

생각된다.

그 다음이 한미청적(閒美清適)한 시다. 조용하게 자득하고, 우흥(寓興)에서 나오며, 사색해서는 이를 수 없는 경지다. 조용하고 청적한 상태를 말한다. 1930년대 정지용의 시를 연상할 수 있다. 초기 시나 중기 시는 서구의 모더니즘 영향을 받아 서구시를 흉내 내다가 후기 시에 와서 조용하고 한미한 경지에 들어서 자연 속에서 맑고 깨끗한 꾸밈없는 심성을 시로 드러내기 시작하였는데, 이 시를 정시용의 본 면목으로 평가하는 것은 위의 기준으로 보아 일리가 있다 하겠다. 정지용도 기문학적 관점에서 살펴보아야 할 대상이라 하겠다.

그 다음 줄에 드는 시가 청신쇄락(清新灑落)한 시다. 매미가 바람과 이슬에서 허물을 벗은 것 같으며, 불에 익힌 음식을 먹지 않는 사람의 입에서 나오는 것 같은 시를 일컫는다. 비유가 참 멋있다. 매미가 바람과 이슬에서 허물을 벗었으니, 바로 상상이 가지는 않지만, 그 시원하고 맑은 기운이 그대로 느껴지는 것 같다. 허물을 벗었으니 가볍게 하늘을 훨훨 날아다닐 것이 아닌가? 정신까지 맑고 개운해지는 느낌이다. 그리고 불에 익힌 음식을 먹지 않는 사람의 입에서 나오는 소리란 원시적이고 건강한 자연 그대로의 순수한 소리를 말함일지니 자연 그대로의 청신한 모습이 자연스럽게 연상된다. 생식을 하는 사람은 얼마나 정신과 몸이 쇄락할까? 지금은 이런 사람은 상상도 못할 정도가 아닌가? 불에 익힌 것을 먹은 것은 고사하고 이제는 공해로 사람이 죽어가고, 물고기가 일그러진 채로 기형이 되어가고 있는 한심한 현실에서 이러한 경지에 도달한다는 것은 실로 어려운 일 중에 하나일 것이다.

그 다음 품에 드는 시가 용의정심(用意精深)한 시다. 어구가 단련되고 격도가 엄정하여 조묘지론(造妙之論)이 여유 있게 갖추어져 있어, 예사 감정으로는 도달하려고 꾀할 수 없는 경지를 말한다. 호방하고 거침이 없는 호연지기에는 못 미치나 단련되고 격도가 엄정한 깊이가 있고 정련된 시를 말한다.

이보다 못한 시가 정심의원(情心意遠)한 시다. 경치를 만나면 바로 묘사하고 품고 있는 원망을 털어 놓되 지나치지 않으며, 슬프기는 해도 마음 상하지 않는 시를 말한다. 이제는 인간 속세로 내려온 느낌이다.

그 다음이 격사청건(格詞淸健)한 시다. 필력이 굳세지만 급박한 뜻은 없으며, 원대한 맛이 엉켜있는 시를 일컫는다. 이런 시는 고전을 많이 섭렵하면서 융통성이 없이 그를 모방한 시를 말한다. 자기의 기를 자유스럽게 나타내지 못하고 격에 얽매어 창의력을 발휘하지 못하는 시다.

제일 낮은 시품은 정공묘려(精工妙麗)한 시다. 애써 다듬고 수식하려 하지만 지나치게 무르녹지 않은 시를 말한다. 시어만 갈고 닦는 것은 문제가 있다는 이야기다.

이상 율곡이 나눈 시품의 견해로 볼 때, 율곡이 최고의 경지로 치는 시는 인공으로 꾸민 시가 아니라 자연에 가까이 간 시임을 알 수 있다. 그것은 태극에 가까운 담일청허한 시로 호연지기를 그대로 보여주는 시를 일컫는다. 율곡도 앞의 기를 중시한 문인들과 같이 천의무봉의 자연스러운 시를 최고 품으로 쳤으며, 격사에 매달리는 시를 하품으로 친 것을 알 수 있다.

따라서 율곡 문학론의 세 번째 특징은 호연지기를 시품에서 으뜸으로 꼽았다는 점을 들 수 있다. 생명(生命)을 중시하고 자연의 호연한 상태가 그대로 자연스럽게 드러난 시가 최고의 경지란 의미다.

허균(許筠)의 문예론

허균은 1569년 11월 3일 허엽의 3남 4녀 중 막내아들로 태어난다. 어머니는 김광석의 딸인데 허엽의 후처이다. 그 후 임수정, 임현, 최천건 등과 동문수학하였다. 1582녀 그의 나이 17살에 스승 이달과 역사적인 만남이 이루어진다. 1585년에 초시에 급제하고, 그해 김대섭의 둘째 딸과 결혼한다. 1592년에 왜군이 침입하자 피란한다. 그 통에 아내가 죽는다. 외가인 애일당에 머문다. 허균의 호인 교산은 애일당이 있는 뒷산 이름이다. 1599년 황해도사가 되었는데 파직 당한다. 1617년 광해군 때에 허균의 혁명 계획이 제자인 기준격에 의해 고발되어 역적으로 몰린다. 당시 허균의 세력 확장을 두려워하던 이이첨의 재촉에 의해 결안도 없이 그의 심복들과 함께 서시에서 처형당한다.

간략하게 살펴 본 허균의 생애다. 혼란스러웠던 역사적 상황 속에서 파란만장한 생을 살아야 했던 한 인간의 간난의 발자취가 그대로 느껴진다. 그러나 이 고난은 외부적 상황에 전적으로 기인했다기 보다는 허균의 개인의 기질적인 면에 더욱 근본 원인이 있는 듯하다. 그는 어린 나이에 아버지를 잃고 어머니와 형들의 사랑만을 받고 자랐으므로 버릇이 없었다. 이런 자질은 그의 뛰어난 재질과 결합되어 다른 사람들의 눈을 의식하지 않은 채 마음껏 삶을 즐길 수 있었다. 실제로 그에 대한 기록을 보면 문장이 뛰어나다는 평가 뒤에는 경망스럽다는 비난이 항상 따른다. 그러나 허균은 이런 평가에 개의치 않고 자기의 소신을 끝까지 관철시킨 문인이다. 그만큼 기가 센 문인이었다.

안정복이 허균을 평하여 총명하고 문장에 능하나 품행이 방정치 못하여 상중에 고기를 먹고, 여자를 가까이 하였다고 비방하였을 때, 허균은 오히려 남녀의 정욕은 하늘이 내린 것이고, 윤리의 분별은 성인이 가르친 것이니 어찌 하늘의 뜻을 어기고 인간인 성인의 뜻에 따르겠느냐고 태연해 하였다.[62] 고기를 먹는다든가 기생을 가까이 한다든가 하는 것은 인간 본성의 기본적인 욕구다. 이 본성은 하늘이 인간에 부여해 준 것이다. 하기에 그것을 억제하는 것이 오히려 하늘을 거스르는 것이다. 허균은 정(情)에 자연스럽게 따르는 것이 하늘의 뜻에 따르는 것이라 생각했다.

허균이 말한 정은 인간의 본성을 의미하며, 본성이 윤리나 인간적 규범에 속박되었을 때, 그로부터 해방되어야 함을 뜻한다. 이것은 도덕 판단 기준을 인간에 두지 않고 하늘의 본성에 두었을 때 가능하다.

허균이 당시에 괴물이라고 평가를 받은 것도[63] 그가 잘못된 윤리 규범에 기준하여 사물을 판단한 것이 아니라 하늘의 뜻에 기준을 두

---

62 安鼎福, 順庵集, 卷17, 天學問答.
63 조동일, '허균', 『한군문학사상사시론』, 지식산업사, 1979, 170쪽.

고 판단하였기 때문에 생긴 별명이었을 것이다. 이러한 기준에 의해 사리를 판단하였기에 그는 당대의 경색된 유가적 속박에서 해방될 수 있었고, 현재에도 가치 있는 보편적이고 영원한 문학 작품을 남길 수 있었다.

허균이 중국 시를 평한 것을 보아도 이를 알 수 있다. 허균은 중국 시 중에서 시 삼백 편 보다는 오히려 국풍(國風)을 본받을 만하다고 하였는데, 그 이유로는 태평하고 한가롭고 인정이 두텁기 때문이라 하였다. 아송(雅頌)은 이로(理路)에 빠져 성정(性情)과 거리가 멀고 당시도 성정과는 거리가 멀다고도 하였다. 이것들은 아름답고 곱기만 할 뿐, 풍화(風花)에까지 이르러 기를 상하게 하거나 교화만을 위주로 하는 잘못을 저지르는 경우가 대부분이라 하였다.[64]

인정과 성정을 중시한 허균의 시관에서 우리는 허균이 情을 중시한 것을 파악할 수 있다.

> 예교가 어찌 자유로움을 구속하리.
> 인생의 부침을 다만 정에 맡길 따름이라.
> 그대는 모름지기 그대의 법을 쓰시오.
> 나는 스스로 나의 삶을 이룰 터이니.[65]

라는 허균의 시에서 우리는 예교가 자유로움을 구속하고 정을 속박하는 것을 거부하고, 그로부터 벗어나 자유스러워지고자 했던 그의 심정을 읽을 수 있다. 문학이 정을 바탕으로 이루어지는 것이며, 이지적

---

64 許筠, 惺所覆瓿藁, 卷5. 唐絶選刪序.(앞으로 동일 서명은 惺所로 표기함)
65 惺所, 卷2, 聞罷官作.

논리적 사고 보다는 정감적 느낌을 중시한다는 사실은 변치 않는 진리다.

따라서 허균 문예론의 첫 번째 특징은 정을 중시하였다는 점에서 찾을 수 있다.

다음, 허균 문예론의 두 번째 특징이다. 허균은 표현된 언어 보다는 표현되기 이전의 뜻(意)을 중시하였다.

허균은 이렇게 말하였다. '시를 지을 때는 먼저 뜻(意)을 세워야 한다. 그 다음으로 말이 명히는데 이르면 글귀는 살아나게 되고, 글자들은 원만해지고 음은 잘 조화되어 서로 호응하게 되며, 글의 마디마디에 담긴 뜻이 긴절하게 된다'[66]고 하였다. 그러니까 글이 표현되어 문자로 나타나는 것은 먼저 뜻이 세워져야 하고 이 뜻은 바로 기와 통하는 것으로 자연의 이치를 본받는 것이란 뜻일 것이다. 허균이 문학에서 기가 상하는 것을 꺼려한 이유도 이에 있었을 것이다. 허균이 '시란 천기(天機)를 희롱하고 심원한 조화 속을 파악하여 정신이 빼어나고 음향이 맑으며 격이 높고 생각함이 깊으면 가장 좋은 시라 할 수 있다.'[67]라고 한 것도 그가 호연지기를 근본으로 삼는 기를 중시한 문인이었음을 알 수 있게 해준다.

허균 문예론의 세 번째 특징은 개성을 중시했다는 점이다.

허균이 자신의 시를 보고 당시에 가깝다, 송시에 가깝다 하고 평할까보아 저어하면서 그는 자기의 시를 보고 이것은 '허균의 시다'[68]라고 평해 주기를 바란다고 하였다. 이것은 자기가 중국풍을 모방한 시

---

66 惺所, 卷12, 詩辨.

67 惺所, 卷4, 石州少稿序.

68 惺所, 卷21, 與李蓀谷.

를 썼다는 평가를 받기보다는 허균만의 독창성을 지닌 시를 짓고 싶었고, 또 그렇게 평가 받기를 원했다는 의미라 하겠다.

그는 계속하여 이렇게 말하였다.

'시란 별다른 취향이 있는 것이 확실하다. 시취라고나 할까, 이론이나 이로(理路)에 관계되는 것은 아니다. 시는 별다른 재(材)다. 별다른 재능이다. 서(書), 그러니까 책과 관계되는 것은 아니다. 오직 시란 천기(天機)를 희롱하고 심원한 조화 속을 파악하여 정신이 빼어나고 음향이 맑으며 격이 높고 생각함이 깊으면 가장 좋은 시라 할 수 있다'69 · 文51) 하였다. 별다른 취향이 있고, 이론이나 이성에 의존하는 것이 아닌, 별다른 시재를 지녀야만 독창적인 시를 지을 수 있다는 허균의 견해는 지금도 유용한 문예론이다. 천기를 희롱하고 심원한 조화 속을 파악하여 음향이 맑으며 격이 높고 생각함이 깊어야 좋은 시를 지을 수 있다는 생각은 시가 손끝에서만 나오는 것이 아니라 천기에 근원해야 함을 설파한 것이다. 독창성도 그 근원을 따져 들어가면 천기에 근원하야 가능하다는 뜻이기도 하다. 독창성은 문학에서 매우 중요한 요소다. 문학에서 모방이나 과거의 답습, 더 나아가서는 남의 것을 표절하는 행위는 문학을 죽이는 행위다. 허균이 문학사에 남을 수 있는 이유도 독창성을 중시하는 그만의 문학의식이 있었기에 가능했을 것이다.

이러한 문학적 인식은 자연스럽게 모국어에 대한 투철한 자각을 동반한다. 개인적으로 보면 당시나 송시에 대한 모방으로부터 벋어나 독자적인 영역을 개척하는 것이고, 민족 전체로 보면 중국어에 대한

---

69 惺所, 卷4, 石洲小稿序.

우리말의 독자성에 대한 인식이나 다름없다. 이것은 또한 일상어에 대한 예민한 감각으로 나타나기도 하였다. 허균이 상어(常語)에 대해 남다른 애정을 보인 것도 이런 이유에서다.

허균 문예론의 네 번째 특징은 모국어에 대한 자각 및 상어(常語)를 중시했다는 점이다. 상어를 중시했다는 점은 이어(俚語)를 소중히 여겼다는 점과도 통한다. 허균이 상어를 즐겨 사용했다는 근거는 다음과 같은 허균의 말에서 찾아질 수 있다. 허균은 '어떤 사람이 나에게, 지금 고문에 능한 자를 친다면, 그대를 거벽(巨擘)으로 산겠는데, 내가 보기에는 그대의 문장이 비록 호한무애(浩汗無涯)하기는 하나, 대개 상어를 썼으므로 글자를 따라 순서대로 읽게 되면 입이 짝 벌어져 목구멍까지 들여다보일 정도다. 물론 당신의 글이 그것을 이해하는 사람이나 이해하지 못하는 사람이나를 막론하고 문득 장애가 되고 막히는 것이 없기에 서로 잘 통하기는 하지만, 고문을 공부한 사람이 과연 이 모양인가라고 비난했다'고 말한 바 있다.[70] 허균이 문장을 지을 때 상스런 말을 사용한 것이 근엄한 도학자들의 비위를 건드렸기 때문이었을 것이다. 위의 비난 아닌 비난은 허균이 이어를 훌륭한 문학 언어로 인식했음을 의미한다.

허균은 이어가 문학 언어로 가치가 있음을 이렇게 말하기도 하였다. '고죽 최창경의 무리들이 일찍이 이런 말을 한 적이 있다. 우리나라의 지명은 중국의 지명에 미치지 못하니 시를 지을 때 지명을 쓸 수 없다고. 그러나 노소재(盧蘇齋)의 시에 "길은 평구역에 그치고/강물은 판사정에 깊다'라는 상하구가 있다. 그런데 이는 모두 이어를 사용한

---

[70] 惺所, 卷12, 文說.

것이다. 그러면서도 구법이 온당하고 착실하다. 역시 대가의 솜씨는 다른 것을 알 수 있다"라고.[71] 이로보아 허균은 우리 토착어에 대해 남다른 애정을 지닌 문인이었으며, 이어가 시어로서 적합성을 지니고 있음을 누구보다도 투철하게 인식한 시인이었을 알 수 있다. 또한 상어와 이어를 씀으로 하여 서로 독자와의 교감이 쉽게 이루어짐을 일찍이 깨우쳤던 사람임도 증명된다.

이것은 허균이 문장에서 정확한 의사 전달을 중시했던 점과도 통한다. 허균이 상어를 썼다는 것은 당시에 살아 있는 민중 언어를 사용하였다는 의미도 된다. 민중 언어, 곧 시문체(時文體)를 사용하였다는 것은 살아 있는 문학을 하였음을 의미한다. 살아 있는 언어를 사용하여야 독자와 교감이 성공적으로 이루어 질 수 있고, 작자의 의사가 정확히 독자에게 통할 수 있겠기 때문이다. 허균은 이것을 도가 통하는 것으로 표현하였고, 당대의 사회구조인 양반사회에 맞게 '상하의 정'이 통하는 것으로 표현하였을 뿐이다. 허균에게 고문(古文)에 능하면서도 상어를 썼다고 비난한데 대하여 허균은 '글이란 서로 통하면 되는 것이다. 옛날에는 글이 상하의 정(情)이 통했으므로 도를 전달할 수 있었다. 하기에 그 글이 명백하고 정대하고 순절할 수 있었다. 해서 진실로 듣는 사람이 환하게 그 뜻을 알 수 있었다. 이것이 글의 쓰임이다'[72]라고 답한 바 있다. 또한 이렇게도 말하였다. '공자님은 말이란 무엇보다도 서로 잘 통해야만 한다고 하였다. 옛날 사람들은 문장이란 상하가 서로 정을 잘 통할 수 있어야만 그 문장에 도를 얹어 전할 수 있다고 하였다. 그러므로 문장이란 밝고 분명하고, 정대하여야 하

---

71 許筠, 鶴山樵談.

72 惺所, 卷12, 文說.

며 순후하고 긴절하고 정령(丁寧)해야 하는 것이다. 그래서 그 글을 읽는 독자가 글쓴이의 의도를 분명하게 알아차릴 수 있어야 한다. 이것이 바로 문장의 쓰임인 동시에 문장이 있어야 하는 이유다.'[73]라고.

이로 보아 허균은 독자와의 교감, 특히 정확한 의사소통을 중시한 문인이었음을 알 수 있다. 이것이 허균 문예론의 다섯 번째 특징이다.

허균은 옛날에는 글이 상하의 정을 통했으므로 도를 전달할 수 있었는데, 후세에 내려와서 문과 도가 나누어지면서 장구를 아름답게 꾸미려고 하며, 험사(險辭)와 교어(巧語)로 재주를 다투게 되었다는 것이다. 허균은 계속하여 이렇게 말하였다. '이것이 문의 횡액이 된 것이다. 글이란 서로 통하는 것을 으뜸으로 삼고 평범한 것을 으뜸으로 삼을 뿐이다. 내가 보건데 좌씨, 장자, 사마천, 반고, 한유, 유종원, 구양수, 소식의 글은 비록 간략하고, 흔연하고, 깊고, 분망하고, 굳세고, 분망한 것 같지만, 당시의 상어를 우아한 것으로 이루어 놓은 것들이다. 참으로 쇠를 금으로 바꾸어 놓은 것이라 해야겠다. 공부의 원하는 바는 서로 답습함이 없이 스스로 일가를 이루는 것이다. 남의 집 아래에다 집을 짓고, 답습하고, 훔치고, 낚아내고 하다가 비난당한 것을 부끄럽게 여겨야 할 것이다'라고 하였다.[74] 상어를 중시하고 시문체를 귀중히 여기며, 이어를 문학 언어로 자각한 것은 이런 혜안이 있었기에 가능할 수 있었을 것이다. 또한 모방을 혐오하고 독창성과 개성을 중시한 것도 이런 문학적 통찰이 있었기에 가능했을 것이다.

여기서 허균 문예론의 여섯 번째 특징을 찾을 수 있다. 그는 문장을 수식하고 꾸미는 것 보다는 자연스럽고 순박한 문장을 선호하였다.

---

73 惺所, 卷12, 文說.

74 惺所, 卷12, 文說.

다음, 허균의 일곱 번째 문예론적 특징은 속된 것을 싫어하고 고상한 것을 좋아했다는 점이다.

허균은 젊은 사람들이 문학을 해야 하는 자세에 대해 이렇게 충고하였다. '젊은이들이 온갖 병을 다 고칠 수 있으나 오직 속된 병만은 고칠 수 없다. 속된 병을 고치는 데는 홀로 서적이 있을 뿐이다'[75]라고 하였다. 여기서 속되다는 것과 상어를 썼다는 것과는 다른 차원의 이야기다. 상어를 쓰면서도 그것을 문학적 재능과 능력만 있으면 얼마든지 우아한 것으로 바꿀 수 있기 때문이다. 재료가 문제가 아니라 속된 태도나 그것을 만들 수 있는 능력이 문제가 되는 것이다. 허균이 이런 속됨을 경계하고 이것을 고칠 수 있는 길이 서적에 있음을 경각시켜 준 것은 다음과 같은 말에서도 나타난다.

허균은 이렇게 말한 바 있다. '고요히 지내는 것은 영달한 관료배들의 생활과는 다르다. 성현의 글을 읽는 것으로 임금의 가르침을 대신하며 역사를 읽는 것으로 나라의 조서를 읽는 것을 대신하며 소설을 읽는 것으로 광대놀음을 보는 듯이 하며 시를 읽어 가곡을 듣는 듯이 하는 것이다. 이러한 즐거움은 영달한 관료배들의 생활과는 천지차이가 난다'고.[76] 홀로 고요히 서적을 대하며 자신의 인격을 수양하는 것은 속된 곳으로 흐르는 자신을 추스리는 가장 좋은 방법일 것이다. 이것은 지금도 변함없는 진리다. 문학에서 인격을 수양하는 것은 필수적인 덕목이다. 문학은 곧 작가의 인격이 나타난 것이다. 허균이 속된 것을 경계하고 책을 통해 인격을 닦아야 함을 역설한 것은 현대에도 변함없는 진리다.

---

75 許筠, 閑情錄.

76 상동.

허균의 여덟 번째 문예론적 특징은 반항적 기질을 지니고 있었다는 점이다. 이것은 개혁의 의지와 상통한다.

이 근거는 허균의 글 중 중요한 위치를 점하는 〈호민론〉과 〈유재론〉에서 찾을 수 있다. 허균의 호민론 중 원민과 호민의 규정에서 이를 간파할 수 있다. 허균은 원민을 '살이 닳고 뼈가 으스러지도록 모은 재산을 착취당하고서 혼자 우는 백성들이 이들이다. 이들은 위정자를 원망하는 백성들'[77]이라 하였다. 그러나 이들은 그렇게 무서운 존재가 아니라 하였다. 결집력이나 행동력을 보여줄 수 없는 그저 원망만 하는 백성들이기 때문이라는 것이다. 이들보다 제일 무서운 존재는 호민이라 하였다. 허균은 호민(豪民)에 대하여 이렇게 말하였다. '이들은 잘못되어가는 세상 일에 불만을 품고 인적이 없는 곳으로 종적을 감춘다. 이들이 몸을 감추는 것은 잘못된 세상 일을 자기 손으로 바로 잡을 기회를 노리기 위한 것이다. 이들이 무서운 존재다. 이들은 먼저 국민의 생활 상태를 살피고 나라 돌아가는 형편을 주목한다. 곪은 데를 발견했을 땐 불현듯 주먹을 흔들며 일어난다. 그리고선 개혁의 뜻을 소리쳐 외면 원민(怨民)들은 그 소리만 듣고 몰려온다. 공모하지 않아도 그들은 옹호한다. 이렇게 되면 순종만 하던 항민(恒民)들이 호응하게 된다. 이들은 호민이나 원민의 뜻대로 되면 조금이라도 세상이 나아질까 해서 삽과 괭이를 들고 모이는 것이다. 이리하면 위정자들의 목을 베고도 남을 수 있다'라고 하였다. 당시가 엄격한 조선왕조였다는 것을 상기한다면 이렇게 말한다는 것은 목숨을 내놓고 있는 것이나 마찬가지다. 그 용기나 저항 기질이 보통이 아니었음을 간

---

77 惺所, 卷11, 豪民論.

파할 수 있다. 이런 용기와 굳은 의기는 그의 세계관이 당시의 모순된 조선 왕조의 현실적 가치에 기준을 두지 않고 더 높은 차원에 기준을 두고 있었기 때문에 가능할 수 있었을 것이다. 더 높은 차원이란 하늘에 기준을 두었다는 의미다. 조선조에 악법으로 서얼을 등용하지 않고 어미가 개가하였다 하여 신분차별을 하는데 대하여 허균은 그를 못마땅하게 여겨 다음과 같이 통렬히 비판하였는데, 그 기준이 인간에 있지 않고 하늘에 있었기 때문이었다. 허균은 이렇게 말하였다. '하늘은 인간들에게 고르게 재주를 부여해 준다. 그런데 조선조에는 인재 등용을 가문과 과거시험으로 제한하고 항상 인재가 모자란다고 야단이다. 옛날부터 지금까지 그 넓디넓은 세상, 또 아득한 과거를 되돌아보아도 서얼이라고 해서 사람은 어진데 그 어진 이를 취하지 않고 버렸다던가, 어미가 개가했다 하여 그 자식을 인재로 쓰는 것을 막았던 예는 없었다. 그런데 우리나라만 유독 그렇게 했다. 어미가 천하거나 개가를 했다면 그 자손은 아울러 벼슬길에 오를 수 없었다. 하늘이 나아 준 것을 버리니 이것은 하늘을 거스르는 것이 아니고 무엇인가? 하늘을 거스르면서 하늘에 기도하여 수명을 영원하게 한 사람은 아직 없다'[78]라 하였다.

허균이 기질적으로 반항적이었음은 이미 잘 알려진 바이거니와 그가 반항한 것도 무턱 댄 반항이 아니라 기준을 하늘의 뜻에 두었기 때문에 떳떳할 수 있었고, 그의 말대로 그의 문명이 지금도 영원할 수 있는 근거가 되는 것이다.

이런 반항적 기질은 그가 우리나라 최초의 국문소설이자 사회소설

---

[78] 惺所, 卷11, 遺才論.

인「홍길동전」을 지을 수 있는 바탕을 마련하였다. 이것은 허균의 마지막 문학적 특징으로 삼을 수 있는「홍길동전」의 창작과 이어진다.

「홍길동전」은 아직도 그 작자의 진위가 시비되고 있으나, 그가 작가가 아니라는 것이 확실하게 논증되지 않는 한 허균의 작이라는 것이 요지부동일 가능성이 높다.[79]

지금까지 살펴본 문예론을 종합하면, 허균은 정을 중시하고 개성을 무엇보다도 소중히 여겼으며, 상어를 사랑하였고, 쉽고 분명한 우리말의 가치를 존중하였으며, 정확한 의사 전달을 중시하였고, 속된 것을 싫어하고 고상한 이상향을 지향했으며, 표현된 언어보다도 의를 중시하였고, 문학이 천기를 희롱하는데 이르러야 하며, 사물을 볼 때 하늘에 기준을 두었으며, 이를 근거로 인간세상의 모순을 비판하였다는 점이다. 한 마디로 요약하면, 허균은 모든 기준을 하늘(자연)에 두었으며, 이를 근거로 지금의 이 순간을 중시하여 진실을 포착한 문인이라 하겠다.

---

79 李文奎,『許筠散文文學研究』, 삼지원, 1986, 100~110쪽.

박지원(朴趾源)의 문예론

박지원(朴趾源; 1737~1805)의 자는 중미, 호는 연암이다. 주지하는 바와 같이 우리나라의 유수한 실학자다. 서울의 양반 가문에 태어나서 어려서 자기 집에 드나드는 종들에게서 옛 이야기를 즐겨 들었으며 옛날의 그림 같은 것을 감상하기를 좋아했다고 전해진다. 연암은 처삼촌 이양천에게 글을 배우면서 실학을 접했다. 이후 그는 사회제도의 불합리와 모순, 그리고 양반 관료들의 부패를 날카롭게 풍자하고 비판하면서 그의 논지를 정의의 편에서 예리하게 설파해 나갔다.

연암은 18세기 근대 실학자답게 문학론에서도 역시 허식적인 것을 배격하고 실질적인 것을 중시했고, 과거의 굳어진 습관을 배격하고 현재의 새로운 것의 창조를 중시했다.

무엇보다도 연암의 문학론이 기문학론과 통하는 것은 자연 속에서 늘 새로움을 발견하려 하였으며, 모방을 혐오하고 '지금'의 문학론을 펼쳐나갔다는 점이다. 늘 새로운 눈으로 사물을 바라보고 '낯설게 하기'를 끊임없이 실천해야 독창성이 발휘된다는 연암의 생각은 비록 직접적으로 기를 언급하지는 않았지만 기문학론과 근원적으로 맥이 통한다.

연암 문예론의 첫 번째 특징은 자연의 지혜를 빌어 새로움을 창조할 것을 역설하였다는 점이다.

'하늘과 땅이 아무리 오래되었다고 하더라도 끊임없이 새로운 것으로 존재하고, 해와 달이 아무리 오래되었다고 하더라도 그 빛만은 날마다 새로운 것이다. 이와 같이 이 세상의 문헌이 아무리 방대하다고 한들 내용은 각각 다르지 않을 수 없을 것이다. 그렇기 때문에 날짐승, 길짐승, 물 속에 사는 짐승, 뛰는 짐승 중에는 아직 알려지지 않은 것이 있을 것이며, 산천초목에는 반드시 신비스러운 구석이 있을 것이며, 썩은 흙에서 지초가 돋으며 썩은 풀에서 반딧불이 생기게 되는 것이다. 또 예법을 따지는 데도 의견이 다르며 음악을 설명하는데도 의논이 맞지 않는 것은 당연한 일이다. 그러니 책이라고 해서 할 말이 다 표시된 것은 물론 아니다. 보는 사람에 따라 이렇게도 되고 저렇게도 될 수 있는 것이다'[80] · 文52) 하였다.

자연계가 항상 새롭게 태어나면서 우리에게 새로운 의미를 제공한다는 연암의 생각은 노드롭 프라이[81]의 신화비평과 같은 발상이며, 책이라고 하여 할 말을 다 표시한 것이 아니라 보는 사람에 따라 이렇게도 해석되고 저렇게도 해석된다는 말은 독자반응비평[82]과 같은 생

---

80 朴趾源, 燕岩集, 楚亭集序.

81 Northrop Frye(1912~1991)는 신화비평을 주도해온 이론가로 대표적인 저작은 [Anatomy of Criticism](1957)이 있다.

각이라 하겠다. 텍스트는 항상 열려 있고, 그를 해석하는 독자에 따라 재창조된다는 생각인데, 이것은 만고의 진리인 동시에 서구에서 새롭게 창안된 것이 아니라 벌써 2백여 년 전에 연암의 혜안을 통해 간파된 것이기에 놀랍기까지 하다. 자연은 열려 있는 텍스트다. 또한 자연에는 놀라운 정기(精氣)가 살아 꿈틀거린다. 좋은 글을 쓰려면 자연 속에서 자연의 정기를 받아들이고 그 진수를 글로 옮겨 놓아야 한다. 이것은 동서고금의 문학론의 요체이기도 하고 또한 기문학론의 요체이기도 하다.

연암은 다음과 같이 말하였다. '태양은 천하를 내려 덮고 온갖 삼라만상을 길러낸다. 또 젖은 데를 쪼이면 바짝 말라 버리고 어두운 데를 비추면 환해진다. 그러나 나무를 사르거나 쇠를 녹이지 못하는 것은 무슨 까닭인가? 빛이 퍼져서 그 정기가 흩어지기 때문이다. 만약 만리에 두루 비치는 것을 거두어 들이여 조그만 틈으로 들어갈 만하게 둥근 유리알로 받아서 그 정기(精氣)를 통만큼 만들면 맨 처음에는 조그맣게 어른거리다가 갑자기 불꽃이 일어 풀썩풀썩 타 버리는 것은 무슨 까닭이겠는가? 빛이 전일해서 흩어지지 않고 정기가 한 덩어리로 되기 때문이다'[83] 하였다. 자연 속에는 정기가 만재해 있다. 요는 그것을 모을 수 있는 능력이 문제다. 그렇다고 연암은 무조건 몰두하여야만 이 정기를 모을 수 있다고 말하지는 않았다. 그는 오히려 거리를 두고 완상할 것을 권한다. 지금으로 말하면 관조의 태도라 하겠다. 이것은 곧 자연과 합일하라는 의미이며, 자연 속에 있는 기가 인간에게 흘러넘치도록 자신을 열어 놓으라는 의미이기도 하다. '대체 이 천

---

82 Lois Tyson, Reader-Response Criticism, [Critical Theory Today] pp. 153~196.
83 燕岩集, 素玩亭記.

지간에 흩어져 있는 책의 정기가 아닌 것이 없는 즉 바싹 눈앞에 들여대고 보아야만 할 것도 아니요 몇 간 방 속에서만 찾아야 할 것도 아니다. 완상도 할 줄 알아야 한다. 완상한다는 말은 눈으로 보아서만 살핀다는 뜻만은 아니다. 입으로 맛을 보아서 그 맛을 알고, 귀로 들어서는 그 소리를 알고 마음속으로 요량해서는 그 정신을 알게 되는 것을 뜻한다. 대체 뜻을 환하게 하는 묘리는 나를 비게 해서 남을 받아들이고 마음을 맑게 해서 사사로운 생각이 없이 하는 데 있다. 그것이 완상(玩賞)이다'[84] 하였다.

뜻을 환하게 하는 '묘리(妙理)'는 나를 비우고 대물(對物)을 받아들이고 마음을 맑게 해서 사욕을 없애는 데 있다. 이것은 곧 기문학론에서 말하는 '기가 흘러넘칠 수 있도록 자신의 기를 채우고 호연지기를 기르라'는 말과 상통한다.

'하늘과 땅이 아무리 오래되었다고 하더라도 끊임없이 새로운 것으로 존재하고, 해와 달이 아무리 오래되었다고 하더라도 그 빛만은 날마다 새로운 것'이란 연암의 인식은, 자연은 변함없지만 그렇다고 고정되어 있는 것이 아니라 항상 새롭게 태어남을 의미한다. 항상 새롭게 태어난다는 것은 한 순간도 과거의 것을 답습하지 않는다는 뜻이다. 과거는 이미 과거이며, 미래는 미래일 뿐이다. 가장 중요한 것은 새롭게 변화하고 있는 지금 이 순간을 파악하는 일이다. 새롭게 변화하는 순간은 바로 지금이다. 여기에 '지금'의 의미가 존재하는 것이다. 지금 이 순간은 절대적이다. 과거의 어느 것과도 또 미래의 어느 것과도 같을 수 없다. 영원히 지금 이 순간은 유일한 존재가 된다.

---

84 상동.

따라서 연암 문예론의 두 번째 특징은 지금을 중시하였다는 점에서 찾을 수 있다.

연암은 지금의 중요성을 이렇게 말한다. '옛날을 본위로 삼아 지금을 본다면 지금이 참으로 비속한 것이지만 옛사람들이 그들 스스로가 자기네를 볼 때도 그건 반드시 옛날이었을 것이 아니라 역시 한 개의 지금일 뿐이었다. 그런데 세월이 흐르고 흘러 풍속과 가요도 자꾸 바뀌는 만큼 아침나절 술을 마시던 사람이 저녁 때 그 자리를 떠나고 보면 천년이고 만년이고 이로부터 옛날이 시작되는 것이다. 그러니까 지금이란 것은 옛날에 대한 말이요, 같다는 것은 다른 것과 비교하는 말이다. 대개 같다고 말할 때는 같은 데 지나지 못하고 다른 것이라고 말할 때는 다른 것으로 될 뿐이다. 비교한다는 것이 벌써 다른 것을 의미하는 것이다. 종이가 희다고 먹칠까지 그와 마찬가지로 흴 수는 없으며, 그림이 아무리 꼭 그 사람을 떠 왔다고 하더라도 그 그림이 말을 하지 못하는 것 아닌가?' 85 · 文53)하였다.

연암이 말한 '지금'의 뜻은 심오하기 그지없는 말이다. 지금은 그 어느 것과도 비교할 수 없는 것이다. 지금은 오직 지금만이 있을 뿐이다. 어떤 현상이라도 그것은 유일한 것이다. 글도 이와 같아야 한다. 과거의 것은 과거의 것이고 현재의 것은 현재의 것이다. 본뜬다는 것은 이미 창조력과 생명력을 상실한 것이다. 문학은 항상 새로운 눈으로 사물을 새롭게 보는 세계인식 방법이다. 허위나 가식이 있어서는 안 된다. 고정관념에 사로잡혀서도 안 된다. 또한 모방에 급급해서도 안 된다. 연암이 모방을 사갈시한 것도 이러한 그의 '지금의 철학'이

---

85 燕岩集, 嬰處稿序.

밑바탕 되었기 때문일 것이다.

따라서 연암 문예론의 세 번째 특징은 혐오에 가까울 정도로 모방을 사갈시한 점이다.

연암은 모방의 병폐를 다음과 같이 통렬하게 비판하였다. '수박을 겉만 핥고, 후추를 통으로 삼키는 사람과는 맛을 이야기 할 수 없다. 또 이웃 친구의 털옷이 부러워서 한 여름에 그것을 빌려 입고 나서는 사람과 철을 이야기 할 수 없다. 조각에다 아무리 씌우고 입히고 했자 천진한 어린아이들은 속일 수 없는 이치나 마찬가지다'[86 · 文54]라 하였다. 당대의 선비들이 무턱대고 중국의 글을 흉내 내고 모방하는 것을 꼬집은 비유다. 그의 모방에 대한 단호한 거부는 다음과 같은 말에서도 확인된다. '옛사람을 모방해서 글짓기를 했다고 하여 물건을 거울에 비치듯 하면 그것을 같다고 할 수 있겠는가? 본 물건과는 좌우의 방향이 뒤틀리는 것을 어떻게 같다고 할 수 있겠는가? 물에 물건이 나타나듯 하면 같다고 할 만 하겠는가? 본 물건과는 위와 아래가 거꾸로 되는 것을 어떻게 같다고 할 수 있겠는가? 그러면 그림자가 물건을 따라 다니듯 하면 같다고 할 말하겠는가? 한 낮에는 난쟁이 땅딸보로 되었다가 해가 기운 뒤에는 키다리 꺽정이로 되는 것을 어떻게 같다고 할 수 있겠는가? 그러면 그림으로 물건을 그리 듯하면 같다고 할 만할까? 다니는 것도 움직이지 못하고 말하는 것도 소리가 없으니 어떻게 같다고 하겠는가?'[87 · 文55] 하였다.

한마디로 이 세상의 것을 똑 같이 모방한다는 것은 애초에 불가능하다는 이야기다. 그런데도 모방에 열을 올리는 세간의 학자들이나

---

86 燕岩集, 嬰處稿序.

87 燕岩集, 綠天舘集序.

문인들이 많으니 한심할 수밖에 없다는 이야기가 된다. 연암은 그 답답함을 다음과 같이 말한 바 있다. '대체 왜 하필 같은 것만 찾으려 하는가? 같은 것만 찾았더라도 참된 그것은 아니지 않겠는가? 세상 사람들은 천하의 꼭 같은 것은 반드시 닮았다고 이르고, 서로 분간하기 어려운 것은 또한 참에 다다랐다고 하는 바, 참이라거나 닮았다고 하는 그 가운데 벌써 가짜나 다른 것이 들어 있다는 뜻이 들어 있는 것이다. 그런 까닭에 천하에 이해하기가 지극히 어려운 것이나 배워 낼 수가 있는 것도 있고, 절대로 다르나 서로 같은 것도 있게 마련이다. 예를 들자면 통역을 한다든가 번역을 하면 외국말도 알아듣게 되고, 전서, 예서, 해서의 어느 것으로써도 마찬가지의 글을 이루는 이치와 같은 것이다. 왜 그럴까? 다른 것은 외형이요 같은 것은 내용이기 때문이다. 이렇게 본다면 내용이 같다는 것은 뜻과 의견이요 형이 같다는 것은 털과 겉껍질인 까닭이다'라88 · 文56)하였다.

연암은 모방을 일삼는 당대의 학자들이 모두 겉을 모방하기에만 급급하고, 외양 모사가 잘 이루어지지 않았을 때 그것만을 트집 잡는 것이 매우 어리석은 것임을 깨우쳐 주고 있다. 외형만 보고 본질을 꿰뚫어 보지 못하는, 겉껍질만 보고 알맹이를 보지 못하는 우둔함을 안타까워하고 있는 것이다. 하기에 그는 연령의 고하나 신분의 귀천을 막론하고 본질을 꿰뚫어 볼 수 있고, 정수를 드러낼 수 있는 능력을 지니고 있는 사람이나, 이를 실천하는 사람을 존경하였고, 그 진가를 인정하였던 것이다.

'이씨 집의 낙서(洛瑞)가 열여섯 때의 일이다. 그는 비상한 천분이

---

88 燕岩集, 綠天舘集序.

일찍부터 드러나고 슬기로운 생각이 구슬 같았다. 낙서가 나한테 공부하러 다닌 지 해포가 넘었을 때쯤 되었을 때였다. 어느 날 그는 자기의 저작인 「녹천관집」을 가지고 와서 나에게 이렇게 물었다. "제가 글을 짓기 시작한지 겨우 두어 해밖에 안되건만 남의 노여움을 산 것이 많습니다. 한마디만 조금 새롭게, 한 글자만 다소 신기해 보이는 것이 있으면 옛날에도 이렇게 쓴 예가 있느냐고 반드시 따지고, 없다고 하면 곧 풀풀대면 성을 내면서 어째 감히 그렇게 쓰느냐고 합니다. 옛날에 이미 그렇게 쓴 것이 있다면 제가 또 그렇게 되풀이 할 맛이 어디 있겠습니까? 이것을 선생님이 어떻게 정해 주십시오" 하였다. 나는 손을 모아 이마에 얹고 세 번을 예한 다음 다시 무릎을 꿇고 앉아서 말하기를 "그 말이 지극히 옳은 말일세. 전치 못하던 옛날 학문이 자네에 의해서 계승될 것일세. 창힐이 처음 글자를 만들 때 그 어떤 옛 글을 본떴겠나? 안연(顏淵)은 공부하기만 좋아했고 서적을 저술한 것은 없네. 만약에 옛 것을 좋아하는 사람들이 창힐이 글자를 만들던 때를 생각해 가면서 안연이 저술하지 않은 사연을 적는다면 글이 비로소 바르게 될 것일세. 자네가 지금 나이 적으니 남의 노여움을 사게 되거든 아직 널리 배우지 못하여 옛 것을 상고하지 못했노라 하게. 그래도 자꾸 묻고 덤비면서 골을 내거든 조심해서 대답하기를 『서경』에서 나오는 글들은 삼대 적의 시속 글이요, 이사(李斯)와 왕희지도 다 각각 자기 시대의 속된 글씨였다고 하게"라고 하였다'[89 · 文57)고 말한 데서 이를 확인할 수 있다.

위에서 볼 때 연암은 누구보다도 옛 것을 그대로 답습하는 것보다

---

89 燕岩集, 綠天舘集序.

도 그것에 새로운 옷을 갈아 입혀 현재의 풍속에 맞는 옷, 곧 시속의 글, 살아 있는 지금의 글을 쓸 것을 주장하였음을 알 수 있다. 그는 누구보다도 '지금'을 중시한 문인이었고, 하기에 과거의 것을 딱딱한 각질로 뒤집어쓰고 있는 당대 문인들의 고질병을 경계하였던 것이다. 연암이 습관을 문제시하면서 모름지기 진정한 문인이라면 습관을 깨뜨릴 것을 은연중에 암시한 것도 이런 문맥에서 이해해야 할 것이다.

이것이 연암 문예론의 네 번째 특징이 된다.

연암은 다음과 같은 실례를 들어 당대의 습관의 병통을 지적하였다. '습관이 오래 되면 천성이 된다. 그런데 세상이 잘못된 습관에 젖어 있어 그것을 변화시킬 수 없을 때는 한심한 지경에 이르게 된다. 내가 살던 조선시대에는 우리나라 아낙네의 옷이 바로 이런 경우라 할 수 있다. 아주 오랜 옛 제도로는 아낙네의 옷에도 띠가 있었으며, 소매도 넓고 치마가 길었었다. 그런데 내 시대에 와서 웃옷은 겨우 어깨를 덮고 소매는 팔뚝을 감기나 하듯이 바짝 좁아서 요망스럽고 꼴사나운 품이 한심스러운 정도로 되어 버렸다. 그런데 각 고을의 기생들의 옷차림은 도리어 옛날 제도를 보존하여 쪽에 비녀를 찌르고 큰 옷에 선을 둘러썼다. 그 넓은 소매가 너울거리고 긴 띠가 치렁거리는 것을 보면 한결 좋은 것이 사실이었다. 하지만 예법을 아는 사람이 요망스럽고 꼴사나운 모양을 고치어 옛 제도로 돌아가자고 하더라도 세상에서는 지금의 습관에 젖은 지 오래고 또 기생의 옷차림인 넓은 소매와 긴 띠를 찢어 던지면서 자기 남편을 욕하지 않을 아낙네가 어디 있겠는가?'[90 · 文58] 하였다.

---

90 燕岩集, 自笑集集序.

한번 습관에 젖어버리면 그것을 깨뜨린다는 것은 여간 어려운 일이 아니다. 글도 마찬가지일 것이다. 한번 습관에 젖어버리면 그것을 타성으로 반복할 뿐 새로운 것을 창신 한다는 것은 불가능한 일일 것이다. 특히 옛날 우아한 고풍이 미천한 계급에 전수되어 있는 경우에는 그것을 고급문화로 현대화시키기에는 많은 저항이 따를 것이다.

이러한 어려움을 연암은 자기 문하에서 공부하던 이홍재의 예를 들어 다음과 같이 말한 바 있다.

'내 문하에서 공부하던 이홍재군은 20세 내외 때부터 나한테 와서 공부하다가 그 후에 중국어를 배우러 갔었다. 본래 그의 집안이 대대로 역관이 까닭으로 나도 그에게 더 이상 문학을 공부하라고 권할 수가 없었다. 이군은 중국어를 다 배우고 나서 관리의 복장을 차리고 사역원에 다니기 시작하였다. 내 생각에는 그 전 그가 공부할 때는 제법 총명해서 글 짓는 묘리를 능히 알았지만 이제는 몽땅 잊어버렸으리라 생각했었다. 그래서 나는 그의 총명이 헛되이 됨을 한탄했던 것이다. 하루는 이군이 자기의 글을 모아서 자소집(自笑集)이라고 일컬으면서 나에게 보아 달라고 하였다. 논·변·서·기·서·설 등 백여 편인데, 내용은 모두 해박하고 논리가 창달하여 한 작가의 규모를 완성하고 있었다. 그래 내가 의아해 물었다. "본업을 내버리고 쓸 데 없는 일에 종사하는 것은 무슨 까닭인가"라고. 그랬더니 이군이 이렇게 대답하였다. "이게 본업이요, 또 쓸 데가 있는 것입니다. 외교 관계에는 글을 잘 쓰는 것보다 더 좋은 일이 없고, 옛 관례를 아는 것보다 더 필요한 일이 또 있겠습니까? 사역원의 인원들은 밤낮 공부하는 것이 고문이요, 시험 제목도 모두 거기서 나옵니다."라고 하였다. 그래 나는 얼굴빛을 고치고 감탄하여 이렇게 말해 주었다. "선비 집안사람들은 어려서 능히 글을 읽기 시작하지만 자라서 공령(功令) 문체를 배우고 병려(駢驪) 문체를 익히게 되네. 한번 과거에 오르고 나면 아무짝에도 소용없는 물건으로 되고 과거에 오르지 못하면 머리털이 허옇게 되어서도 거기서 그저 골몰해 있네. 고문이란 것이 있다는 것을 어떻게 알 길이 있겠는가? 물론 통역하는 직업은 선비 집안에서 천하게 여기는 것일세. 금후 천 년 간에 서적을 저술해서 이론을 세우는 사업도 아전이나 서리의 오죽잖은 기교로 보아 버린다면 결국 기생의 긴 치마처럼 되지 말라는 법이 없네"라고 하였다'[91·文59]고 말하였다.

연암은 실학자답게 실생활에 유용한 글을 공부하여야 하며, 옛 고문을 익혀 지금에 쓸 수 있는 창신의 길을 터득하여야 함을 역설하였다. 과거 급제를 위해, 출세의 수단으로만 글공부하는 것을 비판한 것이다. 또한 '금후 천 년 간에 서적을 저술해서 이론을 세우는 사업도 아전이나 서리의 오죽잖은 기교로 보아 버린다면' 우리의 앞날은 암담할 수밖에 없음을 일갈하였다.

글이란 진실을 표현하는 것이니 어떤 상황에서건 진실을 솔직하게 표현하는 것이 관건이다. 과거 시험을 위한 판에 박힌 글공부는 입신출세에는 도움이 될지 몰라도 문장의 발전이나 문명의 진보와는 거리가 먼 것이다. '지금'의 현실에서 최선의 것을 글로 표현하는 것이 무엇보다도 중요한 것이다.

이 지점에 와서 연암이 지향하는 바는 확실하다. 그는 누구보다도 지금을 중시하였고, 또한 모방을 사갈시했으며, 습관의 병폐를 통렬히 비판하였다. 이러한 세계관은 연암으로 하여금 자연스럽게 주체적

---

91 燕岩集, 自笑集集序.

시각에 이르게 한다. 사대에 젖어 있는 썩은 시각이 아니라 우리 것을 가치 있는 것으로 볼 수 있는 생명력 있는 시각이다. 연암이 우리 것의 위대함을 이야기 할 수 있었던 것은 이런 그의 철학이 있었기에 가능했을 것이다. 이러한 주체적 시각은 당시로서는 여간 획기적인 것이 아니며, 또한 이런 발언을 하는 것은 여간 용기 있는 행위가 아닐 수 없다.

따라서 연암문예론의 다섯 번째 특징은 주체적으로 우리 것을 볼 수 있었다는 점이다.

연암은 '우리나라는 우리나라다. 산천과 기후가 중국과 다르고 언어와 가요가 한이나 당과 다르다. 산천과 기후가 중국과 다르고 언어와 가요가 한(漢)이나 당(唐)과 다르다. 그럼에도 불구하고 중국 것을 본뜨고, 한나라, 당나라를 모방한다면 그 수법이 높을수록 내용이 비속하고 문체가 근사할수록 사연이 진실치 못할 것은 당연하지 않겠는가?'[92 · 文60] 하였다. 중국 추수의 모방 풍조에 경종을 울린 것이다.

또한 이렇게도 말하였다.

'우리나라는 작지 않은 나라요, 신라와 고구려가 소박하기는 하나 민간들에게 아름다운 풍속도 많다. 그 말을 글자로 옮겨 놓고 그 민요를 운율에 맞추기만 하면 자연스럽게 문장을 이루어 참다운 맛이 나타날 것이다. 옛 것을 본받거나 남의 것을 빌어 올 것 없이 현재의 있는 그대로를 가지고 모든 것을 표현할 수 있을 것이다. 중국의 고전이라 할 수 있는 시경에 올라 있는 삼백 편의 시란 것도 새, 짐승, 풀, 나무의 이름을 나열하지 않은 것이 없고, 민간의 사내와 아녀자가 서로

---

92 燕岩集, 嬰處稿序.

지껄이는 말에 지나지 않는 것이다. 이 지방 저 지방의 기풍이 다르고 이 강 언덕과 저 강 언덕의 풍속이 같지 않은 까닭으로 시경을 편찬한 사람이 지방별로 따로 모아서 그 기풍과 습속을 참고한 것에 지나지 않는 것이다. 그러니 지금 시를 짓는 사람의 시가 옛날의 시가 아니라고 의심할 것이 무엇이겠는가? 만일 우리 것을 제대로 기록해 놓은 글이 있다면 성인이 중국에 다시 나서 각 나라의 기풍과 습관을 알려고 한다면 그 글을 우선 볼 것이요, 그리하여 삼한에서 나는 새, 짐승, 풀, 나무의 이름도 많이 알게 될 것이요, 강원도 사내와 제주도 여자의 성정도 짐작하게 될 것이다'93 · 文61) 하였다.

연암은 소천암(小川菴)을 그 좋은 예로 들고 있다.

'소천암은 국내의 가요, 민속, 방언, 기예 등을 수록하였다. 심지어 연을 날리는 것도 적고 아이들의 수수께끼도 해석하고 길 고샅과 골목 안의 주고받는 수작, 문에 기대어 아들을 기다리는 부모, 칼을 두드리는 백정, 어깻짓으로 아양을 부리는 계집, 손바닥을 치며 맹세짓거리를 하는 장사치에 이르기까지 대상으로 삼지 않은 것이 없으며 또 그런 사실들을 아주 조리 있게 벌리어 놓았다. 입이나 혀로는 구별하기 어려운 것도 붓으로 표현하였으며 마음속에 미처 생각지 못했던 것도 책을 펼치기만 하면 나오도록 만들었다. 닭이 울고 개가 짖고 벌레가 썰썰거리고 좀이 우물거리는 등의 형상이나 소리를 그대로 떠다 놓고 있다'94 · 文62)라고 하였다.

당시의 소천암의 글 솜씨는 귀신같았나 보다. 투철한 사실주의 정신이 밑받침이 되어 묘사를 정확하게 하였다는 점에서도 뛰어나지만,

---

93 燕岩集, 嬰處稿序.

94 燕岩集, 旬稗序.

당시 속빈 강정과 같은 글이 판을 치고 그것이 정수인 것처럼 통용되던 때에 알이 꽉 들어찬 글을 남겼다는 것은 우리 민족 문학사에 길이 기록될 기념비적인 일이라 생각된다.

관념적인 글이 아니라 사실에 바탕을 둔 내실 있는 글을 쓰려면 무엇보다도 습관적인 인식의 틀에서 벗어나야 한다. 그래야 사물을 진솔하게 볼 수 있다. 그렇게 되려면 무엇보다도 현장에 나가 보다 많은 경험을 쌓고, 그 체험을 고정관념이 아닌 새로운 시각에서 자기만의 언어로 참신하게 표현할 수 있어야 한다. 있는 그대로 가식 없이 그려내는 산문정신이 무엇보다도 필요한 것이다.

연암 문예론의 여섯 번째 특징은 이와 같은 투철한 사실주의 정신에서 찾을 수 있다.

그는 고정관념을 떨쳐버리고 사물을 있는 그대로 순진무구하게 볼 것을 요청하고 있다. 또한 모든 사물에서 그 나름대로의 미를 발견할 것을 요구하고 있다.

'까마귀를 보면 그 날개보다 더 검은 빛이 도는 부분이 있는 것도 사실이기도 하지만 언뜻 비치어 엷은 황색도 돌고 다시 비치어 연한 녹색도 되며 햇빛에서는 자줏빛으로 번쩍이다가 눈이 아물아물해지면서는 비취색으로도 변한다. 그러니까 푸른 까마귀라고 일러도 좋고 붉은 까마귀하고 일러도 또한 좋을 것이다. 그 물건에는 일정한 빛깔이 없는 것이거늘 내가 먼저 눈으로 일정하게 만들어 버리고 마는 것이다. 눈으로 정하는 것이야 그래도 낫지마는 보지도 않고 마음속으로 정해 버리고 마는 것이 더 큰일이다.

그러나 까마귀의 그 검은 빛깔 가운데서 푸르고 붉은 광채가 떠도는 것을 누가 안단 말인가? 검은 빛은 어둡다고 보는 것은 까마귀만을 모르는 사람이 아니라 검은 빛까지 겹쳐서 알지 못하는 사람이다. 왜 그런가 하면 물은 맑으니까 능히 비치고 옻칠은 까마니까 능히 거울로 되는 것이 아닌가? 그런 까닭으로 빛깔이 있는 것치고 광채가 없는 것은 없고, 형체가 있는 것치고 맵시가 없는 것이 없는 것이다'[95 · 文63)]라 하였다.

사물의 부류에 따라 귀천이 있고, 미추가 이미 정해져 있는 것이 아니라, 어떤 사물이건 그 나름대로 특색이 있고, 형체가 있고, 아름다움이 존재한다는 발상은 획기적인 생각이 아닐 수 없다. 이러한 발상의 틀은 지금도 유용한 것임에 틀림없다. 연암의 일관된 생각, 즉 고정관념이나 습관의 틀을 깨고 지금의 입장에서 있는 그대로를 완상하여 고유한 특질을 발견하라는 주문은 자연을 통해 새로움을 창조하고 자연이 지니고 있는 생명을 전달해야 하는 기문학적 입장과 동일하다.

---

95 燕岩集, 菱洋詩集序.

최한기(崔漢綺)의 문예론

최한기(崔漢綺; 1803~1895)는 실학시대 말기에 속하는 학자다. 그는 개화의 물결이 거세게 밀려오는 격변의 상황에서, 현실 변화를 미리 예측하고 그에 맞게 자신의 사상을 전개하였다. 그는 실학에 심취하면서 선배 실학자들과는 다르게 도(道)의 개념을 없애고 그 도를 신(神)의 개념으로 대치하여 신기론(神氣論)을 펼쳤다. 그러나 여기서 신(神)이란 개념은 없어도 그만인 허사나 다름없다. 최한기는 유기론적 사상을 지닌 학자였다. 최한기의 유기론적 사상은, '만사만물은 모두가 기다. 나의 몸 역시 기인 것은 마찬가지다. 나의 신기가 만사만물에 통해 있는 까닭에 만사만물은 나에게 갖추어있다 할 수 있다'[96 · 文64)라는 말에서 확인된다. 만사만물이 모두 기라는 생각은 우주를 보는 세계

---

96 崔漢綺, 人政 卷九, 敎人門二, 性理皆是氣.

관이 유기론적일 때 가능하다. 특히 인간의 몸이 기로 이루어졌다고 본 것은 유심론적 사상이 지배적이었던 조선조 시대란 점을 감안 할 때, 유기론적 사상이 밑바탕에 깔리지 않았다면 도출 불가능한 사상이라 하겠다. 이러한 유기론적 세계관은 현실과 항상 밀착되어 있게 마련이다. '과거' 보다는 '지금'이 중요하다. 최한기가 다음과 같이 말한 것도 이러한 세계관에 근거한다.

'만약 옛날과 지금 중에서 어느 것을 버리고 어느 것을 취할 것인가를 논의한다면, 내가 성장하는 데 필요하고, 내가 의지해야 할 것이 지금에 있고 옛날에 있지 않으며, 내가 써야하고 내가 따라야 할 것도 지금에 있고 옛날에 있지 않으므로, 옛날을 버릴지라도 지금을 버릴 수 없다는 것이 나의 생각이다. 문학하는 선비가 지금의 기화(氣化)는 모르면서 옛날 글의 자취만 가지고 지금의 백성을 다스리려고 한다면, 반드시 많은 착오가 생길 것이다'[97 · 文65)라고 한 말에서 우리는 최한기가 왜 현재를 중요시 하는가를 알 수 있다. 과거의 허사나 명분에 억매이지 않고 현실을 직시하면서 그에서 문제점을 발견하고 이를 해결하는 것이 최한기가 지향한 바라 하겠다. 특히 지금의 기화를 알아야 문학을 하는 선비의 자격이 있고, 더 나아가서는 백성을 다스릴 수 있다고 한 것은 최한기가 유기론자이면서도 현실주의자임을 간파할 수 있게 해 준다. 세상은 변하고 있는데 과거에만 집착하여 그를 중심으로 세계를 판단하고 현실을 재단한다면 지금의 현실에는 쓸모없는 것이 되고 만다. 지금의 현실에 맞는 실제적인 것이 될 수 없다. 과거의 것은 현재를 위해 필요한 것이기도 하지만 그것은 이미 지난

---

97 人政 卷十一, 敎人門四, 古今通不通.

것이기에 고루한 것이거나 아니면 이미 쓸모없는 것일 경우가 많다. 특히나 미래를 개척하는 데는 걸림돌이 될 경우가 많다. 선비로서 백성을 다스리는 위치에 서려면 허사에만 얽매일 것이 아니라 현실을 잘 분석하고 그에서 지혜를 얻어 그를 통치에 잘 적용시켜야 한다. 문사라면 그에서 발견된 진리를 글로 적절이 표현해야 한다. 이러한 최한기의 현재에 대한 각별한 투시는 당대가 조선조 말엽 개화의 물결이 밀려들어오는 격변의 시기였기에 가능했을 것이다.

최한기는 '상고에는 제가치국 대경대법으로써 인재를 불러 기용하였고, 중고에는 훈고 사장이 홍성하고 불교의 선설로 청허(淸虛)에 빠져들었고, 근고에는 이학으로 무형을 탐구하여 성실에 힘쓰고, 속된 것과 잘못된 것을 바로 잡고 의리를 밝혔으나, 내가 살았던 격변기에는 지구에 대한 사실이 드러나고 사해(四海)와 인도(人道)에 관련된 일통(一統)의 운화(運化) 이치가 점차로 밝혀지고 만물의 조화에 어떤 기준이 되는 법칙이 마련되었으니 과거 것만 고집한다고 성사가 되겠는가?'98·文66)라고 하였는데, 그의 말에서 우리는 현실을 직시하는 학자로서의 최한기의 당대에 대한 고뇌를 읽을 수 있다. 상고에는 제가치국을 위해 대경대법을 중심으로 인재를 불러 모으면 되었고, 근고에는 이학을 중심으로 무형을 탐구하고 속된 것을 바로 잡고 의리를 밝히면 통치가 이루어졌으나, 지금은 서양의 자연과학의 발달로 인해 천체의 신비가 밝혀지고, 세계의 운화의 이치가 널리 알려지게 되었으니 더 이상 과거에 안주해서는 아니 됨을 설파한 말이라 하겠다. 그의 '지금'의 사상은 '공장(工匠)의 교육을 어찌 소홀히 할 수 있

---

98 人政 卷十六, 選人門三, 學問比較.

겠는가? 거중(舉重), 인중(引重), 집수(執水), 생화(生化)가 모두 기수(氣數)에 밝은 자라야 가능한 것이 아닌가? 기수란 형적이 없는 것이니 어리석은 자가 어찌 그 깊고 얕은 것을 판별할 수 있겠는가? 사람의 지혜가 능히 활동운화지기(活動運化之氣)에 그 단서를 터득하여 수학을 성립시키고 기계를 제작하여 무한한 묘용을 발휘케 하여야 나라가 살 수 있다. 어찌 지금 공장들을 방치한 채 그 교육을 강구하지 않을 수 있겠는가?'[99 · 文67]라고도 하였다. 과거의 공리공론에 빠진 채 현재를 방관하지 말고 실제 물건을 만드는 실학에 치중해야하며 활동운화지기를 터득하여 수학의 묘리를 익히라는 그의 충고는 이미 세계를 공론의 대상으로 본 것이 아니라 실제적이고도 물리적인 기학적 세계관으로 파악하였음을 알 수 있게 해준다. 이러한 기학적 세계관은 그의 문학관에서도 그대로 드러나고 있다.

'좋은 문장을 쓰려면 우선 하늘의 모양과 땅의 모양에서 활동운화지기를 보고 이를 터득해야 한다. 다음 단계로 마음속에서 활동하는 운화를 문기로 표현하면, 표현하는 것마다 모두 영기를 드러내어 용이 꿈틀거리는 형체를 갖추고, 만화를 녹여서 지닐 수 있게 되는 것이다. 이렇게 되면 문에 만화가 내포되어 이것을 보는 사람이나 이것을 읽는 사람은 신기에 젖게 되어 감통하게 된다. 이렇게 되면 문장을 쓰려고 애쓰지 않아도 문장이 스스로 이루어지게 된다. 문장이 진척되지 않는다고 걱정할 필요가 없다. 오히려 기회가 길러지지 않는 것을 걱정해야 한다. 문장이 어찌 억지로 되고 모방을 한다고 이루어 질 수 있겠는가?'[100 · 文68]라 하였다.

---

99 人政 卷十一, 敎人門四, 工匠敎.
100 人政 卷八, 敎人門一, 文章.

위의 최한기의 언급은 그의 문예관을 종합적으로 서술한 것으로 최한기 문학관을 도출하는데 결정적 단서를 제공한다.

곧 최한기의 문예관은,

첫째, 좋은 문장을 쓰기 위해서는 활동운화지기를 터득해야 하며,

둘째, 이렇게 터득한 진리를 문기로 표현할 수 있어야 하며,

셋째로, 문기로 표현된 만화가 내포된 문장이라야 읽는 독자가 신기를 얻어 감통하게 되며,

넷째로 기가 넘쳐나면 저절로 문장이 이루어진다는 생각이었다.

최한기는 앞서 살핀 선배 문인처럼 시품을 나누기도 하였는데, 이역시 앞서 살핀 기문학자들과 일맥상통하는 점이 많아 주목을 요한다.

'문장에는 경험과 사세(事勢)에서 얻는 문장, 고사를 엮어 놓아서 얻은 문장, 사조(詞調)의 헛된 그림자에서 얻은 문장, 방탕하고 얽매이지 않은 데서 얻은 문장 등이 있다. 이 중에서 제일은 역시 첫 번째다. 직접 체험하고 현실을 중시하여 진실을 발견하고 그를 사실대로 꾸밈없이 표현한 문장이 최고의 문장이다. 가식이 없어야 한다'101·**文**69)고 하였다.

이를 통해 우리는 최한기의 다섯 번째 문예관을 확인할 수 있다. 곧 '직접 체험하고 현실을 중시하여 진실을 발견하고 그것을 사실대로 꾸밈없이 표현한 문장'이 최고의 문장이며 '가식이 없어야 한다'고 한 점이 그것이다. 직접 체험하고 현실에서 진실을 발견하며 그것을 가식 없이 표현한 문장이 최고라는 그의 문예관은 지금까지 기문학론을 정리하며 계속 강조된 일관된 문예관이었음은 재론을 요치 않는다.

---

101 人政 卷十四, 選人門一, 選文章.

■ 소결 - 조선조 문예론의 전반적 특징

이상의 것을 토대로 조선조 시대의 문예론 요약하면 다음과 같다.

서거정은 문장을 기로 보았으며, 기는 하늘에서 받는 것이며, 그래서 기에는 맑고 흐린 것이 있고, 순수한 것과 잡된 것이 있게 된다하였다. 글 중에 높은 기상이 있는 글과 저급한 기상이 드러나는 글이 있어 그 품위가 서로 갈리게 되는 것도 다 이 때문이라는 것이다. '시는 마땅히 기절을 앞세워야 한다. 글맵시(文藻)는 그 뒤에 할 일이다'라고도 하였다. 시는 마음에서 우러난 것인 동시에 기가 넘쳐흐른 것이기에, 옛사람들은 시를 읽으면 그 사람됨을 알 수 있다고도 하였다. '어떤 처지에 있거나 그 기가 살아있으면 훌륭한 문장을 남길 수 있다. 곧 천지의 정기(精氣)가 사람에게 집중되면 훌륭한 문장이 되는 것이다'라고도 하였다. 서거정은 기를 기르기 위해서 노력해야 하며, 이를 위해 여행을 많이 할 것을 권장하였다. 곧 서거정은 기의 후천성을 인정한 것이다. 이러한 견해는 서거정이 이론적인 사유체계에만 집착한 형이상학자가 아니라 실제를 중시한 실학자적인 면모를 지니고 있음을 알 수 있다. 그는 문학이 기가 중심이 되어야 함을 역설한 문인답게 현실과 체험을 중시하였으며, 이는 그냥 얻어진 것이 아니라 그의 철학이 이러한 현실 중심적 철학에 뿌리내리고 있기에 가능했다고 생각된다. 서거정은 개성을 중시하였다. 고전을 모방하는 데 그치면 안되고 그를 뛰어 넘어 개성을 통한 창조를 주장하였다. 또한 서거정은 문장에서 비유와 함축성을 중시하였다. 또한 시어의 조탁을 강조하였다. 이로 볼 때, 서거정은 문장의 기교나 수식을 오로지 중시하는 문인이 아니라 기를 문장의 근원으로 삼고 그에서 용출되는 시를 진정한 문학으로 평가하였음을 알 수 있는데, 이는 그가 이규보의 장편시를 최고의 시로 평가하는 데서 그 진의가 드러난다. 이인로는 시작에 있어서 시인의 기상을 무엇보다도 중시하였다. 성리학이 주축이 되고 이성이 중시되었던 조선 초기에 기상을 중시하는 고려시대의 문학론이 서거정을 통해 계승되고 있다는 사실은 기문학을 정립하는 입장에서 볼 때 실로 의미 있는 일이라 아닐 수 없다.

김시습은 '하늘과 땅 사이에는 다만 하나의 기가 풀무질하고 있을 따름'이라 하였다. 그는 계속하여 '이 이치에는 굽히고 펴며, 차고 비는 것이 있으니, 굽히고 펴는 것은 묘이고, 차고 비는 것은 통이다. 펴면 차고, 굽히면 비는 것이다. 차면 나아가고 비면 돌아온다. 나아가면 신이라 하고 돌아오면 귀라 한다. 진실로 이(理)는 하나이나 나누어지면 두 가지의 다른 상태가 된다. 돌며, 오가며, 영화롭다가 말라 떨어지는 조화의 자취는 2기(陰陽)가 소장하는 양능이 아닐 수 없다.'라고 하였다.

이로 보아 김시습은 조선조 지배 이념이었던 성리학의 영향을 받아 이(理)를 근원적인 것으로 인정하나 그를 움직이는 역동적인 실체는 기로 본 것이라 해석된다. 곧 주기론자라 하겠다. 주기론자는 세상을 매우 현실적으로 분석한다. 경험을 중시하고 이를 문학에 반영시키는 경향이 강하다.

김시습은 생래로 뛰어난 기를 타고나야 좋은 시를 지을 수 있으며, 탁월한 기가 자연과 교감할 때만이 좋은 시가 창작된다고 하였다. 이러한 문학관은 기를 중시한 고려조 문인들과 근본적으로 맥을 같이 한다. 곧 기의 선천성을 인정한 것이다.

김시습은 이 시를 통하여 좋은 시를 짓기 위해서는 자연 속에 노닐면서 자연 속에서 묘리를 절로 터득하여 그것을 깨우치고 시법마저도 자연에서 배워 그것이 절로 흘러 넘쳐야 비로소 시를 지을 수 있다고 하였다.

김시습은 기가 나가면 신이고 돌아오면 귀라 하였다. 김시습은 사람의 삶과 죽음을 기의 이합취산에 지나지 않는 것으로 보았다. 기가 모이면 生이고 기가 흩어지면 사라 하였다. 김시습은 문학이 현실 비판적 기능을 수행해야 하며, 이렇게 하기 위해서는 현실의 모순을 몸소 체험해야 한다고 생각하였다.

이상에서 볼 때, 기를 중심으로 한 문학론이 나갈 방향이 김시습에 의해 보다 명징해 진다. 김시습은 기를 타고나야 좋은 글을 쓸 수 있으며, 글을 쓸 때 수식 보다는 실속이 있어야 하고, 자연과 노니는 호방한 기가 충만해야 하며, 자연의 섭리에 충실하고, 현실의 모순을 직시할 수 있는 혜안과 그를 문학을 통해 비판할 수 있는 용기가 있어야 좋은 글을 쓸 수 있다고 한 점 등이 그것이다.

서경덕은 글을 쓸 때, 집착을 버리고 초연할 것을 강조하였다.

화담은 기일원론자답게 예술에서도 무의 중요성을 역설하였으며, 무 속에서 유를 볼 수 있어야 진정한 예술을 할 수 있다 하였다. 곧 유무를 동시에 투시하는 경지에 이르러야 기쁨을 얻을 수 있다는 생각이다. 기를 전제로 한 무의 중요성을 강조한 것이다. 서경덕은 물아일체가 이루어져야 비로소 기쁨을 얻고 참다운 문학을 얻을 수 있다고 하였다. 이러한 물아일체는 기학적 물아일체다. 문학을 할 때, 자연의 이치를 따라 그에 합일된 문학을 하여야 참다운 문학을 할 수 있다고 본 것이다.

율곡은 문학은 인간이 스스로 성정을 소리의 형태로 표현한 현상이라 하였다. 소리는 기가 충적해서 밖으로 발한 연후에 이 소리가 인성이 된다 하였다. 사람에게 소리를 내게 하는 근원이 기라는 것이다. 이 기를 작용하는 것이 심이고 심을 작용하는 것이 천지고, 천지를 천지로서 작용하게 하는 것이 무극이태극이라 하였다. 이것을 간단히 도표로 나타내면 無極而太極-天地-心-氣-聲(文)으로 정리된다. 이것을 다시 정리하면 첫째 심은 성과 기를 합해서 일신을 주재하는 것인데 심이 사물에 감응해서 밖으로 발해진 것이 정이므로 인성도 정에 포괄될 수 있다는 것이다. 하기에 문학은 심에 본원하고 있다는 결론에 도달하게 되고, 둘째로 심이 발하여 정이 되는데, 이때 발하는 것이 기고 발하게 되는 소이연은 이인데, 기가 아니면 능히 발하지 못하고 이가 아니면 발할 소이연이 없다는 것이다. 그러므로 정은 기가 발한 것이고 결국 문학은 인간의 기에 의해 이루어진다는 것이다. 기가 없으면 실제로 문학이 성립될 수 없다는 이야기다. 이때 기는 문학이 형태를 이룰 수 있는 어떤 실체나 힘으로 파악될 수 있는 그 무엇이다. 율곡은 문학이 이루어지는 과정에서 기를 매우 중시한 것을 알 수 있다. 이(理)는 소이연은 될 수 있으나 성정이 실제 소리로 나올 수 있게 하는 힘은 없다는 것이다. 그것을 가능하게 하는 것은 기(氣)라는 것이다.

율곡은 문학 형성 과정에서 기를 매우 중시하였으면서도 기에 의해 발해지는 것이 모두 문학이 될 수는 없다 하였다. 율곡은 인성을 유용지성과 무용지성으로 나누면서 유용지성만이 문(文)이 될 수 있다 하였다. 그 유용지성 중에서도 미성과 악성이 있는데, 미성만이 문이며, 이 미성 중에서도 실성과 허성이 있는데 실성만이 문이 된다 하였다. 이 문에도 정자와 사자가 있는데, 정자만이 진정한 문이 될 수 있다하였다.

율곡은 성리학자답게 정(正)의 문학을 주장하였지만, 그렇다고 문학에서 즐거움을 인정하지 않은 사람은 아니었다. 사람이 내는 소리 가운데 뜻을 가지고 즐거움을 주고 글로 정착되고 도리에 합당한 것을 선명이라 하였다. 이 선명은 유익하면서도 즐거움을 주는 글을 말한다. 선명이란 앞에서 말한 정자에 해당한다. 율곡은 선명 중에서도 가장 으뜸인 것을 문사라 하였고, 그 중에서도 시를 최고로 쳤다.

율곡은 위와 같은 문예론을 근간으로 하여 시를 나누는 기준, 곧 시품에 대한 견해도 피력하였다.

율곡이 가장 높이 평가한 시는 충담소산한 시다. 꾸미고 장식하는 것에 힘쓰지 않고 자연스러운 데서 묘취, 고조, 고의가 깊이 들어 있는 시를 일컫는다. 그 다음이 한미청적한 시다. 조용하게 자득하고, 우흥에서 나오며, 사색해서는 이를 수 없는 경지다. 그 다음 줄에 드는 시가 청신쇄락한 시다. 매미가 바람과 이슬에서 허물을 벗은 것 같으며, 불에 익힌 음식을 먹지 않는 사람의 입에서 나오는 것 같은 시를 일컫는다. 그 다음 품에 드는 시가 용의정심한 시다. 어구가 단련되고 격도가 엄정하여 조묘지론이 여유 있게 갖추어져 있어, 예사 감정으로는 도달하려고 꾀할 수 없는 경지를 말한다. 그 다음이 격사청건한 시다. 필력이 굳세지만 급박한 뜻은 없으며, 원대한 맛이 엉켜있는 시를 일컫는다. 이런 시는 고전을 많이 섭렵하면서 융통성이 없이 그를 모방한 시를 말한다. 자기의 기를 자유스럽게 나타내지 못하고 격에 얽매어 창의력을 발휘하지 못하는 시다. 제일 낮은 시품은 정공묘려한 시다. 애써 다듬고 수식하려 하지만 지나치게 무르녹지 않은 시를 말한다. 시어만 갈고 닦는 것은 문제가 있다는 이야기다.

이상 율곡이 나눈 시품의 견해로 볼 때, 율곡이 최고의 경지로 치는 시는 인공으로 꾸민 시가 아니라 자연에 가까이 간 시임을 알 수 있다. 그것은 태극에 가까운 담일청허한 시로 호연지기를 그대로 보여주는 시를 일컫는다. 율곡도 앞의 기를 중시한 문인들과 같이 천의무봉의 자연스러운 시를 최고 품으로 쳤으며, 격사에 매달리는 시를 하품으로 친 것을 알 수 있다. 생명을 중시하고 자연의 호연한 상태가 그대로 자연스럽게 드러난 시가 최고의 경지란 의미다.

허균은 정을 중시하였다. 허균이 말한 정은 인간의 본성을 의미하며, 본성이 윤리나 인간적 규범에 속박되었을 때, 그로부터 해방되어야 함을 뜻한다. 이것은 도덕 판단 기준을 인간에 두지 않고 하늘의 본성에 두었을 때 가능하다.

허균은 개성과 독창성을 중시했다. 허균은 별다른 취향이 있고, 이론이나 이성에 의존하는 것이 아닌, 별다른 시재를 지녀야만 독창적인 시를 지을 수 있다 하였다. 천기를 희롱하고 심원한 조화 속을 파악하여 음향이 맑으며 격이 높고 생각함이 깊어야 좋은 시를 지을 수 있다는 생각이다. 시가 손끝에서만 나오는 것이 아니라 천기에 근원해야 함을 의미한다. 독창성도 그 근원을 따져 들어가면 천기에 근원하여야 가능하다. 독창성은 문학에서 매우 중요한 요소다. 문학에서 모방이나 과거의 답습, 더 나아가서는 남의 것을 표절하는 행위는 문학을 죽이는 행위다. 허균이 문학사에 남을 수 있는 이유도 독창성을 중시하는 그만의 문학의식이 있었기에 가능했을 것이다.

이러한 문학적 인식은 자연스럽게 모국어에 대한 투철한 자각을 동반한다. 개인적으로 보면 당시나 송시에 대한 모방으로부터 벗어나 독자적인 영역을 개척하는 것이고, 민족 전체로 보면 중국어에 대한 우리말의 독자성에 대한 인식이나 다름없다.

이것은 또한 일상어에 대한 예민한 감각으로 나타나기도 하였다. 허균이 상어에 대해 남다른 애정을 보인 것도 이런 이유에서다. 상어를 중시했다는 점은 이어를 소중히 여겼다는 점과도 통한다. 허균은 우리 토착어에 대한 애정과 시어로서의 적합성을 누구보다도 투철하게 인식한 문인이다. 또한 상어와 이어를 씀으로 하여 서로 독자와의 교감이 쉽게 이루어짐을 일찍이 깨우쳤던 사람이다.

허균은 정확한 의사 전달을 중시한 문인이었다. 허균이 상어를 썼다는 것은 당시에 살아 있는 민중 언어를 사용하였다는 의미도 된다. 민중 언어, 곧 시문체를 사용하였다는 것은 살아 있는 문학을 하였음을 의미한다. 살아 있는 언어를 사용하여야 독자와 교감이 성공적으로 이루어 질 수 있고, 작자의 의사가 정확히 독자에게 통할 수 있겠기 때문이다. 허균은 이것을 도가 통하는 것으로 표현하였고, 당대의 사회구조인 양반사회에 맞게 '상하의 정'이 통하는 것으로 표현하였을 뿐이다.

허균은 문장을 수식하고 꾸미는 것 보다는 자연스럽고 순박한 문장을 선호하였다. 허균은 옛날에는 글이 상하의 정을 통했으므로 도를 전달할 수 있었는데, 후세에 내려와서 문과 도가 나누어지면서 장구를 아름답게 꾸미려고 하며, 험사와 교어로 재주를 다투게 되었다 하였다.

허균은 속된 것을 싫어하고 고상한 것을 좋아했으며, 표현된 언어보다는 표현되기 이전의 뜻(意)을 중시하였다. 허균은 '시를 지을 때는 먼저 뜻을 세워야 한다. 그 다음으로 말이 명하는데 이르면 글귀는 살아나게 되고, 글자들은 원만해지고 음은 잘 조화되어 서로 호응하게 되며, 글의 마디마디에 담긴 뜻이 긴절하게 된다.'고 하였다. 허균이 문학에서 기가 상하는 것을 꺼려한 이유도 이에 있었을 것이다. 허균이 '시란 천기를 희롱하고 심원한 조화 속을 파악하여 정신이 빼어나고 음향이 맑으며 격이 높고 생각함이 깊으면 가장 좋은 시라 할 수 있다.'라고 한 것도 그가 호연지기를 근본으로 삼는 기를 중시한 문인이었음을 알 수 있게 해준다.

지금까지 살펴본 문학론을 종합하면, 허균은 정(情)을 중시하고 개성을 무엇보다도 소중히 여겼으며, 상어를 사랑하였고, 쉽고 분명한 우리말의 가치를 존중하였으며, 정확한 의사 전달을 중시하였고, 속된 것을 싫어하고 고상한 이상향을 지향했으며, 표현된 언어보다도 뜻(意)을 중시하였고, 문학이 천기를 희롱하는데 이르러야 하며, 사물을 볼 때 하늘에 기준을 두었으며, 이를 근거로 인간세상의 모순을 비판하였다는 점이다. 한 마디로 요약하면, 허균은 모든 기준을 하늘(자연)에 두었으며, 이를 근거로 지곰의 이 순간을 중시하여 진실을 포착한 문인이라 하겠다.

연암은 18세기 근대 실학자답게 문학론에서도 역시 허식적인 것을 배격하고 실질적인 것을 중시했고, 과거의 굳어진 습관을 배격하고 현재의 새로운 것의 창조를 중시했다.

무엇보다도 연암의 문학론이 기문학론과 통하는 것은 자연(自然) 속에서 늘 새로움을 발견하려 하였으며, 모방을 혐오하고 '지금'의 문학론을 펼쳐나갔다는 점이다. 늘 새로운 눈으로 사물을 바라보고 '낯설게하기'를 끊임없이 실천해야 독창성이 발휘된다는 연암의 생각은 비록 직접적으로 기를 언급하지는 않았지만 기문학론과 근원적으로 맥이 통한다.

연암은 자연의 지혜를 빌어 새로움을 창조할 것을 역설하였다. 자연은 열려 있는 텍스트다. 또한 자연에는 놀라운 정기가 살아 꿈틀거린다. 좋은 글을 쓰려면 자연 속에서 자연의 정기를 발견하여 그 진수를 글로 옮겨 놓아야 한다. 이것은 동서고금의 문학론의 요체이기도 하고 또한 기문학론의 요체이기도 하다.

연암은 지금을 중시하였다. 문학은 과거의 눈이 아니라 지금의 시점에서 항상 새로운 눈으로 사물을 새롭게 보는 세계인식 방법이다. 허위나 가식이 있어서는 안 된다. 고정관념에 사로잡혀서도 안 된다. 또한 모방에 급급해서도 안 된다. 연암이 혐오에 가까울 정도로 모방을, 특히 중국을 사대시하면서 모방하는 것을 사갈시한 것도 이러한 이유 때문이다.

이러한 세계관은 연암으로 하여금 자연스럽게 주체적 시각에 이르게 한다. 사대에 젖어 있는 썩은 시각이 아니라 우리 것을 가치 있는 것으로 볼 수 있는 생명력 있는 시각이다.* 연암이 우리 것의 위대함을 이야기 할 수 있었던 것은 이런 그의 철학이 있었기에 가능했을 것이다.

연암은 고정관념을 떨쳐버리고 사물을 있는 그대로 순진무구하게 볼 것을 요청하였다. 또한 모든 사물에서 그 나름대로의 미를 발견할 것을 요구하였다. 사물의 부류에 따라 귀천이 있고, 미추가 이미 정해져 있는 것이 아니라, 어떤 사물이건 그 나름대로 특색이 있고, 형체가 있고, 아름다움이 존재한다는 발상은 획기적인 생각이 아닐 수 없다. 투철한 사실주의 정신에 입각한 산문정신의 소산이라 하겠다. 이러한 발상의 틀은 지금도 유용한 것임에 틀림없다. 연암의 일관된 생각, 즉 고정관념이나 습관의 틀을 깨고 지금의 입장에서 있는 그대로를 완상하여 고유한 특질을 발견하라는 주문은 자연을 통해 새로움을 창조하고 자연이 지니고 있는 생명을 전달해야 하는 기문학적 입장과 동일하다.

　조선조를 마감하는 대표적인 문인으로 최한기의 문예관을 살펴본 결과 얻은 결론은 다음과 같다. 최한기는 실학시대의 문인답게 첫째, 좋은 문장을 쓰기 위해서는 활동운화지기를 터득해야 한다고 하였다. 기를 중심에 놓고 세계를 보는 유기론자이였기에 이런 문장관이 나올 수 있었다고 보여 진다.

　이어서 최한기는 둘째, 이렇게 터득한 진리를 문기로 표현할 수 있어야 만화를 내포한 문장을 지을 수 있다 하였다. 곧 세상 만물을 녹여 문장으로 표현하는 힘이 문기인데, 이 문기가 문장에서 매우 중요함을 역설한 것이다.

　셋째로, 문기로 표현된 만화가 내포된 문장이라야 읽는 독자가 신기를 얻어 감동하게 된다 하였다. 기가 충만하여 그것이 문장으로 표현될 때만이 독자의 기가 그에 감응하여 감동을 주게 되다는 생각은 앞에 거론된 선배 문인들에게서도 누차 확인된 바라 하겠다.

　넷째로 기가 넘쳐나면 저절로 문장이 이루어진다는 생각이었다. 억지로 문장을 꾸미고 만들지 말라는 주문이다. 자연스러운 문장을 만들라는 요청이기도 하다.

　최한기는 시품을 나누기도 하였다. 곧 '직접 체험하고 현실을 중시하여 진실을 발견하고 그것을 사실대로 꾸밈없이 표현한 문장'이 최고의 문장이며 '가식이 없어야 한다'고 하였다. 직접 체험하고 현실에서 진실을 발견하며 그것을 가식 없이 표현한 문장이 최고의 문장이라는 그의 문학관은 지금까지 앞에서 정리해온 기문학론에서 계속 강조된 일관된 문학관이었음은 재론을 요치 않는다.

6

기의 미적 범주와
새로운 문학론의 가능성

한국 전통문예론 연구

지금까지의 논의를 통해 기가 동양 전반에 걸친 예술론에서 뿐 아니라 우리 문학론에서도 중요한 미학적 개념의 준거치가 됨을 알 수 있었다. 기는 동양 철학의 밑바탕이 되는 주요한 개념이 일 뿐 아니라, 고려조 이규보나 최자의 문학론은 물론 조선조에서도 유수한 문인들에게서 일관되게 확인되는 미적 범주의 기본 요소였다.

미적 범주의 선택은 삶의 의식을 선택하는 것만큼이나 독특한 것이기에 민족이나 환경에 따라 그것이 큰 편차를 보일 수밖에 없다. 미적 범주의 설정이나 선택은 그만큼 자의적이라 할 수 있다. 우리는 이미 서구적 미적 개념인 비장미, 숭고미, 우아미, 골계미 등에 익숙해져 있는 것이 사실이다.

그러나 이러한 미적 개념이나 범주들은 용어상에 차이는 있을지 몰라도, 이미 우리의 예술론이나 문학론에서 일찍부터 존재해 왔던 개념들 중에 하나였다.

미적 범주의 설정은 작품이 독자에게 어떻게 감동을 줄 수 있느냐를 범주화하는 것이다. 문학이 독자에게 감동을 주기 위해서는 무엇보다도 생명력이 있어야 한다. 생명력이 있다는 것은 작품이 죽어 있는 것이 아니라 살아 있음을 뜻한다. 문학이 유기체이며 그 하나로 완전한 자족적 구조를 지니고 있다는 말이며, 이 말은 하나의 작품이 그 자체로 자족적 생명력을 지니고 있음을 의미한다.

기는 바로 생명력이다. 예술작품에서 말하는 생명력은 기를 통해서 체현된다. 다시 말해 기란 작품에 재현된 인간 생명력과 동의어다. 따라서 예술작품이 살아 있다, 죽어 있다 하는 것은 기가 살아 있다 죽어 있다하는 의미와 직결된다.

에이브럼즈는 그의 저서 『거울과 램프』에서 작품을 비평하는 관점을 네 가지 측면에서 제시한 바 있다. 창조론, 우주론, 존재론, 수용론의 관점이다. 이 등식을 기문학적 관점에서 살펴 볼 때, 존재론의 실체인 작품이 생명이 있기 위해서는 창조론의 주체인 작가가 우주로부터 살아있는 기를 받아 이 기를 작품에 투영하여 생명력 있는 작품을 생산할 때만이 그 기에 수용의 주체인 독자가 그에 감응하여 감동을 받을 수 있다는 말이 된다. 작품이 살아 있고 독자에게 감동을 주기 위해서는 작가나 우주나 작품이나 독자나 그 어느 하나도 빠져서는 안 되는 중요한 요소가 된다. 이 때 기는 감동 소통의 원동력이 되는 중요한 에너지가 된다. 이 에너지는 예술 작품에서 우러나오는 생동감과 동의어이며, 이 생동감은 작품에서 솟아나는 아름다움이자 미적 실체이다.

문학에 있어 생명력의 원동력이 되는 기가 문학론으로서 의미를 지니기 위해서는 기의 미적 실체가 밝혀져야 한다. 미적 실체를 밝힌다는 것은 기 작용을 미적으로 범주화한다는 뜻이기도 하다. 모든 문학 작품은 어떤 경우이든 미적 범주 내에 존재해야 해야 하기 때문이다.

앞서도 언급했지만, 종합적 기술서라 할 수 있는 『고공기』에 의하면 기물의 제작에 대해 '하늘에는 시가, 땅에는 기가, 재료에는 미가, 공인에게는 교가 있다. 이 네 가지가 합쳐지고서야 비로소 기물이 좋아지게 된다. 재료가 아름답게 가다듬어져 있고 공인의 기교가 훌륭할지라도 좋은 기물이 만들어지지 않는 까닭은 하늘의 시(時)와 땅의 기(氣)를 얻지 못했기 때문이다'라고 했다. 이 경우에 땅의 기란 자연을 가리키는 말이다. 소재나 기교가 우수하다고 해도 시절과 환경이란 자연 조건에 적합하지 못하면 좋은 기물을 만들 수 없다는 것이다. 자연과 인위의 조화를 중시한 예술관이라 하겠다.

‘인공은 천공을 본뜬다’라는 생각이 동양 기술 문명의 밑바탕에 흐르는 기본적인 사고였다.[1] 사람이 아무리 재주가 뛰어나다 해도 대자연 앞에서는 겸손해져야 하는 것이 동양적인 사고방식의 요체였다. 자연은 우리의 스승이자 모든 것의 근원이기 때문이다. 우리가 지금 주제로 삼고 있는 기의 문제도 모두 크게는 자연과 관계되는 것이다.

동양에서는 예술에서 기운을 느낀다는 말을 자주 한다. 이때의 기운도 결국 자연에서 발생하는 어떤 힘이다. 특히 그림에서 기운론이 일찍이 발달하였음은 주지의 사실이다.

기운은 미술에서 매우 주요한 개념이다. 북송의 소동파도 만물일체의 기운생동을 주장하면서 천지를 관통하는 이에서 발하는 기의 리듬을 화면에 그려내는 것이 회화의 본령이라고 주장하였다.[2] 같은 시대의 곽약허도 기운을 중요시 했는데, 그는 기운을 배워서 얻어지는 것이 아니고 하늘에서 타고나는 천품으로 보았다. 또한 천품은 인품이 높을 때만이 그 천품의 기운이 드러날 수 있다고 하였다.[3] 명나라 동기창도 기운에 대해 언급한 것이 있는데, 곽약허의 생각을 따르면서도 조금 견해를 달리했다. 기운은 하늘에서 주는 것이기는 하지만 배워서 얻는 점도 인정했기 때문이다. 이런 기운론이 청대에 들어와서는 구체적인 그림의 수법과 결부되어 논의 되는 것이다. 장경은 기운에 순위를 매겨, 무아무심의 한 경지에서 우러나오는 기운을 첫째로 꼽고, 작의(作意)에서 우러나오는 것을 다음으로, 용필에서 우러나오는 것을 그보다 못한 것으로, 용묵에서 우러나오는 것을 제일 떨어지

---

1 마루야마 도시아끼, 전게서, 164쪽.

2 상동, 182쪽.

3 상동, 182~185쪽.

는 것으로 이야기 하고 있다.

이렇게 중국회화에서의 기운론은 다양한 형태로 나타난다. 그러나 한 가지 원칙만큼은 변함이 없다. 기운이란 그림 속에 그려진 대상의 선과 색채를 넘어서 나타나는 것인 동시에, 감상하는 사람에게 느껴져 오는 '그 무엇'을 가르킨다는 다는 점이다.

이제 남은 과제는 '그 무엇'을 미술이 아닌 문예에서 찾아내고 그것을 미적으로 범주화하는 일이다.

중국에서 문예론으로 기의 문제를 최초로 제시한 사람은 조비다.[4] 그는 전대에 살았던 왕충의 〈기질설〉에서 영향을 받은 것으로 알려졌다. 조비의 기는 곧 기질, 즉 개성주의의 존중과 같은 뜻으로 이해할 수 있다.[5] 문(文)이란 그 작가가 선천적으로 타고난 기질이 반영되었다는 생각이다.[6]

그 뒤에 기에 관한 언급으로 대표적인 예가 유협의 『문심조룡』이다. 문학은 도가 드러나야 한다는 것이 유협의 생각이었다. 도(道)가 드러나는 곳에 반드시 아름다움(美)이 있고 글이 있게 되며, 자연의 소리와 빛깔이 바로 문체가 된다는 견해였다. 유협의 문체론의 요체는 바로 자연을 꾸미지 않고 있는 그대로 본받아 그대로 드러내는 데 있다.[7] 진솔한 자연의 아름다움을 인간의 언어로 표현하는 것이다. 유협은 문장을 꾸미는 것을 전적으로 부인한 것은 아니지만, 기교를 부리는 수식을 배격하고, 자연 그대로 떠오르는 아름다움을 더 중시

---

4 소야택정일, '淸代 思想에 있어서의 기의 槪念', 전게서, 548쪽. 최신호, 전게 논문, 186쪽.
5 최신호, 전게 논문, 186쪽.
6 소야택정일, 상게서, 550쪽.
7 마루야마 도시아끼, 전게서, 187쪽.

한 사람이다. 이렇게 자연 그대로의 아름다움을 끌어내기 위해서는 항상 기를 기르고, 마음을 씻어내고 비워서 자연과 벗하는 경지에 몸을 두어야 한다고 생각한 사람이기도 하다. 양기론을 내세운 것은 바로 이런 뜻이다.

유협은 천부적 기질과 작품과의 관계를 해명하려 하였고, 글은 각자의 개성에 따라 창작된다는 하였다. 글이 사람마다 다른 것은 마치 만 사람이면 만 사람이 다 다른 것과 같은 이치라 하였다.[8]

한퇴지도 문학에서 기를 중시한 사람으로, 이를 통해 감동의 요인을 규명하려 하였다.[9] 그도 문을 도를 싣는 도구로 보았다. 그러면서 문자의 활력인 기를 물(水)에 비유하였다. 말은 바로 물에 뜨는 물(物)과 같은 속성으로, 물이 크면, 큰 것도 작은 것도 모두 뜨게 마련이란 것이다. 기가 왕성하면 말의 장단과 음성의 오르내림이 모두 좋게 된다고 하였다. 지금까지 살펴 본 것에서 그 공통점을 추출한다면, 모두 기질을 중시하였다는 점이다. 일컬어 기질론적 관점이라 하겠다.

위에서 기질론적 관점을 살펴보았는데, 통상적으로 학계에서 논의되어온 기에 대한 미적 관점은 기질론과 기상론으로 양분된다.[10] 기질론은 기를 기질이라 보아 개성적인 측면을 부각시킨 것이고, 기상론은 맹자의 호연지기를 원류로 파악하여 힘, 의지 등으로 파악하는 관점이다. 기질론이나 기상론이나 문학에서는 모두 중요한 요소들이다. 문학은 개성의 발로이기 때문에 개인의 독특한 체험이 전제되지 않으면 문학은 애초에 성립이 불가능하다. 또한 글 쓰는 이의 창의력

---

8 최신호, 전게 논문, 187쪽.

9 상동, 187쪽.

10 최신호, 전게 논문, 186~192쪽.

이나 힘, 의지력이 없다면 표현 예술인 문학 또한 존재할 수 없기 때문이다.

기상론은 그 원류로 맹자의 호연지기를 규범으로 삼는다.[11] 맹자의 호연지기는 자연, 우주, 물리의 기라기 보다는 인간의 정신적 기를 일컫는다. 호연지기의 가장 큰 특성은 부동이다. 객체가 아무리 강화되어도 불변하는 주체의 강건한 기를 의미한다. 이때 기는 힘이요, 의지다. 주체가 객체에 부동하고 나아가 객체를 압도하는 인간의 기다. 이것이 기상이다. 호연지기가 기상임은 이기철학의 대가인 주자가 이 기를 기상이라고 했고, 우리나라 송시열도 호연장을 분석하면서 일찍이 호연지기를 대성기상이라고 말한 것에서도 확인된다. 기상이란 소보다 대, 저보다 고, 천보다 심, 좌절보다 불굴, 구속보다 해방을 뜻한다.

호연지기를 문학론적으로 구체화시킨 것은 사공도의 『이십사시품』이다. 이 중에서 기상과 연관되는 중요한 개념은 강건, 호방, 웅혼이다. 기상론의 세 가지 측면인 강건, 호방, 웅혼은 모두 힘을 공통점으로 하고 있다. 이 힘이 중요한 것이다. 예술을 하려면 힘이 있어야 한다. 여기서 말하는 힘이란 예술이 예술이 될 수 있는 창조력에 바탕을 둔 의미라고 볼 수 있다. 작가의 측면에서 보면 기운이 생동하는 창조적 역량이 있어야 좋은 작품을 쓸 수 있는데, 이 때 창조적 역량이 바로 기상에 해당하는 것이다. 또한 마찬가지로 작품에도 생명력이 있어야 명작이 되는데, 이 때 작품을 영활케 하는 생명력은 기가 충일하게 배어 있기 때문이다. 그러니까 기상론은 작품을 명작이게 하는 생

---

[11] 심호택, 「기의 유형체계시고」, 〈국어국문학〉 87호.

명력의 근원인 동시에 글 쓰는 사람의 창조력을 근본으로 추구해 들어갈 때 만나는 이론이라 할 수 있다. 앞서 미술에서 말한 기운론과도 상통하는 이론이다.

이제까지 살펴 본 것이 기질론과 기상론에 관한 제 설이었는데, 본 연구자는 여기에 또 하나의 미적 개념을 추가하고자 한다. 생기론적 관점이 그것이다.

생기론(生氣論)은 기질론이나 기상론을 포괄할 수 있으면서도 더 근원적이고 근본적인 미적 개념이라 할 수 있다. 왜냐하면 어떤 작품이건 작품에는 생명이 있어야 하는데, 이 생명의 본질은 '생기'로 표현될 수 있기 때문이다. 물론 기질론이나 기상론이나 모두 생명력이 근원에 존재함은 동일하다. 하지만 기질론은 특히 작가의 개성을 강조하는 측면이 강하고, 기상론은 작가의 기상과 작품에 나타나는 호연지기를 강조하는 측면이 강하다. 반면 생기론은 이 두 관점을 포괄하면서도 작품이 감동을 줄 수 있는 근본 요인, 곧 살아 있음, 더 나아가서는 생명사상에 더 강한 존재 의미를 둔다. 하기에 생기론은 기질론과 기상론의 근저가 되는 미학적 범주이며, 동시에 이 둘을 포용할 수 있는 보다 근본적인 미적 개념이라 할 수 있다.

생기론적 관점은 확장된 개념으로 작금에 논의가 활발히 진행되는 생명사상과 연관되며, 또한 더 나아가서는 생태사상으로 논의가 확대된다. 우리 선조들은 일찍이 생태사상에 눈을 떠 그 어떤 생태주의보다도 한결 진전된 사상적 성숙을 보였다는 연구 결과가 나왔다. 박희병의 『한국의 생태사상』이란 책이 그것인데, 이도 넓게 보아서는 기에 근원하는 것이기에 본 연구를 위해 시사하는 바가 크다.

아리스토텔레스가 설파한 '문학은 자연의 모방이다'란 명제는 동서

고금을 막론하고 아직까지 도 유효한 문학에 대한 뛰어난 인식이다. 자연 속에는 모든 것이 존재한다. 생명력도 자연 속에 존재하는 근원적인 힘이다. 생기론을 거론하려는 것도 이런 자연이 있기에 가능한 것이다. 이제 남은 과제는 문학이론 혹은 문학비평론에서 생기론을 어떻게 정당화하고 이론화하느냐다. 특히 서구 문학이론적 관점에서 생기론을 조명하고, 이를 통해 기문학론이 서구문학론에서 어떻게 설명될 수 있는가를 규명해보는 일이 중요하다. 서구문학론도 그 근원을 거슬러 올라가면 아리스토텔레스를 만나게 되고, 결국은 문학은 자연의 모방이란 근원적인 명제와 만나게 되어 있기에 이런 나의 시도가 결코 헛되거나 미망에 끝나지는 않으리라 생각된다.

다음으로 시도해야 할 과제가 현대 비평방법과 전통비평론의 연계성을 탐구이다. 전통비평론이 세계성을 획득하기 위해서는 동서양을 막론하고 이 이론이 두루 통용될 수 있어야 한다. 여기서는 최근까지 논의되어왔던 서구비평이론을 나름대로 잘 정리하여 놓았다고 생각되는 Lois Tyson의 비평이론서인 [Critical Theory Today][12]에 나오는 제 비평론을 중심으로 그 가능성을 시론적으로 언급해 보기로 한다. 보다 구체적인 상관성 탐구는 앞으로 남겨진 과제라 하겠다. 여기서 거론되는 분석 방법론은 심리분석비평, 마르크스비평, 페미니스트비평, 신비평, 독자반응비평, 구조주의비평, 해체비평, 레즈비안 게이 퀴어비평 방법이다. 이 비평방법을 통해 전통비평론이 어떻게 서구비평론과 어깨를 나란히 하면서 논의될 수 있는가를 살펴보려 한다.

---

12 Lois Tyson, [Critical Theory Today], Garland Publishing, Inc. New York & London, 1999.

1. **심리분석비평**; 심리비평은 프로이드의 분석심리학이 기초가 되어 발달한 비평방법이다. 프로이드는 인간의 무의식을 문학 창조의 보고로 보았다. 의식은 빙산의 일각에 불과하고 모든 욕망과 상처와 두려움 등은 모두 무의식에 억압되어 저장된다는 학설을 폈다. 보이지 않는 무의식을 개념화 한 것은 인류의 사고의 패러다임을 바꾸어 놓은 획기적인 발상이었다. 이후 제자인 융을 비롯하여 라깡에 이르기까지 수많은 이론가들이 프로이드의 학설을 근거로 하여 보다 발전된 문학 이론을 전개시켰다. 여기서 중요한 것은 무의식을 창조력의 근원으로 보았다는 점이다. 전통비평론에서 기를 창조의 근원으로 보는 것과 동일 선상에서 사고를 전개해 나갈 수 있다. 기는 보이지 않는 것이지만 세계의 근원에서 창조력을 발휘하는 원동력이 되고 있다. 기의 흐름은 무의식의 흐름과 동일 선상에서 파악 가능하다. 기상론이나 기질론도 무의식의 역동성과 연계시킬 수 있다. 문학 창조성의 근원을 밝힌다는 점에서는 그 특성이 동일하다고 볼 수 있다. 특히 프로이드는 어린 시절의 성격 형성과 콤플렉스에 대해 지대한 관심을 보였다. 부모와의 관계에서 형성되는 성격적 특성과 방어기제 등을 개인 병리학적 입장에서 연구하여 문학작품 분석에도 많은 기여를 하였다. 꿈의 분석을 통한 무의식의 통찰은 불가시적인 인간의 내면을 명쾌하게 드러냈다는 점에서 획기적인 성과라 할 수 있다. 이 비평방법에서 핵심 키워드가 되는 무의식, 꿈의 세계, 리비도, 개인의 성격적 특성 등은 기 문예론에서 창작의 원천을 보이지 않는 기의 소산으로 본 것이나, 문학의 창조적 힘을 기상으로 본 것이나, 기질적 특성이 문학의 성패를 좌우한다고 본 것이나 모두 동일 선상에서 파악가능하다. 특히 기질론적 입장에서의 조명은 이 비평방법과 많은 점에서 공통성을 발견하게 될 것이다.

2. **마르크스비평**; 마르크스비평은 마르크시즘에서 나온 비평 방법이다. 마르크시즘은 헤겔을 원류로 한 변증법적 사유체계가 근원이 된다. 변증법적 사고는 계급투쟁 이론의 핵심이 되었다. 인간이 계급투쟁을 하는 것은 인간 본연성을 획득하기 위한 수단일 뿐이다. 인간이 물신화하여 타락하고 노동을 하지 않는 부르주아계급이 역설적으로 재화를 생산하는 선량한 사람을 억압하는 착취의 구조를 원래대로 되돌려 놓기 위한 이론이다. 곧 사물과 인간의 타락한 관계를 회복시켜 자연의 건강성을 회복시키고 본질로 되돌아가려는 시도다. 여기에는 힘이 필요하다. 모순구조에 대한 비판적 통찰력과 이를 실천할 변증법적 정당성과 역동성이 필수적으로 요구된다. 기문학론의 기상론적 강건과 웅혼과 호연지기가 필요하다. 이러한 특징은 마르크스주의적 관점에서 창작한 문인들의 작품, 곧 우리나라 카프계열의 작가들에게서 발견되는 공통된 특징이다. 마르크스비평이 기상론과 연계되는 것도 이 때문이다. 기문학의 본질은 허위를 배격하고 인간 사회의 모순구조를 타파하고 본래의 순수한 본질과 진정성을 획득하는 것이다. 이점에서 두 이론은 공통적이다.

3. **페미니스트비평**; 페미니스트비평은 마르크시즘 이론을 근간으로 한다. 여성과 남성을 계급적 관계로 파악하고, 가부장제의 억압을 전제로 발달한 이론이란 점에서 마르크스비평 방법과 그 궤를 같이 한다. 이 비평의 핵심은 여성을 가부장적 예속으로부터 해방시키는 것이다. 사회가 길들여 온 여성의 열등성을 인정하지 않고 여성과 남성의 동등성을 원래대로 회복시켜 인간다운 삶을 살게 하려는 비평방법이다. 기문학론에서는 여성과 남성의 차별을 인정하지 않는다. 기문학론자들

은 인간의 평등성과 존엄성을 설파하였지 남녀평등을 논하거나 관습에 억매이지 않았다. 그만큼 선구적 사상을 지녔고 그것을 실천해 나갔던 문인들이다. 오히려 인간을 억압하는 인습이나 관념을 과감하게 타파하려 시도한 것이 기문학 이론가들의 일관성있는 태도였다. 남녀차별이 유난히 심했던 유교 전통사회에서 이에 반기를 들고 관습을 깨고 본질을 꿰뚫어 보았던 기문학론자들의 사상은 페미니즘비평의 전범이 될 수 있다.

4. **신비평**; 신비평은 형식적 아름다움을 탐구한 이론이다. 문학 작품이 언어로 이루어졌다는 본질적 문제에 근거하여 언어적 긴장미를 중심 테마로 논의한 비평방법이다. 은유와 상징, 애매성, 외연과 내포, 아이러니와 역설의 미학 등을 통해 내외적인 끌고 당김의 인력과 모순의 힘을 통해 미적 역동성을 발견해 내려한 이론이다. 하여 '낯설게 하기'를 상당히 중시한다. 죽은 은유의 세계나 그를 인습적으로 표현한 문학은 생명을 얻지 못한다고 보았다. 항상 새롭게 창조시켜야 한다. 기문학론자들이 생동성과 참신성을 항상 중시한 것과 상통한다. 이 모든 것은 기가 살아 있어야 가능하다. 이것은 또한 자연의 원리이기도 하다. 자연은 항상 새롭게 태어나야 생명을 유지시킬 수 있다. 문학도 크게는 이 원리에서 벗어날 수 없다. 신비평에서 발견해 낸 이론도 따지고보면 자연의 생동성의 원리를 차용한 것에 지나지 않는다.

5. **독자반응비평**; 독자반응비평은 독자의 수용성을 극대화시켜 이론을 전개시킨 비평 방법이다. 독자가 감흥을 받는 것에 중점을 둔 이론이다. 텍스트의 완결성을 인정치 않은 이론이다. 텍스트를 어떻게 읽어

가느냐, 텍스트를 어떻게 독자가 완성해 가느냐를 중심으로 이론을 전개해 나간 비평 방법이다. 기문학론에서 독자가 감흥을 받기 위해서는 작가가 자연에서 호연지기를 본받아 이를 작품에 생생하게 반영하여야 그것을 읽는 독자도 감동을 받는다는 이론이다. 기문학론에서는 이미 독자반응비평을 진작부터 실천해 왔다. 다만 서구에서는 문자를 통해 그것이 독자에게서 재구성된다는 이론을 전개해 왔을 뿐이다 전통 이론에서는 이것이 문학 뿐 아니라 전 예술에 걸쳐 일어나는 구조 체계로 보았기에 보다 포괄적이고 심원하다.

6. **구조주의비평**; 구조주의는 문학을 창조하는 구조를 탐색하는 이론이다. 문학의 창조자인 문학가의 창작 구조를 밝혀 그의 특성을 이해하는 문학이론이다. 여기에 대표적인 학자가 노드롭 프라이다. 그는 자연구조를 문학구조와 동일하다고 보았다. 봄, 여름, 가을, 겨울의 사계절의 순환구조를 문학의 장르구조와 연결시켜 문학의 본질을 명쾌하게 분석하였다. 그 외의 구조주의자들도 신화의 원형이라든가, 자연의 구조적 원형을 기본으로 하여 이론을 전개하였다. 기문학론에서도 문학 창작의 구조는 분명히 있다. 그것이 명확하게 언어화할 수 없는 애매성이 있기에 명료하지 않은 것처럼 보이나, 이론적으로는 분명한 구조를 지니고 있다. 한 시인이나 작가의 창작 구조를 살펴보면 그에게는 기의 순환체계가 분명히 존재한다. 이를 논리화하면 각 문학가의 창작 구조가 밝혀지게 될 것이다. 기문학론은 일종의 구조주의 이론이나 다름없다.

7. 해체비평; 해체비평은 고정관념을 깨고 모든 것을 해체하여 새로운 질
   서로 재편성하여 진정한 생명력을 확인하는 비평방법이다. 이 이론은
   고정된 것이 없어 혼란을 줄 수도 있는 비평방법이기에 많은 위험성이
   따르는 이론이기도 하다. 그러면서도 현대처럼 불확정시대에는 설득
   력이 있는 비평방법이기에 현대비평으로 각광을 받는 비평방법이기도
   하다. 기문학론적 입장에서 보면 모든 것은 해체되어야 한다. 모순 구
   조로 가득 차 있는 인간 사회를 호연지기로 새롭게 재편해야 한다. 이
   점에서 볼 때, 해체비평과 기문학론은 너무나도 궁합이 잘 맞는 이론이
   라 하겠다.

8. 레즈비안 게이 퀴어비평; 동성애 비평은 음양오행적 입장에서 보면 병
   적인 관계를 중심으로 인간관계가 이루어진 것이다. 인간은 음양의 조
   화를 이루어야 한다. 이 점에서 보면 분명 동성애적 제재를 다룬 것은
   부정적 평가를 받을 수밖에 없다. 다만 외적인 현상으로만 보지 않고
   내적인 특질로 보아 음양의 조화가 이루어져 있다면 이야기는 달라진
   다. 진정한 음양의 조화가 무엇인지를 기문학을 통해 고민해 보는 것
   도 동성애 비평을 전통비평론에 포용시키는 한 방법이 될 것이다.

　이상에서 간략하게 제 비평 방법과 전통비평론과의 호응관계를 살
펴보았다. 여기서는 다만 시론적 입장에서 그 개략만 언급하였다. 보
다 치밀한 고구는 후일을 기약하기로 한다.
　다음 항에서는 전통비평론과 현대문학이론을 직접 비교하여 보기
로 한다. 여기서는 먼저 허균과 이광수의 문학론을 비교하려 한다. 조
선조의 대표적 문인인 허균과 개화기 이후 문단을 주도했던 문인인

이광수의 문학론을 비교하면 보다 구체적인 측면에서 전통비평론의 맥이 어떻게 지속 변이되었는지를 통시적으로 고찰 가능하리라 본다. 다음으로 김환태 비평론을 전통비평론적 측면에서 고찰하여 현대비평이론과의 연계성을 살피려 한다.

7

전통문예론의 계승과 발전

한국 전통문예론 연구

이광수와 허균의 문학관 대비

허균은 사상 최초의 한글 소설을 창작함으로 하여 우리 국문학사상 지울 수 없는 존재가 되었다. 이광수도 현대소설의 남상이라고 할 수 있는 「무정」을 창작함으로 하여 현대문학사상 지울 수 없는 존재가 되었다.

'최초'라는 말 뒤에는 작자의 치열한 문학정신이나 창조적 기질, 혹은 시대적 필연성이 내재하게 마련이다. 최초라는 말은 문학사에서 하나의 획을 그었다는 의미가 되는데, 문학사에 획을 긋는다는 것은 결코 쉬운 일이 아니다. 허균과 이광수는 이런 의미에서 결코 평범한 문인들이 아니었다는 가정이 성립된다. 또한 이들은 어떤 점에서건 공통적 특질을 지니고 있으리란 가정도 가능하다.

본고에서는 이들 두 주요한 문인들을 동일한 지평선상에서 비교 검토하려는 것이 목적이다. 물론 두 작가 사이에는 왕조뿐 아니라 시간적으로도 엄청난 거리가 내재하는 것이 사실이다. 더구나 허균이 살았던 시대는 유교를 국시로 하는 조선조였고, 이광수가 살았던 시대는 유교를 거부하고 서구문물을 받아들이는 것을 최선으로 여겼던 개화기 이후였다. 말하자면 동양과 서양이 극한 대립하는 예민한 접점에 두 작가는 위치한 것이다. 이런 상극적 입장에서 두 작가가 추구한 문학의 본질은 어떤 것이며 그 공통점과 차이점은 무엇인가가 문제인 것이다. 이것을 밝혀 보는 것은 우리 문학사의 전통 연계라는 관점에서도 가치 있는 일일 것이다.

1) 문학론 대비의 전제

두 작가의 문학론을 대비하기 위해서는 몇 가지의 전제가 필요하다. 우선 살펴보아야 할 것이 두 작가가 직접적 영향을 주고받았는가의 여부다. 영향관계는 비교에 있어 가장 기초적이자 필수적인 요건이기 때문이다. 이 경우 이광수가 허균에게서 영향을 받았는가에 국한되는 것임은 물론이다. 후세사람이 선배에게 영향을 받는 것은 당연하고 또한 자연스러운 일이다. 그러나 이광수의 논설을 살펴보면 과문한 탓인지 모르나 허균에게 직접적 영향을 받았다는 기록은 나타나지 않는다. 허균에 대한 언급은 나오더라도 아주 미약하게, 단지 그것도 「홍길동전」이란 이름만 언급될 뿐이다.[1] 우리 고소설로는 「춘향전」,「심청전」 등과 함께 「구운몽」, 「사씨남정기」를 비롯하여 「창선

---

1 이광수, 「朝鮮文學의 槪念」(李光洙全集,10, 又新社), 451쪽
　앞으로 이광수의 글은 제목만 표시하고 몇 권 몇 쪽만 표기하기로 함.

감의록」 등 몇 편이 언급되나 그것도 부정적인 시각에서 인용되고 있을 뿐이다.[2] 조선에 문학이 없다는 논증의 위해 그것들을 끌어들였다. 하기에 허균과 이광수의 직접적 영향 관계는 찾기가 힘들다는 것이 필자의 생각이다. 영향관계가 있다면 비교문학적인 견지에서 그 상사성이나 차이점은 물론 '창조적 배반'[3]에 대해서도 분석할 필요가 있을 것이다. 그러나 현재까지는 그런 증거가 확보되지 않았기 때문에 '비교' 보다는 '대비' 연구가 타당하리라 생각한다.

다음으로 전제되어야 할 것이 시대적 차이를 염두에 두어야 한다는 점이다. 허균은 1567년에 태어나 1617년에 죽었다. 그가 활동한 시기는 16세기 말서부터 17세기 초에 해당한다. 이 시기는 조선 왕조 건국후 거듭된 모순 구조의 누적으로 견고했던 정치, 경제, 사회 구조가 와해되면서 새로운 가치관이 정립되던 시기였다. 임진왜란이 일어나 민생은 도탄에 빠졌고, 평민들은 양반을 일방적으로 신뢰할 수만은 없다는 자각이 싹텄던 시기였다. 사회적으로 일대 전환기였다. 그러나 유교가 사회를 지배하는 중심 이데올로기라는 점에서는 변화가 있을 수 없었다. 비록 이(理)를 중시하는 이상적이고 당위적인 가치가 흔들리고, 기(氣)가 중시되는 현실 원칙이 자리 잡기 시작하였다 하여도 유교 지배체제는 그대로 존속되고 있었다.

그러나 이광수가 살아야 했던 시대는 이와는 달랐다. 이광수도 극도의 변혁기를 살아야 했던 문인이었지만 허균과는 근본적으로 달랐다. 이광수가 태어났던 1892년은 유교사회가 붕괴되고 서구문물이 밀물처럼 쏟아져 들어오던 시기였다. 기존의 가치관이 한꺼번에 무너

---

2 상동 및 「朝鮮小說史」(전집, 10), 469쪽.

3 울리히 바이스슈타인(이유영 역), 『비교문학론』, 홍성사, 1983. 참조.

져 버렸던 시기였다. 거기다가 우리 민족은 나라를 잃어야 하는 비운을 겪어야 했다. 가치관이 송두리 채 흔들린 것은 말할 것도 없이 국권 자체가 뿌리 채 뽑혀 식민지 백성이 되었던 시기가 이광수가 살아야 했던 시대였다.

허균과 이광수는 변혁기에 처하였다는 점에서는 공통적이나, 허균이 같은 체제 내에서 변혁을 시도하였다면, 이광수는 체제 자체가 뒤바뀌는 상실의 시대에 변혁을 꾀했다는 점에서 이 둘은 유사하면서도 근본적으로 다르다. 이것은 허균이 일정한 가치관 위에서 변혁을 꾀할 수 있었던 점에 비해 이광수는 일정한 가치관까지 변혁되는 극도의 혼란과 자기 아이덴티티의 상실 선상에서 변혁을 꾀했다는 점에서 차이가 난다. 특히 국권의 상실과 식민지 백성으로서의 이광수는 허균에 비해 몇배의 시대적 압력과 고민을 안고 있었다고 볼 수 있다.

다음으로 고려되어야 할 것이 전기적 차이를 들 수 있다. 이것은 시대적 차이와 맞물려 있는 것이기도 하다. 허균은 태생이 양반 가문 출신이었고, 과거를 통해서 엘리트로서 정치의 중심부에 나갈 수 있었다. 이광수는 출신성분부터가 양반의 후예라고는 하나 이것은 명분상일 뿐, 실제로는 가난하였으며, 아버지의 후광도 입지 못한 고아였다. 거기다가 더 크게는 나라가 없는 식민지 백성이었다. 허균이 끊임없이 영달을 위해 노력하였고, 신분상의 기득권으로 인해 그 노력이 어느 정도 성공할 수 있었던 반면, 이광수는 신분상의 미천함으로 인해 불이익을 당하였을 뿐 아니라 그의 개인적인 노력에 의해 엘리트층에 들 수 있었으나 그것은 국권의 상실로 인해 허위의 보상이 있을 뿐이었다. 오히려 결과적으로는 절대적인 상실감을 맛보아야 했었다. 이 차이는 두 사람이 같은 문학론을 지니고 있다손 치더라도 그 의미가 전연 다르게 나타나는 요인이 될 수밖에 없다.

　다음으로 고려되어야 할 점이 문학 자체의 문제들이다. 그것은 문학 자양의 획득의 차이라든가, 문학 전통에 대한 인식의 차이, 혹은 작품 양식사용의 차이점들이다.

　허균은 문학적 자양을 전통적 문학론에서 받았다. 전통적 문학론이란 유, 불, 도교를 의미한다. 그러나 이광수는 잠재적으로 이들 동양의 문화전통을 흡수하였을지 모르나 표면적으로는 서구 개화 문물을 통해 문학론을 받아들였다. 본고에서 문제 삼는 것이 직접적으로 문학론에 국한된 것이기 때문에 이 차이는 매우 예민한 문제가 된다. 이광수와 허균이 동일 지평에서 비교될 때 가장 장애가 되는 것도 바로 이 문제일 수 있다. 이 문제는 문학 전통 인식의 차이와도 연계된다. 문학은 하루 이틀에 이루어지는 것이 아니고, 몇 십 년, 혹은 몇 백 년, 몇 천 년의 문화적 전통이 축적되어 나타나는 현상이다. 하기에 문화적 전통이 어떤 방식으로 전달되고 그것이 흡수되어 현실로 나타나느냐는 문제는 매우 중요한 것이다. 허균의 경우는 비록 그가 혁신 사상을 지니고 있었지만 문화적 전통을 그대로 유지하고 있는 연장선상에서 있었던 반면, 이광수는 선대의 문화적 전통을 뿌리 채 거부한 사람이었다는 점에서 비교에 있어 문제가 될 수 있다. 물론 차이점만을 이야기 하자면 문제가 될 것이 없지만 전통의 접맥을 염두에 두고 공통점을 찾아야 할 때는 특히 문제가 된다. 이 점도 대비에 있어 전제가 되어야 한다.

　또한 문학 양식의 사용에 있어서의 차이도 고려해 보아야 한다. 허균은 방대한 양의 글을 남긴 사람이다. 논(論), 설(說), 서(序), 발(跋)은 물론 시화집인 여러 책의 기(記) 및 「남궁선생전」, 「손곡산인전」,

「엄처사전」, 「장산인전」, 「장생전」 등의 전(傳)과 국문소설 「홍길동전」을 남겼다. 이뿐 아니라 방대한 양의 한시가 전해져 내려온다.

이광수도 방대한 양의 글을 남겼다. 이광수도 논설은 물론 문학 비평 및 시가를 비롯하여 거대한 분량의 장, 단편 소설을 남겼다. 가히 문호라 칭할만큼 많은 양의 글을 남겼다.

그런데 이들 두 문인의 근본적인 차이는 다른 것보다도 소설에 국한시켜 볼 때 두드러지게 드러난다. 허균은 전(傳)이 몇 편 있을 뿐 본격적인 소설은 「홍길동전」 한편 뿐인 반면 이광수는 소설이 그의 글의 주종을 이룬다는 점이다. 이것은 물론 허균이 조선조에 살았고, 이광수가 서구 문물을 받아들인 개화기 이후에 살았다는 시대적 영향일 수 있다. 허균의 시대에는 소설이 사갈시 당하여 소설을 창작한다는 그 자체가 수치였고, 숨겨야 했던 때였던데 비해 이광수 시대에는 소설이 문학의 주류를 이루었던 시대였기 때문이다. 허균의 시대에는 소설이란 양식을 양식 자체로 창조해야 했던 시기였던데 비해, 이광수 시대는 이미 그 양식이 우리나라는 물론 서구에서 이미 정립되어 그 틀이 마련되어 있었던 때였다. 이런 양식사용의 문제는 당대의 문학적 관습의 차이나 규약의 문제이기 때문에 불가항력적인 차이이기는 하나 대비 연구에 있어서는 반드시 고려되어야 할 점의 하나다.

위와 같은 고려가 전제되고 난 후, 그것을 뛰어넘을 수 있는 어떤 것이 있을 때 대비나 비교 연구는 가능할 수 있다. 시대, 전기, 문학 자양 획득이나 전통, 양식사용의 차이가 남에도 불구하고 공통점이 발견될 때 비로소 대비연구는 가능하다는 말이기도 하다.

2) 허균 문학론의 요체

허균은 정(情)을 중시한 문인이다.

허균이 말한 정은 인간의 본성을 의미한다. 본성이 윤리나 인간적 규범에 속박되었을 때 그로부터 해방되어야 함을 뜻한다.

안정복이 허균을 평하여 총명하고 문장에 능했으나 품행이 방정치 못하여 상중에 고기를 먹고, 여자를 가까이 하였다고 비방하였을 때, 허균은 그의 비웃음에 오히려 남녀의 정욕은 하늘이 내린 것이고, 윤리의 분별은 성인이 가르친 것이니 어찌 하늘의 뜻을 어기고 인간인 성인의 뜻에 따르겠느냐고 하였다.[4] 고기를 먹는다든가 기생을 가까이 한다든가 하는 것은 본성이 시키는 기본적인 욕구이고, 이것은 하늘이 인간에 부여해준 것이기에 그것을 억제하는 것이 오히려 하늘을 거스르는 것이며 정에 자연스럽게 따르는 것이 하늘의 뜻을 따르는 것이라는 뜻일 것이다.

허균이 당시에 괴물이라고 평가를 받은 것도[5] 그가 잘못된 윤리규범에 기준하여 사물을 판단한 것이 아니라 하늘의 뜻에 기준을 두고 판단하였기 때문에 생긴 별명이었을 것이다. 이러한 기준에 의해 사리를 판단하였기에 그는 당대의 경색된 유가적 속박에서 해방될 수 있었고, 현재에도 가치 있는 보편적이고 영원한 문학 작품을 남길 수 있었다.

허균이 중국 시를 평한 것을 보아도 이를 알 수 있다. 허균은 중국 시 중에서 시 삼백 편 보다는 오히려 국풍(國風)을 본받을 만하다고 하

---

4 安鼎福, 順庵集, 券17, 天學問答
5 趙東一. '許筠', 『韓國文學思想史試論』, 지식산업사, 1979. 참조.

였는데, 그 이유로는 태평하고 한가롭고 인정이 두텁기 때문이라 하였다. 아송(雅頌)은 이로(理路)에 빠져 성정(性情)과 거리가 멀고 당시도 성정과는 거리가 멀다고도 하였다. 이것들은 아름답고 곱기만 할 뿐,기를 제대로 표현하지 못하였기 때문이란 것이다.[6]

인정과 성정을 중시한 허균의 시관에서 우리는 허균이 정을 중시한 것을 파악할 수 있다.

> 예교가 어찌 자유로움을 구속하리.
> 인생의 부침을 다만 정에 맡길 따름이라.
> 그대는 모름지기 그대의 법을 쓰시오.
> 나는 스스로 나의 삶을 이룰 터이니.[7]

라는 허균의 시에서도, 예교가 자유로움을 구속하고 정을 속박하는 것을 거부하고, 그로부터 벗어나 자유스러워지고자 했던 허균의 심정을 읽을 수 있다. 문학이 정을 바탕으로 이루어지는 것이며, 이지적 논리적 사고 보다는 정감적 느낌을 중시한다는 사실은 변치 않는 진리다.

허균 문학론의 두 번째 특징은 개성을 중시했다는 점이다.

허균이 자신의 시를 보고 당시에 가깝다, 송시에 가깝다 하고 평할까보아 저어하면서 그는 자기의 시를 보고 이것은 '허균의 시다.'라고 평해 주기를 바랐다.[8] 이것은 자기가 중국풍을 모방한 시를 썼다는

---

6 許筠, 惺所覆瓿, 卷5. 唐絶選刪序.(앞으로 동일 서명은 惺所로 표기함)
7 惺所, 卷2, 聞罷官作
8 惺所, 卷21, 與李蓀谷

평가를 받기보다는 허균만의 독창성을 지닌 시를 짓고 싶었고, 또 그렇게 평가 받기를 원했다는 의미라 하겠다.

이 독창성은 문학에서 매우 중요한 요소이기도 하다. 문학에서 모방이나 표절행위는 가장 큰 해독이다. 허균이 문학사에 남을 수 있는 이유도 이런 그의 문학의식이 있었기에 가능했을 것이다. 이러한 문학 인식은 자연스럽게 모국어에 대한 투철한 자각을 동반하였다. 개인적으로 보면 당시나 송시에 대한 모방으로부터 벗어나 독자적인 영역을 개척하는 것이고, 민족 전체로 보면 중국어에 대한 우리말의 독자성에 대한 인식이나 다름없다. 이것은 또한 일상어에 대한 예민한 감각으로 나타나기도 하였다. 허균이 상어(常語)에 대해 남다른 애정을 보인 것도 이런 이유에서다.

따라서 허균 문학론의 세 번째 특징은 상어(常語)를 중시했다는 점을 들 수 있다. 상어를 중시했다는 점은 이어(俚語)를 소중히 여겼다는 점과도 통한다.

허균이 상어를 즐겨 사용했다는 근거는 다음과 같은 허균의 말에서 찾아질 수 있다.

허균은 '어떤 사람이 나에게, 지금 고문(古文)에 능한 자를 친다면, 그대를 거벽(巨擘)으로 삼겠는데, 내가 보기에는 그대의 문장이 비록 호한무애(浩汗無涯)하기는 하나, 대개 상어를 썼으므로 글자를 따라 순서대로 읽게 되면 입이 짝 벌어져 목구멍까지 들여다보일 정도다. 물론 당신의 글이 그것을 이해하는 사람이나 이해하지 못하는 사람이나를 막론하고 문득 장애가 되고 막히는 것이 없기에 서로 잘 통하기는 하지만, 고문을 공부한 사람이 과연 이 모양인가?'라고 비난했다고 말한 바 있다.[9] 상스런 말을 하여 그것이 근엄한 도학자들의 비위를 건드렸던 모양이다. 위의 비난 아닌 비난은 허균이 이어를 훌륭한 문학언어로 인식한 점과도 통한다. 도학자들은 이어를 상스럽다고 멸시하였을 것이다.

허균은 이어가 문학언어로 가치가 있음을 이렇게 말하기도 하였다. '고죽 최창경의 무리들이 일찍이 이런 말을 한 적이 있다. 우리나라의 지명은 중국의 지명에 미치지 못하니 시를 지을 때 지명을 쓸 수 없다고. 그러나 노소재(盧蘇齋)의 시에 "길은 평구역에 그치고/강물은 판사정에 깊다"라는 상하구가 있다. 그런데 이는 모두 이어를 사용한 것이다. 그러면서도 구법이 온당하고 착실하다. 역시 대가의 솜씨는 다른 것을 알 수 있다'라고.[10] 이로보아 허균의 우리 토착어에 대한 애정과 시어로서의 적합성을 누구보다도 투철하게 인식하였음을 알 수 있다. 또한 상어와 이어를 씀으로 하여 서로 독자와의 교감이 쉽게 이루어짐을 일찌기 깨우쳤던 사람임도 증명된다.

이것은 허균 문학론의 네 번째 특징인 정확한 의사 전달을 중시했다는 점과도 연결된다.

허균이 상어를 썼다는 것은 당시에 살아 있는 민중 언어를 사용하였다는 의미도 된다. 민중 언어, 곧 시문체(時文體)를 사용하였다는 것은 살아 있는 문학을 하였음을 의미한다. 살아 있는 언어를 사용하여야 독자와 교감이 성공적으로 이루어 질 수 있고, 작자의 의사가 정확히 독자에게 통할 수 있겠기 때문이다. 허균은 이것을 도가 통하는 것으로 표현하였고, 당대의 사회구조인 양반사회에 맞게 '상하의 정'이 통하는 것으로 표현하였을 뿐이다.

---

9 惺所, 卷12, 文說

10 許筠, 鶴山樵談

　허균에게 고문에 능하면서도 상어를 썼다고 비난한데 대하여 허균은 '글이란 서로 통하면 되는 것이다. 옛날에는 글이 상하의 정(情)이 통했으므로 도를 전달할 수 있었다. 하기에 그 글이 명백하고 정대하고 순절할 수 있었다. 해서 진실로 듣는 사람이 환하게 그 뜻을 알 수 있었다. 이것이 글의 쓰임이다'[11]라고 답한 바 있다.

　또한 이렇게도 말하였다. '공자님은 말이란 무엇보다도 서로 잘 통해야만 한다고 하였다. 옛날 사람들은 문장이란 상하가 서로 정을 잘 통할 수 있어야만 그 문장에 도를 얹어 전할 수 있다고 하였다. 그러므로 문장이란 밝고 분명하고, 정대하여야 하며 순후하고 긴절하고 정녕(丁寧)해야 하는 것이다. 그래서 그 글을 읽는 독자가 글쓴이의 의도를 분명하게 알아차릴 수 있어야 한다. 이것이 바로 문장의 쓰임인 동시에 문장이 있어야 하는 이유다.'라고.[12] 이로 보아 허균은 독자와의 교감, 특히 정확한 의사소통을 중시한 문인이었음을 알 수 있다.

　허균의 다섯 번째 문학론의 특징은 문장을 수식하고 꾸미는 것 보다는 자연스럽고 순박한 문장을 선호하였다는 점이다.

　허균은 옛날에는 글이 상하의 정을 통했으므로 도를 전달할 수 있었는데, 후세에 내려와서 문과 도가 나누어지면서 장구를 아름답게 꾸미려고 하며, 험사(險辭)와 교어(巧語)로 재주를 다투게 되었다는 것이다. 허균은 계속하여 이렇게 말한다. '이것이 문의 횡액이 된 것이다. 글이란 서로 통하는 것을 으뜸으로 삼고 평범한 것을 으뜸으로 삼을 뿐이다. 내가 보건데 좌씨, 장자, 사마천, 반고, 한유, 유종원, 구양수, 소식의 글은 비록 간략하고, 흔연하고, 깊고, 분망하고, 굳세고,

---

11 惺所, 卷12, 文說

12 惺所, 卷12, 文說

분망한 것 같지만, 당시의 상어를 우아한 것으로 이루어 놓은 것들이다. 참으로 쇠를 금으로 바꾸어 놓은 것이라 해야겠다. 공부의 원하는 바는 서로 답습함이 없이 스스로 일가를 이루는 것이다. 남의 집 아래에다 집을 짓고, 답습하고, 훔치고, 낚아내고 하다가 비난당한 것을 부끄럽게 여겨야 할 것이다'라고 하였다.[13] 상어를 중시하고 시문체를 귀중히 여기며, 이어를 문학언어로 자각한 것은 이런 혜안이 있었기에 가능할 수 있었을 것이다. 또한 모방을 혐오하고 독창성과 개성을 중시한 것도 이런 문학적 통찰이 있었기에 가능했을 것이다.

허균의 여섯 번째 문학론적 특징은 속된 것을 싫어하고 고상한 것을 좋아했다는 점이다.

허균은 젊은 사람들이 문학을 해야 하는 자세를 이렇게 충고하였다. '젊은이들이 온갖 병을 다 고칠 수 있으나 오직 속된 병만은 고칠 수 없다. 속된 병을 고치는 데는 홀로 서적이 있을 뿐이다'[14]라고 하였다. 여기서 속되다는 것과 상어를 썼다는 것과는 다른 차원의 이야기다. 상어를 쓰면서도 그것을 문학적 재능과 능력만 있으면 얼마든지 우아한 것으로 바꿀 수 있기 때문이다. 재료가 문제가 아니라 속된 태도나 그것을 만들 수 있는 능력이 문제가 되는 것이다. 허균이 이런 속됨을 경계하고 이것을 고칠 수 있는 길이 서적에 있음을 경각시켜 준 것은 다음과 같은 말에서도 나타난다.

허균은 이렇게 말한 바 있다. '고요히 지내는 것은 영달한 관료배들의 생활과는 다르다. 성현의 글을 읽는 것으로 임금의 가르침을 대신하며 역사를 읽는 것으로 나라의 조서를 읽는 것을 대신하며 소설을

---

13 惺所, 卷12, 文說

14 許筠, 閒情錄

읽는 것으로 광대놀음을 보는 듯이 하며 시를 읽어 가곡을 듣는 듯이 하는 것이다. 이러한 즐거움은 영달한 관료배들의 생활과는 천지차이가 난다'고.[15] 홀로 고요히 서적을 대하며 자신의 인격을 수양하는 것은 속된 곳으로 흐르는 자신을 추스르는 가장 좋은 방법일 것이다. 이것은 지금도 변함없는 진리다. 문학에서 인격을 수양하는 것은 필수적인 덕목이다. 문학은 곧 작가의 인격이 나타난 것이다. 허균이 속된 것을 경계하고 책을 통해 인격을 닦아야 함을 역설한 것은 현대에도 변함없는 진리로 통한다.

허균의 일곱 번째 문학론적 특징은 표현된 언어 보다는 표현되기 이전의 뜻(意)을 중시하였다는 점이다.

허균은 이렇게 말하였다. '시를 지을 때는 먼저 뜻(意)를 세워야 한다. 그 다음으로 말이 명하는데 이르면 글귀는 살아나게 되고, 글자들은 원만해지고 음은 잘 조화되어 서로 호응하게 되며, 글의 마디 마디에 담긴 뜻이 긴절하게 된다'고.[16] 그러니까 글이 표현되어 문자로 나타나는 것은 먼저 뜻이 세워져야 하고 이 뜻은 바로 기와 통하는 것으로 자연의 이치를 본받는 것이란 뜻일 것이다. 허균이 문학에서 기가 상하는 것을 꺼려한 이유도 이에 있었을 것이다. 허균이 '시란 천기(天機)를 희롱하고 심원한 조화 속을 파악하여 정신이 빼어나고 음향이 맑으며 격이 높고 생각함이 깊으면 가장 좋은 시라 할 수 있다'[17]라고 한 것도 그가 호연지기를 근본으로 삼는 기를 중시한 문인이었음을 알 수 있게 해준다.

---

15 상동.

16 惺所 ,卷12, 詩辨

17 惺所, 卷4, 石州少稿序

　허균의 여덟 번째 문학론적 특징은 반항적 기질을 지니고 있었다는 점이다. 이것은 개혁의 의지와 상통한다.

　이 근거는 허균의 글 중 중요한 위치를 점하는 〈호민론〉과 〈유재론〉에서 찾을 수 있다.

　허균의 호민론 중 원민과 호민의 규정에서 이를 간파할 수 있다. 허균은 원민을 '살이 닳고 뼈가 으스러지도록 모은 재산을 착취당하고서 혼자 우는 백성들이 이들이다. 이들은 위정자를 원망하는 백성들'[18]이라 하였다. 그러나 이들은 그렇게 무서운 존재가 아니라 하였다. 결집력이나 행동력을 보여줄 수 없는 그저 원망만 하는 백성들이기 때문이라는 것이다. 이들보다 제일 무서운 존재는 호민이라 하였다. 허균은 호민에 대하여 이렇게 말하였다. '이들은 잘못되어가는 세상일에 불만을 품고 인적이 없는 곳으로 종적을 감춘다. 이들이 몸을 감추는 것은 잘못된 세상일을 자기 손으로 바로 잡을 기회를 노리기 위한 것이다. 이들이 무서운 존재다. 이들은 먼저 국민의 생활 상태를 살피고 나라 돌아가는 형편을 주목한다. 곪은 데를 발견했을 땐 불현듯 주먹을 흔들며 일어난다. 그리고선 개혁의 뜻을 소리쳐 외면 원민(怨民)들은 그 소리만 듣고 몰려온다. 공모하지 않아도 그들은 옹호한다. 이렇게 되면 순종만 하던 항민(恒民)들이 호응하게 된다. 이들은 호민이나 원민의 뜻대로 되면 조금이라도 세상이 나아질까 해서 삽과 괭이를 들고 모이는 것이다. 이리하면 위정자들의 목을 베고도 남을 수 있다'라고 하였다. 당시가 엄격한 조선 왕조였다는 것을 상기한다면 이렇게 말한다는 것은 목숨을 내놓고 있는 것이나 마찬가지다. 그 용기나

---

18 惺所, 卷11, 豪民論

저항 기질이 보통이 아니었음을 간파할 수 있다. 이런 용기와 굳은 의기는 그의 세계관이 당시의 모순된 조선 왕조의 현실적 가치에 기준을 두지 않고 더 높은 차원에 기준을 두고 있었기 때문에 가능할 수 있었을 것이다. 더 높은 차원이란 하늘에 기준을 두었다는 의미다. 조선조에 악법으로 서얼을 등용하지 않고 어미가 개가하였다 하여 신분차별을 하는데 대하여 허균은 그를 못 마땅이 여겨 다음과 같이 통렬히 비판하였는데, 그 기준이 인간에 있지 않고 하늘에 있었기 때문이었다. 허균은 이렇게 말하였다. '하늘은 인간들에게 고르게 재주를 부여해 준다. 그런데 조선조에는 인재 등용을 가문과 과거시험으로 제한하고 항상 인재가 모자란다고 야단이다. 옛날부터 지금까지 그 넓디넓은 세상, 또 아득한 과거를 되돌아보아도 서얼이라고 해서 사람은 어진데 그 어진 이를 취하지 않고 버렸다던가, 어미가 개가했다 하여 그 자식을 인재로 쓰는 것을 막았던 예는 없었다. 그런데 우리나라만 유독 그렇게 했다. 어미가 천하거나 개가를 했다면 그 자손은 아울러 벼슬길에 오를 수 없었다. 하늘이 나아 준 것을 버리니 이것은 하늘을 거스르는 것이 아니고 무엇인가? 하늘을 거스르면서 하늘에 기도하여 수명을 영원하게 한 사람은 아직 없다'[19]라 하였다.

허균이 기질적으로 반항적이었음은 이미 잘 알려진 바이거니와 그가 반항한 것도 무턱 댄 반항이 아니라 기준을 하늘의 뜻에 두었기 때문에 떳떳할 수 있었고, 그의 말대로 그의 문명이 지금도 영원할 수 있는 근거가 되는 것이다.

이런 반항적 기질은 그가 우리나라 최초의 국문소설이자 사회소설

---

19 惺所, 卷11, 遺才論.

인「홍길동전」을 지을 수 있는 바탕을 마련하였다. 이것은 허균의 마지막 문학적 특징으로 삼을 수 있는「홍길동전」의 창작과 이어진다.

「홍길동전」은 아직도 그 작자의 진위가 시비되고 있으나, 그가 작가가 아니라는 것이 확실하게 논증되지 않는 한 허균의 작이라는 것이 요지부동일 가능성이 높다.[20]

이「홍길동전」은 지금까지 살펴 본 허균의 여덟 가지의 문학론적 특징을 집약한 것이라 할 수 있다. 정을 중시하고 개성을 무엇보다도 소중히 하였으며, 상어를 사랑하였고, 쉽고 분명한 우리말의 가치를 존중하였으며, 정확한 의사 전달을 중시하였고, 속된 것을 싫어하고 고상한 이상향을 지향했으며, 표현된 언어보다도 의를 중시하고, 문학이 천기를 희롱하는데 이르러야 하며, 사물을 볼 때 하늘에 기준을 두었으며, 이를 근거로 인간세상의 모순을 비판하여 저항하였다는 이 모든 문학론적 특징은「홍길동전」에 집약되어 나타나는 것이다.

다음으로 허균과 300여 년의 시간적 거리가 있는 이광수의 문학론을 검토해 보기로 한다.

3) 이광수 문학론의 상수와 변수

이광수 문학론을 살필 때 고려되어야 할 점은 앞에서 언급한 바 있다. 이러한 몇 가지 전제에도 불구하고 이광수 문학론을 논하려 할 때 항상 연구자를 당혹시키는 문제가 있다면 그의 문학론이 결국은 파

---

20 李文奎, 許筠散文文學硏究, 삼지원, 1986. 100~110쪽.

탄에 이르렀다는 점이다.[21] 이점은 그의 개인사적인 비극인 친일 행위와도 연관되는 것으로, 민족사적인 비극과도 궤를 같이한다. 물론 식민지 시대 문인이라 하여 다 변절한 것은 아니다. 끝까지 자기의 아이덴티티를 고수한 문인도 적지 않다. 변절을 하지 않은 문인들은 문학론적으로도 일관성을 지니고 있는 것이 일반적이다. 이런 문인들의 문학론을 살피는 것은 단순하여 논리화시키기에 별 어려움이 없다.

그렇다면 이광수의 문학론은 어떻게 논리화하는 것이 가장 최선의 방법일까? 필자는 이것을 상수와 변수의 논리로 집약시키고자 한다. 상수라면 이광수 문학론에서 그가 주장한 변하지 않는 논리를 일컬으며, 변수란 이 상수를 상황의 변화나 개인적인 사상의 변화에 따라 어떻게 변이시켜 말했는가를 동시에 파악해 보자는 것이다.

이광수 문학론의 거의 대부분 그의 초기 문학론인 「문학이란 하오」에 나타나 있다. 하기에 이광수의 문학론의 요체를 살펴보려면 위의 문학론을 검토하는 것이 필수적이다.

물론 여기에서도 하나의 전제가 필요하다. 그가 문학이란 말을 정의하면서 '재래의 문학으로서의 문학이 아니오, 서양어에 문학이라는 어의를 표하는 자로의 문학이라'하여 영어의 Literature를 번역한 말이라고 못 박고 있기 때문이다. 이것은 그의 문학론적 요체 중의 하나인 개혁의지와도 통하는 것으로 재래의 조선의 모든 것은 부정하고 모든 것을 서구문물에 의존하여 개혁하려 하였던 치기와도 통하는 것이다. 지금의 관점에서는 그의 치기는 치기대로 인정하면서 그의 문

---

21 申東旭, 「春園의 文學批評」, 김현 편, 『李光洙』, 문학과 지성사, 1977, 166쪽.
　　趙東一, '李光洙', 『한국문학사상사시론』, 지식산업사, 331쪽.
　　宋明姬, 「李光洙의 文學批評研究」, 博士學位論文(高麗大, 1985년), 164쪽.

학론의 상수를 파악해 들어가는 것이 정도라 하겠다.

우선 첫 번째 특징인 정(情)의 중시를 살펴보기로 한다. 그가 정을 중시한 것은 문학이 감정을 주로 다룬다는 점에서 그 근거를 찾고 있다. 이광수는 과학과 문학을 구별하는 것이 과학이 냉정하게 외물을 대하는 것인데 반하여 문학은 미추희애(美醜喜哀)의 감정을 동반한다 하여 감정적 대응이 문학이란 인식을 분명히 하고 있다. 또한 '과학이 사람의 지(知)를 만족케 하는 학문인데 반하여 문학은 인의 정(情)을 만족케 하는' 것이라고 하였다.[22]

여기서 정을 이야기 하는 것은 서양적 개념으로 지, 정, 의의 삼분법에 의한 정의 독립을 주장한 것이며, 정을 지와 의, 곧 진과 선에 종속된 것이 아니라 문학의 가치를 그와 대등하게 끌어올리려는 노력의 일단이었다는 것은 이미 주지하는 바와 같다.

이광수는 우리의 과거에 성리학에서의 성정을 바탕으로 한 정의 개념을 계승하지 않고 서양학문에 기대어 정의 독립을 주장하였기에 성리학적 입장과는 애초에 차이가 날 수밖에 없었다. 그러면서도 이광수가 문학의 특징으로 정을 주장한 것은 이황의 본연지성과 기질지성의 완연한 구분에 의한 기질지성의 천시와 사단칠정에서 칠정을 기질지성이라 하여 나쁜 것으로 규정한 것에 대비하여 볼 때, 문학의 나아갈 바를 분명히 밝혔다는 점에 의의가 인정된다 하겠다. 이광수가 정을 중시한 것은 오히려 이율곡이 사단 칠정을 무조건 나쁘다고 할 것이 아니라 그것이 현상적으로 나쁘게 나타날 경우에만 그렇게 말해야 하며, 정이 도에 맞아 도심으로 나타날 때는 그것을 나쁘다고 말할 수

---

22 이광수, 「文學이란 何오」(전집 1), 548쪽.

없다는 이론에 더 가깝다 하겠다. 이것은 이광수의 문학론이 초기에는 유가적 속박으로 젊은이가 해방되어야 한다는 것을 역설하다가 후기로 갈수록 정의 해방이 무조건적인 해방이 아니라 수양을 동반한 고상한 것으로서의 정의 현양이 문학이 지향해야 할 이상이라고 역설한 것에서 그 유사성을 찾을 수 있다. 이광수도 젊었을 때는 혈기로 정의 해방 그 자체에 목표를 두었으나, 철이 들면서 문학이 정의 자유분방한 해방만이 아니라 고상한 정서의 함양과 계발이 문학이 해야 할 일이라는 것을 깨달으면서 변한 것으로 볼 수 있다. 이것은 다음에 문학과 수양 항목에서 다시 논의될 것이다.

여하튼 이광수가 문학을 다른 어떤 인간의 정신 작용 보다도 중시하였다는 점과 그의 근거로 정을 중시하고 이를 통한 감동을 중시하였다는 점은 그의 문학론의 한 장점이라 하겠다.

이러한 그의 정, 혹은 감정이나 느낌의 중요성은 그 후에도 변하지 않고 그의 문학론에 나타난다. 다만 이것이 나이가 들고 세월이 가면서 고상한 감정이나 인격의 수양과 연결되어야 함을 강조하는 것은 바로 전에 언급한 바와 같다.

그런데 한 가지 중요한 것은 이광수가 정을 그의 문학론적 방패막이로 수시로 시대에 따라 자신의 처지를 변호하는데 사용하였다는 점이다.

초기에는 그가 유교를 공격하고 자신의 사상인 자유연애나 개인의 해방을 외치는 데 정의 필요성을 부르짖었다면, 중기에 와서는 프로문학의 혁명성에 대처하여 자신의 문학론을 방어하기 위하여 정을 사용했다가, 후기에 와서는 친일한 자신의 입장을 방어하고 전시체제에 순응하는 논리로 정을 사용했다는 점이다.

이광수는 양주동과의 논쟁에서 프로문학의 과격성과 혁명성을 비판하면서 문학의 구원성을 주장했는데,[23] 그 구원성이란 바로 정, 곧 인정의 불변성을 의미하는 것이었다.

또한 신체제하의 문학과 전시체제의 문사들이 지향해야 할 바를 역설하면서도 그 정당성을 전쟁 감정을 다루는 것은 문학이 해야 할 일이라고 억지 논리를 펴 그의 문학론의 결정적인 파탄을 가져 오기도 하였다.[24] 그러면서도 이광수는 끝까지 문학이 지적 작업이나 선이나 도덕률과는 다르게 인간의 정적 느낌을 중심으로 하고 이를 통해 감동을 교감하며 구원성을 획득한다는 생각에는 변함이 없었다.

이광수는 문학론에서 천재성을 중시한 문인이기도 하다. 이 점은 그가 정을 중시하면서 문학의 독자성과 독립성을 강조한 것과도 통하는 점이다.

이광수는 각자에게는 그 나름대로의 천재성이 있게 마련인데, 예를 들자면 예술에 천재, 공업에 천재, 윤리에 천재 등이 그것이라는 것이다.[25] 가령 큰 소나무가 하나 있다하여도 그것을 보는 사람에 따라 어떤 사람은 거기서 아름다움을, 어떤 사람은 거기서 실용성을, 어떤 사람은 거기서 윤리적 교훈을 끌어낸다는 것이다.[26] 이것은 곧 개성과도 연관되는 것으로 사물을 볼 때 개성의 차이에 따라 보는 관점이 다르고 문학을 하는 사람은 바로 사물을 심미적으로 볼 줄 아는 사람이라야 한다는 의미이기도 하다. 이것은 소질과도 통하는 말로 '본래부

---

23 이광수, 「中庸과 徹底」(전집, 10), 431쪽.

24 이광수, 「戰爭期의 作家的 態度」,「新體制下의 藝術의 方向」(전집, 10), 490쪽 및 258쪽.

25 이광수, 「天才」(전집, 1) 530쪽.

26 상동.

터 타고난 바탕'을 의미하며, '남보다 사물에 깊이 느끼고 그것을 표현하려는 충동이 강하고 그것을 표현하는 데 남보다 재주가 있는 것-이러한 소질이 예술적 소질'이라는 것이다.[27] 여기서 말하는 소질은 문학적 재주를 지니고 있는 사람을 일컫는 것이다. 이광수가 말한 천재나, 소질이나, 재주는 고금을 막론하고 예술가, 특히 문학을 하는 사람에게는 기본적으로 갖추어야 할 필수 요건이다. 이광수는 이것을 다시 한 번 강조한 것이다.

이광수의 문학론의 세 번째 특징은 문장을 쓸 때 일상어를 문학어로 사용하여야 하고 생생한 감동을 전달하기 위해서는 시문체를 쓸 것을 주장한 점이다. 그가 시문체를 사용하고 일상어에서 문학어를 취한 것은 그가 일찍이 언문일치를 이룩할 수 있었던 힘이 되었을 것이다. 이광수는 또한 평범하고 자연스러운 말과 평이하고 쉬운 언어를 쓸 것을 주장하였다. 그가 용비어천가를 진정한 조선 문학의 효시로 본 것은 그것이 평이한 한글로 되었기 때문인데,[28] 이것은 조선어의 애착과도 맞물리는 것으로 한글의 우수성을 일찍이 인식하였다는 점에서 그의 문학가로서의 탁월함을 인정할 수 있는 것이다. 그가 당시 보통교육에서 쓰는 교과서나 그를 가르치는 교사가 조선어를 가르치데 철자법이나 문법교육에만 전력하지 '정말 살아있는 움직이는, 피나는 조선어를 가르칠 줄 모른다'[29]고 개탄한 것도 이런 이유에서일 것이다. 이광수가 문학론을 피력하면서 핍진성(逼眞性)을 주장하는 것도 이와 무관하지 않다. 그는 '과장이라든가 트릭이라든가 희론(戱論)

---

27 이광수, 「文學講話」(전집, 10), 289쪽

28 이광수, 「文學이란 何오」(전집, 1), 554쪽.

29 이광수, 「文學에 對한 所見」(전집 10), 459쪽.

이라든가 하는 진(眞) 아닌 것에서도 재미를 얻는 것은 사실이지만 이 것은 마치 음식에 설탕이나 기타 인공적으로 감미를 붙이는 것과 같아서 도저히 자연의 감미에 비길 수 없는 것'[30]과 같은 것이라는 것이다.

이광수가 문학에서 일상어의 중요성과 시문체를 사용하여야 할 것과 그것이 평이하고 평범하면서도 자연스러워야 할 것을 주장한 것은, 바로 이런 자연스러움에서 문학의 핍진성을 획득할 수 있다고 보았기 때문임을 알 수 있다. 이광수가 「부정」을 성공작으로 이끌 수 있었던 것도 이런 언어감각이 있었기에 가능했을 것이다.

이광수는 재주를 인정하고 시문체로 자연스럽게 문장을 써야 한다고 역설하였으면서, 한편으로는 문장의 엄격한 훈련을 강조하기도 하였다. 여기서 말하는 수련이란 문장뿐 아니라 문학 전반에 대한 훈련을 의미하기도 한다. 천재는 인정하면서도 천재만으로는 부족하고, '다년의 열심한 수양으로 차 천재를 겸익연마하며, 타인의 대작을 연구하여 관찰하는 법, 묘사하는 법도 하여야 하고, 역사와 사회도 연구하여 재료를 취할 길도 개척하여야 하고, 언어와 문자도 연구하고 수련하여야 문학자가 될 수 있다'[31]고 하였다.

이러한 문장 및 문학에 대한 공부와 수련은 이광수가 계속해서 기회 있을 때마다 강조하는 것으로, 「문학에 뜻을 두는 이에게」[32], 「문학강화」[33], 「문학에 대한 소견」[34], 「문학과 문사와 문장」[35], 「문학과

---

30 이광수, 「小說家의 準備」(전집, 10), 494쪽.

31 이광수, 「文學이란 何오」(전집, 1), 553쪽.

32 전집, 10, 370쪽.

33 상동, 378쪽.

34 상동, 452쪽.

35 상동, 471쪽.

문장」[36]에서 거듭 강조하였던 점이다.

이광수는 문장의 수련은 대가들이 그 좋은 예라면, '이백과 같은 대시인의 문장도 수련과 시구의 절차탁마는 실로 고심참담한 것이니, 이 고심참담이 없고 문장도의 신(神)에 입한다는 것은 그림공부 없이 명화를 그릴 수 없는 것'[37]과 같다고 하였다. 어떠한 예술도 그에 따르는 연마와 정진과 노력과 수련이 있어야 그 천재성이 발휘될 수 있다는 것이 이광수의 생각이었다.

이광수의 다섯 번째 문학론적 특징은 인생을 위한 예술을 중시하였다는 점이다. 이런 사상은 이미 「문학이란 하오」에서 부터 시작된 것으로 그의 문학론이 전개되어 갈수록 인생을 위한 예술에 대한 확고한 신념은 더욱 철저해 진다.

이광수는 1922년에 「예술과 인생」에서 문학이 인생을 위한 예술이어야 됨을 다음과 같이 말하였다.

"Arts for art's sake라는 예술상의 격언은 예술을 타부분의 문화(정치나 교육이나 종교나)의 노예상태에서 독립시키는 의미에 있어서는 대단히 훌륭한 격언이지마는, 그 범위를 지나가서 사용하면, 이는 '개인의 자유라'하는 격언을 무제한으로 사용함과 같은 해악에 빠지는 것이외다. 생에 대하여 공헌이 없는 것 더구나 해를 주는 것은 그것이 무엇이든지 다 악이니, 문예도 만일 개인의, 특히 우리민족의 생에 해를 주는 자면 마땅히 두드려 부술 것이외다. Arts for art's sake야말로 우리의 취할 바라 합니다."[38]

---

36 상동, 485쪽.

37 이광수, 「文學과 文章」(전집, 10), 486쪽.

38 이광수, 「文士와 修養」(전집, 10), 353쪽.

이광수는 개인의 자유를 무제한으로 사용하는 것과 같이 예술도 무제한으로 예술 자체만을 위해 존재할 수 없다는 입장을 고수하였는데, 이런 논리는 그가 데카당이나 퇴폐주의 경향의 문학을 공격하고 자신의 입장을 방어하는데 적절한 방패막이가 되었다. 이광수는 이러한 사상을 바탕으로 인생을 예술화하고 인생을 도덕화할 것을 강력히 주장하게 되었고,[39] 더 나아가서는 도덕과 예술이 하나라는 데까지 이르며, 마침내는 '사람아 너를 먼저 개조하여라!'[40]하는 인생의 예술적 개조론에까지 이르렀다.

또한 더 나아가서는 군국주의 식민지 지배체제를 긍정하는 논리도 이를 바탕으로 이루어지게 되는데, '인생은 예술이다'가 '인생은 전쟁이다'[41]로까지 비약하게 된다.

1941년에 가서는 '예술지상주의를 청산하는 것이 문학의 신체제'라는 데까지 이르게 되어, '인생을 하늘보다 높다고 본다든가 국가보다도 크다고 보아서 국가도 나를 위해 있는 것이요, 내가 없으면 국가도 없다는 자기중심주의에 빠지게 되면 이역시 신체제에 허용되지 못할 예술'이라 하여 전체주의를 찬양하고 개인의 자유를 말살하는 극도의 친일행위로 치닫게 되는 것이다. 문학이 인생을 위한 예술이어야 한다는 논리는 전시체제에서는 국민을 해하는 문학이 아니라 건전한 사상을 불러일으키는 데 공헌하는 문학이어야만 가치가 있다는 생각도 같은 맥락이라 하겠다.

이광수는 초기에는 정을 도덕율로 부터 해방하는 것이 문학이 해야

---

39 이광수, 「藝術과 人生」(전집, 10), 359쪽.
40 상동, 361쪽.
41 이광수, 「戰爭期의 作家的 態度」(전집, 10), 490쪽.

할 일이라 강조하였다가 나이가 들면서 톨스토이에 심취하면서 인생을 위한 예술이 참다운 예술이라는 인식에 이르며, 이러한 논리로 데카당이나 퇴폐주의, 혹은 계급주의 문학을 공격하고, 자기를 방어하다가 마침내 군국주의 일본에 전쟁을 찬양하고 국가주의를 찬양하고 협조하는 친일행위에까지 이르는 문학론적 파탄을 맞게 되는 것이다.

이광수의 여섯 번째 문학론적 특징은 조선어에 대한 애착과 자각을 들 수 있다.

이광수는 '조선서는 고래로 한문이 아니면 문이 아닌 줄로 사(思)하였으며, 문(文), 즉 문학(文學)으로 사하였나니 차(此)가 문학의 발달을 저해한 대장애'[42]가 되었다고 하였다. 이런 인식은 그가 이미 초기에 유가적 인습을 비판하고 신문명을 받아들일 것을 역설한 때부터 시작된 것으로 이런 인식은 조선어에 대한 자각과 애착을 수반하였다.

이광수는 「문학이란 하오」에서 이렇게 말하였다.

'조선학자의 시간과 정력의 대부분은 차 난삽한 한문을 학하기에 허비되었나니, 차 시간과 정력을 타에 용하였던들 우수한 조선문학이 많이 생하였을 것이로다. 근년에 지하여 순한문을 사용하는 다가 멸하였으나, 아직도 여풍(餘風)이 상존하여 난삽한 한문 문구를 용(用)하기를 무(務)하며, 문격도 한문격을 용하려 하도다. 각 학교의 작문을 보거나, 출판물의 문체를 보더라도 한문에 국문으로 토를 단 듯한 문이 성행하니 과도기에 불가사(不可思)한 현상이라 할지나, 속히 타파하여야 할 악습이라'하였다.

이러한 조선어에 대한 자각과 애착은 1926년의 「조선문학의 개념」

---

42 이광수, 「文學이란 何오」.

에서 더욱 철저화되는데, 한학자가 조선혼을 말린 것이란 인식은 변함이 없되, 거기다가 더하여 국문학의 개념규정을 '속문(屬文)'으로 규정함으로 하여 극단적 결론에 이르게까지 된다. 여기서 극단적인 결론이란 국문학은 속인도 아니요, 속지도 아닌 속언이란 논리를 펴는 것을 말하는데, 결국 이런 논리 하에서는 외국인이라도 우리말로 쓴 글은 다 국문학에 속하며, 중국 것도 우리말로 번역한 것은 우리 문학이 되며, 우리나라 사람이 한문으로 쓴 것은 우리 것이 아니라는 결론에까지 이르게 되는 것이다. 하기에 우리문학에서는 「춘향전」「심청전」 이외에는 다른 문학이 존재하지 않는다는 논리에까지 이르는 것이다.[43]

이런 논리의 비약이 있음에도 불구하고 이광수의 우리말에 대한 애착은 긍정적인 측면에서 평가될만한 것임에 틀림없다.

이광수는 이렇게 말하였다.

'어떤 나라의 문학은 그 나라의 어학이라는 흙에서 핀 꽃이다. 국어를 떠난 문학이 있을 수 없고 또 국어도 문학으로 하여 보유되고 세련되고 발달되는 것이다. 조선문학이 조선어 위에 성립될 것은 무론이다. 그런데 조선어는 나날이 파괴되고 난잡하게 되는 과정을 밟고 있다'[44]라 하였다.

이광수의 이러한 자각은 우리의 전통과 민속 및 민요에 대한 새로운 인식을 수반하였고, 한글, 곧 정음에 대한 가치를 남보다 투철히 인식하였다는 증거도 된다. 무당을 조선고대시가의 전통을 이은 존재로 파악한다든가[45], 시조[46]나 민요[47]에 대해 남다른 애착과 탐구심을

---

43 이광수, 「朝鮮 文學의 槪念」(전집, 10), 490쪽.
44 이광수, 「文學에 對한 所見」(전집, 10), 458쪽.

보인 것도 이런 자각이 있었기에 가능했을 것이다.

이광수가 문학을 하는 이에게 거듭 거듭 강조하는 것은 한글의 수련이었다. 한글을 한글답게 쓰는 것이 무엇보다도 중요하는 인식이었다.

이광수 문학론의 일곱 번째 특징은 속된 것을 배격하고 고상한 것을 추구하였다는 점이다.

이광수의 이러한 생각은 이미 문학론 초기에 생긴 것이기도 한데, 그가 '도덕의 속박을 탈하라 함은 결코 독자를 충독(蟲毒)할 만한 음담패설(淫談悖說)을 재료로 한 문학이 아니다'[48]라고 말한 것이 그 근거가 된다. 그는 문학의 효용을 '세인이 주색 등 유해한 쾌락에 침윤함은 고상한 쾌락을 결함으로 유(由)함이니, 문학을 애호하는 습관을 양(養)함은 족히 세인으로 하여금 피 유해한 쾌락에 함(陷)함을 면케할지오'[49]라 하였을 때 이미 굳어진 생각으로 볼 수 있다. 문학이 문학으로서 존립할 수 있는 것은 정(情)이지만, 이 정이 저급의 정이 아니라 고급의 감정이어야 함을 역설한 것이다.

이광수는 이렇게 말하였다.

'우리가 포은이나 백사의 노래를 볼 때에 '우리 이상에 합하는 감정, 즉 고급의 감정'을 경험하고, 난봉가를 볼 때에 오직 인류의 불완전하고 추에, 현실에만 기초한 저급의 감정을 경험하는 것이니, 그러므로 저급의 감정을 기초로 한 예술품은 일시에 환영을 받더라도 인류의

---

45 상동.

46 이광수, 「時調」(전집, 10), 442쪽.

47 이광수, 「民謠少考」(전집, 10), 394쪽.

48 이광수, 「文學이란 何오」(전집, 1), 549쪽.

49 상동, 550쪽.

이상을 향한 진보의 정도가 높아 감을 따라 소멸하는 것이요, 이상에 합치한 예술품은 인류의 정도가 높아갈수록 광채를 발하고 더욱 다수인의 완상과 공명을 받을 것이다'[50]라 하였다. 난봉가를 내용만 보고 저급 감정이라 폄하한 것은 현재의 입장에서 보면 문제가 되는 것이기는 하지만, 위의 진술로 보아 이광수는 음담패설류의 사설을 저급으로 보고 정신적, 영혼적인 고상한 경지에 이르는 내용을 선호하였음을 알 수 있다. 이지점에 이르면 이광수는 어느덧 자기 자신도 모르게 조선조의 도학자의 입장에 위치한 것이나 다름없게 된 것이다. 유학자들이 고려조의 노래를 외설스럽다고 사갈시한 것이나 다름없게 되는 것이다.

이광수는 이렇게 '수(獸)적인 것을 신(神)적인 것'으로 지향시킬 때만이 문학은 문학다워진다고 인식하였다.[51] 정욕의 표출은 있을 수 있는 일이지만 이것을 동물적으로 표현하는 것은 미가 아니라 추에 해당하며, 이상을 향해, 곧 인생을 신화시킬 때만이 문학의 문학다워진다는 인식이었다. 이광수가 데카당 문학을 배격한 이유도 이에 근거한다.[52] 이광수를 이상주의자라 평하는 것도 이런 이유에서일 것이다.

이광수 문학론의 여덟 번째 특징은 표현된 것보다는 표현되기 이전을 중시하였다는 점이다. 이것은 우리 전통 문학사상에서 항상 문제되는 것으로 이광수가 말했듯 시언지(詩言志)의 사상[53]을 의미한다. 이 말은 문학은 언어 이전에 그 사람의 생각, 다시 말하면 인격이 생

---

50 이광수, 「文學講話」(전집, 10), 386~387쪽.

51 이광수, 「朝鮮文學의 現狀과 將來」(전집, 10), 402쪽.

52 상동.

53 이광수, 「文學講話」(전집, 10), 309쪽.

성되고, 이것이 언어라는 형식을 빌어 표출된 것이란 뜻이다. 이광수가 문학에서 인격을 중시한 이유는 이에 있다. 엉겅퀴 나무에서 포도를 따지 못하고, 포도나무에 엉겅퀴는 열리지 않는다는 것이 진리이듯 고귀한 인격에서야 고귀한 문학이 나오고, 비열한 인격에서는 오직 비열한 문학만이 나올 수 있다[54]는 논리다. '춘화를 그리는 사람이 종교화를 그릴 수 없는 것이요, 비록 그린다 하여도 그것은 춘화같은 것이 되고 마는 이치'[55]와 같다는 것이다. 이러한 사상은 이미 1910년대에 「문학이란 하오」에서 수양[56]을 강조한데서 단초를 찾을 수 있다. 이광수는 이후 문사에게 인격과 수양이 필요함을 누누이 역설하였다.

「문사와 수양」에서 그는 인생을 위한 예술은 강조하면서 문사에게 수양이 절대적임을 거듭 강조하였다. 문사는 덕성을 수양하여야 하고, 지와 예를 닦아야 하고, 거기다가 덕만 닦는 것이 아니라 건전한 육체에 건전한 정신이 든다고 하여 체육의 중요성까지 강조하였다.[57]

문학에 천재가 필요함은 앞에서도 언급되었거니와, 이광수는 문학의 천재가 인정된다 하더라도 그것을 갈고 닦는 건전한 수양이 밑받침되지 않으면 훌륭한 문사가 될 수 없다고도 하였다.[58] 이광수가 말하는 건전한 인격이란 그렇다고 특별한 것은 아니었다. '의복거처를 항상 정결히 하고 언어동작을 심히 법도 있게 하며, 결코 주색, 기타

---

54 상동.

55 상동.

56 이광수, 「文學이란 何오」(전집, 10), 553쪽.

57 이광수, 「文士와 修養」(전집, 10), 352~358쪽.

58 이광수, 「文學에 뜻을 두는 이에게」(전집, 10), 377쪽.

도덕적 죄악을 멀리하여 누구든지 존경할 만하고 신뢰할 만한 진실하고 경건한 행위의 소유자를 일컫는다'[59] 하였다.

또한 소설이 대작이 되느냐 안 되느냐의 관건은 바로 그 작가의 인생관이 위대하냐 아니냐의 여부에 달렸다고도 하였다.[60] 이광수는 인격의 최고 경지에 도달하기 위해서는 섬김을 받기 보다는 섬기는 자가 되라 하였고, 그 대표적인 인물로 인도의 간디를 꼽고 이광수 자신 조선의 간디가 되려고도 노력하였다.[61]

문학에서 중요한 두 가지 요소는, 하나는 문사의 인격의 힘이고 또 하나는 문장의 힘이라 언급하기도 하였는데,[62] 특히 문사의 인격의 힘을 거듭 강조하였다.

이광수는 문사의 인격을 이렇게 말하였다.

'우주와 인생의 숭엄을 느끼는 힘이 있고, 인생을 달관하여 자기는 비록 세간(世間)을 뛰어났더라도 고해화택(苦海火宅)에 허덕이는 중생의 덧없는 일생을 끓이고 복는 모든 애욕과 소원과 슬픔과 기쁨과 괴로움과 중생 자신도 잘 의식하지 못할 그들의 마음과 생활의 비밀과 하소연을 다 알고 깊이 동정하는 힘을 가져서 그네와 같이 울고 웃고 괴로워할 수 있는, 그리고도 이 중생을 어떤 광명으로 이끌 신념을 가진 그런 인격을 말하는 것입니다'[63]고 하였다.

이상에서 이광수의 계몽주의자적 성격과 이상주의자, 혹은 엘리트

---

59 상동.

60 이광수, 「朝鮮文壇의 現狀과 將來」(전집, 10), 399쪽.

61 이광수, 「섬기는 생활」(전집, 10), 256쪽.

62 이광수, 「文學과 文士와 文章」(전집, 10), 476쪽.

63 상동.

의식이 적나라하게 드러난 것이지만 이광수가 진정한 문학적 가치를 인격의 수양에서 찾았고, 민중의 질적 향상에 치중하였음은 쉽게 규지할 수 있는 바라 하겠다.

'글은 곧 사람이다'[64] 혹은 '문장은 곧 인격'[65]이란 신념은 이광수의 움직일 수 없는 문학관이기도 하였다. '작가는 그의 작품을 통하여서 자가의 인격의 향기 내지 취기를 발산하는 것'[66]이란 생각도 이에 기초한 것이다.

이광수가 문학에 있어 인격에 비중을 두는 것은 그의 후기 글로 올수록 더욱 짙어지는 경향이 있다. 이것은 그가 처음에는 치기로 정의 해방과 유교적 인습에 반항하였으나 나이가 들면서 도산의 수양동우회와 톨스토이의 영향, 혹은 지도자적 위치가 인격의 수양을 강조하는 쪽으로 기울게 되지 않았나 생각된다.

이광수 문학론의 아홉 번째 특징은 그의 반항적 기질에서 생긴 개혁의지를 들 수 있다. 이것은 초기 논설이나 문학론에서 특히 자주 발견되는 주된 특징이기도 하다. 그는 「조선가정의 개혁」에서 가부장적 절대권, 남존여비의 극심함, 계급이 대엄하고 애정이 극심함, 유의유식함 등을 들어 기존 가치관을 교격하게 공격하였다.[67] 이뿐 아니라 유교사상의 병폐를 공격하고, 신문명으로 개혁할 것을 주창한 것은 재언을 요치 않을 것이다. 특히 문학에서도 정을 해방하고 한문으로부터 벗어나 우리글을 아름답게 가꿀 것을 주장한 것은 이미 앞에서

---

64 이광수, 「글과 글짓는 基礎要件」(전집, 10), 481쪽.

65 이광수, 「文學과 文章」(전집, 10), 485쪽.

66 이광수, 「文章 言」(전집, 10), 496쪽.

67 이광수, 「朝鮮家庭의 改革」(전집, 1), 536쪽.

언급한 바대로다. 이광수는 젊어서 누구보다도 개혁을 주장하였고, 이것은 급기야 「민족개조론」까지 선포함으로 하여 지금까지 이광수가 공격의 적이 되는 빌미를 마련하였다.

그런데 문제는 이런 이광수가 어느 순간 갑자기 무저항주의자로 바뀌었다는 사실이다. 사실 갑자기라는 말에는 어폐가 있을지 모른다. 이광수가 무저항주의자로 바뀌는 데는 간디라는 매개자가 있었기 때문이다. 그것도 처음부터 무저항주의자가 아니라 간디를 본받아 '개인의 모든 안락, 모든 행복을 희생'하자는 취지였다. 이것은 개인주의자가 되지 말고 민족을 위해 자기를 희생하고 봉사하자는 이야기였다.[68]

이광수가 철저한 무저항주의자가 된 것은 그가 톨스토이의 인생관에 심취하면서 부터였다.

이광수는 톨스토이의 사상을 다음과 같이 파악하였다.

'그는 비록 국법이라 하더라도 제가 믿는 신리에 어그러진 것이면 복종할 이유가 없을뿐더러, 그것을 복종하는 것은 저로는 노예가 되는 것이요 동포에 대하여서는 악을 조성하는 것이라고 하였고, 납세에 한하여서도 그 돈이 악한 일에 쓰이는 것을 믿거든 거절할 것이라 하고 병역과 사법은 절대로 부인할 것이라 하였다. 그리고 국가의 명의로 되는 것은 결국 어느 집권자 개인 혹은 수인의 의사니, 예수를 믿어 하느님께 충성할 의무만을 가진 크리스천으로는 이러한 인위적인 무엇에나 복종하지 아니하는 것이 옳다'[69]고 하였다.

그러면 이렇게 국가에 대하여서 신민으로서의 복종의 의무와 납세, 병역의 의무를 거부함에서 올 형벌을 어찌하느냐 하는 문제에 대하여

---

68 이광수, 「섬기는 생활」(전집, 10), 257쪽.
69 이광수, 「톨스토이의 人生觀」(전집, 10), 489쪽.

서는 톨스토이는 '그것은 질병이나 죽음과 같이 무저항으로 감수할 것이요 그것이 무서워서 쇄이(碎易)할 것이 아니며 도리어 진리를 위하여 받는 고난을 영광으로 알 것이라 하였다'[70]라고.

이런 관점에서 이광수는 톨스토이의 예술의 근본사상을 '인생에게 서로 사랑하는 감정과 진리의 생활을 동경하고 죄악된 생활을 악하는 감정을 일으키게 하는 것이 예술의 사명'[71]으로 파악하였다. 이 글을 발표한 것이 1935년이었다. 이광수가 1938년에 「사랑」을 발표하는 것도 이로부터 근원되었음을 알 수 있다. 이러한 무저항주의는 이광수가 변절하는 데도 한 몫 하였음에 틀림없었을 것이다. 그러나 그는 결국 학병을 권유하는 데까지 이르러 스스로 파탄을 초래하면서 톨스토이의 논리를 스스로 뒤엎는 결과를 나았음이 유감이라 하겠다.

이광수의 마지막 문학적 특징은 한국 최초의 현대 장편 소설인 「무정」을 발표하였다는 점이다. 이광수가 「무정」을 발표한 것은 그의 수많은 문학론이나 논설이 집약되어 작품화된 것이기도 하지만, 비록 논설이나 문학론이 파탄에 이르렀다 하더라도 작품만은 영원성을 지닌다는 점에서 그의 문학적 공로중 으뜸으로 삼아야 할 것이기도 하다. 「무정」에는 앞에서 살핀 아홉 가지의 문학론적 특징 중 대부분이 투영된 것이기도 하나, 이것이 1910년대에 창작되었음을 감안할 때, 문학론의 변수 보다는 상수 쪽에 더 가까운 작품이라 할 수 있다. 따라서 이 소설은 이광수의 초기 문학론의 정수라 할 수 있는 「문학이란 하오」를 작품으로 실연시킨 것이라 할 수 있다. 이것은 마치 「홍길동전」이 그의 문학론을 어느 만큼 집약시킨 결과라는 말과 통하는 것이

---

70 상동.

71 상동.

기도 하다.

지금까지 허균과 이광수의 문학론을 살펴보았는데, 각 항의 결론을 비교해 보면 저절로 이들의 공통점과 차이점이 드러날 것이다. 우선 허균 문학론의 요체를 요약하면 다음과 같다.

첫째, '정'을 중시했다는 점이다.

둘째, 개성을 중시했다는 점이다.

셋째, 상어를 중시했다는 점이다. 이것은 모국어 및 시문체를 중시했다는 점과도 상통한다.

넷째, 정확한 의사 전달을 중시했다는 점이다.

다섯째, 문장의 꾸밈보다는 자연스럽고 순박한 문장을 선호했다는 점이다.

여섯째, 속된 것을 싫어하고 고상한 것을 좋와했다는 점이다. 이것은 인격의 수양을 중시한 것과 뜻이 통한다.

일곱째, 표현된 언어보다는 표현되기 이전의 뜻을 중시했다는 점이다.

여덟째, 반항적 기질을 지니고 있었다는 점이다. 이것은 개혁의 의지와 상통한다.

아홉째, 문학사에 남을 최초의 한글 소설과 현대소설을 창작했다는 점이다.

다음으로 이광수 문학론의 요체를 요약하면 다음과 같다.

첫째, '정'을 중시는 점이다. 이것은 나중에 구원성의 문학을 중시한 것으로 변모한다.

둘째, 천재성을 중시했다는 점이다. 천재성은 재주와 개성을 중시했다는 점과도 상통한다.

셋째, 일상어 및 시문체 사용을 강조했다는 점이다. 이것은 언문일치 문장을 주장하고 실천했다는 점, 혹은 문장에서 평이하고 평범한 문장과 자연스러운 묘사를 중시했다는 점과 연결된다.

넷째, 문장 수련을 강조했다는 점이다. 문학 양식에 대한 수련과 표현기법에 대한 직업적인 수련을 요구했다는 말일 수도 있다.

다섯째, 문학의 효용성을 중시했다는 점이다. 이것은 예술을 위한 예술보다도 인생을 위한 예술을 강조했다는 점이다.

여섯째, 조선어를 중시하고,그에 대한 애착과 자각을 지녔다는 점이다. 국문학에 대한 인식도 이에 포함된다.

일곱째, 속된 것을 배격하고 고상한 것을 추구하였다는 점이다. 퇴폐주의에 대한 경고와 신성을 강조한 점이 이에 해당한다.

여덟째, 인격의 수양을 강조하였다는 점이다. 시언지의 전통 문학관과도 통한다. 또한 표현된 것 보다는 표현되기 이전의 뜻이나 생각을 중시했다는 의미이기도 하다.

아홉째, 반항적 기질을 지니고 있었다는 점이다. 이것은 개혁의 의지와 통하는 점이기도 하다. 또한 이것이 나중에 무저항주의로 변모했다는 점도 특기할 사항이라 하겠다.

열째, 한국 최초의 현대소설인 「무정」을 창작했다는 점이다.

이상의 대비에서 볼 때, 허균 문학론과 이광수의 문학관은 상수의 입장에서는 거의 비슷한 관점을 지니고 있음을 알 수 있다. 다만 이광수는 시대적 제약과 그의 개인사적 비극으로 인해 문학론적 파탄을 맞이함으로 하여 변수가 많이 작용하여 문학론이 왜곡되었으나 허균은 그것이 발견되지 않았다는 점에서 근본적인 차이점이 인정된다.

  문학론을 대비할 때 전제로 설정한 시대적 공간적 간격과 거리는 이들 두 문인의 문학론 대비에서 중요한 변수로 작용하는 것이지만 상수의 입장에서는 이들 두 문인의 문학론은 시대와 공간을 초월하여 공통점을 지니고 있다는 점에서 앞으로의 문학론의 전통 계승이라는 관점에 중요한 시사점을 제공할 수 있다는 것이 조그만 소득이라면 소득이라 하겠다.

김환태 비평의 전통비평론적 특성

김환태 비평에 대한 연구는 그의 비평 이론의 심도나 중요성, 혹은 그가 행한 비평 업적의 양적 분량에 비해 많은 편에 속한다. 물론 이런 결론은 상대적인 것이지만, 당대의 임화, 김기진, 김효식, 한설야, 김문집, 김남천, 이원조, 최재서 등과 비교해 볼 때, 그의 비평적 존재나 업적은 그리 뛰어나지 않았던 것이 사실이다. 그러면서도 김환태가 비평사적 의미를 지니는 것은 그가 표명하고 나선 프로문학에 대한 반기가 당대 평단에 호응을 받았기 때문임은 주지하는 바와 같다.

또한 그는 1934년부터 1940년까지 6년여에 걸쳐 짧은 기간 동안 비평활동을 하였지만, 그의 주장이 일관성을 유지하였던 점과 그가 표방하고 나선 주장들이 아놀드와 페이터를 등에 업고 행해진 것들이라는 점에서도 비교문학적인 관점에서 자주 문제가 되는 것들이었다.

다시 말하자면, 김환태 비평이 의의를 지니는 것은 당대의 프로문학의 횡포에 정면으로 맞설 수 있는 용기있는 비평가라는 점과, 그가 프로문학에 포화를 퍼부을 수 있었던 배경적 힘은 페이터와 아놀드로부터 얻은 것이라는 것이 지금까지의 지배적인 의견들이었다.

그러나 이러한 측면에서의 연구는 결국 김환태 비평의 영향관계나 그 미숙성에 대한 새삼스런 확인 작업에 끝날 뿐, 그 이상의 소득은 얻기 힘든 것 또한 부인할 수 없는 사실이다. 실제로 그의 비평문을 현재의 시점에서 검토해 보아도 대학 신입생에게 가르치는 문학개론 수준에서 크게 벗어나지 않는다. 이런 관점에서 보면 김환태 비평은 다만 프로문학에 반기를 들고, 당시에 서슬 퍼렇던 프로비평가들에게 용기있게 공격을 퍼붓고, 순수문학을 옹호했던 그의 공적을 치하하는 데 머물게 된다.

그러나 문제는 여기에 있는 것이 아니다. 김환태의 아놀드나 페이터 이해 수준이 저급한 것을 확인하는 선에서 끝난다면 그 연구의 현재적 의미는 없는 것이나 다름없다. 그것은 김환태를 연구해 보지 않고서도 얻어낼 수 있는 결론이나 다름없겠기 때문이다.

비교문학적 입장에서 영향과 모방의 과정에서 반드시 굴절의 과정을 거치게 되어 있다. 김환태의 외국이론에 대한 이해의 수준이 당시 영문과 학부 졸업생 정도에 지나지 않는다 하더라도 그는 자기 나름대로 그것을 받아들였을 것이고, 영향과 모방의 과정에서 어떤 형태로든 원래의 이론이 굴절되었을 것이기 때문이다. 특히 미숙한 입장에 서 있었기 때문에 그 굴절이 의도적인 것이 아니었다 하더라도 심각할 수밖에 없었을 것이다.

굴절은 여러 가지 원인이 복합적으로 작용하는 것이 상례이지만, 특히 이 당시의 김환태의 외국이론 수용은 복합적이라면 복합적일 수 있고, 또 단순하다면 단순할 수도 있다. 그것은 그가 일본에서 공부하였지만 그가 뿌리내리고 있었던 것은 한국의 전통문화였다는 점에 있다. 비록 그가 외국문학을 공부하였지만, 그는 한민족의 정서에 뿌리내리고 있다는 기본적인 가설을 항시 염두에 두어야 한다는 말이다. 물론 프로비평가라고 하여 위와 같은 가설이 성립되지 말라는 법은 없으나, 그들과 김환태의 경우와는 근본적으로 다르다. 왜냐하면, 프로비평가들이 표방하고 나선 것은 과학적 유물변증법이고, 김환태는 인상주의와 낭만적 성향의 이론이었기 때문이다. 인상주의가 우리의 전통에 적법한 것이냐의 문제는 별개의 것으로 치더라도 고려시대부터 이어져 내려온 우리의 전통문학론이 과학적 유물론 보다는 낭만적 기질이나 정신에 더 가까웠다.

따라서 여기서는 우선 김환태의 비평사적 위치와 그의 비교문학적 영향관계를 간략하게 살펴보고, 다음으로 김환태 비평에서 주요 개념이 되었던 개성, 천재, 독창성, 상상력, 감동, 인상주의 등이 지니는 굴절적 의미를 우리의 전통비평론적 관점에서 조망해 보려 한다.

1) 1930년대 문단상황과 김환태 비평

1930년대 중반 이후의 문단 상황에서 김환태가 차지하는 비중은 전술한 바와 같이 프로문학의 대척적 입지를 고려하지 않고는 성립될 수 없다. 이것을 김윤식은 특히 헤겔과 칸트로 분류하여 그 원천을 캐고 있다. 김윤식은 당대의 정치상황을 염두에 두면서 궁극적으로는 프로문학을 헤겔에서, 김환태의 인상비평을 칸트에서 찾고 있다. 이러한 관점은 우리의 비평도 그 근원을 거슬러 올라가면 서양 미학사상의 두 거두에 젖줄을 대고 있다는 이야기가 된다.

김윤식은 이러한 두 경우의 미학적 큰 흐름을 염두에 두면서 당대의 한국적 상황을 다음과 같이 기술하고 있다.

> 정치와 문학이 함께 불법화될 때 그것의 담당주체는 어떻게 변모하는가. 「비평의 SOS」현상이 그 해답이다. 곧 비평이 신선함을 잃고 황폐화되어 일종의 사유화(私有化)에로 떨어지게 된다. 20년대엔 신성함을 등에 업었기 때문에 비평가의 목소리엔 권위가 있었지만 그것이 사라진 30년대엔 같은 비평가의 목소리가 한갓 비평가 개인의 오만함, 편견, 복수심 따위에로 떨어져 정신의 황폐화를 가져오게 된다. 그것은 용이 못된 강철(强鐵)의 심성과 흡사하다. 그는 일종의 악마적인 모습을 띠고, 그의 손이 닿은 곳마다 색깔이 사라지게 되고 생명체는 시들게 마련이다. 바로 여기에서 형언할 수 없는 그리움이 돋아나게 되는 바 그것이 곧 잃은 여의주에 대한 상념이다. 30년대 비평을 겉으로만 보는 사람에게는 용 못된 강철의 파괴행위만 묘하게 드러났을 것이고 따라서 「비평의 SOS」를 연발하지 않을 수 없었을 것이고, 그 본질을 꿰뚫어 본 사람은 비를 기다리는 강철의 안타까움이 새로운 또 다른 신성함을 펴고 있음에 주목할 수 있었을 것이다.[72]

---

72 김윤식, 「김환태 비평의 비평사적 의의」, 《문학사상》, 1986년 5월호, 182쪽.

정치가 거세된 30년대 상황하에서의 프로비평가들을 용이 못된 이무기에 비유하는 것은 재미있는 발상이지만, 그렇다고 김환태를 여의주를 얻은 용으로 본 것도 아니다. 김윤식은 계속하여 김환태의 비평적 업적을 유치한 것으로 보고 있기 때문이다. 김윤식은 비록 김환태의 비평이 프로문학을 공격하고 예술을 옹호하는 입장에 서 있었지만, 그의 실제 비평이론을 점검하면 칸트의 미학에도 미치지 못하는 단순한 예술지상주의에 머물러 있다고 보았다. 왜냐하면 김환태는 칸트를 직접 이해한 것이 아니라 아놀드를 통해서 간접적으로 '무목적의 목적성'을 이해했다고 보았기 때문이다.[73] 이런 한계점을 지니면서도 김환태가 30년대 비평계에서 비평가로 제 목소리를 낼 수 있었던 것은 '비평의 사유화가 일어나, 닥치는 대로 주변을 불태우거나 상처를 입힐 때 이를 막아내는 최소한의 노력들이 요청되는 법이며, 그러한 요청의 하나에 김환태가 선택되었던 것이고, 따라서 그 선택은 피해자들의 강력한 지지를 얻을 수 있었'[74]기 때문이다.

비평의 횡포가 프로문학가들에 의해 자행되었을 때, 작가의 편에 서서 순수문학과 예술을 옹호했던 김환태의 비평은 그것이 미숙하냐 아니냐를 떠나서 그 의도 하나만으로도 작가들에게서 박수를 받을 수 있었던 것이다.

김환태가 프로문학가들의 문학 비평 태도를 '증오'의 문학이라고 단정하고, 이러한 문학 비평 태도가 문학을 죽이는 것이며, 이를 극복하는 방법으로 '동정'의 문학 비평을 들고 나왔을 때,[75] 프로문학비평에

---

73 김윤식, 상동, 190쪽.
74 김윤식, 상동, 183쪽.
75 김환태, 「문예시평」, 『김환태전집』, 현대문학사, 1972, 201쪽.

피해를 본 작가들은 쌍수를 들어 환영할 수 밖에 없었을 것이다. 여기서 중오의 문학이란 김환태의 과장이 들어간 것이기는 하지만, 당대의 〈구인회〉를 비롯한 순수예술파의 입장에서 보면, 그 논리의 심층적 합리성을 떠나서 하나의 구원자를 만난 것이나 다름없었을 것이다.

미숙하고, 논리적으로 문제점이 있기는 하지만, 당시의 우리의 문단 상황으로 보아서 김환태의 등장은 어쩌면 필연이었는지도 모른다. 이러한 의미에서 김환태가 그 나름대로 비평사에 하나의 교량 역할을 하였다는 지적은 참고할 만하다.

> 김환태는 프로문학과 자연주의 문학을 극복한 자리에 인상주의가 정착되었다는 것을 분명하게 인식하고 있다는 점에서 자신의 비평이 문학사에 자연스럽게 자리잡을 수 있음을 보여 주었다. 바꿔 말해서 김환태의 비평은 프로문학의 퇴조와 자연주의적 경향의 쇠퇴를 잇는 교량 역할을 한 셈이다.
> 또한 그의 인상주의 비평론은 1930년을 전후하여 한국문학에 확고한 자리를 굳힌 순수문학의 경향과 그 맥락을 같이 하고 있고, 그러한 경향에 대한 이론적 기반을 제공하고 있다. 시문학파의 낭만주의적 경향에 대해서 김환태의 인상주의 비평론은 낭만주의의 현대적 변용 양상을 제시하고 있는 셈이며, 최신의 사조로 등장하고 있는 모더니즘적 경향에 대해서는 모더니즘의 전단계에 인상주의가 자리잡고 있다는 것을 알려주고 있다.[76]

이러한 견해는 당대 우리 문단에서 프로문학과 자연주의 문학이 퇴조를 보이고, 이것이 30년대 순수문학으로 바톤을 넘기게 되는 상황

---

76 전영태,「김환태의 인상주의 비평-그 효용과 한계-」,《월간문학》, 1986년 12월호, 73쪽.

에서의 김환태의 역할을 긍정적으로 평가한 결과라 하겠다. 그러나 전영태는 전적으로 김환태의 비평사적 업적을 긍정적으로만 검토하고 있지는 않다. 이에 따르는 인상주의적 비평의 한계까지도 지적하고 있다. 전영태의 소론으로는 김환태가 들고 나온 인상주의도 결국은 '감각과 인상에 의한 유물론'이기 때문에 '인상주의 비평론으로는 프로문학의 유물론을 극복하기 힘들다'[77]는 것이다. 인상주의가 유물론이라는 등식은 어느 일면만을 본 것으로 논리적 비약이 문제될 수 있는 것이기는 하지만, 한 가지 분명한 것은 전영태도 김환태의 비평론이 프로문학 비평을 뛰어넘지 못하는 것이라는 데에는 동감하고 있음을 알 수 있다.

위의 두 연구자의 견해만 보아도 김환태의 비평은 그 이론적 뒷받침이 허약한 것을 쉽게 인지할 수 있는데, 이는 김환태를 연구한 대부분의 연구자들의 공통적 견해라 하겠다.

2) 비교문학적 입장에서의 김환태 비평

김환태 비평 연구에서 비교문학적 관점이 문제가 되는 것은 그가 비평을 전개하면서 아놀드와 페이터를 표면에 내세웠다는 점에서이다. 대부분의 비평가가 본능적으로 자기가 이론적으로 기대고 있는 대부를 드러내지 않은 채, 자기가 휘두르고 있는 평필이 자기 고유의 이론인 양 호도하는 것이 보통인데, 그런 의미에서 볼 때 김환태는 솔

---

[77] 전영태, 상동, 75쪽.

직한 비평가이며 순진한 비평가에 해당한다.

아놀드와 페이터의 수용 양상을 가장 직접적으로 보여주는 글은 김환태가 1934년 8월과 1935년 3월에 《조선중앙일보》에 계속하여 발표한 아놀드와 페이터에 관한 소개의 글이다.[78]

김환태는 매슈 아놀드를 소개하는 글에서 비평의 법칙으로 '무관심적 관심'을 들고 있다. 그는 이것을 좀더 부연하여, '소위 사물의 실제적 견지를 멀리함에 의하여 쾌연히 그 독자의 성질의 법칙에 추수'[79]하는 것이라 하여, 관조적 조망과 목적의식을 배제한 순수 예술비평을 염두에 두고 아놀드를 소개하고 있다. 이어서 그는 '시는 그 근저에 있어 인생의 비평'이라 하여 아놀드의 인생비평의 태도를 강조하고 있으며, 이것은 '시의 가치는 인간성의 표현에 의존'하는 것이라 하여 인격의 수양에까지 그의 논리를 확대시키고 있다. 그리하여 '시인은 무엇보다도 먼저 고귀한 행위를 선택해야' 한다고 역설하였다. 그리고 끝으로 내용과 형식에 관해 논하면서, '아놀드는 주로 문예의 내용을 취급하여 왔으므로 그는 문학의 형식과 기교에 대하여는 조금도 관심을 갖지 않는 것처럼 생각하는 사람이 있다면 그는 큰 오해'라고 하여 아놀드가 내용에만 오로지 관심을 가지고 있다는 오해를 불식시키려 하였다.[80]

그러나 그 다음에 발표한 「페이터의 예술관」에서는 아놀드를 내용에 치중한 사람으로, 페이터를 형식과 기교에 치중한 사람으로 말하

---

78 김환태, 「매슈 아놀드의 및 페이터의 文藝思潮一考」 및 「페이터의 藝術觀」, 전집, 141~148쪽.
79 김환태, 「매슈 아놀드의 文藝思潮一考」, 전집, 131쪽.
80 김환태, 상동.

고 있어 앞의 글과 모순되기도 한다.[81] 특히 김환태가 페이터를 소개하면서 강조하는 것은 '심미적 비평가'[82]라는 개념이다. 이것은 아놀드를 소개할 때 쓴 용어인 '관심'과 상통하는 말로 결국 김환태 비평의 본령인 '인상주의(印象主義)'[83]로 귀결된다. 그러면서도 그는 단순한 인상주의가 아닌 생트 뷔브를 계승한 인상주의라 하였다. 그리고 이어서 그는 '결코 '칸트'나 '헤겔'이나 그 유파의 경이(輕易)한 전통에 묵종할 것이 아니라'[84] '대상의 인상을 충실히 표출하는 데' 있고, '한 작품이 어떠한 영향을 그에게 주었는가를 탐색'[85]하는 데 있다고 하여 독자에게 미치는 효과에 관심을 보이고 있다. 그리고 그는 문체론으로 이 글을 마감하고 있는데, 이 때 주목할 만한 발언을 하고 있다. '심(心)'과 '영(靈)'에 관한 언급이 그것이다. 물론 이것은 영어의 mind 와 soul의 번역이지만, 이것은 앞으로 필자가 검토해 볼 전통문학론에서의 의(意)나 기(氣)에 연관시켜 비교할 수 있다는 점에서 필자에게는 관심의 대상이 되기에 충분한 것이다.

위에서 살펴본 대로 김환태의 아놀드와 페이터에 대한 이해 수준과 수용양상은 극히 개론적인 데 머물고 있는데, 이것은 지금까지의 비교문학적 연구에서도 이미 확인된 바라 하겠다.

이러한 미숙한 이해와 굴절된 수용태도는 근본적으로 김환태와 아놀드 및 페이터의 환경적 차이와 그것을 감안하지 않은 채 단순하게

---

81 김환태, 「페이터의 藝術觀」, 140쪽.

82 김환태, 상동, 142쪽.

83 김환태, 상동, 143쪽.

84 상동, 142쪽.

85 상동.

받아들인 그의 단순성에 기인한다는 것이 일반적인 견해다. 다음과 같은 한 연구자의 의견이 이를 잘 반영해 준다.

> 페이터는 그의 초기 예술에서 목적예술을 철저히 배제하기 위하여 '당대의 삶', 즉 빅토리아 시대로부터 도피, 환상의 세계로 들어가 미를 탐구하기 위한 미를 추구한 반면, 김환태는 프로문학에 반발하여 이념이 배제된 순수한 세계로 들어가 미를 찾는다. 다시 말하면, 페이터는 '예술을 위한 예술'로서의 순수예술을 추구하는 데 비하여 김환태는 목적의식 예술을 반발하는 예술로서의 순수예술을 추구하는 것이다.[86]

같은 '예술을 위한 예술'을 주창하였어도 그 배경적 차이로 인하여 그 의미는 상반될 수도 있다는 견해를 조심스럽게 피력한 예라 하겠다. 이러한 배경적 차이나 역사, 사회적 조건의 차이,[87] 혹은 김환태의 능력의 저급으로 인한 수용과정에서의 굴절현상은 아놀드를 수용할 때도 동일하다는 것이 지배적인 의견이다.[88] 특히 김환태의 인상주의 수용에 있어서의 미숙함은 '인상주의의 전체적 의미-사회와의 연관성, 다른 사조와의 관련성, 인생관과의 연계성 등을 이해하지 못하였'[89]기 때문에 생긴 결과라는 지적은 거의 정설이 되다시피 하였다.

그렇다면 김환태의 비평은 단지 당대의 프로문학에 용감히 맞서 작

---

86 김태웅, 「김환태의 실제비평에 대하여」, 《홍익어문》 8집, 1989년, 52쪽.

87 정영호, 「金煥泰論-동시대 비평가와의 비교-」, 《부산여전 논문집》 10집, 1989년, 15쪽.

88 김윤식을 비롯한 대부분의 연구자가 이에 의견을 같이하고 있다.

89 전영태, 전게논문, 77쪽.

가를 옹호하고 작가에게 용기를 북돋아 주었다는 응원단장으로서의
역할로서 만족하였고, 그것이 김환태가 차지하는 비평사적 위치가 된
다는 의미일까? 만일 그렇다면 김환태 비평의 비평사적 의의는 실로
한심하기 짝이 없는 것이고, 김환태를 연구한다는 것은 도로에 지나
지 않았다는 쓸쓸한 결론에 도달할 수밖에 없다.

본고에서 전통비평론적 입장에서 김환태를 조명해 보려는 것은 이
러한 의미에서의 역설적 작업이라 해도 좋을 것이다. 김환태가 낭마
주의적 입장에 서 있었고, 비록 서양의 낭만주의에서 영향을 받은 것
이지만, 작가의 창작력과 천재성, 혹은 개성에 눈을 떴고, 문체를 이
야기 할 때, 영(靈)의 역할을 강조한 것 등으로 볼 때, 그것이 비록 서
양의 전통에 힘입은 것이라 하더라도 우리의 전통 비평론적 관점과
일맥상통하는 점이 있어 고찰의 대상이 될 수 있는 것이다.

3) 전통문예론적 고찰

김환태 비평론을 일별하면, 핵심이 되는 용어들이 발견된다. 그것
은 '인상주의'를 비롯하여 '몰이해적 관심', '무관심적 관심', '무목적 태
도' 등 예술을 위한 예술을 표방하는 그의 문학관을 드러내는 말들이
다. 또한 이와 함께 자주 등장하는 핵심적 용어들은 '개성', '천재', '감
동', '상상력', '독창성' 등의 용어들이다. 이러한 용어들은 그가 영향받
은 아놀드나 페어터로부터 배운 것이며, 그것이 낭만주의자들에게서
항상 문제시 되었던 것이고, 더 거슬러 올라가면 칸트의 미학에까지
접맥되어 있음은 이미 두루 알려진 사실이다.

　여기서는 그에 대한 재언을 피하고, 바로 이것이 우리의 전통문학론에서는 어떻게 파악되었고, 그 의미는 무엇인가를 논하려 한다.

　필자는 우리 전통문학론의 한 양상을 기를 중심으로 정리한 바 있다.[90] 여기서 얻은 결론은 우리 문학이 자유분방하고 방외인적 기질을 타고 난 몇몇 천재적 문인들에 의해 그 맥이 이어져 내려 왔다는 점이었다. 이들은 항상 호연지기를 잃지 않았고, 사물과 민심을 선입관념 없이 살폈고, 그것을 솔직 담백하게 표현하였으며, 하기에 그들의 작품은 후세에까지 명작으로 전해질 수 있었다는 것이다.

　기문학론을 정리하면서 깨달은 것은 문학은 모름지기 자연, 그 중에서도 호연지기를 담을 수 있어야 된다는 점이었다. 이러한 호연지기가 작품을 통해 독자에게 전달될 때, 비로소 독자는 감동을 받게 되는 것이다. 훌륭한 문인이란 호연지기를 타고 났거나, 그것을 잘 길러서 호연지기가 충만한 상태에서 그것을 작품에 투영시킬 수 있는 문인을 지칭하는 것이다.

　기문학론적 입장에서 보면, 기교는 항상 저급한 평가의 대상이 되며, 기교보다는 뜻(意)이 중시된다. 동양적인 문학관의 요체는 문장 기교보다는 근원적인 뜻을 중시하였다. 이 뜻은 하늘에서 받아야 하는 것인데, 그것은 호연지기를 타고나야 그것을 전수할 수 있다는 관점이 기문학론의 요체라 하겠다.

　이런 관점에서 김환태의 비평론을 점검할 때, 김환태의 '천재'나 '개성', '독창성', '감흥'에 관한 관점은 유치한 것에 지나지 않는다. 그러면서도 그것이 크게는 동양적 기문학론과 맥을 같이 하고 있다는 점

---

90 한승옥, '기문학론', 『한국전통비평론탐구』, 숭실대출판부, 1995, 3~67쪽.

에서 본 연구자의 관심의 대성이 된 것이다.

김환태의 대표적 비평론이라 할 수 있는「예술의 순수성-천재와 개성, 목적의식과 사상」[91]이란 글을 보면 그가 천재를 어떻게 인식하고 있었는가를 잘 알 수 있다. 이 글은 그가 프로문학의 목적의식에 반기를 들고 순수문학을 옹호하기 위해 바쳐진 평문이다. 하기에 목적의식에 투철한 문학이 왜 비문학이 되는가를 논증한 글이다. 여기서 그 도구로 끌어들인 것이 천재론이며 개성의 문제이다. 하기에 그는 '예술의 감동성에 있어서 무목적 태도'를 취해야 할 것을 주장하였고,[92] '사상(事象)에 있어서의 관념적 내용을 직관하고 구상화하는 감각적 상상'[93]을 중요시하였으며, 감정이입이 문학 감상에서 근본적임을 역설하였다.

> 예술이 예술 된 소이는 그것이 감정의 표현이요, 감정에 호소하는 점에 있다. 그러므로 예술의 진정한 사회성도 또한 이 점에서 찾지 않으면 안 된다. 감동이란 대상에의 감정이입이다. 즉 대상과 같이 웃고 같이 우는 마음이다. 그러므로 예술에 의하여 영혼(靈魂)의 심저로부터 진감될 때, 왕공 귀족도 전인야부(田人野夫)와 악수하고, 간계무도한 악한도 계집애처럼 눈물을 지우고, 고루한 인습도, 도덕에 젖은 완고한 노인도, 어린애처럼 하늘의 별을 세며 손뼉을 칠 것이다.[94]

91 김환태 전집, 7쪽.

92 김환태,「예술의 순수성」, 전집, 9쪽.

93 상동, 10쪽.

94 김환태, 위의 글, 전집, 11쪽.

여기서 김환태가 주장하는 것은 감정이 문학에 가장 핵심이 되는 요소이며, 문학이 감정을 떠나서는 성립될 수 없으며, 이를 통한 감정이입이 이루어 질 때만이 비로소 영혼의 떨림이 일어나 자연과 교감할 수 있다는 것이다. 김환태는 이것이 문학이 해야할 일이라는 것을 역설하고 있는 것이다.

여기서 말하는 감정이입이나 영혼의 떨림, 감동은 물론 낭만주의적 문학관에서 영향받은 것이 사실이다. 그러나 만일 그가 우리의 전통문학론을 조금이나마 접하였고, 아니 그것보다도 그가 우리 것을 애착을 가지고 살펴보았어도 그는 아마 이것보다는 훨씬 심도있는 비평이론을 전개하지 않았을까 생각된다.

기문학론적 입장에서 볼 때, 예술의 감흥은 바로 호연지기를 글로 나타낼 때만이 가능한 것은 재언을 요치 않는다. 호연지기가 문학에 나타났을 때, 그 기는 저절로 독자에게 전달되어 감흥을 불러 일으키게 되는 것이다. 이 순간 감정이입은 저절로 일어나게 되는 것이다.

기문학론적 입장에서 보면, 천재라고 하였을 때도 천재는 억지로 만들어지는 것이 아니고 호연지기를 타고난 사람이라는 뜻이다. 이 경우도 두 가지로 나누어 생각할 수 있다. 기질론적 입장과 기상론적 입장이다.[95] 기질론은 개성을 중시한 측면이고 기상론은 힘을 중시한 측면이라 할 수 있다. 김환태의 경우 기질론과 기상론을 구별하여 본 것 같지는 않다. 그는 문학이 단지 천재성에 의해서 개성적으로 나타난다는 일반론적 관점만을 지니고 있었던 것으로 보인다. 이 점은 다음과 같은 글에서 확인된다.

---

95 최신호 「文學論에 나타난 기에 대하여」, 《진단학보》 38집 및 심호택, 「기의 類型體系試考」, 《국어국문학》 87호 참조.

예술은 어떻게 사회와 외적 조건에서 초월하여, 그 자유성을 가질수 있는 가? 그는 예술가의 개성에 의해서이다. 천재에 의해서이다. 사회의 물질 적 조건은 모든 방면으로 예술에 침윤하여 어떤 영향을 미칠 수가 있으며, 천재와 개성의 각성을 촉진하고 북돋우는 데 도움은 될 수 있으나, 천재 와 개성을 창조할 수는 절대로 없다. 만일에 사회적 요소나 물질적 조건 이 천재와 개성을 근본적으로 규정한다면, 우리가 똑같은 시대 속에 호흡 하며, 똑같은 생활 환경에 처해 있는 이 나라 문인들 중에서 이광수나, 김 동인이나, 이태준이나, 염상섭이나, 이기영같은 각각 그 경향이 다른 소 설가를 발견할 수 없으며, 정지용이나, 주요한이나, 이은상이나, 김억이 나, 김동환같은 각각 그 색채를 달리한 시인을 가지고 있는 이 사실을 도 저히 설명하지 못할 것이다.[96]

위의 언급은 모두 유물사관적 문학론, 즉 프로문학의 횡포에 맞서 문학을 옹호하기 위해 끌어들인 논리들인 바, 그가 주장하는 요지도 모두 타고난 천재성과 개성으로 인해 그 성가를 날리는 문인들을 망 라하여 언급하고 있음을 알 수 있다. 그가 언급한 문인들이 모두 프로 문학과 거리가 있는 민족주의 계열이나 순수문인 계열인 데 비해 프 로문학가로서 이기영이 거론된 것은 예외이기는 하지만, 아마도 「고 향」을 비롯한 그의 일련의 작품들에 드러난 개성적 문체와 그 형상력 을 인정한 결과가 아닌가 생각된다.

김환태는 천재와 개성을 인정하면서 그의 문학론의 핵심이라 할 수 있는 '인상주의'적 평론을 지향하면서 그가 들고 나온 것이 '생명력'임

---

[96] 김환태, 상동, 7~8쪽.

은 어쩌면 그의 낭만주의 경향으로 보아서 당연한 귀결인지도 모른다.

생명력이 문학에 있어서 중요한 요소임은 재언을 요치 않을 것이다. 김환태는 이를 비평에서도 그대로 적용하고 있다. 그는 '우수한 비평가는 상상적 예술가가 느끼고 있는 생명감이 강한 사람'[97]이라고 정의하였다. 여기서 생명감이란 예술가가 지니고 있는 문학적 영감이나 천재성 등을 두루 포괄하는 개념으로써, 문학이 독자에게 감흥을 줄 수 있는 핵심적 요소를 일컫는 것인데, 이것은 기문학론적 입장에서 보면 바로 문학이 문학이 될 수 있는 근원적인 힘, 감동을 줄 수 있는 요소에 해당한다. 김환태의 논리로 볼 때, 비평가는 이러한 생명감을 감지할 수있는 능력이 있는 사람이어야 한다는 뜻일 것이다. 이것은 그가 주장한 인상주의 비평태도와도 상관되는 것으로, 인상주의는 단순한 감상이 아닌 고도의 식견을 지닌 문학적 통찰이 되어야 함을 역설[98]한 것과도 맥을 같이 한다.

그는 이어서, 평론가는 모름지기 '창조적 예술가'가 되어야 함을 역설하면서 비평가는 '재판관'이 되지 말고 '변호사'가 되어야 할 것을 주장하였다. 이것을 '비평 투항주의'라고 명명한 연구자도 있지만,[99] 김환태로서는 이것이 그의 솔직한 심정이었고, 그로 인해 당대 작가들의 열성적인 환호를 받을 수 있었던 것은 주지하는 바와 같다. 그런데 여기서 문제삼아야 할 것은 그의 비평 투항주의나 그로 인한 평단의 반응이나 문단의 환호가 아니라, 그가 생각한 발상법에 관한 것이어야 한다.

---

97 김환태, 「나의 비평이 태도」, 전집, 17쪽.
98 김환태, 「作家, 評家, 讀者」, 전집, 30쪽.
99 김윤식, 앞의 글, 195쪽.

김환태가 변호사 역할을 하여야 한다고 했을 때, 그것을 단순히 작가에 대한 아부나 작품 해석의 시녀 역할로만 본다면 문학연구가 단지 감상문에 떨어질 우려를 낳을 수밖에 없다. 만일 그렇지 않고 이것을 작품에 투영된 기를 찾아내고 해명하고 그것을 독자에게 설명하는 것으로 문제 삼는다면, 그것은 단순한 작품 해설이나 작가에 대한 보조자로서의 비평이 아니라 보다 근원적으로는 기문학적 입장의 견해가 될 수 있을 것이다. 그러나 김환태는 이런 데까지는 미치지 못했을 뿐 아니라 애초부터 그가 받은 문학수업이 이와는 상관없는 것이었기에 그것은 기대할수 없는 사항이었다. 단지 지금의 입장에서 그의 논리가 기문학론적 입장에 크게는 동조적 입장을 취하는 것으로 해석할 수 있을 따름이다.

이러한 그의 태도는 그가 아놀드에게 배운 교양의 문제나, 속물근성에 대한 멸시와 통속소설에 대한 질타[100] 등에서 다시 나타난다. 통속소설이 스토리의 흥미유무로만 구별되는 것에 대해 비판적 태도를 취하면서, 그가 주장하고자 한 것은 개성에서 창출되는 독창성[101]이었다.

그렇다면 독창성은 과거의 선배들의 문학적 영향과 어떤 관계를 지니는가? 이에 대해 김환태는 매우 보수적인 입장을 취한다. 즉 그는 선배문인들의 영향을 거부하지 않고 그것이 독창성 배양에 토양이 됨을 인정하였다. '예술가가 어느 딴 예술가에게 어떠한 영향을 받았다는 것은 그의 자랑은 될지언정 결코 부끄러움이 되지 않는다'[102]는 것

---

100 김환태, 「예술에 있어서의 영향과 독창」, 전집, 46쪽.
101 상동.
102 상동, 45쪽.

이다. 이것은 우리의 전통문학론자들과 맥을 같이한다. 독창성을 중시하였던 우리의 전통문학론자의 한 사람인 이규보도 선배들의 문장이나 고문을 섭렵하여 자기의 것으로 삼아야 할 것을 역설하였다.[103]

선배 작가들의 영향과 모방의 문제는 당연히 문체의 문제와 연관되며, 또한 내용과 형식, 기교의 문제와 연관된다. 기문학론적 입장에서 보면, 우리의 선인들은 주로 내용, 즉 의(意)나 심(心), 성(性)에 중점을 두었지 기교나 수사에 중점을 두지 않았다. 그렇다고 문장력을 무시한 것은 아니다. 단지 의나 기가 충만할 때 문장은 저절로 물에 배가 뜨듯이 만들어진다는 태도였다. 이것은 김환태의 비평론에서도 같은 맥락을 유지하고 있어 흥미롭다. 물론 이것은 그가 영국의 낭만주의자들에게서 받은 영향이겠지만, 그 태도나 문학적 견지로 보아서는 크게는 기문학적 입장, 더 나아가서는 동양적 문학전통과 맥을 같이한다고 볼 수 있다.

김환태의 이러한 태도는 그의 실제 비평에서 드러나는데, 박태원의 「악마」와 「방려장 주인」을 평한 평설에서 이를 확인할 수 있다.

기교에 대한 관심이 너무나 적은 우리 문단에서 박태원씨와 같은 탁월한 기교의 소유자를 볼 수 있는 것은 우리의 기쁨이 아닐 수 없다. 그러나 기교에 대한 너무나 편협된 일면적 관심은 때로는 문학의 빈약과 경박을 초래하는 수가 없지 않다. … 중략 … 문학이 우리를 감동시키는 것은 결국 '形'이 아니요, '心'인 까닭이다.[104]

---

103 한승옥, 전게논문, 32쪽.
104 김환태, 「批評文學의 確立을 위하여」, 전집, 63쪽.

김환태가 〈구인회〉의 강력한 지지를 받고 있었고, 이들을 배경으로 커 나갈 수 있었으며, 평필을 휘두르는 명분이 순수문학파들의 기를 살려주기 위한 것이었음을 감안할 때, 그가 박태원을 평가하면서 기교의 과잉을 비판적 꼬집은 것은 대단한 용기일 뿐 아니라, 그의 비평태도의 근원이 무엇인가를 확실히 파악할 수 있는 충실한 자료라 하겠다. 또한 문학의 본령을 형식이 아니라 내용으로, 그것도 심(心)으로 파악한 것은 기문학론적 관점에서 볼 때 의미있는 일이라 하겠다. 심(心)은 동양에서 정의하기가 간단한 것은 아니지만, 일단은 그가 영어의 mind를 염두에 두고 썼다고 하더라도 의(意)에 가까운 뜻으로 해석할 수 있기 때문이다. 적어도 김환태의 기본 입장은 기교보다는 내용에 더 의미를 두었다는 이야기가 된다.

이러한 점은 그의 페이터의 소개 과정에서도 드러난다. 그가 아놀드와 페이터에게 영향받았음은 누누이 설명한 바이거니와 그가 페이터를 소개한 것이 그의 평단활동의 초기인 것을 감안한다면 그의 비평태도의 일관성으로 볼 때 이러한 내용에 대한 우위 태도는 일찍이 형성되어 그대로 지속된 것으로 볼 수 있다. 특히 그가 페이터를 소개할 때, 페이터의 이론 중 심(心)과 영(靈)에 대한 파악은 기문학론적 입장에서 주목을 요하는 대목이다.

문학적 예술가는 심에 의하여 그의 작품 속에 있는 전연 논리적인 의장의 정시 객관적 징후를 통하여 우리에게 호소한다. 그리고 또한 예술가는 영에 의하여 불정한 동정과 일종의 직접적 감촉을 통하여 우리에게 호소한다. 다시 말하면 心은 언어를 선택하고 그 선택한 언어를 가지고 문장을 조성하는 문체 중에 있는 지적 활동이요 영은 개성의 힘이요, 문장에 미

만하여 있는 분위기다. 이리하여 문체는 영과 심, 즉 개성의 힘과 지성의
활동으로서 성립한다.[105]

김환태는 위의 글에서 페이터의 문체론의 핵심인 심(mind)과 영
(soul)의 역할을 이야기하고 있다. 여기서 우리가 주목해야 할 것은
영이다. 영은 개성의 힘이고, 문장에 미만하여 있는 분위기라고 하였
는데, 바로 '분위기', 물론 이것은 영어의 직역으로 생긴 의미상의 굴
절이겠지만, 이 분위기가 바로 기에 해당하는 것이다. 기론자들은 심
과 영을 지성과 개성으로 설명하지 않고, 근원을 기로 보고, 그로부터
모든 것이 발하여 심이나 의를 통해 작품에 실려지는 것으로 보았다.
이러한 지엽적인 차이가 있음에도 불구하고 두 견해는 그것이 기교가
아니라 문학을 형성하는 더 근원적인 것을 상정하여 논한다는 점에서
일치점을 발견하게 된다. 이것은 또한 서양문학에서 말하는 상상력의
정의에서도 같은 맥락으로 이해될 수 있는 것들이다. 상상력이란 결
국 기가 작용한 결과라 볼 수 있기 때문이다.

지금까지 김환태 비평론을 당대의 문단상황과 비교문학적 입장에
서 살펴보고, 그것을 기문학론적 측면에서 조망해 보았는데, 앞의 문
단상황이나 비교문학적 입장은 이미 많이 논의된 것이라 별 무리가
없겠으나, 뒤의 관점은 다소 의외의 소지가 발견될 수도 있었을 것이
다. 그러면서도 여기서 김환태 비평론을 기문학론적 입장에서 살펴본
것은 언젠가는 우리 문학론이 전통의 단절이 아니라 전통의 맥에서
고찰되어 그 맥이 다시 이어져야 할 것이라는 당위성에 그렇게 한 것

---

105 김환태, 페이터의 「藝術觀－形式에의 痛論者－」, 전집, 147쪽.

이다.

김환태 비평론을 고찰하면서 느낀 것이지만, 만일 김환태가 일찍이 전통적 비평론에 접하였다면 그의 비평론이 훨씬 깊이 있는 문학론이 되었을 것이고, 심도있는 비평을 하였을 것이라는 점이다. 김환태가 우수하게 평하였던 문인들 중에서 정지용같은 사람은 처음에는 모더니즘에 심취하였다가 가톨릭을 거쳐 동양적 정관과 정밀, 직관의 세계에서 침잠함으로 하여 그의 후기문학이 빛날 수 있었다. 만일 김환태도 영문학전공자로서 그에 머물지 않고 정지용처럼 후기에 동양적 문학관으로 자신의 비평론을 보강하였으면 일류 비평가로 남았을 것이다.

뒤늦기는 하였지만 김환태 비평론을 일별하고 그에서 편린이나마 기문학론적 문학론과 맥을 같이하는 부분을 발견한 것은 다행이라 하겠다. 이 점은 앞으로 다른 비평가들, 예를 들자면 주지주의자로 치부하여 영미비평적 관점에서만 이해될 수 있다고 단정해버리는 최재서 같은 비평가를 '자연'이나 '유기체'적 입장에서 재조명하여 기문학론적 관점과 연계시킨다면 의미있는 작업이 될 것이다.

한용운 시의 기문학적 특질[106]

한용운은 일제의 잔악한 식민지 정책에도 굴하지 않고 불굴의 기상으로 꿋꿋한 삶을 지조 있게 살았고, 주옥같은 시를 창작하여 한국문학사에 불멸의 업적을 남긴 시인이다. 한용운 시에 대한 연구는 이미 수없이 많이 이루어져 그의 시의 본질이 괄목할 수준으로 해명되었다. 그러면서도 새삼스럽게 한용운을 여기서 언급하는 것은 그의 시가 지니는 기문학적 특질 때문이다. 한용운은 누구보다도 기가 뛰어났던 시인으로 평가된다. 특히 그는 여타의 시인이나 작가와 다르게 기질적 특질과 기상적 특성을 동시에 지닌 시인이다. 대개의 시인들은 어느 한 쪽만을 지녔거나 둘을 동시에 지녔어도 한 쪽이 두드러진 것이 상례인데, 한용운의 경우는 기질과 기상을 동시에 지닌 시인이

---

106 이 글은 「대립과 생성의 구조 - 한용운론」(《어문론집》 제18집, 고려대 국문과, 1977)을 기문학적 관점에서 재조명한 것이다.

기에 흥미롭다.

여기서는 한용운 시가 지니고 있는 기문학적 특질을 음양 철학적 관점에서 규명할 것이다. 먼저 명암 대립 구조를 살펴 본 다음 그것의 발전 형태인 음양구조와 어떻게 연관되며, 음양의 대립구조가 태극의 원리로 통합, 생성 발전되어 미래지향적인 속성을 띠게 되는가를 규명할 것이다.

한용운 시의 생명력은 작품의 기질적 특성과 기상론적 특질에 근원한다. 한용운의 삶은 호연지기의 기상 그대로이다. 삶을 불굴의 의지로 살았다. 뿐 아니라, 이를 상상력으로 승화시켜 주옥같은 시작품을 창작하였다. 한용운의 세계 인식은 우주적 진실로 가득 찼다. 그의 시는 명암의 구조로 이루어져 있으며, 우주적 질서인 음양을 통해 태극으로 통합되는 구조를 지니고 있다.

1) 명암의 대립구조

한용운 시의 창작기법 중 주가 되는 기법은 명암의 대립에 의한 대위법적 구성이다. 그러나 이러한 대위법적 구성은 기법상의 특징으로만 간단히 처리될 성질의 것은 아니다. 좀 더 높은 차원에서 이야기되어져야 할 특징이다. 왜냐하면 한용운의 상상 세계를 표현하기에는 가장 적절하면서도 필연적인 방법이기 때문이다. 이러한 명암의 대위법적 구성은 그의 시 전편을 지탱하는 원천적인 힘이 된다. 처음에는 소도구적 특성을 띠고 나타나다가 종국에는 상징의 차원에까지 도달한다.

‘황금의 꽃같이 굳고 빛나던 옛 맹세는 차디찬 티끌이 되어서 한숨의 미풍
에 날아갔습니다.’

그 유명한 「님의 침묵」의 일절이다. 전반과 후반이 완전히 명암의
대조에 의해 짜여 져 있는 대표적 예 중의 하나다. ‘황금의 꽃같이 굳
고 빛나던 옛 맹세’의 이미지가 나타내주는 과거적인 사실과 ‘차디찬
티끌이 되어서 한숨의 미풍에 날아간’ 현재적 사실이 대립한다. 이때
의 과거적 사실은 밝음과 뜨거움, 그리고 견고함과 화평함의 다양한
내포적 의미를 지니며, 현재적 사실은 이와는 상반되는 어두움과 냉
엄 그리고 좌절과 허무의 의미를 지니며 서로 맞선다. 이 모든 복합적
의미는 명암이라는 커다란 대립 관계로 통합된다.

이러한 명암에 의한 통합의 포괄성은 ‘아침의 바탕 없는 황금과 밤
의 울없는 검은 비단’(「이별은 미의 창조」)이나, ‘검은 구름의 터진 틈으
로 언뜻언뜻 보이는 푸른 하늘’(「알 수 없어요」) 등에서처럼 ‘아침’(명)
과 ‘밤’(암), ‘황금’(명)과 ‘검은 비단’(암), ‘푸른 하늘’(명)과 ‘검은 구름’
(암) 등의 변신된 이미지로 형상화되기도 하고, ‘광명의 꿈은 검은 바
다에서 자맥질합니다.’(「가지 마세요」)에서처럼 ‘광명의 꿈’의 밝은 세
계와 ‘검은 바다’의 어두운 이미지로 상징되는 모순된 현실과의 대립
으로 나타나기도 한다.

곧 이별하기 이전의 세계가 밝음으로 표현될 성질이라면, 이별 후
의 상태는 그와 상반되는 어둠의 속성으로 나타난다. 이 두 이질의 세
계는 서로 극을 이루며 극한적으로 대립할 수밖엔 없다. 그러면서도
두 세계의 대립은 대등한 힘으로 동등하게 맞설 수는 없다. 왜냐하면
님은 이미 떠나갔으며 이별은 기정사실화 되어 있기 때문이다. 시인

에게는 님을 사모하며 그리워하는 염원의 세계만이 남아 있다. 따라서 한용운의 시 세계는 님을 그리워하는 염원으로 가득 차 있을 수밖에 없다. 자연 어둠이 주조를 이룰 수밖에 없다. 그런데 그의 시적 특질은 어둠이 어둠으로 끝나지 않고 종국에 가서는 반드시 밝음으로 지양되는 데 있다.

한용운 시에서의 밝음의 표현은 두 가지로 한정된다. 하나는 님과 이별하기 전 님과의 화합된 상태를 나타내는 것으로서 주로 추억에 의존한다. 다른 하나는 님과 이별한 후 미래의 갈망에 의한 추상적 재회 예정으로써 미래적 확신에 의존한다. 앞의 것은 구체적 성격을 띠고 나타난다. 뒤의 것은 추상적 예언의 속성을 지니고 나타난다. 앞의 밝음이 순수한 사랑의 기쁨이라면 뒤의 그것은 이별이라는 고통과 번민의 부정적 세계를 두루 거친 변증법적 지양의 세계다. 따라서 님의 상실에 의한 고통과 번민이 극한의 대립 과정을 거쳐 화해된 후자의 경우는 같은 밝음이라도 이별과 만남을 동시에 수용하고 있는 통합의 세계라 할 수 있다. 비로소 시인과 세계의 대립이 시의 내부에 들어와 시적 구조의 필연성을 거쳐 하나의 세계로 통합되면서 밝음이 실현되는 것이다.

위와 같은 관점에서 볼 때 한용운의 시는 님과 이별한 상태와 그 이별이 화합되기까지의, 혹은 화합된 상태와의 명암의 대립이 가장 큰 전제가 된다. 이러한 명암의 대립은 각 행에서 지속되다가 화해 지양되어 통일된다.

이러한 기법상의 특징, 곧 명암의 대립은 음양 철학적 세계관과 바로 직결된다. 음양 철학에서 음양의 대립이 지고의 통일로 지양되어 조화 생성되는 구조 원리나, 한용운 시에서 명암의 대립이 밝음으로 지양되어 생성되는 구조적인 특징이나 모두 같은 성질의 특성이다. 변증법적 지양에 의해 음양의 대립이 태극으로 화해 생성되는 필연적 과정은 시에서 님과의 이별이 명암의 대립에 의해 심화되다가 변증법적 과정을 거쳐 밝음으로 화해되고 통일되어 새로운 만남이 생성되어지는 구조와 동일하다. 「님의 침묵」 전편의 구조와 상동 관계를 이루는 특징이라 하겠다. 한용운의 생의 인식 방법은 음양 철학적 인식과 정이라 해도 무방할 정도로 합치되고 있음을 발견할 수 있다. 이를 보다 면밀히 살펴보기로 한다.

2) 음양의 변증법적 구조

본 항에는 『님의 침묵』 중 표제시인 「님의 침묵」과 「알 수 없어요」에서 명암의 대립 혹은 음양의 대립이 상호 융합되며 어떻게 일체화되어 시의 구조와 연관 통합되는가를 검토하려 한다.

먼저 「알 수 없어요」부터 검토해 보기로 한다.

앞에서도 잠깐 언급된 것이지만, 한용운의 시적 특징은 명암에 의한 대립과 생성의 구조이다. 이러한 근본 특성은 「알 수 없어요」에서도 예외가 되는 것은 아니다. 그러나 「알 수 없어요」에서는 다만 이 명암의 대립이 약간 변모된 형태로 나타날 뿐이다. 곧 유와 무의 대립이다. 그러나 이러한 '있음'과 '없음'의 대립도 크게는 명암으로 흡수되어짐은 물론이다. 그런데 언어의 사전적 의미로 나타날 때에는 유무의 대립이 되나, 이러한 외연적 의미가 내포의 의미를 띠면서부터는 유무의 대립은 음양의 대립으로 발전한다.

‘바람도 없는 공중’(1행), ‘꽃도 없는 깊은 나무’(3행), ‘근원은 알지도 못할 곳’(4행) 등은 모두 무를 상징하는 이미지들이다. 이러한 무의 이미지들은 해당 행에 들어가 시 전체의 의미 구조와 결합되면서 의미의 확대를 가져온다고 볼 수 있다. 곧 내포적 의미를 띠고 전후의 맥락으로 이어지면서 무의 이미지는 보다 심원한 음양의 대립 구조로 변모되는 것이다.

제 1행에서의 유무의 대립은 ‘오동잎’과 ‘발자취’의 요소로 나타난다. 곧 떨어지는 오동잎은 무를 의미하며 동시에 음의 의미도 함께 지닌다. 그런데 이때 오동잎의 떨어지는 과정을 살펴보면 그것이 그리 단순하지만은 않음을 알 수 있다. ‘바람도 없는 공중’에 ‘수직의 파문’을 내며 ‘고요히’ ‘떨어지는’ 복잡한 과정을 내포하고 있기 때문이다. 이 경우 바람과 공중은 오동잎과 발자취의 요소를 받침해 주는 보조적 대립 요소로 지적될 수 있다. 이 대립 요소는 ‘없는’이라는 무의 의미에 의해 본래 비어 있는 상태인 ‘공중’을 더욱 두드러지게 심화시켜 주는 역할을 하고 있다. 또한 ‘수직의 파문’이라는 비현실적 사실의 표현은 오동잎을 한층 고요한 무의 상태로 떨어지게 하는 역할도 겸한다. 그런데 이러한 현상은 두 가지의 의미를 지닌다. 조락과 정의 의미이다. 이때의 조락과 정은 단순히 넘겨 버릴 수 없는 깊은 내포적 의미를 지닌다. 곧 하늘을 뜻하는 양에서 조락이라는 상징을 업고 정의 과정을 거쳐 대지를 뜻하는 음으로 이동하는 현상이 표현된 것이다. 다시 말하면 이것은 님과의 이별을 의미하는 음의 상징으로 볼 수 있다. 그러나 이러한 음은 단순히 조락과 소멸로 끝나는 것이 아님에 주의할 필요가 있다.

1행의 마지막에서 정의 배경을 지나며 이동된 ‘오동잎’은 소멸의 극대화를 거쳐 필연적으로 양을 잉태한다. '오동잎'과 대립요소로 나타나는 '발자취'의 새로운 예감과 생성의 예언이다. 시인은 오동잎의 조락이라는 소멸 현상에서 예리하게 생성을 투시하고 있다고 해석된다. 이때의 '오동잎'과 '발자취'의 관계는 상대적이긴 하지만 대등의 비중을 지닌다. 전자는 조락을 뜻하는 소멸의 의미이고, 후자는 만남을 뜻하는 생성의 의미로, 서로 팽팽하게 맞선다. 그러나 종국에 가서는 이러한 팽팽한 대립은 조락이 생성의 의미로 지양됨으로 하여 밝음이 암시된다. 이와 같은 지양의 관계는 다음 행의 '지리한 장마 끝', 3행의 '꽃도 없는 나무', 4행의 '근원을 알지도 못할 곳' 등에서 무의 의미인 음의 극대화와 소멸의 상태가 '푸른 하늘', '얼굴', '입김', '노래' 등의 생명적이고 동적인 이미지로 변모 지양되어 생성된다. 이러한 음양의 변증법적 대립과 지양은 5행에 와서도 지속된다. 5행에서는 음의 극대화가 '떨어지는 날'로 표현된다. 원래 낙조는 상징적으로 양의 소멸을 뜻한다. 바꾸어 말하면 음의 극대화를 의미한다. 그러나 이 경우에서의 '저녁놀'은 생성을 암시하고 있다. 음의 극에서는 양의 생성이 시작된다는 원리가 적용될 수 있기 때문이다.

이러한 암시적 이미지는 각 행에서 개별적으로 지속되다가 6행에서 직설적 표현 수법에 의해 지금까지의 모든 과정이 하나의 이미지로 집약되어 진다. '타고 남은 재가 다시 기름'이 되는 시적 진술이 그것이다. 현상적으로는 이와 같은 진술이 신비한 불가사의에 속한다. 그러나 음양의 우주 철리에 비추어 보면 형이상학적으로 타당성 있는 순환의 의미를 지닌다. 소멸(재)을 인으로 하여 생명화 되어 등불로 탈 수 있는 계기가 마련되기 때문이다. 음양의 대립이 통일과 조화의 생성 구조로 자연스럽게 발전되는 것이다.

　이와 같은 음양의 대립과 생성의 구조적 통일은 「님의 침묵」에서 더욱 뚜렷이 드러난다.

① 님은 갔습니다. 아아, 사랑하는 나의 님은 갔습니다.

② 푸른 산빛을 깨치고 단풍나무 숲을 향하여 난 작은 길을 걸어서, 차마 떨치고 갔습니다.

③ 황금의 꽃같이 굳고 빛나던 옛 맹세는 차디찬 티끌이 되어서, 한숨의 미풍(微風)에 날아갔습니다.

④ 날카로운 첫 키쓰의 추억은 나의 운명의 지침(指針)을 돌려놓고, 뒷걸음쳐서 사라졌습니다.

⑤ 나는 향기로운 님의 말소리에 귀먹고, 꽃다운 님의 얼굴에 눈 멀었습니다.

⑥ 사랑도 사람의 일이라, 만날 때에 미리 떠날 것을 염려하고 경계하지 아니한 것은 아니지만, 이별은 뜻밖의 일이 되고 놀란 가슴은 새로운 슬픔에 터집니다.

⑦ 그러나, 이별은 쓸데없는 눈물의 원천(源泉)으로 만들고 마는 것은, 스스로 사랑을 깨치는 것인 줄 아는 까닭에, 걷잡을 수 없는 슬픔의 힘을 옮겨서 새 희망의 정수 배기에 들어부었습니다.

⑧ 우리는 만날 때에 떠날 것을 염려하는 것과 같이, 떠날 때에 다시 만날 것을 믿습니다.

⑨ 아아, 님은 갔지마는 나는 님을 보내지 아니하였습니다.

⑩ 제 곡조를 못이기는 사랑의 노래는 님의 침묵을 휩싸고 돕니다.

「님의 침묵」

1행 '님은 갔습니다. 아아, 사랑하는 나의 님은 갔습니다.'는 현실적 상황에 대한 어찌 할 수 없는 긍정이다. 시적 자아는 님이 간 사실을 누구보다도 절감하고 있다.

그러나 이때의 인식은 상실의 번민을 내포할 수밖에 없다. 따라서 이것이 시의 심상으로 나타날 때는 부정적 세계인식, 곧 상실의 인식이기에 어둠으로 상징될 수밖에 없다. 음양으로 말한다면 음에 해당된다. 음으로 가득찬 어둡고 차가운 비극적 세계이다. 이러한 음의 세계는 시가 전개되면서 과거 이별 이전의 뜨겁던 추억과 날카롭게 대립된다. 시적 상황은 더욱 절박해지는 것이다. 이 경우 시적 자아는 과거의 행복했던 밝음의 이미지를 현상의 어두움에 대립시켜 현재의 비극과, 그로 인한 고통을 보다 절실하게 현양한다.

'님이 갔다'는 1행의 진술은 어두움의 진술인 동시에 시 전체의 대전제도 된다. 곧 「님의 침묵」의 이미지는 전반에서는 '사라져 가는' 심상이 그 근저를 이룬다. 이러한 대전제가 있기에 2행 이하의 동일한 이미지의 반복이 가능해진다.

1행은 대전제답게 시행 내부의 대립보다는 격화된 시적 자아와 세계와의 근본적 대립의 진술로 나타난다. 이러한 근본적 대립은 2행부터 4행까지 반복되면서 소도구적 의미를 지니며 명암의 대립 요소로 나타난다. 2행에서의 '푸른 산빛'의 밝음의 이미지가 단풍나무 숲을 향하여 난 작은 길을 걸어서 '차마 떨치고 간' 매정함의 어둠에 대립하는 것이 그것이다.

3행에서는 '황금의 꽃'과 동격의 의미를 지니는 (굳고 빛나던) '옛 맹세'의 뜨거운 이미지가 '차디찬 티끌', '한숨의 미풍'과 같은 쓰라린 현상의 어둠, 혹은 날아가거나 사라져가는 이미지와 대립된다. 황금의 꽃이나 굳고 빛나던 맹세 등의 밝으면서도 희망적인 이미지들이 한숨이나 미풍, 혹은 티끌과 같은 사라지는 심상으로 변환되면서 사라지는 속성으로 치환된다.

이렇게 사라져 없어지는 이미지들은 4행에서도 반복적으로 나타난다. '날카로운 첫 키스'의 뜨거운 추억은 뒷걸음질쳐서 사라져 버리는 것이다. 뜨거움이 현상의 이별과 대립되면서 멀어져 간다고 볼 수 있다.

그러나 과거의 추억은 비록 그것이 추억이기는 하더라도 기억 안에서는 밝고도 뜨거운 것으로 지속된다. 시인 스스로의 의지로도 억제치 못하는 뜨거움일 것이다. 곧 5행의 '향기로운 님의 말소리'와 '꽃다운 님의 얼굴'은 현상과 대립되는 뜨거운 추억의 표출에 다름 아니다.

그러나 이러한 밝음도 다만 과거의 추억에 지나지 않는다는 절대적 한계성을 지닌다. 현실적으로는 냉엄한 이별만이 존재하고 있기 때문이다. 님은 이미 떠나 버렸다. 음의 극대를 이루는 곳이라 하겠다. 이때 시적 자아의 현실 부정은 극에 달할 수밖에 없다. 음의 극에서 현상의 차가움과 시적 자아의 내부의 뜨거움이 극한적으로 대립하며 갈등하는 순간이다. '귀먹고 눈 먼' 시적 자아의 세계 부정은 거의 파멸 직전까지 도달했다고 볼 수 있다. 현상은 시적 자아의 내부의 염원과 정반대로 가장 강한 어둠(음)을 형성한다.

이러한 음의 확대는 6행에서 더욱 가속화된다. 그러면서도 극한으로 치닫는 상황에 일대 전기를 마련하는 발판도 조심스럽게 준비한다. 파멸 일보 전에서 숨막히는 긴장이 숨통을 트게 되는 순간이라 하겠다. 그것은 세계의 새로운 인식에서부터 비롯된다. 새로운 인식이라기보다는 시인의 이지적 자아의 회복일 것이다. 세계의 보편적 원리로의 복귀를 의미한다. '이별도 사람의 일이라 만날 때 미리 떠날 것을 염려'하는 지극히 평범한 철리에의 회복이다.

이러한 평범한 진리는 역의 원리와 그대로 합치한다.

역(易)에서는 모든 사물은 궁극에 도달하면 변한다(易窮卽變)고 본다. 번역(變易)의 입장이라 하겠다. 변역이란 우주간의 사물에 고루 통하는 일대 통법이라 할 수 있다. 한용운도 이미 이에 상당하는 대우주의 통찰을 절실하게 깨닫고 있었다. 그는 님과 만날 때 이미 님과의 이별을 염려하며 경계하고 있었기 때문이다. 이것은 역의 64괘 중 63번째의 괘를 기제의 괘로서 나타내어 완성을 경계하는 것이라든지, 건괘에서 상양보다 오양을 건의 극치로 놓아 미완에서 만족을 얻으며 소멸을 경계하는 깨달음과 일맥상통하는 인식이라 하겠다.

그러나 이별의 현상에 대한 냉철한 파악은 어디까지나 이지적 자아의 인식에 해당할 뿐 감정적 자아는 이러한 인식 자체를 거부한다. 하기에 '이별은 뜻밖의 일이 되고 놀란 가슴은 새로운 슬픔에 터지는' 모순된 세계(陰의 世界)에 대립하면서 번민할 수밖엔 없다.

7행에 와서는 6행의 감정이 절제를 얻는다. 음이 궁극에 달해 양의 생성이 시작되려는 순간이다. 이제 비로소 6행까지의 사라지는 이미지들은 돌아오는 이미지들로 바뀌기 시작한다.

만일 한용운이 님이 떠난 후 좌절해 버렸다면 이 시는 6행으로 족했을 것이다. 이별은 뜻밖의 일이 되고 놀란 가슴은 새로운 슬픔에 터졌을 것이다. 극한의 좌절된 현실에 스스로 파멸해 버렸을 것이다. 오직 이별의 현상만이 있을 뿐 미래지향적인 밝은 신념이라든지 현실을 개조해 나가려는 굳건한 의지는 기대할 수 없었을 것이다.

그러나 시적 자아는 7행에서 숙명을 거부하고 나선다. 그는 밝은 미래를 굳게 믿는다. 그는 이미 음의 현상을 현상 그대로 냉철하게 직시하고 있었다. 하기에 밝은 미래를 예상할 수 있었다. 음이 극대화하는 곳에 소멸이 시작되며 양의 생성이 출발하는 엄연한 우주 철리를 동시에 깨우치고 있었기에 가능했다.

비로소 시인은 7행에서 이별이 스스로 사랑을 깨치는 우주 철리의 필연적 변모과정의 변증법적 발전 단계임을 자각한다. 시지프스와 같은 무서운 집념으로 걷잡을 수 없는 슬픔의 힘을 생성의 '힘'으로 전환시켜 '새 희망의 정수배기에 들어 붓'는다.

그러나 현재 상태로는 현실적인 님과의 재회가 불가능하다. 왜냐하면 음이 극대화되어 생성의 단계에 접어들었을 뿐이기 때문이다. 양의 생성은 단지 신념적으로만 믿을 수 있는 계기가 마련되었을 뿐이다. 구체적 실상이 생성되기엔 아직 미흡한 상태다. 단지 신념에 찬 미래의 예견에 머물고 있을 뿐이다. 이 지점에서 '만날 때에 떠날 것을 +염려하는 것과 같이' 또한 '떠날 때에 다시 만날 것'을 확신하는 시의 필연적 전제가 가능해 진다.

시인에게서 '님은 갔지마는' 그에게는 남다른 미래 확신적 신념이 생성되었기에 9행에서는 이러한 사실까지도 부정이 가능해 진다. 시인의 이상 속에서는 신념적으로 '님을 보내지 않는 상태', 즉 님이 실재하는 상태와 다름이 없는 생성이 가능해 진다. 시인의 마음속엔 님이 이상적 미래형으로 존재할 수 있다. 6행까지의 소멸이 7행에 와서 반전되어 양의 생성을 시작하다 행을 거쳐 9행에서 님과의 재회가 이상적으로 이루어지는 것이다. 6행까지의 사라져 가는 이미지가 7행에서 반전되어 돌아오는 생성의 이미지로 변모되어 님과 재회가 가능하게 되는 것이다.

지금까지 한용운 시가 지니고 있는 기문학적 특질을 음양 철학적 관점에서 규명해 보았다. 먼저 명암 대립 구조를 살펴 본 다음 그것의 발전 형태인 음양구조와 어떻게 연관되며, 음양의 대립구조가 태극의 원리로 통합, 생성 발전되어 미래지향적인 속성을 띠게 되는가를 규명하였다.

한용운은 문체론적 입장에서 보아도 자연을 그대로 본뜬, 동양 문학관에서 이야기하는 전범적 문체를 지니고 있다. 한용운 시가 지금까지 인구에 회자되고, 수많은 연구가 그를 위해 바쳐진 것도 그의 문학이 단순히 손끝에서 나온 기교적인 것이 아니고, 그의 전 생애가 실린 체험의 진실이 작품에 짙게 배어 있기 때문이다.

여기서는 시인의 작품을 통해 시인이 지니고 있는 상상력의 구조를 살펴보았는데, 그 결과 얻어진 결론은 그의 세계 인식 자체도 명암의 대립과 유무의 대립을 통한 음양의 대립과 생성의 구조로 짜여 져 있다는 사실이다.

기상론적 특질과 기질론적 특질은 시인에게서 어느 하나만을 특정하게 기대하기는 힘든 것이다. 한용운의 경우처럼 기상과 기질을 동시에 지니고 있는 시인도 있을 것이며, 김소월과 같이 기질적 특질이 우세한 시인도 있을 것이다. 앞으로 남은 과제는 이들 여러 시인을 대상으로 기문학적 특질을 점검하여 시 창작에서 뿐 아니라 시 감상과 시 구조의 파악에도 획기적인 관점을 얻는 것이라 하겠다.

조지훈 시의 기문학적 특질[107]

시는 본질적으로 전달을 전제로 한다. 이 전달은 교감을 전제로 한다. 문학의 성립은 근본적으로 주체와 객체 사이의 공감권 설정에 있다. 시에서의 공감권 설정은 주체와 객체, 곧 시인과 독자 사이에 감응권이 설정되었음을 의미한다. 그렇다면 이러한 주체와 객체 사이에 공감할 수 있는 교감이 가능케 되는 근본 요인은 무엇일까? 이 실체를 규명하는 것은 어려운 일이지만 또한 문학 논의에 있어서 가장 근본적인 문제가 될 것이다.

동양적 문학관에서는 일찍이 이를 기의 소통으로 본 바 있다. 곧 작가의 기가 작품에 투영되었을 때만이 독자를 감응시켜 독자로 하여금 그 기를 향수하고 비로소 감동을 받을 수 있다고 생각하였다.

---

[107] 이 글은 「지훈시의 굴절과 미적 효과」(『지훈시 연구』, 고려대학교 출판부, 1978)를 기문학적 관점에서 재조명한 것이다.

여기서 다루려고 하는 조지훈 시의 특질은 앞에서 언급한 기상론과 기질론적 특질 중 기상론적 특질이 강한 시인이라 볼 수 있다. 그의 시는 시종일관 호방함을 잃지 않는다. 그러면서도 이 호방함을 동양적인 여백과 여유의 미가 밑받침 해 주고 있다. 이를 통해 그의 시는 동양적 미학관으로 기문학론에서는 최고의 경지로 꼽히는 신운(神韻), 곧 언외의(言外意)를 전달하며 신비함을 발산한다.

여기서는 그의 시를 초기, 중기, 말기 시로 나누어 거기에 나타나는 여백과 여유, 여운을 차례로 살펴 볼 것이다. 여기서 말하는 여백과 여유, 여운은 그의 시가 호연지기를 바탕으로 하고 있음을 간접적으로 증명하는 것이다. 이는 동양시의 매력인 언외의가 지훈시에서 어떻게 미학적으로 내재하는지를 증명하는 첩경이 될 것이다.

1) 초기시 - 여백(餘白)의 미

여기서는 지훈의 초기시의 한계를 지훈이 문단에 등단하고 난 후의 작품부터 해방되기까지의 것으로 한정하려 한다. 그러나 실질적으로는 『조지훈시선』에 수록된 작품까지를 그 대상으로 삼으려 한다. 물론 『역사 앞에서』와 『여운』에도 해방 전의 작품이 일부 수록되어 있는 데108 이것은 제외한다.

본 항에서 논의되는 지훈 시의 여백(餘白)은 지훈 시가 지니는 독특한 공간 설정으로 인해 파생되는 신비한 미적 특질을 일컫는다. 그것

---

108 김종길, 「지훈시의 계보」, 《교양》, 제5집(고려대, 1968), 52쪽.

은 시간적인 시차에 의해 파생되기도 하며, 혹은 환상에 의해 창조되기도 하며, 때로는 숙명적 존재가 영원을 지향함으로 발생되기도 한다. 섬세 미묘한 공간을 설정하여 보다 큰 여백감을 전달하는가 하면, 때로는 무의미의 의미를 내포한 공간을 설정함으로 하여 여백을 창조하기도 한다.

우선 시공간의 시차나 교차에 의해 파생되는 여백의 창조부터 살펴보기로 한다. 다음은 그의 등단 작품이기도 한 「봉황수」다.

> 벌레 먹은 두리기둥 빛 낡은 단청 풍경소리 날려간 추녀 끝에는 산새도 비둘기도 둥주리를 마구쳤다. 큰나라 섬기다 거미줄 친 옥좌 위엔 여의주 희롱하는 쌍용 대신에 두 마리 봉황새를 틀어올렸다. 어느 땐들 봉황이 울었으랴만 푸르른 하늘 밑 추석을 밟고 가는 나의 그림자. 패옥 소리도 없었다. 품석 옆에는 정일품 종구품 어느 줄에도 나의 몸둘 곳은 바이 없었다. 눈물이 속된 줄을 모르량이면 봉황새야 구천에 호곡하리라.
>
> 「봉황수」

식민지 백성이 된 울분과 비탄을 봉황에 의탁하여 절규하는 이 시는 그러면서도 절도를 잃지 않고 있다. 그것은 아마도 '눈물이 속된 줄을 모르량이면 봉황새야 구천에 호곡하리라.'라는 호방한 기가 이 시의 슬픔을 감싸고 있기 때문일 것이다. 또한 한편으로는 이 시가 처음부터 끝까지 시공간적 교차에 의한 여백이 설정되어 있기 때문이기도 하다. 공간적 측면에서 본다면, 이 시는 물량 공간의 한정성에 비하여 시간성이 무한성으로 확대된다는 특징을 지닌다. 상대적 무한감이 여백으로 창출되는 것이다. 이러한 공간감은 말할 것도 없이 현재와 과거의 시간적 시차에 의해 야기되는 것이다. 이것은 외현되는 물량공간과 대비되는 내포되어 있는 시간적 공간에 의해 발생되는 침묵의 공간이 있음으로 해서 가능하다. 이러한 침묵의 공간이 우리에게 신비감과 호방감을 불러일으키는 것이다.

이러한 시공간의 시차나 교차에 의해 파생되는 침묵의 공간을 통한 여백의 미는 「고풍의상」이나 「아침」, 「절정」, 「코스모스」, 「염원」, 「계림애창」, 「고조」 등에서도 공통적으로 나타나는 특색이다.

이들 시편에서는 물량공간의 한계성에 대비되는 무한한 시간공간이 제시되어 신비한 침묵의 공간이 여백으로 창조되고 있다.

이와는 다르게 객관적 증명이나 자연과학적인 방법으로 규명될 수 없는 환상에 의해 창조되는 공간도 있다. 이것은 현실과 비현실, 혹은 유와 무가 한 작품 내에 공존하면서 객관적 논증을 초월한 신비의 공간을 창출해 내는 경우이다. 이러한 침묵의 공간은 시의 내면 공간을 환상적으로 유도해 냄으로 해서 앞서 와는 또 다른 여백의 효과를 창출한다.

목어를 두드리다
졸음에 겨워

고오운 상좌아이도
잠이 들었다.

부처님은 말이 없이
웃으시는데

서역만리길

눈부신 노을 아래
모란이 진다.
「고사 1」

1연과 2연 사이의 침묵의 공간은 그리 대단한 것은 아니다. 한 낮의
오수에 지나지 않는 평범한 공간에 지나지 않는다. 그러나 2연과 그
이하의 4, 5연과 사이에 끼어 있는 공간의 폭은 물량적으로 추량할 수
없는 것이며, 방향을 엄밀하게 정할 수 없는 동양 본래의 존재 양식인
무와 유의 신비한 혼합의 양상을 띤다. 불교의 '색즉시공 공즉시색'의
경지에 해당한다.

동양에서는 옛날부터 무를 이야기 하면서도 유를 염두에 두고 있었
고, 유를 이야기 하면서도 무를 투시해 볼 수 있는 혜안이 있어 왔다.
동양화에 있어서도 이러한 무와 유의 공존은 필수불가결한 것인데,
여백의 미가 곧 무를 뜻하면서도 그것으로 인하여 유의 존재를 더욱
뚜렷하게 나타내 주는 좋은 예이다.

지훈의 「고사 1」에서도 이와 같은 경지가 내재하고 있다. 이 시에
는 현실과 비현실, 유와 무가 무궁한 조화를 이루며 자연스럽게 공존
하고 있다. 여기서 유와 무는 시간적 순차성을 초월하여 생과 사, 몽
환과 현실, 과거와 현재를 자유자재로 넘나들고 있다. 2연에서 상좌
아이의 오수와 3연의 부처님 웃음은 둘다 현실적인 행위다. 그러나
지훈시의 묘미는 이러한 현실이 몽환의 세계, 혹은 환상의 세계로 대
체될 수 있다는 점에 있다. 곧 3연 이하는 상좌아이의 몽환의 세계에

존재하는 비현실이 세계로 볼 수 있다. 이로 인해 2연과 3연 사이의 침묵의 공간 혹은 여백의 무한성이 창출되는 것이다. 이러한 신비한 공간의 창조가 있기에 다음에 오는 '서역만리길'의 공존이 가능하게 된다.

사실에 있어서 이러한 논리는 불가능하다. 그러나 지훈은 너무나도 광대한 공간을 지훈의 비상한 능력으로 자연스럽게 처리하여 하나의 작품에 어색하지 않게 공존시키고 있다.

이러한 예는 다음 시에서도 발견할 수 있다.

다락에 올라서
피리를 불면

萬里 구름길에
鶴이 운다.

「피리를 불면」

이 밤 자면 저 마을에
꽃은 지리라.

「완화삼」

꿈이여 오늘도
광야를 달리거라.

깊은 산골에 잎이 진다.

「암혈의 노래」

「피리를 불면」에서 환상에 의해 창조된 여백은 지훈시의 호방함을 한 눈에 알아볼 수 있게 해 준다. 반면 「완화삼」이나 「암혈의 노래」에서 느끼는 여백의 미는 보다 섬세하다. 그러나 위의 시 모두 신비한 여백의 공간을 창조하고 있다는 점에서는 공통적이다. 논리를 초월한 초논리의 신비한 공간 창조가 지훈시를 호방하게 해 주는 원인이 되며, 이러한 공간이 있기에 그의 시에서 우리는 신비성과 불가사의성을 향수할 수 있게 되는 것이다.

> 방안 하나 가득 석류꽃이 물들어 온다. 내가 석류꽃 속으로 들어가 앉는다. 아무 것도 생각할 수가 없다.
>
> 「아침」

위 시에서 시적 화자는 석류꽃에서 어떤 내면 공간을 발견하고 있음에 틀림없다. 시상은 주관화된 것처럼 보이나 실은 객관화된 1행의 공간에서, 객관화된 것 같으면서도 주관화된 2행의 공간으로 이동되면서 공간의 확대가 이루어지는 것이다. 그러나, 1, 2행의 석류꽃의 외형적 공간은 조금도 변하지 않았다. 다만 2행에서 갑자기 시인 자신이 무섭게 왜소화됨으로 해서 상대적으로 석류꽃의 공간이 엄청나게 확대되고, 이러한 확대는 석류꽃 내에 불가시의 광막한 공간을 창조하게 되는 것이다. 이로 인해 결국은 마지막 행에서 '아무 것도 생각할 수 없다.'는 사실 자체도 현실이면서도 비현실적인 환상의 세계에서 이루어지는 행위로 받아들여지게 되고 마는 것이다.

위와 같이 현실과 환상 사이에서 창조되는 침묵의 공간, 즉 여백은 시간적 동시성에 의지하면서도 무한한 환상적 공간을 창조함으로 해서 더욱 신비한 동양적 미감을 불러일으킴을 알 수 있다.

　　닫힌 사립에
　　꽃잎이 떨리노니

　　구름에 싸인 집이
　　물소리도 스미노라.

　　단비 맞고 난초 잎은
　　새삼 치운데

　　볕바른 미닫이를
　　꿀벌이 스쳐간다.

　　……………………

　　　　　　　　　「산　방」

　　닫힌 사립의 침묵의 암시 속에서 인식의 한계를 벗어난 꽃잎의 미묘한 떨림, 또한 사립과 꽃잎 사이에 끼어 있는 침묵의 공간, 꽃잎 자체의 미묘하고 섬세한 환상에 가까운 진동과 진동 사이에서 느낄 수 있는 적막감, 이 모든 섬세한 공간 설정은 다음 행에서 물소리까지도 스밀 수 있는 여백을 마련한다.
　　이러한 침묵의 공간은 계속 섬세 미묘하게 진행되어 가는데, 추운 난초 잎과 따듯한 미닫이 사이에 끼어있는 여백은 실제적 거리보다도 대조에 의한 효과로 더욱 밀도 높게 확대된다. 그 사이로 꿀벌이 등장함으로 해서 꽉 짜여져 적막하기만 한 섬세하고도 밀도 높은 공간의 침묵이 깨어진다. 꿀벌이 현재까지 형성된 공간을 균형 있게 파괴하는 미묘한 역할을 하는 것이다. 이를 통해 비로소 시 전체가 활기를 얻게 되고, 여백의 미가 창조되어 생동감 있는 자연의 신비한 기상으로 떠오르게 되는 것이다.

이러한 섬세 미묘한 공간을 통해 창조되는 여백의 미는 위의 시 이외에도 「고사 2」에서처럼 '한나절 조찰히 구르던 / 여흘 물소리 그치고 / 비인 골에 은은히 울려오는 낮 종소리. // 바람도 잠자는 언덕에서 복삭 꽃잎은 / 종소리에 새삼 놀라 떨어지노니' 에서처럼 우아한 여백으로 나타나기도 하고, 「파초우」의 '성긴 빗방울 / 파초잎에 후두기는 저녁 어스름 // 창 열고 푸른 산과 / 마조 앉아라.'에서처럼 관조적 직관을 통해 신비한 침묵의 교감이 이루어지기도 한다.

이외에도 「산」, 「유곡」, 「낙화 2」 등에도 이러한 섬세한 여백에 의해 창조되는 공간이 느껴지고 그를 통해 우아한 자연과의 교감을 주고받을 수 있다. 이들 시편에서는 마치 정지용의 후기시에서 감지되는 유현한 자연과의 합일을 통한 무아일체의 현묘함을 느낄 수 있다. 곧 기문학에서 최고의 경지로 꼽히는 신운(神韻), 언외의(言外意)의 묘미를 만끽하게 되는 것이다.

이들 시편에서 시인은 자연물과 자아를 합일시켜, 대립이 아닌 동화의 경지로 이끌며, 감정이입의 상태를 뛰어넘어 물아일체의 조화를 창조해 내고 있다. 이러한 것은 그의 스승인 정지용에게서 영향 받은 것이기도 하겠지만, 무엇보다도 결정적인 요인은 아마도 이들 시편이 씌여진 것이 대부분 오대산 월정사에서 외전강사를 하면서 자연과 친

화할 수 있었던 환경적 요인에 그 원인이 있었으리라 생각된다.

선미와 관조, 동양적 정서를 표현한 이 시기의 시편들에서 우리는 시대적 좌절감이 자연물의 안정감 있는 공간을 통해 섬세 미묘하게 표현되면서, 또한 어쩔 수 없는 애수를 담고 있음을 알 수 있다. 그러면서도 슬픔이 좌절로 읽히지 않고 신비한 미감과 초월의 신비감으로 읽힐 수 있는 것은 그의 시가 지니고 있는 여백의 미 때문이 아닌가 생각된다. 곧 기문학에서 말하는 호연지기가 호방하게 내면을 뼈받치고 있기 때문이란 뜻이다.

이러한 호방함은 영원하고 광대무변한 우주의 섭리 앞에 유한적 존재인 인간의 왜소함을 깨닫고, 숙명적 존재가 영원을 지향할 때도 느껴지는데, 이때에는 역설적이게도 인간의 육신의 유한성이 보잘 것 없이 축소됨으로 해서 침묵의 공간이 설정되며, 이를 통해 우리는 역으로 그에서 느껴지는 무한한 여백의 미를 체감하게 된다. 그것은 시를 은은히 감싸고 있는 '그리움'의 형태로 우리에게 다가온다.

> 내 오늘 한 오리 갈댓잎에 몸을 실어 이 아득한 바닷 속 창맹한 물구비에 씻기는 한 점 바위에 누웠나니.
> 생은 갈사록 고달프고 나의 몸둘 곳은 아무데도 없다. 파도는 몰려와 몸 부림치며 바위를 물어뜯고 넘쳐나는데 내 귀가 듣는 것은 마지막 물결소리 먼 해일에 젖어 오는 그 목소리 뿐.
>
> 아픈 가슴을 어쩌란 말이냐 허공에 던져진 것은 나만이 아닌데 하늘에 달이 그렇거니 수많은 별들이 다 그렇거니 이 광대무변한 우주의 한 알 모래인 지구의 둘레를 찰랑이는 접시물 아아 바다여 너 또한 그렇거니.

내 오늘 바닷 속 한 점 바위에 누워 하늘을 덮는 나의 사념이 이다지도
작음을 비로소 깨닫는다.

「묘 망」

'아픈 가슴을 어쩌란 말이냐 허공에 던져진 것은 나만이 아닌데 하
늘에 달이 그렇거니 수많은 별들이 다 그렇거니 이 광대무변한 우주
의 한 알 모래인 지구의 둘레를 찰랑이는 접시물 아아 바다여 너 또한
그렇거니'라는 3연에서 우리는 지훈의 시적 발상이 얼마나 호방한 것
인가를 직접 느낄 수 있다. 바다까지도 접시물로 인식하는 그에게 인
간은 보잘 것 없는 존재일 수밖에 없다. 유한과의 대조를 통한 우주의
광막한 공간에서 느낄 수 있는 침묵의 공간 또한 얼마나 무한한 것이
겠는가? 이러한 스케일의 시를 쓸 수 있다는 것은 지훈의 기가 남다르
게 호방함을 증명하는 것이기도 하다.

바다가 보이는 언덕에 서면
나는 아직도 작은 짐승이로다.

인생은 항시 멀리
구름 뒤에 숨고

꿈결에도 가련한
피와 고기 때문에

나는 아직도

괴로운 짐승이로다.

모래밭에 누워서
햇살 쪼이는 꽃조개같이

어두운 무덤을 헤메는 망령인 듯
가련한 거이와 같이

언젠가 한번은
손들고 몰려오는 물결에 휩싸일

나는 눈물을 배우는 짐승이로다
바다가 보이는 언덕에 서면.

「바다가 보이는 언덕에 서면」

　유한한 존재인 인간이 무한의 우주 앞에 설 때의 왜소함과 영원무
궁한 우주의 실체에 대한 무한한 그리움이 은은히 배어나면서 창조되
는 침묵의 공간은 또 다른 종류의 여백의 미를 창조한다.

무너진 성터 아래 오랜 세월을 풍운에 깎여 온 바위가 있다.
아득히 손짓하여 구름이 떠가는 언덕에 말없이 올라서서 한줄기 바람에
조찰히 씻기우는 풀잎을 바라보며
나의 몸가짐도 또한 실오리 같은 바람결에 흔들이노라.
아 우리들 태초의 생명의 아름다운 분신으로 여기 태어나

고달픈 얼굴을 마주 대고 나직이 웃으며 얘기하노니

때의 흐름이 조용히 물결치는 곳에 그윽히 피어오르는 한 떨기 영혼이여.

「풀잎 단장」

풀잎과 내가 물아일체 되어 태초의 생명의 아름다움이 '때의 흐름이 조용히 물결치는 곳에 그윽히 피어오르는 한 떨기 영혼'으로 관조되는 것은 지훈의 시가 그 얼마나 호연지기에 깊이 맥이 닿아 있는가를 알 수 있는 단적인 예라 할 수 있겠다.

이러한 호방함은 그의 서경시에서도 찾을 수 있는 공통된 특질들이기도 하다.

휘영청 달 밝은 제 창 열고 홀로 앉다

풀에 가득 국화 향기 외로움이 병이어라.

푸른 담배 연기 하늘에 바람 차고

붉은 술 그림자 두 뺨이 더워 온다.

천지가 괴괴한데 차자올 이 하나 없다.

우주가 망망해도 옛 생각은 새로워라.

달 아래 쓰러지니 깊은 밤은 바다런듯

蒼茫한 물결소리 草屋이 떠나간다.

「가야금」

산도 산인 양하고
물은 절로 흐르는 것이

구름이 머흐란 골에
꽃잎도 덧쌓이메라

오맛 산새 소리
하늘 밖에 날고

진달래 꽃가지엔
바람이 돈다.

「山」

별빛 받으며
발자취 소리 죽이고
조심스리 쓸어 논 맑은 뜰에
소리 없이 떨어지는
은행잎
하나

「정야」

마치 정지용의 후기시에서 느껴지는 것과 같은 높은 달관과 여유가
자연물의 관조를 통해 드러나는 위의 시편들에서 우리는 이들 여백이
단순한 정물화에 지나지 않는 의미 없는 공간이 아님을 알 수 있다.

텅 빈 것 같으면서도 비어있지 않은 침묵의 공간, 무인듯하면서도 무한한 의미를 뿜어내는 언외의의 의미들, 그에서 우리는 지훈의 시를 읽는 즐거움을 느낄 수 있는 것이다.

지금까지 지훈의 초기시가 지니고 있는 침묵의 공간, 곧 여백의 미를 살펴보았는데, 이들 여백의 미는 그의 중기시로 들어가면서 또 다른 형태의 미적 공간으로 변모한다. 그것은 인간적 달관에 의한 여유라 할 수 있는 그 어떤 것이라 하겠다. 물론 이것도 그의 호방한 기에 의해 다스려지는 것임은 두말할 여지가 없다.

2) 중기시 - 여유(餘裕)와 인간적 달관

지훈의 중기시에 속하는 작품들은 해방 후부터 전쟁 시를 포함한 소위 현실참여 시편들이 대부분이다. 그 중에서도 본고에서 논의의 대상으로 삼은 시편들은 주로 극한상황을 표현한 전쟁시들이다. 자연히 대상 시집은 『역사 앞에서』가 된다. 그 중 '암혈의 노래' 부분은 해방 전의 작품이기에 대상에서 제외하였다.

『역사 앞에서』에 실려 있는 작품은 현실적 관심이 여과되지 않은 채 생경하게 표출되어, 문학적 가치가 그의 다른 시에 비해 뒤떨어지기는 하나, 전쟁과 같은 극한상황을 작품에 수용하였으면서도 고도의 미적 절제와 현실의 승화를 통해 밀도 높게 문학적으로 형상화한 탁월한 몇몇의 시편들이 있기에, 여기서는 그들 시편들을 대상으로 하여 지훈시가 지니는 인간적 달관과 여유의 미를 고찰하려 한다. 전쟁 시편들에서 인간적 여유와 달관을 중심 과제로 고찰하려하는 이유는 전항에서 살펴 본 시편들이 주로 여백을 표출한 것들이었음에 반해, 중기시에서는 이와는 근원에 있어서는 동질이면서도 양상에 있어 차이가 나는 여유로 표출되기 때문이다. 물론 이 여유도 그의 호방한 기에 의거하고 있다는 데는 변함이 없다.

그렇게 안타깝던 전쟁도
지나고 보면 일진의 풍우보다 가볍다

불타버린 초가집과
주저앉은 오막살이

이 붕괴와 회진의 마을을
내 오늘 초연히 지나가노니

하늘이 은혜하여 호전을 이룬 자는
오직 낡은 장독이 있을 뿐

아 나의 목숨도 이렇게 질그릇처럼
오늘에 남아 있음을 다시금 깨우쳐 준다.

흩어진 마을 사람들 하나 둘 돌아와
빈 터에 서서 먼 산을 보는데

하늘이사 푸르기도 하다.

도리원 가을 볕에

애처러운 코스모스가

피어서 칩다.

「도리원에서」

이 시에서 우리가 감지할 수 있는 여유는 전쟁과 시인과의 사이에 내재하는 거리에 의해 형성되는 어떤 것들이다.

이러한 거리감에 의해 형성되는 여유와 달관은 1연부터 자연스럽게 감지된다.

'그렇게도 안타깝던 전쟁도 / 지나고 보면 일진의 풍우보다 가볍다.' 극한의 전쟁 상황을 일진의 풍우로 볼 수 있는 여유와 달관은 당시가 전시상황이었음을 감안할 때, 보통의 시적 승화나 관조가 있지 않으면 불가능한 일이라 하겠다. 곧 지훈의 호방한 기질이 아니라면 이러한 시구는 나타날 수 없는 것이다. 아니 어쩌면 역설적인지도 모른다. 전쟁의 극한상황이 한오리의 풍우로 인식될 수 있다는 것은 그의 처절함이 언어로 도저히 표현할 수 없는 인간의 한계를 넘어선 것이기에 시인은 그것을 초극할 수 있었는지도 모를 일이다. 2연과 3연에서 처절한 현실적 상황을 초연히 지나가는 시인은 자신의 생명이 아직 남아 있음을 4연에서 문득 깨닫게 되면서 새삼 놀란다. 이미 자기의 목숨은 죽었을지도 모른다는, 아니 어쩌면 목숨이 붙어 있다는 것까지도 망각할 수밖에 없는 극한상황 속에서 낡은 장독을 보고서야 여리디 여린 질그릇이 목숨을 부지하고 있음에 새삼 스스로를 돌아보게 되고, 낡은 장독과 같은, 아니 그보다도 못한 자기가 하늘이 은혜하여 호전을 이루고 있음을 돌아보게 되는 것이다. 이러한 생명까지도 냉철한 거리를 두고 투시할 수 있는 관조적 태도, 그것은 여유에 다름이 아닌 터인데, 이러한 여유는 자기의 생명까지도 질그릇과 동일시할 수 있는 인간적 달관으로 발전하는 것이다. 이러한 달관과 여유는 마지막 연에서 애처로운 코스모스에까지 연민의 시선이 머무는 여유까지 보인다.

이러한 인간적 달관과 여유는 「다부원에서」 좀 더 고조된 목소리로 침통한 절박감과 인간애를 지닌 오뇌로 나타나고 있다.

한 달 롱성 끝에 나와 보는 다부원
얇은 가을 구름이 산마루에 뿌려져 있다.

피아 공방의 포화가
한 달을 내리 울부짖던 곳

아아 다부원은 이렇게도
대구에서 가까운 자리에 있었고나

조그만 마을 하나를
자유의 국토 안에 살리기 위해서는

한해살이 푸나무도 온전히
제 목숨을 다 마치지 못했거니
사람들아 묻지를 말아라

이 황폐한 풍경이

무엇 때문의 희생인가를 .....

고개 들어 하늘에 외치던 그 자세대로

머리만 남아 있는 군마의 시체

스스로의 뉘우침에 흐느껴 우는

길 옆에 쓰러진 괴뢰군 전사

일찌기 한 하늘 아래 목숨을 받아

움직이던 생령들이 이제

싸늘한 가을바람에 오히려

간 고등어 냄새로 썩고 있는 다부원

진실로 運命의 말미암음이 없고

그것을 또한 믿을 수가 없다면

이 가련한 주검에 무슨 안식이 있느냐

살아서 다시 보는 다부원은

죽은 者도 산 者도 다 함께

안주의 집이 없고 바람만 분다.

「다부원에서」

첫 연에서 느끼는 긴장은 「도리원에서」보다 풀어진 감이 있다. 그러나 이것이 행이 진행됨에 따라 점점 고조된다. 평범한 진술이 계속되다가 4연에 와서 전쟁의 필연성을 긍정하는 자세로부터 이 시의 목소리는 고양되기 시작한다. '조그만 마을 하나를 / 자유의 국토 안에 살리기 위한' 전쟁의 필연성의 긍정과 범생명적인 오뇌 사이에서의 어쩔 수 없는 갈등이 일기 때문일 것이다. 5연의 한해살이 푸나무에 대한 깊은 애정은 이것이 암시하는 보다 더 큰 무엇 때문에 시의 긴장감은 더 밀도가 짙어간다. 그 무엇이란 귀중한 인간 생명이 한해살이 푸나무처럼 혹은 그보다도 더 가치 없이 죽어간데 대한 비통일 것이다. 이러한 갈등은 5연까지 계속되다가 6연에 와서는 시인 본래의 여유를 되찾는다. 그리고 운명을 운명으로 받아들이려는 인간적 달관이 시작된다. 시인은 '사람들'에게 전쟁이 자유를 살리기 위한 것보다도 더 큰 무엇이 있음을 암시하고 있다. 이것은 숙명적 존재인 인간의 힘으로는 어쩔 수 없는, 창조주의 힘만이 손을 뻗칠 수 있는 초월적인 어떤 것에 의해 조정되는 것임을 암시한다 하겠다. 이러한 숙명적 존재의 인식은 시인이 전쟁 그 자체까지도 달관의 태도로 담담히 바라볼 수 있는 자세가 있기에 가능한 것이다. 9,10연에서 적을 '우리와 함께 한 하늘 아래 목숨 받아 움직이던 생령'들로 감지할 수 있는 것도 달관과 여유가 시인의 호방한 기에 떠받쳐지고 있기에 가능한 것이다.

보초도 서지 않은 우리들의 병영은
낡은 판자 울타리에 석류나무가 한 그루 서 있는 오막살이다.

생명이 절박할 수록

우리는 더욱 멋스러워지는 병정

진땀이 흐르는 삼복 더위에
웃통을 벗어부치고 둘러앉아 장기를 두고
포탄이 떨어지는 밤에도
사과로 담근 김치를 안주해서 막걸리로 마신다.

....
「풍류병원」

극한의 전쟁 상황에서도 '포탄이 떨어지는 밤에도 / 사과로 담근 김치를 안주해서 막걸리를 마시'는 도도한 풍류가 흐르는 이 시편에서 독자는 시인의 호방한 호연지기를 자연스럽게 대하게 된다. 또한 그를 바탕으로 한 생과 사의 경계까지도 초월한 의연한 여유와 달관을 맛볼 수 있게 되는 것이다.

위에서 전쟁시편을 중심으로 중기 시에 나타난 여유와 달관을 고찰하였는데, 그 대상을 주로 전쟁시편으로 잡은 것은 외적 환경이 줄 수 있는 최대의 절박상태로서의 전쟁이라는 극한상황 하에서도 의연히 인간적 여유를 잃지 않는 지훈의 탁월한 면모를 대할 수 있었기 때문이었다. 이러한 여유와 인간적 달관은 말기 시에서 '여운'으로 완성되어 나타난다.

(3) 말기시 – 여운(餘韻)과 생의 초극 승화

말기시의 시기적 한계는 1957년 이후부터 그가 몰하는 1968년까지로 잡았다. 그렇게 되니 자연 시집『여운』이 중심이 되며, 그의 최후 작품인「病에게」까지가 그 대상이 된다. 시집『여운』의 후기에 보면 여기에 실려 있는 작품은 1957년부터 1964년까지 씌여진 시들인데, 그 중 제 2 부의「색시」와「아침」은 8.15전의 것이기에[109] 이 두 작품은 대상에서 제외하였다. 지훈은『여운』후기에서 자기의 만년의 심정을 다음과 같이 말하고 있다.

종소리의 여운을 듣는달까 귀로의 정서에 붓대를 멈추고 한동안 쉬련다.
날아오르는 시의 나비들을 가슴에 잠재우면서….[110]

시인은 말년의 인간적 달관내지는 여운을 종소리의 여운에 비유하여 표현하고 있다.『여운』에 실려 있는 시편들을 검토하면, 종소리의 여운을 듣는 것과도 같은 마음내지는 그러한 정서를 가지고 쓴 말년의 그의 시편들에서 지훈만이 지니는 여유와 텅 비어있는 신비의 영역인 침묵의 공간을 만나게 된다. 그러나 이러한 여유나 여백의 미는 초기시에 나타난 여백이 주는 의미와는 다른 어떤 느낌을 준다. 굳이 일컫는다면 언어의 의미를 초월한 신운과도 같은 직관의 세계 혹은 선(禪)의 경지에서 느끼는 신비감이나 정밀감 같은 것이다. 이를 통해 우리는 지훈 시가 본래 추구하였던 여백의 정점에서의 폭넓은 인생의

---

109 『趙芝薰全集』1권, 일지사, 399쪽.
110 상동.

총체성을 경험함은 물론, 이것이 승화되고 더욱 원숙해진 인간적 여유와 달관을 바탕으로 한 선의 세계까지도 체험하게 되는 것이다.

천산에
눈이 내린 줄을
창 열지 않곤
모를 건가.

수선화
고운 뿌리가
제 먼저
아는 것을

밤 깊어 등불 가에
자욱히
날아오던
상념의
나비 떼들

꿈 속에 그 눈을 맞으며
아득한 벌판을
내 홀로
걸어갔거니

무슨 광명과
음악과도 같은 감촉에
눈 뜨는
이 아침

모든 것을
긍정하고픈 마음에
살래살래
고개를 저으며
내려서 쌓인
눈발

천산에
눈이 온 줄을
창 열지 않고도
나는 안다.

「雪朝」

　‘천산에 / 눈이 온 줄을 / 창 열지 않고도’ 알 수 있는 달관의 경지는 ‘수선화 고운 뿌리’와 동일화된다. 이미 인간의 영역이 아니다. 죽음과 삶의 경지를 넘나드는 기의 이합취산의 세계다. 무한한 신비의 영역을 자유롭게 왕래하는 신선의 세계다. ‘꿈속에 그 눈을 맞으며 / 아득한 벌판을 / 내 홀로 / 걸어가’고 있는 시적 화자의 내면세계는 바로 죽음의 무한한 영역과 동질의 것이다. 이미 이 때부터 지훈은 삶과 죽음을 초월한 무한한 공간을 종소리의 여운과 같이 왕래하고 있었음을 알 수 있다. 생의 거역이나 자연에의 도전이 아닌, 모든 운명에 순응하며 섭리에 자신을 의탁하고 긍정하는 경지다. 그것이 마지막 둘째 연의 '모든 것을 / 긍정하고픈 마음에 / 살래살래 / 고개를 저으며 / 내려서 쌓인 / 눈발'로 이미지화 되는 것이다. 이러한 과정을 거쳐 '천산에 / 눈이 온 줄을 / 창 열지 않고도 / 나는 안다.'의 평화롭고 안정된 참선의 경지를 얻게 되는 것이다.

'모든 것을 / 긍정하고픈 마음'은 결코 하루 이틀의 수양으로 이루어진 인간적 노력은 아닐 것이다. 그것은 초기 시에서 보여주었던 여백과 중기 시에서 보여주었던 여유가 내면적으로 성숙되어 그의 말기에 이르러 더욱 그 영역이 심화 확대되어 죽음까지도 긍정적으로 받아들이는 최고의 경지에까지 이른 결과라 하겠다. 하기에 다음 시에서 보여주는 것과 같이 죽음의 세계에 대한 아름다운 환상과 어린 동심으로나 경험할 수 있는 최고의 순진무구한 상태가 가능하게 되는 것이다.

　　문을 열고
　　들어가서 보면
　　그것은 문이 아니었다.

　　마을은 온통
　　해바라기 꽃밭이었다.
　　그 헌출한 줄기마다
　　맷방석만한 꽃숭어리가 돌고

해바라기 숲속에선 갑자기
수천 마리의 낮닭이
깃을 치며 울었다

파아란 바다가 보이는
산 모롱잇길로
꽃상여 하나
조용히 흔들리며 가고 있었다.

바다 위엔 작은 배가 한 척 떠 있었다.
五色 비단으로 돛폭을 달고
뱃머리에는 큰 북이 달려 있었다.

수염 흰 노인이 한 분
그 뱃전에 기대어
피리를 불었다.

꽃상여는 작은 배에 실렸다.
그 배가 떠나자
바다 위에는 갑자기 어둠이 오고
별빛만이 우수수 쏟아져 내렸다.
문을 닫고 나와서 보면
그것은 문이 아니었다.

「꿈 이야기」

‘문을 열고 들어가서 보면 그것은 문이 아니었다.’라는 진술은 우리에게 많은 것을 암시한다. 그것은 아름다운 꿈의 세계로 인도하는 평범한 유인 장치가 결코 아닌, 그 이상의 어떤 것을 암시한다. 그것은 죽음의 세계를 투시해 볼 수 있는 실존의 문이다. 생과 사를 꿰뚫어 볼 수 있는 참선의 달관의 문이다. 이러한 경지는 죽음과 삶이 동일 지평에 놓여 있을 때만이 투시 가능한 세계다.

무르익은 과실이

가지에서 절로 떨어지듯이 종소리는

허공에서 떨어진다. 떨어진 그 자리에서

종소리는 터져서 빛이 되고 향기가 되고

다시 엉기고 맴돌아

귓가에 가슴 속에 메아리치며 종소리는

웅 웅 웅 웅 ……………

삼십삼천을 날아오른다 아득한 것.

종소리 우에 꽃방석을

깔고 앉아 웃음짓는 사람아

죽은 자가 깨어서 말하는 시간

산 者는 죽음의 신비에 젖은

이 텡하니 비인 새벽의

공간을

조용히 흔드는

종소리

너 향기로운

과실이여!

「범 종」

　무르익은 과실은 절로 떨어진다. 조금도 운명을 거역하거나 자연의 회귀 법칙에 어긋나거나 하지 않는다. 무르익은 과실의 절로 떨어져 내림같이 종소리도 같은 궤도를 그리며 사라져 간다. 이러한 종소리는 다시 빛이 되고 향기가 되고, 엉기고 맴돌아 삼십삼천을 날아오르는 범생명으로 다시 소생한다.

　'죽은 자가 깨어서 말하는 시간 / 산 자는 죽음의 신비에 젖은 / 이 텡하니 비인 새벽의 / 공간'. 지훈은 처음으로 '텡하니 비인 공간'이란 말을 시에서 의식적으로 쓰고 있다. 이 공간은 죽은 자와 산 자의 모든 영혼이 가득차 있는 신비의 영역일 텐데 이 공간을 죽음에서 다시 소생한 종소리가 지나간다. 이때의 종소리는 단순한 물질적 소리에 그치는 것이 아니다. 시인의 정신과 영혼이 실려 있는 생사의 경지를 넘나드는 정령이 세계에 속하는 범종의 여운과도 같은 소리다.

　이런 달관의 공간 창조가 있은 다음, 지훈은 「혼자서 가는 길」이란 작품에서 죽음의 길이 결국은 혼자서 가야할 길이라는 절실한 고독을 만나게 된다. '마지막 남은 것은 언제나 / 나 혼자뿐이라서 / 혼자 가는 길'이라는 것이다. '나는 끝내 원수도 하나 없이 / 이리 고독하고나'를 지훈답지 않게 절규하다가 결국은 이마저도 인간적 여유로 초극하고, 그가 몰하기 직전 마지막으로 인간적 달관을 여운으로 채운 「病에 게」란 시를 이승에 마지막 작품으로 남긴 채 영원히 이 세상을 하직한다.

어딜 가서 까맣게 소식을 끊고 지내다가도
내가 오래 시달리던 일손을 떼고 마악 안도의 숨을 돌리려고 할 때면
그 때 자네는 어김없이 나를 찾아오네.

자네는 언제나 우울한 방문객
어두운 음계를 밟으며 불길한 그림자를 이끌고 오지만
자네는 나의 오랜 친구이기에 나는 자네를
잊어버리고 있었던 그동안을 뉘우치게 되네

자네는 나에게 휴식을 권하고 생의 외경을 가르치네
그러나 자네가 내 귀에 속삭이는 것은 마냥 허무
나는 지긋이 눈을 감고 자네의
그 나즉하고 무거운 음성을 듣는 것이 더 없이 흐뭇하네

내 뜨거운 이마를 짚어주는 자네의 손은 내 손보다 뜨겁네
자네 여윈 이마의 주름살은 내 이마 보다도 눈물겨웁네
나는 자네에게서 젊은 날의 초췌한 내 모습을 보고
그날의 메아리를 듣는 것 일세

생의 집착과 미련은 없어도 이 생은 그지없이 아름답고
지옥의 형벌이야 있다손 치드라도
죽는 것 그다지 두렵지 않노라면
자네는 몹씨 화를 내었지

자네는 나의 정다운 벗, 그리고 내가 공경하는 친구

자네가 무슨 말을 해도 나는 노하지 않네

그렇지만 자네는 좀 이상한 성밀세

언짢은 표정이나 서운한 말, 뜻이 서로 맞지 않을 때는

자네는 몇날 몇일을 쉬지 않고 나를 설복하려 들다가도

내가 가슴을 헤치고 자네에게 경도하면

그때사 자네는 나를 뿌리치고 떠나가네

잘 가게 이 친구

생각 내키거든 언제든지 찾아 주게나

차를 끓여 마시며 우리 다시 인생을 얘기 해보세 그려

「病에게」

지훈은 이미 이 세상 사람이 아니다. 그는 결국 병에게 지고 말았다. 병은 그를 저 세상으로 데리고 갔다. 그러나 그의 시는 우리에게 은은한 범종 소리의 여운으로 다시 소생하여 우리 가슴 속을 적시고 있다. 그의 생령은 호방한 기를 통해 여백을, 여유를, 여운을 우리 마음속에 심어 주고 있는 것이다.

기문학을 정리하면서 언급하였듯이 고려시대의 최자는 시품을 나누어 삼 등급으로 분류한 바 있다.

시에 있어서 신기, 절묘, 일월, 함축, 험준, 고매, 호장, 풍부, 웅심, 고아한 것이 으뜸이며, 정밀, 긴절, 상쾌, 청신, 표일, 경직, 굉섬, 화유, 화려, 격렬, 담박, 고상, 우한, 광대, 청아, 교묘한 것은 그 다음 등급이고, 졸열, 생소, 건삽, 한고, 비속, 조잡, 쇠약, 음란한 것이 탈이라 하였다. 시를 평할 때 먼저 시의 품격과 내용을 보고, 다음으로 시어

와 운율을 보아야 한다고 하였다. 구격이 노련하여 어구가 속되지 않고, 사리가 깊어 내용이 잡되지 않으며, 마음대로 재주를 부리되 기상이 사납지 않고, 언어가 간결하되 사실이 모호하지 않으면 바로 시가 될 수 있다고 하였다. 이런 모든 관점에 부합되는 가장 우수한 시인을 들라면 최자는 서슴지 않고 이규보를 꼽았다. 그의 장편시를 관통하는 기는 작품의 마지막에 이를수록 더욱 장쾌하여 마치 천리를 달리는 준마가 바야흐로 네거리를 달려 나가다가 중도에서 굳건하게 우뚝 멈춰선 그런 기상이란 것이다.[111]

최자가 이야기 하는 시품의 제일 으뜸은 기가 호방한 것임에 틀림없다. 이것은 지훈의 시에서 여백과 여유, 여운을 통해 발산되는 기의 호방함과도 궤를 같이하는 특질을 지닌다. 비록 이규보와 같이 '천리를 달리는 준마가 바야흐로 네거리를 달려 나가다가 중도에서 굳건히 우뚝 멈춰선 기상'은 아닐지라도 지훈은 그만이 지니는 또 하나의 호방함과 속되지 않은 고아하고 풍결한 쇄락의 시적 경지를 개척하였다. 모더니즘에 영향을 받아 시작을 시작한 그가, 위에서 살펴 본 바대로 호방한 시적 경지를 나름대로 개척한 것은 우리 시사의 전통 선상에서 볼 때, 전통의 맥을 잇는 하나의 전범으로 현대시사에 기록되어야 할 것이다.

---

[111] 한승옥, 『기문학론』, 태학사, 1996, 94~95쪽.

8

전통문예론과 생태문학

한국 전통문예론 연구

기문학적 관점에서 본 생태문학

필자가 기문학론을 정립하려 한 것은 동서문학론을 아우르는 우리만의 독특하면서도 고유한 문학론을 탐색하기 위한 작업의 일환이었다. 하여 그 대 명제로 '자연'이란 명제를 논의에 중심에 놓고 연구를 진행시켜 왔다. 동서양을 함께 아우르면서도 우리 문학론 전개에 가장 친근하면서 효율적인 방법은 자연관을 토대로 문학론을 정리하고 그를 통해 우리 문학론, 특히 현대 문학론을 정립하는 것이 첩경이라 생각되었기 때문이다. 필자가 본 항에서 생태문학을 기문학적 관점에서 조명하려 하는 것도 이러한 의도에서다. 자연을 중심으로 정립하는 우리 문학론, 특히 현대문학론을 보다 세계적 관점에서 정립하고, 현재 학계나 문단에서 즐겨 테마로 삼는 포스트모더니즘이나 생태학적 관점을 기문학론과 연계시켜 보려는 시도에서다. 포스트모더니즘은 유행이 한 물 지나간 현대문학 연구방법이긴 하나 포스트모더니즘이 지니는 문학론적 의의나 그 핵심적 내용은 아직도 우리에게 유용한 연구 방법 중에 하나라 생각된다. 특히 포스트모더니즘이 지니는 탈중심주의나 해체적 관점은 우리가 그동안 인습화하였던 우리의 감각을 새롭게 되돌아 볼 수 있게 하였다. 산업사회가 저지르는 악의 순환 고리를 끊고 우리가 사는 환경을 새로운 통찰로 바라 볼 수 있게 하였다. 특히 생태학에 관심을 기울이게 만든 것은 매우 큰 의의라 생각된다.[1]

생태학은 그동안 서구중심주의적 개발지상주의와 문명지상주의에 대한 일대 반성이다. 성서에 나오는 인간 중심주의에 대한 반발이다. 그동안 우리는 자연을 정복의 대상으로 생각하였다. 자연과 공존해야 하며, 더 나아가서는 미물과도 상호 의존하면서 서로 주고받는 관계가 정립되어야만 진정한 행복이 온다는 사실을 간과한 채 살아왔다. 그러나 동양에서는 이미 이를 생활화하고 있었다. 자연스런 삶의 일상으로 체현되고 있었다. 새로울 것도 없는 이러한 지혜를 서양에서는 포스트모더니즘이나 생태학적 통찰을 통해 비로소 새롭게 인식하기 시작한 것이다.

1) 기 개념의 다의성과 생태학

앞에서 구체적으로 살폈지만, 기의 개념 범주를 설정하는 것은 매우 어려운 일에 속한다. 이것은 기가 지니고 있는 개념의 다의성 때문

---

1 김욱동 교수가 포스트모더니즘에서 생태학으로 관심을 옮긴 것도 이러한 추이의 한 현상이라 생각된다. 김욱동, 『문학 생태학을 위하여』, 민음사, 1998.4. 참조

이라 생각된다. 기는 다양한 의미로 정의된다.[2] 일반적으로 천지간의 자연 현상을 의미하는 것이 보통이다. 대기나 절기 등이 이에 해당한다. 또한 물질을 구성하는 원소와 동일한 의미로 쓰이기도 한다. 그런가 하면 신체의 근원이 되는 활동력을 의미하기도 한다. 정기나 혈기 등이 이에 해당한다. 만물 생성의 근원력이나 질량을 뜻하기도 한다. 우주 본체론이 이에 해당한다. 인간이 생래로 타고난 품성을 뜻하기도 한다. 기질, 성질 등으로 표현되는 개성과 연관되는 어떤 것들이다. 인간이 지지고 있는 정신적인 기상(氣象)을 표상할 때도 기란 말이 쓰인다. 호연지기 등으로 표현되는 인간의 의지적 측면을 강조할 때 쓰는 말이다. 이상에서 살펴 본 대로 기는 개념상 그 뜻이 다양함을 알 수 있다. 그러나 이 모든 것을 종합해 보면 기는 자연 현상 그 자체이며, 자연과 떨어져서는 존재할 수 없으며, 더 나아가서는 물질이면서 동시에 정신적인 어떤 것임을 알 수 있다. 하기에 기를 연구한다는 것은 자연의 본질을 캐 들어가는 것이 된다. 자연스럽게 자연을 탐구하게 되는 것이다. 자연 탐구는 생태학의 근원과 저절로 조우하게 된다.

기란 단어는 동양 고전에서 진작부터 언급되기 시작하였다. 『논어』에는 사기(辭氣)[3], 병기(屏氣), 식기(食氣), 혈기(血氣)[4] 등의 단어가 나온다. 이는 모두 생명과 관계되는 것들로 기가 자연, 그 중에서도 생명과 연관됨을 알 수 있다. 생태학은 궁극에는 생명현상(그것이 생물,

---

2 최신호, 「문학이론에 나타난 '기'에 대하여」, 《진단학보》 38호, 1974. 185쪽.

3 小野澤精一 福永光司 山井湧, 『氣의 思想-중국에 있어서의 자연관과 인간관의 전개』, 원광대학교 출판국, 1987, 51쪽.

4 상게서, 54쪽.

무생물 혹은 영물, 미물의 차이를 초월하는)과 연결된다는 점에서 고전에 나오는 기의 개념들은 본 연구에 시사하는 바가 많다 하겠다.

　장자도 기에 대하여 일가견을 피력한 사람이다.[5] 장자의 경우 자연의 기, 즉 천지의 일기(一氣), 지기(地氣), 사시의 기, 운기(雲氣), 등에 관한 용어를 많이 썼는데, 이도 모두 자연과 연관된 개념들이라 하겠다. 노자의 경우, '만물은 음을 짊어지고 양을 껴안고 있으며, 충기로써 조화를 이룬다'는 사상을 발전시켜 음양의 기는 인류를 포함한 천지 만물을 구성하는 근원적인 물질이라 인식[6]하였는데, 이는 기가 인간 생명체 뿐 아니라 모든 천지 만물을 동일한 근원으로 보았다는 점에서 필자가 추구하는 생태학적 관점에 합치하는 견해라 하겠다. 인간이 물질보다 우월하다는 인간 수월의 관점을 극복할 수 있는 통찰이라 생각된다. 장자는 사람의 생사를 기의 이합취산으로 파악했던 사람이다. 이는 생태학의 근본을 가장 웅변적으로 대변해 준 경우라 하겠다. 삶과 죽음을 기의 이합취산으로 본 것은 우리나라 김시습을 통해서 다시 확인할 수 있어 흥미롭다. 사람의 생사를 기의 이합취산으로 볼 때 인간은 모든 만물을 자기와 동일한 가치를 지닌 생명체로, 또한 모든 만물, 무생물 까지도 자기와 동일한 눈높이로 볼 수 있게 된다. 장자는 주지하다시피 기일원론적(氣一元論的) 사상을 피력한 사람이다. 이 사상은 순자나 관자도 동일하다.[7]

　이상의 것을 종합해 볼 때, 현상계에 존재 또는 기능의 근원으로 이 현실 세계의 모든 존재물들은 모두 기로 이루어진 것이란 이야기가

---

5 상게서, 157~160쪽.

6 張立文편, 『氣의 哲學』, 예문지, 1992, 32쪽.

7 상게서, 32~33쪽.

가능해 진다. 곧 기는 존재물을 구성하는 가장 궁극적인 원자란 이야기다. 세상의 모든 물질은 마이크로의 세계에 이르면 전자가 원자의 핵 주위를 돌고 있는 단순한 여러 개의 원자 덩어리로 분해 된다.[8] 이때 원자의 주위를 돌고 있는 전자의 숫자와 형태에 따라 원자는 고유한 진동을 가진다. 즉 모든 것은 늘 진동하고 움직이고 있으며, 초고속으로 끊임없이 점멸하고 있는 것이다.[9] 물질은 눈에 보이지만, 진동은 눈에 보이지 않는다. 『반야심경』에는 '색즉시공 공즉시색'이란 말이 있다. 옛날 석가모니가 설파한 이 수수께끼 같은 말이 아이러니하게도 현대 과학에 의해 실증되고 있는 것이다. 눈에 보이는 현상계는 공이고, 눈에 보이지 않는 진동이 바로 색, 즉 실체인 것이다. 현대 과학의 양자역학은 물질이란 본래 진동에 지나지 않는다고 한다. 기의 진동 그것이 바로 실체인 것이다.

이런 관점에서 보면 기는 생명의 근원으로 생명체는 기가 취합된 것이고, 인간의 정신 기능을 지배하는 마음의 활동도 기(심기, 의기, 신기)에 의해서 가능하다고 볼 수 있는 것이다.[10] 그러니까 기는 물질임과 동시에 작용이며, 기의 차원에서 사물을 볼 때는 물심(物心), 신심(身心)의 간격이 사라지고 모든 것은 원래 하나인데, 천기, 지기, 혈기, 용기, 민기(民氣), 화기(和氣)의 모습으로 기가 갈라져 나타난 모습이며, 일기(一氣), 원기(元氣)는 기가 통합된 것이란 이야기가 된다.[11] 물의 결정체를 촬영하여 세계에 소개한 에모토 마사루에 의하면,[12] 물을

---

8 에모토 마사루(양억관 역), 『물은 답을 알고 있다』, 나무심는사람, 2002. 69쪽.
9 상동.
10 마루야마 도시아끼(박희준 역), 『기란 무엇인가』, 정신세계사, 1989. 27쪽.
11 상동, 29쪽.

촬영하기 전에 물에게 좋은 말이나 글, 음악과 나쁜 말이나 글, 음악을 들려주고 촬영한 것을 대조해 보니 앞서의 그것이 아름다운 결정을 보여주었는데 반해, 뒤의 그것은 일그러진 모습, 흉한 모습을 보여주었다고 한다. 이러한 실험 결과는 우리에게 많은 시사점을 제공해 준다. 에모토 마사루는 파동에 의해 그렇게 되었을 것이라는 결론을 내리고 있다. 의식의 파동이나 정신적 파동, 혹은 음악이 가지고 있는 파동이 물질계와 동일 지평에서 서로 감응하면서 반응하고 있다는 이야기가 된다.

이렇게 되면 자연스럽게 세상만물은 동일한 위상을 지니게 된다. 모든 만물이 우열의 관계가 아닌 평등의 관계로 맺어지게 된다. 이런 평등의 관점에 서게 되면 자연을 정복한다든가, 인간이 우월하다든가 하는 망발은 사라지게 된다. 인간은 이 차원에 이르러서야 비로소 생태학적 관점에 설 수 있게 된다. 게리 스나이더가 말하는 생태적 민주주의가 이루어질 수 있는 것이다.[13] 이 지점에 이르러 기일원론적 관점은 비로소 생태학적 세계관과 동등한 위치에서 그 입지를 마련하게 된다.

손병욱은 생태학적 패러다임이 갖추어야 할 이상적인 자연관의 조건을 그가 추출한 동양적 자연관을 바탕으로 7개항에 걸쳐 제시 한 바 있다.[14] 첫 번째 항목으로 자연은 생명체이며 자연의 본질이 인간을

---

12 에모토 마사루, 전게서, 33~64쪽.

13 이남호·김원중·우찬제, 「환경 문제와 문학」, 『한국문학이론과 비평』(한국문학이론과 비평학회), 1999. 64쪽.

14 이어서 그는 두 번째로 자연을 가치중립적으로 볼 필요가 있다고 말하였다. 그 다음으로 자연은 인간의 정신적이고 육체적인 삶의 전범이라는 시각이 필요하며, 넷째, 자연과 천을 동일시하는 자연천(自然天)적인 시각이 요청되며, 다섯째, 자연을 승순의 대상

비롯한 모든 생명체의 본질과 동일하다는 유기체적 자연관에 입각하여야 함을 말하였다. 앞으로 기문학론을 생태학적으로 조망하는 데 있어 '자연은 생명체이며, 자연의 본질이 인간을 비롯한 모든 생명체의 본질과 동일하다'는 개념은 기문학론 논의에 지속적인 기본 전제가 될 것이다. 자연을 인간의 전범으로 보고, 자연과 천신(天神)이 따로 존재하는 것이 아니라 같은 존재이며, 자연에 고마움과 경외감을 지니고, 자연을 통해 도덕적 당위의 교훈을 체득하고, 자연과 쌍방으로 교호하는 자세를 견지한다면 우리는 자연과 더불어 동일 지평에서 평화로운 삶을 유지하며 살아 갈 수 있을 것이다. 이러한 자연관은 여러 동양의 자연관 중에서도 기학의 자연관과 일치한다.[15] 이러한 개념 설정은 기문학론의 생태학적 조망에 있어서도 기본적인 사유체계를 제공한다.

2) 예술과 문학론에 나타난 기의 생태학적 조명

위와 같은 사유체계는 예술론에도 그대로 적용된다. 동양의 기예관은 전통적으로 '인공은 천공을 본 뜬다'라는 개념이었다. 이것은 자연과 인간이 일체가 됨을 중시하였다는 반증이며, 이것은 곧 자연을 정

일 뿐 아니라 인간의 보다 나은 삶을 위한 이용의 대상으로 인식해야 하며, 여섯째, 자연에 대한 객관적이고 과학적인 이해를 통해서 도덕적인 당위의 문제가 해결될 수 있어야 하며, 일곱째, 자연과 인간관계가 일방통행적이어서는 안되고 쌍방통행적이어야 한다고 하였다. (손병욱, 「동양의 자연관 고찰 : 생태학적 자연관의 제시를 위한 접근」, 『인문학과 생태학』(경상대학 인문학연구소 엮음), 백의출판사, 2001. 228~229쪽.)

15 상게 논문, 229쪽.

복의 대상이나 이용의 대상으로 본 것이 아니라 천인이 합일하는, 곧 '천지공심(天地公心)'이 이루어졌을 때16 진정한 예술은 탄생됨을 설파한 것이라 하겠다.

동양에서는 예술에서 기운(氣韻)을 느낀다는 말을 자주한다. 이때의 기운은 결국 자연에서 발생하는 어떤 힘을 의미하는데, 자연과 합일하지 않았을 때 이러한 힘은 인간의 능력만으로는 불가능한 것이며, 자연과 합일하여 자연이 나의 몸 안에 들어와야만 가능한 경지라 할 수 있겠다. 당대 말 형호라는 사람은 기운이 그려지는 대상에만 있는 것이 아니라 그리는 사람과 그것을 감상하는 사람 쪽에도 동시에 작용해야 한다 하였는데,17 이때 필수적인 것이 자연의 신기(神氣)가 작가와 감상자에게 똑같이 조응해야 한다는 것이다. 김지하가 추구하는 율려(律呂) 사상도 이러한 경지에 이르러야 가능한 것이란 생각이 든다. 즉 '접화군생 안에서 또 천지공심 안에서, 인간 안에서 천지가 하나로 통일되어 있다는 인중천지(人中天地)안에서'18 예술 활동을 할 때만이 도달할 수 있는 경지라 하겠다. 북송의 소동파도 만물일체의 기운생동을 주장하면서 천지를 관통하는 이(理)에서 발하는 기의 리듬을 화면에 그려내는 것이 회화의 본령이라 하였는데,19 이때 말하는 기의 리듬은 자연의 리듬을 뜻하며, 이를 감지하는 것이 예술의 정수에 이르는 길이란 뜻으로 해석된다. 이때의 리듬, 곧 율려가 예술이 예술되게 하는 중요한 원동력임을 다시 한번 확인할 수 있게 해 준다.

---

16 김지하, 「접화군생(接化群生) : 인문학과 생태학」, 『인문학과 생태학』(경상대학교 인문학연구소 엮음), 백의출판사, 2001, 37쪽.

17 소야택정일, 전게서, 565쪽

18 김지하, 상게 논문, 43쪽

19 마루야마 도시아끼, 상게서, 182쪽.

문학론으로 기와 문학의 연관성을 구체적으로 언급한 대표적인 예는 『문심조룡』이다. 문심은 시를 지을 때 활동시키는 마음을 가리키고, 조룡은 문학에서 수식을 뜻하는 것임은 주지의 사실이다. 유협이 이 책을 저술한 의도는 문체가 취해야 할 규준을 보여주고 형식과 내용이 함께 갖춰진 참된 문학을 모색하려는 데 있었다. 문학은 도가 드러나야 한다는 것이 유협의 기본 사상인데, 이때의 도는 주역에 근거하는 도이기는 하지만, 그렇다고 유교의 실천 사상을 의미한다고 볼 수는 없겠다. 오히려 우주의 본체가 드러나야 한다는 생각에 더 가까운 것으로 볼 수 있다. 문제는 우주의 본체가 무엇이냐이다.

동양적 우주관에서 보면, 우주의 본체는 태극에서 음양이 생겨나고, 그 일기(一氣)의 유통에 의해서 우주의 온갖 형상이 생겨난 것이다. 이렇게 음양이 생겨나는 것 그것이 바로 유협이 생각한 도다. 이 도가 드러나는 곳에 반드시 아름다움(美)이 있고 글이 있게 된다는 것이 유협의 생각이었다.[20] 곧 자연의 소리와 빛깔이 바로 문체라 하였다. 자연을 모르고 쓸데없는 재간만 부려서 글이 되는 것은 아니라는 이야기다. 천성과 자연에서 저절로 우러나야 진정한 예술이 될 수 있다는 생각이었다. 이 자연의 문장을 사람의 말로 찾아내고 표현하는 일이 바로 문장이며, 문장을 가장 아름답게 짓는 바른 길이라는 것이다.

우리 선조 중 유수한 문인인 이규보도 문장이 도에 통해야 좋은 글을 지을 수 있다고 하였다.[21] 기심(機心)을 버리고 순심(純心)이나 허백지심(虛白之心) 곧, 허심을 지녀야 한다고 하였는데, 이것은 순수천진한 마음으로서 천기(天機), 즉 도에 통함을 뜻하는 것이다. 좋은 글

---

20 마루야마 도시아끼(1989), 187~188쪽.
21 박희병, 「이규보의 문예론」, 『한국의 생태사상』, 돌베개. 1999, 77쪽.

을 쓰기 위해서는 마음을 비우고 허정의 세계로 들어가 자연에서 좋은 기를 받아야만 좋은 글을 쓸 수 있다는 생각은 동양의 전통적인 문장관인 동시에 우리 선조들, 특히 기문학자들이 지닌 공통적인 생각이었다.[22] 자연을 꾸미지 않고 자연 그대로 본받아 드러내는 것, 이것이야말로 생태적 마인드가 아니고 무엇이겠는가? 자연에 대한 외경심과 인간도 자연의 일부라는 통찰이 없다면 이러한 경지는 결코 오지 않을 것이다.

유협은 자연 그대로의 아름다움을 끌어내기 위해서는 항상 기를 기르고 마음을 씻어내고 비워서 자연과 벗하는 경지에 몸을 두어야 한다 하였다. 곧 양기론(양기론)을 주장한 사람이다.[23] 양기론을 주장하였다는 점에서 자연을 거스르는 사람으로 이해될 수 도 있다. 그러나 이때의 양기론은 자연에 거스르는 것이 아니라 자연의 기를 잘 받아들여 더욱 보강시킨다는 의미로 이해되어야 마땅하다. 곧 자연의 기를 그만큼 더 잘 이용하라는 뜻으로 받아들여야 한다.

한퇴지도는 문자의 활력인 기를 물(水)에 비유하였다. 말은 바로 물에 뜨는 물(物)과 같은 속성으로, 물이 크면, 큰 것도 작은 것도 모두 뜨게 마련이란 것이다. 기가 왕성하면 말의 장단과 음성의 오르내림이 모두 좋게 된다고 하였다.[24] 그도 좋은 문장을 쓰기 위해서 기를 기를 것을 역설하였다. 한퇴지 역시 자연과 합일되는 것이 예술에서 얼마나 중요하며, 자연에서 힘을 얻어 오는 것만이 진정한 예술이 될 수 있다는 전통적 동양의 기예관을 그대로 보여주는 좋은 예라 하겠

---

22 한승옥, 상게서, 1996. 참조.
23 마루야마 도시아끼, 188쪽.
24 마루야마 도시아끼, 190쪽.

다. 이러한 인식 하에서는 자연을 소홀히 대하거나 파괴한다거나 정복한다거나 할 수 없다. 자연이 바로 나의 생명의 원천이 되고, 나의 예술 창조의 근원이 되기 때문이다. 이 경지에 이르러서는 생태적 관점을 새삼스럽게 논할 필요도 없을 것이다. 자연 그것이 바로 나이고, 나의 존재 그것이 바로 자연이겠기 때문이다. 이러한 세계관으로 살아간다는 것은 곧 생태주의적 세계관으로 살아감을 의미한다. 이것은 동시에 기론적 세계관으로 살아감을 의미하는 것이기도 하다.

위에서 도를 드러내는 것이 문학이라 하였는데, 이를 더 구체적으로 살펴 볼 필요가 있다. 문학론에서는 기에 대한 관점을 논자에 따라서는 크게 둘로 나누고 있다. 그 하나가 기질론(氣質論)적 관점이고, 다른 하나가 기상론(氣象論)적 관점이다.[25] 기질론이나 기상론은 문학에서 모두 중요한 관점이 된다. 문학은 개성의 발로이기 때문에 개인의 독특한 기질이 전제되지 않으면 개성이 살아날 수 없을 것이며, 한편 글쓴이의 힘이나 창의력, 의지가 없다면 표현 예술인 문학은 애초에 존재할 수 없을 것이기 때문이다. 이 모두 자연에서 오는 것임은 재언을 요치 않는다.

기상론은 맹자의 호연지기(浩然之氣)를 그 원류로 파악하는 것이 일반적인 경향이다.[26] 앞서도 언급하였지만, 호연지기를 문학론으로 구체화시킨 것은 사공도의 『이십사시품』인데, 이중에 가장 중요한 개념은 강건(剛健), 호방(豪放), 웅혼(雄渾)이다.[27] 이 세 개념은 모두 힘을 바탕으로 한다는 점에서 공통적이다. 여기서 말하는 힘이란 작품에

---

[25] 최신호, 185쪽.

[26] 심호택, 참조.

[27] 상게 논문.

나타나는 힘찬 기상을 뜻하기도 하지만, 그것에 선행하는, 예술이 예술이 될 수 있게 하는 창조력을 뜻하기도 한다. 이 모든 것이 자연으로부터 옴은 두말할 필요가 없다. 그만큼 자연의 힘은 위대한 것이며, 자연과 인간이 하나가 되는 것이 무엇보다도 중요하다. 이런 관점은 우리로 하여금 저절로 생태학적 관점에 이르게 하며, 주위의 모든 사물을 경외의 대상으로 바라보게 한다.

여기서 말하는 경외란 모든 사물을 두려움의 대상으로 본다는 의미가 아니라 나처럼 생명을 지니고 있는 존귀한 존재로 본다는 의미이다. 심층생태학(深層生態學)에서 말하는 '생명권 평등주의', '다양성과 공생의 원리', '무계급의 다양성'28에 자연스럽게 도달하는 것이다.

스나이더는 생태학에서 얻은 만물의 유기적 연관성과 순환, 재생 등의 개념들을 불교의 무상(無常)과 연기론 등으로 발전시킨 바 있다.29 먹이사슬과 먹이망을 통해 서로 먹고 먹히는 관계는 생태계의 두렵지만 아름다운 조건이다. 이를 통해 주체는 대상과 하나가 될 수 있다. 개체는 만물의 유기적인 연관성 속에서만 자기 존재를 확인하고 생명을 유지시킬 수 있다. 이러한 사고가 생태학과 결합되면 '우리들의 육체와 정신이 곧 자연의 육체요 정신이다'라는 일체의식으로 나타난다. 그리고 이러한 일체의식은 살아 숨쉬고 있는 모든 것들에 대해 연민의 정으로 나타나게 된다. 이것이 바로 불교에서 말하는 보살의식이다.30 이남호가 문학은 본질적으로 녹색이라고 말하면서, 문학

---

28 박준건, 「생태적 세계관, 생명의 철학」, 『인문학과 생태학』(경상대학교 인문학연구소 엮음) 백의출판사, 2001. 66쪽.

29 이남호 외, 상게 논문, 52쪽.

30 상게 논문, 53쪽.

은 존재하는 모든 것들에 대한 사랑과 연민의 정신이라고 했는데, 이러한 언급도 위와 같은 맥락에서 나온 결론이라 하겠다. 문학이란 눌리고, 비뚤어지고, 착취당하고, 소외당하고, 고통과 죽임을 당하는 그 모든 것들에 대한 측은(惻隱)의 마음에서 발하는 것이겠기 때문이다.[31] 연민의 정, 측은지심, 보살의식을 기조로 한 심층생태학적 관점에서 우리 문학을 조명하면 의외로 많은 작품이 생태문학적 요소를 지니고 있는 것으로 파악되리라 생각된다

본 항에서는 기가 지니는 의미의 다양성을 살펴보고, 그를 토대로 기문학론의 특성을 살펴 본 후, 그것과 생태문학과의 관계를 고찰한 것이다. 그 결과 기일원론적 입장에서 자연을 보는 관점이 바로 생태문학적 관점임이 확인되었다. 이것은 곧 자연은 생명체이며 자연의 본질인 기가 인간을 비롯한 모든 생명체의 본질과 동일하다는 세계관을 뜻한다. 이러한 기론적 세계관은 유기체적 자연관과 맥을 같이한다. 이것이 바로 생태학적 통찰인 것이다. 이러한 관점은 예술론에서도 그대로 적용될 수 있다. 참다운 예술, 힘 있는 예술, 감동을 주는 예술은 바로 자연으로부터 오는 것이며, 천인합일의 경지에 이르러야 진정한 예술이 나올 수 있는 것이다. 이것은 모두 생태학적 인식과 그 실천을 기본으로 한다. 그만큼 생태학은 문학에서 중요한 것이며, 그 어떤 것보다 핵심에 위치하는 것이라 하겠다.

---

31 이남호, 상게논문, 22쪽.

기문학적 관점에서 본
「무정」의 생태문학적 특성

생태주의란 말이 유행하기 시작한 것은 1970년대 이후부터다. 급격한 산업화로 인해 생태계 파괴가 날로 심각해지자 문학에서도 이를 본격적으로 다루게 되었고, 이에 따라 새로운 경향의 문학을 지칭하는 용어로 문학생태학이란 말이 쓰이게 되었다. 이 용어는 1974년 미국의 문학이론가인 조셉 미커(Joseph W. Meeker)에 의해 처음 사용되었고,[32] 80년대 중반부터는 생태시, 생태소설, 생태비평, 생태미학, 생태페미니즘 등과 같은 다양한 개념으로 분화되어 커다란 흐름이 형성되었고, 우리나라에서도 이에 부응하여 주목할 만한 연구서들이[33] 출간되었다.

생태주의는 현재 두 갈래로 분화되고 있는 것이 보편적인 경향이

다. 하나는 환경주의적 관점이며, 또 다른 하나는 순수한 생태주의 혹은 생명주의적 관점이다. 이에 따라 용어도 환경이나 공해를 다루는 문학은 환경문학으로, 생태적 인식을 주로 한 문학은 생태문학으로 불리게 되었다. 비평도 생태문학에 대한 관심이 고조되었는데, 에코크리티시즘(Eco-Criticism)이 그것이다. 이 비평은 문학과 환경의 관계를 밝혀내려는 비평, 즉 생태의식을 가지고 문학작품을 분석하거나 판단하고 문학 이론을 펼치는 문학이론을 지칭한다.

문학생태학은 근본적으로 서구문명이 인간중심적인 기독교적인 세계관에 회의를 느낀 일군의 비평가들에 의해 시작되었다. 성서 창세기에서 하느님이 인간을 창조하시고 인간들에게 모든 만물을 정복하라고 한 것이 그 발단이 된 것이다.

따라서 이러한 환경파괴를 극복하는 방법에서도 견해의 차가 드러나게 되는데, '표층생태학'과 '심층생태학'의 차이가 바로 그것이다. 표층생태학이란 정부나 제도권에서 인간중심주의적인 경제 성장을 전제로 공해나 환경문제에 접근해 가는 방식이며, 심층생태학은 이와는 달리 경제 발전이나 성장에 대해서 회의를 가지며, 장기적인 안목으로 환경문제를 해결하려는 접근 방법이다. 곧 표층생태학은 인간중심주의적인 경제발전 논리를 앞세우며, 심층생태학은 비인간중심주의적 세계관을 내세운다는데 차이가 있다. 심층생태학적 관점에서 보

---

33 김지하의『생명과 자치』(솔, 1996), 정효구의『우주 공동체와 문학의 길』(시와 시학사, 1998), 이남호의『녹색을 위한 문학』(민음사,1998), 송희복의『생명문학과 존재의 심연』(좋은 날, 1998) 신덕룡의『환경위기와 생태학적 상상력』(실천문학사, 1999), 김욱동의『문학 생태학을 위하여』(민음사, 1998), 임도한의『한국 현대 생태시 연구』(고려대 대학원, 1999), 곽경숙의『한국 현대소설의 생태학적 연구』(전남대 대학원, 2001) 등이 이들 연구서들이다.

면, 인간은 이제 더 이상 만물의 척도가 아니다. 인간을 포함한 모든 유기체는 생물권이라는 크나큰 관계 망의 하나에 지나지 않으며, 따라서 이 세계관에서 보면 생물 공동체를 이루고 있는 자연은 효용가치가 아니라 오히려 본질적 가치를 이루게 된다. 표층 생태학은 대체로 기계적 유물론의 형이상학을 받아들여 모든 현상을 불연속적이고 독립적으로 파악하려 하나, 심층생태학은 유기론을 형이상학의 근거로 삼아 이 우주에 존재하는 모든 것들을 본질적으로 서로 연관되어 있는 것으로 본다. 다분히 범심론적이요 범신론적이다. 심층생태학의 밑바닥에는 인간중심주의에 대한 강한 비판이 도사리고 있으며, 타자의 존재를 받아들일 때 비로소 나의 존재가 가능하다는 입장에서 다원주의를 높이 여긴다.

이로 보아 기문학은 자연 심층생태학과 연관된다. 기는 생명의 활동을 중시하며 모든 만물을 인간중심적 사고로 바라보지 않고 물질과 인간을 동등한 기의 이합취산으로 본다. 곧 만물을 동일한 기의 편재로 보는 세계관이다. 그러나 무엇보다도 중요한 것은 기문학은 생명의 문학이며, 생명주의가 근원이 된다는 점이다.

이광수의 「무정」을 생명주의적 관점에서 고찰하기 위하여서는 우선적으로 전제되어야 하는 점이 있다. 「무정」은 1917년의 작품이고, 생명주의가 본격적으로 논의된 것은 최근에 와서란 점이다. 「무정」이 창작된 때는 아직 산업화가 본격적으로 이루어졌을 때도 아니고 공해문제가 심각하게 대두되었던 때도 아니며, 환경 파괴가 심각하게 제기되었던 때도 아니다.

하기에 「무정」을 생태론적 관점에서 논의하기 위해서는 환경문학적 관점이 아닌 생명문학적 관점에 접근해 들어가야 할 것이다. 또한 본고의 목적이 생명론적 관점과 기문학적 관점을 서로 연계하여 그의 공통된 특질이나 연계성을 파악하여 문학이 지닌 생명성이나 역동성을 규명하려는 것이기에 환경문학적 관점보다는 자연생태학적 관점, 그 중에서도 생명주의적 관점에 중점을 두어 살피려 한다.

이광수의 「무정」은 주지하다시피 청년 남녀들의 자유연애를 중심 주제로 다룬 소설이다. 청춘은 생명이 넘쳐나는 시기이다. 「무정」은 인물 설정부터가 생명력이 넘치며, 이들 20대 청춘 인물들이 펼쳐 가는 소설 내적 사건들은 순결하고 청순하기까지 하다. 그러면서도 당대가 일제가 한반도를 강점하였던 시기란 점을 감안할 때, 외적인 상황은 질곡의 시기였으며, 모순으로 가득찬 시기였다. 이런 시기에 청춘 남녀들의 사랑과 자유 연애를 다룬다는 것은 작가적 측면에서 볼 때, 현실 도피이며 위선일 수도 있다. 특히 「무정」에서 보여주는 인물들의 외국 유학과 후일담에 언급된 금의환향은 시대착오적인 발상일 수도 있다.

그러면서도 「무정」이 지금까지 생명을 지니고 읽혀져 내려오며, 신문학사의 획을 그은 작품으로 평가되는 것은 언문일치라던가 주제의 참신성만이 아니라 그 속에 살아 숨쉬는 생명력의 신비가 있기 때문일 것이다. 본 연구자는 이 신비로운 생명력을 생태주의적 인식이라 규정하고 이를 두 가지 관점에서 규명하려 한다.

첫째는 작가의 사물인식의 방법이며, 둘째는 주인공인 영채의 정조의 훼손과 그의 극복이 지니는 생명주의적 의미이다.

첫째의 작가의 사물인식부터 고찰하기로 한다. 「무정」에 나타나는 작가의 사물 인식 방법은 한마디로 '정령적 사물인식'이라 할 수 있다. 정령적 사물인식이란 물활론적 사고 방식이다. 사물을 죽어있는 무생물로 파악하지 않고 살아 있는 것으로 인식할 때 가능한 것이다. 이러한 사고는 무생물과 생물을 동일한 존재로 지각할 때 가능하다. 이러한 통찰 하에서는 정신과 사물이 같은 차원에서 같은 의미로 서로 상호 교호하면서 얽히고 섞여 하나의 우주적 질서를 이룰 수 있다. 「무정」에서는 이러한 물활론적 세계 인식이 도처에서 발견된다.

① 비탈 위에 우뚝 섰는 오래인 성이 마치 사람과 같이 정도 있는 것 같이 생각되고 할 말이 많으면서도 들어줄 자가 없어서 못하는 듯한 괴로워하는 빛이 보이는 듯하다.[34]

② 엷은 구름 속에 가리워진 달빛이 산과 들을 변하여 꿈과 같이 몽롱하게 만든 모양으로 그 달빛이 형식의 마음에 비춰어 그 마음을 녹이고 물들여 꿈과 같이 몽롱하게 만들어 놓았다.[35]

③ 북악산에 아직도 고깔 모양으로 석양이 남았다. 장안 만호에는 파르족족한 장막이 덮인다. 그 한 끝이 늘어나서 북악산으로 덮여 올라간다. 마침내 그 고깔까지도 파랗게 물을 들이고 말았다.
강원도 바로 구름산이 떠올랐다. 그것이 처음에는 불길과 같다가 점점 식어서 거뭇거뭇하여진다. 그것이 거뭇거뭇하여짐을 따라서 장안을 덮은 장막도 점점 짙어져서 자주빛이 되었다가 마침내 회색이 된다. 그러다가 그 속에서 조그만 전등들이 반딧불 모양으로 반짝반짝 눈을 뜬다.[36]

---

34 이광수 「무정」 63회.

35 이광수, 「무정」, 65회.

36 이광수, 「무정」, 78회.

④ 길가 산 옆에 이물스럽게 생긴 바윗돌들이 내리쪼이는 햇볕에 바싹바싹하는 소리가 나는 것같고, 여기저기 외롭게 선 나무들도 졸린 듯이 잎새 하나 움직이지 아니하고 가만히 섰다.[37]

인용 ①에 보면 성(城)이란 무생물을 '정도 있고' '괴로워하는 빛을 보이는 듯'도 하다고 표현하여 마치 정도 있고 눈물도 있는 생물적인 것으로 묘사하고 있다.

인용 ②에서는 정신과 달빛의 교호 작용을 섬세하면서도 날카롭게 묘사하고 있다. 정신은 물질인 달빛과 교호하면서 동일한 차원에서 하나의 새로운 생명으로 다시 태어난다.

인용 ③에서 석양을 묘사하면서 의인법을 직접적으로 쓰지는 않았지만 모든 사물이 살아 있는 것으로 표현된다. 석양이 지고 어둠의 장막이 드려지는 과정을 마치 생물이 꿈틀대듯이 생명이 있는 것처럼 묘사한다. 마지막 부분에 '조그만 전등불이 반딧불 모양으로 반짝반짝 눈을 뜬다.'란 표현은 살아 있는 생물을 대하는 듯하다.

인용 ④에서도 의인법을 써서 사물을 묘사하는 것은 같다. 역시 모든 사물이 살아 있는 생명체로 묘사되며, 그것이 '바싹바싹하는 소리'나 '졸린 듯이 잎새 하나도 움직이지 아니하고' 등과 같이 생명체처럼 묘사된다. 위의 인용에서처럼 이광수는 사물을 의인법이나 직유 등을 통해 생생하고도 생명이 있는 것으로 묘사하기를 즐겨한 작가다. 그러나 이러한 특징, 곧 의인법을 사용했다 해서 모든 작가가 사물을 살아 있는 생명체로 느끼게 만드는 것은 아니다. 염상섭의 경우는 같은

---

[37] 이광수, 「무정」, 86회.

의인법을 쓰더라도 사물을 사물자체로 묘사하기 위한 방편으로 쓰일 뿐이지 그것에 생명을 부여한다던가 인간과 교호관계를 가지면서 인간과 동등한 차원에서 살아 있는 사물로 묘사되지는 않는다.

그렇다면 이광수의 이러한 정령적 세계 인식은 그만의 독특한 세계 인식 방법인데 이것은 어디서 연원한 것일까? 이러한 의문은 그의 어린시절의 체험을 검토해 봄으로써 해답을 찾을 수 있다.

이광수의 어린 시절의 체험을 직접적으로 정확히 기록한 것은 없지만, 비교적 정직하게 자신의 어린 시절을 회고한 것으로 「그의 자서전」이 있다. 여기서 주인공(이광수의 분신)인 '그'가 살던 집은 '동네에서 춘추로 고사를 지내는 성황당을 모신 천주산이라는 높은 산에서 남으로 흐르는 둥그스름한 봉우리 기슭 남향으로 삼태기처럼 생긴 단양한 곳'[38]에 자리하였다고 술회하고 있다. 고사, 성황당, 천주산, 삼태기처럼 생긴 단양한 곳 등의 묘사에서 우리는 그곳의 분위기를 짐작할 수 있다. 전형적인 시골 마을로 신주를 모신 신비스럽고 영험스런 기운이 서린 산골 마을을 떠올릴 수 있다. 그리고 '그'의 집에서 멀리 보이는 큰 산을 자정산이라 불렀다 하는데, 이 산부터가 어린 '그'에게는 '신비한 산'이고 '거룩한 산'으로 인식되었다 기술하고 있다. 이러한 환경에서 자란 그는 유난히 귀신에 대한 회상을 자상하게 하고 있다.

> 본래 우리 집에는 귀신이 많았다. 안방 신력은 귀신 위해서 있는 것인데 그 중에 큰 당죽(고리짝 같은 것)이 "마을님" 그 다음 검은 당죽이 "서천님" … 그리고 대문간에 오색 명주 헝겊을 너슬너슬하게 늘인 것이 "광대 삼

---

38 이광수, 「그의 자서전」, 이광수전집, 9, 삼중당, 1962, 242쪽

성님 … 그 밖에도 더 있었는지 모르나 내게는 기억되기는 이런 귀신들이었다. 광대 삼성님은 대과한 집에만 있는 귀신들이라고 하여 어머니는 그 귀신이 있는 것을 매우 만족해하는 모양이었다.[39]

이러한 귀신을 '그'는 거짓으로 생각하지 않고 진실로 믿고 있었다. 이는 다음과 같은 술회에서 발견할 수 있다.

외조모의 말을 들으면 내 어린 생각에도 이 세상은 모두 귀신 천지인 것 같았고 공중에도 수없는 귀신들이 무서운 눈을 뜨고 날아다니는 것 같았다. … 더구나 동네에 마마가 들어서 교통이 차단되고 우두 별성마마 냄을 낸다하여 지푸라기로 조그마한 오장이를 만들고 거기다가 오색 헝겊을 너슬너슬 단 것을 동구 뽕나무 가지에 걸고 무당이 중얼거리는 것을 보면 더구나 귀신이라는 것이 무서웠다.[40]

이러한 체험은 그의 마음속에 '귀신과 죽음의 공포로 어린 마음에 뿌리 박히게' 한다. 더구나 그가 살고 있었던 주위 환경은 이러한 체험과 더불어 샤머니즘과 애니미즘을 신봉하게 해주는 결정적인 역할을 하게 한다.[41] 그의 외가도 '수백 년이나 된 듯한 고가인데다가 널따란 뒤 울 안에는 반쯤 말라죽은 늙은 나무들'이 있고 이러한 '나무에 종이나 무색 헝겊을 달아서 귀신이 있다는 것을 표한'[42] 매우 샤머니

---

39 이광수, 「그의 자서전」, 244쪽.
40 이광수, 「그의 자서전」, 245쪽.
41 유동식, 『한국 무가의 역사적 구조』, 연대출판부, 1975. 46~67쪽.
42 이광수, 「그의 자서전」, 245쪽.

즘적인 환경이었다. 이런 환경에서 자란 이광수였기에 그는 사물을 단순한 사물로 매정하게 물질적인 무생물로 볼 수 없었다. 그가 사물을 생명적인 것으로 파악한다던가 정령적 사물 인식을 보여 주는 것은 이에 기인된 것이다.

이상에서 볼 때, 이광수의 정령적 사물 인식 방법과 애니미즘적 세계관은 그의 어린 시절부터 형성된 것이며, 이러한 세계관이 있었기에 그는 서울을 묘사하거나 평양에서의 행동을 묘사할 때도 사물을 살아 있는 것처럼 그릴 수 있었으리라 생각된다. 정령적 사물 인식과 샤머니즘과 애니미즘적 사고는 기문학에서 말하는 생명현상을 표출할 수 있는 근거가 되며, 또한 본고에서 주제로 삼고 있는 생태적 인식의 근원적 밑바탕이 되기도 한다. 생태주의가 서양보다는 동양적 사상이 불교나 도교적 인식에 가까운 것도 이러한 이유 때문이다. 불교나 도교나 샤머니즘은 물질을 인간이 이용할 대상으로 파악하여 그를 정복하려는 세계관이 아니라 자연과 더불어 공존하며 그와 일체가 되며 조화를 이루며 살아가는 세계관이다. 그것은 인간 이외의 사물을 죽어 있는 것으로 파악하는 것이 아니라 미생물이나 미세한 입자까지도 살아 있는 것으로 파악하며, 인간과 동등한 것으로 인식하는 세계관이다. 기문학에서 죽음과 삶을 기의 이합취산으로 보는 세계관은 바로 이러한 세계관과 통하는 것으로 애니미즘이나 샤머니즘은 이를 밑받침해주는 근원적인 세계 인식 방법이라 하겠다.

다음으로 영채를 통한 생명주의 사상을 고찰해 보기로 한다.

영채는 이 소설에서 굴곡을 주고 생명을 주는 주요한 인물이다. 제목이 「무정」인 것은 영채를 전제로 할 때만이 가능한 명명이다. 형식이나 선형에게는 한이 있을 리 없다. 그러나 영채는 아버지와 오빠가 감옥에서 자결하고, 꿈에도 바라던 형식에게 배반당하며, 종국에는 김현수와 배학감에게 정조가 유린된다. 영채는 이 소설에서 한으로 점철된 인물로 등장한다.

그런데 문제는 작가가 영채를 정조를 훼손시키고 다시 살려 놓는 데 있다. 영채는 「소학」과 「열녀전」에서 배운 유교적 윤리관으로 정조가 훼손되면 마땅히 죽어야 하는 것으로 신념화되어 있었다. 이런 윤리관을 깨뜨리고 영채를 살려 내는 것은 병욱의 다음과 같은 설득에 의해서다.

첫째 영채씨는 속아 살아 왔어요. 이 형식이란 사람을 사랑하지도 아니하면서 공연히 정절을 지켜 왔지요. 부친께서 일시 농담삼아 하신 말씀 한 마디 때문에 영채씨는 칠팔년 헛된 절을 지킨 것이외다. 사랑하지 않는 사람을 위해서, 피차에 허락도 아니한 사람을 위해서 절을 지키는 것이 헛된 일이 아니야요? 마치 죽은 사람, 세상에 없는 사람을 위해서 절을 지키는 것이나 다름이 있어요?[43]

영채씨는 지금까지 꿈을 꾸고 지나셨지요, 얼굴도 잘 모르고 마음도 모르는 사람에게 어떻게 마음을 허합니까. 그것은 다만 그릇된 낡은 사상의 속박이지요. 사람은 제 목숨으로 삽니다.[44]

영채가 형식을 위해 오롯이 정절을 지키다가 김현수 일당에게 정절을 겁탈 당하고 죽으러 가는 순간에 병욱은 부친이 농담 삼아 한 말로

---

43 이광수, 「무정」, 89회.
44 이광수, 「무정」, 89회.

자신의 목숨까지 바치려는 어리석은 영채를 속아 살아 왔다고 깨우쳐 주면서 일침을 놓는 장면이다. 여기에는 유가적 윤리관을 정면에서 거부하는 저항 정신이 숨겨져 있으며, 또한 자신의 참 자아를 찾아간다는 점에서 자아정체성의 탐구인 동시에 인간의 목숨을 무엇보다도 귀하게 여긴다는 귀중한 자각이 깃들여 있다. 특히 마지막에 '사람은 제 목숨으로 산다'는 말에는 매우 의미심장한 의미가 내재한다. 이것은 인륜보다 천륜이 중요한 것이며 사람이 만든 속박이나 규율이나 윤리는 하늘의 본성에 비추어 허위일 수 있음을 설파한 것이다. 이것은 마치 허균이 상중에 기생과 희롱하였다고 비난하자 기생과의 욕정은 하늘의 뜻이고, 상중에 삼가라는 것은 인간의 윤리라 하여 하늘을 따르겠다는 말이나 다름이 없다. 이러한 사상은 지금 본고에서 문제 삼고 있는 생태주의 사상과 맞닿는 사랑이다. 생태주의에서도 생명사상과 상통하는 것이라 할 수 있다.

이러한 설득은 영채의 마음을 움직이기 시작하는데, 다음과 같은 말에서 영채는 비로소 새로운 자각에 눈뜨게 된다.

참 생활이 열리지요. 지금까지는 스스로 속아 왔으니깐 인제부터 참 생활이 열리지요. 영채씨 앞에는 행복이 기다립니다. 앞에 기다리고 있는 행복을 버리고 왜 귀한 목숨을 끊어요.[45]

여기서 병욱은 계속 생명의 중요함을 역설한다. 행복이 열려 있다는 설득이다. 그러나 영채의 고정관념은 쉽게 설득되지 않는다. 영채

---

[45] 이광수, 「무정」, 90회.

가 쉽게 설득될 수 없는 것은 지금까지 지녀온 가치관 때문이다. 의리
지심이 바로 그것이다. 그러나 병욱은 다음과 같이 말한다.

의리? 영채씨께서 죽으시는 것이 의리 같습니까?[46]

병욱은 의리로 목숨을 끊는 것에 대한 부당함을 계속 역설하다가
다음과 같이 조선의 윤리관 전체에 냉소적인 도전장을 던진다.

홍, 그 삼종지도라는 것이 여러 천년간 여러 천만 여자를 죽이고 또 여러
천만 남자를 불행하게 하였어요. 그 원수의 글자 몇 자가, 홍.[47]

이러한 과정을 거친 후 병욱은 비로소 다음과 같이 속박을 벗고 자
유를 얻을 것을 역설한다.

영채씨도 이러한 낡은 사상의 종이 되어서 지금껏 속절없는 괴로움을 맛
보셨습니다. 그 속박을 끊으십시오. 그 꿈을 깨십시오. 저를 위하여 사는
사람이 되십시오. 자유를 얻읍시오.[48]

위에 인용한 보았듯 병욱은 자살하러 가는 영채를 기차에서 우연히
만나 그녀의 사정을 듣고 영채를 끈질기게 설득한다. 그 주된 요지는
유가적 윤리관을 깨뜨리고 새로운 삶을 살아가라는 내용이다. 정절이

---

46 상동.

47 상동.

48 전게서, 동쪽.

니 의리니 삼종지도니 하는 것은 인간이 만든 윤리이니 그에 속박되지 말고 참자아를 찾고 생명을 살리라는 내용이다. 영채의 정조 훼손과 그로 인한 자살 결심을 통렬히 비판함으로써 역설적으로 참생명의 귀중함을 역설하게 되는 것이다.

「무정」에서 영채가 정조를 더럽히고 자살하러 가다가 병욱을 만나 목숨을 건지는 것은 매우 의미심장한 사건이다. 여기에는 이광수의 진화론적 낙관론이 작용한 것이며, 동시에 당대의 식민지 현실이 일본에게 정조를 훼손당한 우리 민족의 비극적 현실을 상징적으로 드러내기도 하는 것이다. 이런 불행에 처한 민족 공동체의 운명을 새롭게 계몽하기 위해서 이광수는 영채를 살려 놓을 수밖에 없었다.

그러나 거기에는 계몽적 의도 이전에 작가가 지니고 있는 생명주의 사상이 깔려 있기에 그러한 소설 내적 사건 설정이 가능했을 것이다. 계몽성의 과다한 노출과 그 위선성으로 이광수가 폄하 받고 있는 것은 사실이지만, 그의 소설에 내재하는 생명주의상상을 생기론적 관점에서 추출해 내어 그에 의미를 부여하는 것은 의미 있는 일이라 생각된다.

지금까지 본 연구자는 「무정」에 나타난 생명주의를 영채를 중심으로 파악하고 작가의 생기론적 세계관을 정령적 사물인식과 연관시켜 그 특징을 살폈다. 이 둘은 크게 보아 기문학적 범주 중에서도 생기론적 관점에 해당한다. 이는 또한 현재 학계에서 활발히 논의되고 있는 생태학과도 연관된다. 결론적으로 말해 작품에 투영된 생명성은 문예미학적으로 사람에게 감동을 줄 수 있는 미적 요소에 해당한다. 하기에 이것은 앞으로도 계속 타 작품이나 타 작가에게서도 확대되어 규명되어져야할 특질이라 생각된다.

이광수 「원효대사」의 생태학적 특성

　본 항에서는 앞에서 살펴본 기문학의 기본 개념을 중심으로 우리 현대 문학에 나타난 생태학적 특성을 고찰해 보려 한다. 여기서는 그 시론으로 이광수의 「원효대사」를 대상으로 그 특징을 추출해 보려 한다. 현대문학을 기문학적 관점에서 생태학적 특성을 추출하는 작업은 그리 간단한 문제는 아니라고 생각된다. 어떤 소설이나 시도 생태학적 특성을, 아니 더 나아가서 생명주의적 정신을 지니지 않은 작품이 없을 것이기 때문이다. 여기서 특별히 이광수의 「원효대사」를 대상으로 삼은 이유는 이 작품이 이광수에게는 실제적으로 마지막 장편 소설에 해당하는 매우 중요한 작품인 동시에, 당시(1942년)가 일제가 우리 민족의 생명을 말살해 가는 최악의 상황이었기에, 이러한 민족적 죽음의 시기에 씌어진 작품에서 생태적 특징, 혹은 생명주의적 정신을 추출하고 그 의미를 재해석하는 것은 매우 뜻 깊은 작업이라 생각되기 때문이다.

「원효대사」는 위에서 말한 기질론과 기상론적 특성 중 기상론적 성격이 강한 작품이다. 이러한 분류가 가능한 것은 그 주인공을 중심으로 특성을 고려할 때 얻어지는 결론이다. 주인공인 원효대사의 성격이 바로 기상론적 관점의 세 특성인, 강건·호방·웅혼의 기상을 고루 갖춘 성격이다. 원효는 작품에서 요석공주와 파계는 하였으나 바로 대오 각성하여 그러한 세속적 욕망에서 벗어나 강인한 수련을 계속하면서 학문적으로나 중생 제도 행위로나 강직한 실천행을 보여주는 인물로 나온다. 「원효대사」는 모두 8장으로 되어 있다. 첫 장 '제행무상'부터 마지막장 '도량'까지 원효의 보살행의 수련과 그의 실천행이 주내용이다. 원효는 요석공주와 파계를 하나 곧 대오 각성하여 요석궁을 떠나 용신당 수련을 거쳐 방랑의 길을 걸으며 중생을 제도하는데 오로지 한다. 마을을 돌아다니며 전염병으로 죽어가는 중생을 살려내고, 신분을 드러내지 않고 감천사에 불목하니로 들어가 자신을 시험하며 고행을 자초하는가 하면, 무애암을 손수 지어 도에 정진하기도 한다. 이 무애암으로 요석공주와 용신당 수련에서 만난 아사가가 찾아오나 계를 지키며 유혹을 물리친다. 이러한 실천행은 모두 강인한 정신력을 바탕으로 한 것이다. 화엄경과 법화경, 대승기신론이 그 기저를 뒷받침해 주었기에 가능했던 행위들이다. 이 작품은 이런 면에서 보면 삼모와 공주의 유혹으로 번뇌에 빠졌다가 수련을 통해 깨달음을 얻고 도를 얻어 그를 중생에게 실천하는 탐색구조형 성장소설이라 할 수 있다. 원효의 기상은 강직함 바로 그에 해당한다.

또한 원효의 행동은 거칠 것이 없는 호방함을 보여준다. 술과 고기를 먹고 여자를 가까이 하며, 조롱박을 차고 춤을 추고 노래를 부르며 중생과 함께 거리낌 없이 노니는 모습은 호방함 바로 그대로이다. 물론 술과 고기를 먹는 것은 대안대사의 이끌림에 마지못해 끌려 간 청루 삼모(三毛)의 집에서이다. 삼모는 대안대사의 설명대로 '당대 해동에 으뜸이요, 유신공이 불러도 아니 듣고 지금은 상감이시지마는 금상께서 춘추공이라고 일컬으실 시절에 여러 번 불러도 아니 움직인'[49] 기녀다. 이런 삼모의 유혹에 끌려 원효는 술과 고기를 먹고 거나하게 취하여 계를 어긴다. 물론 이것은 요석공주와의 파계를 위한 전 단계 상황 설정에 지나지 않는다. 이러한 상황은 원효로 하여금 계율을 깨트리고 더 큰 중생제도를 할 수 있는 계기를 만든다. 원효가 아리내 다리를 건너다 요석궁대사에 의해 요석궁으로 유인되는 것도 이러한 중간단계가 있기에 가능했다. 요석공주와 파계를 하고 바로 일어나 용신당 수련으로 들어가는 것도 이런 유혹의 질곡이 있었기에 더욱 절실할 수 있다. 원효가 파계를 저지르지 않고 용신당으로 들어가 수련을 하였다면 그것은 호방한 깨달음이 못되고 소승적인 깨달음이거나 아니면 고고한 학승의 깨달음에 지나지 않았을 것이다. 쇠가 수십 번의 담금질을 통해 강쇠가 되듯 원효도 삼악도의 경험을 통해 더 높은 경지의 법도에 도달할 수 있게 되는 것이다.

원효가 조롱박을 달고 다니며 저자거리에서 춤추고 노래하였다는 것은 유명한 이야기지만 작품에서는 뱀복이 어머니의 장례식 때 이러한 행위가 구체적으로 나온다. 뱀복이가 거지행색으로 원효를 무애암에서 유인하여 끌고 간 곳은 땅꾼 뱀복이 어머니가 죽어 있는 서울 만선북리라는 동네 조그만 집이었다. 그것에 도착하자 뱀복이는 원효에

---

49 이광수, 「元曉大師」, 95~96쪽.

게 의미심장한 말은 한다. 자기의 어머니가 옛날 원효와 뱀복이 둘이서 경을 가지고 올 때, 그 경을 싣고 오던 암소라는 것이다. 경을 실은 공덕으로 사람의 몸은 타고 났으나 닦은 복도 덕도 없어 평생에 빈궁하고 하천하여 매맞고 굶어죽을 팔자라 뱀복이가 잠시 그의 아들로 온 것일 뿐이라는 것이다. 불교의 인연 사상이 이 지점에서 그대로 노출되고 있다. 뱀복이는 장례식때 '어머니의 시체를 두루쳐 업고 광 속으로 들어가'[50] 버린다. 『삼국유사』에도 실려있는 전설적인 인물이다. 그런데 여기서 중요한 것은 뱀복이라는 인물 보다는 이 때 행한 원효의 실천행이다. 원효는 뱀복이 사라지는 것을 보고 불보살의 위력임을 깨닫고 뱀복의 무덤 앞에서 노래를 한다. 노래를 끝내고 원효가 춤을 추니 사백 명 모두 일어나 춤을 추었다.[51]

> 한바탕 춤이 끝난 뒤 원효는 거지들과 함께 나무아미타불을 외치며 서울 성중으로 대중을 끌고 들어섰다. 사백 명 대중이 나무아미타불을 합창하는 소리가 성중을 흔들었다. 원효는 대중을 끌고 홍륜사 분황사 같은 큰 절과 호구 즐비한 시가로 순회하였다. 사람들은 이 희한한 광경을 보려고 모두들 길가에 나섰다.[52]

얼마나 호쾌한 일인가? 감히 다른 중들은 흉내도 낼 수 없는 호방한 행동을 원효는 보여주고 있는 것이다. 원효는 이후 땅꾼 거지 떼의 두목이 되어 각기 이들의 특성을 잘 살려 모두 훌륭한 사람을 만든다.

---

50 이광수, 「元曉大師」, 266쪽.
51 이광수, 「元曉大師」, 273쪽.
52 이광수, 「元曉大師」, 273~274쪽.

이광수의 주특기인 계몽성이 드러나는 장면이기도 하다.

　원효의 호방함은 여기에서 끝나지 않는다. 그는 당시 가장 무서운 도적 떼로 소문이 난 바람이라는 도적 두목과 기싸움을 벌려 두목을 제압한 후 도적 떼를 모두 포박하여 궁중으로 끌고 오기 때문이다. 요석공주와 아사가를 납치한 도적을 찾아 도적의 소굴로 들어가 피리와 바람의 위협을 받으나 원효는 꿈쩍도 안한다. 두목 바람의 제갈량 격인 피리가 앉아 있는 원효를 칼로 찌르자 태연하게 앉아서 번개같이 공격을 막고 오히려 칼을 뺏고 피리의 손목을 비틀고 있을 정도로 원효의 무예는 출중하다. 바람이 귀를 잘라 넣은 독을 가져와 원효를 겁주려 하나 오히려 설법으로 바람의 간장을 서늘케 한다. 바람은 원효를 만나 그와 수작하면서 그에게 '압기가 됨을 느낀'[53]다. 끓는 기름 가마에 원효를 넣고 삶아 죽이려 하자 그는 불가마로 가는 길에 지팡이로 우물을 마르게 하고, 기름이 설설 끓는 불가마 앞에서 태연자약하게 진언을 외운다. 원효는 무상도(無上道)의 고마움을 느끼며 회심의 미소를 떠올린다. 법열에 든 것이다.

　원효의 얼굴에는 회심의 미소가 떠올랐다. 법열(法悅)이다. 그러나 다음 순간 원효는 제불보살도 모두 공화(空華)의 난기난멸(難起難滅)임을 보았다.
　'공공적적(空空寂寂)이다. 적멸(寂滅)이다.'
　공간과 시간이 일시에 다 타버리고 말았다. 오직 환할 뿐이다. 억지로 이름을 지으면 각원명(覺圓明)이다.

---

53 이광수, 「元曉大師」, 330쪽.

원효의 얼굴에는 다시 웃음이 떠돌았다. 적멸의 경계에서 다시 중생세계로 돌아나오는 것이었다.

원효의 눈앞에 바람과 여러 도적들과 요석공주와 아사가와 나무들과 이런 것을 보았다. 그것들이 모두 갓난아기와 같이 불완전하면서도 귀여움을 느꼈다. 최애일자지(最愛一子地)의 자비심이다.[54]

도적의 괴수 바람은 '원효의 몸에서 환하게 빛을 발'하는 것을 보고 '눈을 스르르 감고 고개를 점점 숙이더니 원효의 앞에 무릎을 꿇고 엎드려 느껴운다.' 원효의 죽음까지 초월한 법력의 신비에 눌려 감화가 된 것이다. 원효의 호방한 기에 압기(壓氣)가 된 것이다.

또한 원효의 뜻은 웅혼하기 그지없다. 그는 귀족이면서 화랑의 무리였으며, 개인을 위해 사욕에 사로잡히는 바가 없으며, 항상 신라의 부강을 위해, 또한 인류의 구원을 위해 자신의 모든 것을 오로지 한다. 위의 예에서도 보았듯 원효는 자기 자신의 애욕에서 벗어나 인류 중생을 제도하는데 그의 모든 것을 바쳤다. 도적 바람도 마지막 원효가 쓴 '菩薩變化 示現世間 非愛爲本 但以慈悲 令彼捨愛 假諸貪慾 而入生死. 보살이 사람의 몸을 가지고 세상에 나타난 것은 애욕으로 그러하는 것이 아니라, 오직 자비심으로 중생으로 하여금 애욕을 버리게 하려고 모든 탐욕의 모양을 빌어나고 죽는 중생이 됨이니라'[55] 하는 글귀에 감화되어 원효 앞에 무릎을 꿇은 것이다. 이 소설의 결미에 해당하는 부분이기도 한데, 이 말에 원효의 웅혼한 뜻이 모두 담겨 있다고 해도 과언은 아닐 것이다.

---

54 이광수, 「元曉大師」, 336쪽.

55 이광수, 「元曉大師」, 337쪽.

이러한 원효의 성격은 대안대사나 방울스님의 중개자를 통해 더욱 빛나며, 원효의 성격은 이 작품 전체를 지배하는 기상의 상징이 된다. 특히 대안대사는 「원효대사」에서 원효가 큰 깨달음을 얻게 하는데 결정적 역할을 한다. 대안은 성격부터가 호탕하기 이를 데 없다. 그는 파계를 두려워하지 않으며, 세상을 초탈하여 성인과 같은 경지에서 자유자재로 자신의 모든 것을 중생 제도를 위해 바친다. 방울스님도 원효가 감천사에서 불목하니를 하고 있을 때 원효를 큰 깨달음의 길로 인도한다. 방울 스님은 대안대사처럼 뛰어난 모습을 보이지 않는다. 누룽지나 좋아하는 어리석은 늙은 중으로 나올 뿐이다. 그러면서도 방울스님의 혜안은 뛰어나다. 감천사의 모든 중이 원효를 못 알아보고, 그가 해주는 밥을 먹고 그의 대승기신론소를 공부하면서도 불목하니 원효를 천시하나, 방울스님만은 원효를 알아보고, 원효가 자신의 뿌리를 빼기가 어렵다고 털어놓자, '나의 뿌리가 그렇게 깊다고 보는 그 마음을 떼어버리라'고 일갈하여 원효로 하여금 깨달음을 얻게 한다. 원효는 그 소리에 비로소 눈이 열려 화엄경에 정진한다. 또한 앞서 이야기 한 뱀복이도 원효가 불쌍한 중생들을 제도하도록 인도하고 무덤의 광속으로 사라진다. 이들은 모두 원효가 대선사가 되는데 중개자 역할을 하는 인물들이다. 이들 중개자의 특징은 모두 세상을 초탈하고 있다는 점에서 공통점이며, 파탈한 점에서 호방의 기를 지니고 있으며. 기가 뛰어나다는 점에서도 원효에게 귀감이 되고 있다. 이러한 점을 종합해 볼 때 「원효대사」는 기상론의 세 특성인 강건·호방·웅혼 중 호방함이 가장 두드러지게 나타나는 작품이라 하겠다.

하기에 「원효대사」에 나타나는 생태학적 특성은 다중적 의미를 띠게 된다. 이것은 무슨 뜻이냐 하면, 미물까지도 긍휼이 여겨 생명을 존중하는 심층생태학적 특성이 표출되는가 하면, 불교도로서, 또한 대사로서 살생을 금해야 하는 입장임에도 불구하고 뱀을 잡아먹고 육식을 하며, 술과 계집을 가까이 하는 파계를 서슴지 않는데, 이것은 그런 행위가 단순한 파계가 아니라 우주적 차원에서의 상생(相生)의 원리를 지향한다는 데 더 큰 의의가 있다. 우주를 생명의 순환 고리로 인식하는 원효의 생태적 사유가 드러난 결과라 하겠다. 이것은 생명, 생태적 문제를 세 가지 측면, 즉 다양성, 관계성, 순환성으로 범주화했을 때 순환성의 원리에 해당한다.

작품에 드러나는 전자의 대표적인 예는 원효가 대안대사를 따라 그가 살고 있는 동굴로 갔을 때, 어미 잃은 너구리 새끼를 측은히 여겨 그 새끼들을 돌보며, 마치 갓난아기 다루듯이 동물을 인격화하는 대안대사의 행동에서 잘 드러난다. 대안대사가 젖을 얻으러 간 사이 두 마리의 너구리 새끼가 죽자 원효는 법화경을 외우며 그 넋을 위로하는데 이 행위 또한 모든 사물, 미물까지도 긍휼히 여기는 자비심 내지는 측은지심이 나타난 결과라 하겠다. 대안대사가 죽은 두 시체 앞에 젖을 따라놓고 굵은 눈물을 떨어뜨리는 장면은 자비심의 극치를 이룬다. 그러나 이러한 예는 비근한 예에 지나지 않는다. 실에 있어「원효대사」 전체는 부처의 자비심, 중생에 대한 연민의 정이 근간을 이룬 소설이며, 원효는 이를 대변하는 자비 실천행의 서사구조를 지니고 있다. 그러니까 작품 전체는 원효의 중생에 대한 연민의 정과 자비심이 구체적 행동으로 나타난 소설이라 하겠다. 따라서 이 소설은 저절로 심층생태학적 특성을 지니는 소설이 되는 것이다.

후자의 경우, 즉 상생의 원리는 대안대사를 따라가 파계를 시작하는 홍등가 삼모 집에서의 음주와 육식, 무애암을 지을 때의 살생, 뱀복이를 만나 땅꾼들과 어울리며 뱀을 죽이는 물살계(勿殺戒)를 어기는 행위 등에서 드러난다. 이 경우 살생을 하였지만, 이것은 생명의 순환법칙 하에서는 볼 때, 더 큰 생명을 살리기 위한 상생이기에 물살계를 범한 것이 죄가 될 수 없다는 이야기가 된다.

여기서 무애암을 지을 때의 원효의 생각을 잠깐 살펴보기로 한다.

"시님, 이렇게 풀과 나무를 자르고 또 벌레를 죽이는 것은 살생이 아닙니까."

한번은 역사를 하다가 쉬는 동안에 의명이 이런 말을 물었다. 집 한 채를 지으려면 나무도 많이 찍어야 하고, 풀뿌리도 많이 파야하고, 그러노라면 나무와 풀에 의지하여서 살던 새와 버러지도 많이 의지를 잃게 될뿐더러 직접 죽는 일도 많았다. 의명은 이것이 애처로웠던 것이다.

"왜 살생이 아니야."

원효는 이렇게 대답하였다.

"그런데 사문(沙門)이 살생을 해도 좋습니까."

의명은 이렇게 물었다.

"사바 세계가 살생 아니하고 살아갈 수 있는 세곈가."

원효는 이렇게 대답하였다.

"그러면 사문과 속인과 다른 것이 무엇입니까."

"범부는 저를 위해서 남을 죽이고 보살은 중생을 건지기 위하여서 남을 죽이느니라. 석가세존의 발에 밟혀서 죽은 중생은 얼마나 되는지 아는가. 석가세존이 열반하시기 전에 도야지 고기를 잡수시지 않았나. 그러나 석가세존은 일찍 한 번도 살생하신 일이 없나니라."

원효는 이렇게 대답하였다.

"어찌해서 그것이 살생이 안 됩니까?"

"세존은 당신을 위하여서 사신 일이 없으시니."

원효의 이 말에 의명은,

"알았습니다."

하고 절하였다.

"그러면 살생유택(殺生有擇)이란 무엇입니까."

의명은 다시 물었다.

"그것은 세속 사람이 지킬 것이니라."

"보살은 살생이 없습니까?"

"그렇다. 보살은 삼계 중생을 다 죽여도 살생이 아니니라. 자비니라."

"알았습니다."

하고 의명은 또 한번 절을 하였다.[56]

사바세계를 살아가자면 살생을 안 할 수는 없는 법, 그러나 그것이 자기의 이익이나 탐욕에서 우러나온 것이 아니고 중생을 건지기 위해, 곧 이타를 위해 살생을 할 때는 자비가 된다는 말은 어쩌면 아전인수이고 역설처럼 들릴 수 있다. 그러나 상생의 원리를 곰곰이 생각해 보면 이 말은 진리 중에 진리임을 알 수 있다. 서로 상대를 위해 자신을 먹이로 제공할 수 있을 때, 나의 욕망이 아니라 타인의 욕망을 채워주기 위해 자기를 죽일 때 그것이 진정한 보살의 삶이고, 그런 상생의 관계 속에 개체가 위치할 때, 순환성 관계성 다양성의 원리는 빛을 발할 수 있게 되는 것이다. 자비행의 실천을 위한 자기희생과 자신을 내어주는 보살행은 상생의 원리의 규범이 되며, 이를 실천할 때 생

---

56 이광수, 「元曉大師」, 201쪽.

태적 세계관은 저절로 이루어지는 것이다.

위에서 살펴 본 대로 「원효대사」는 불교 소설이다. 하기에 위에서 지적한 몇몇의 구체적인 예는 말 그대로 구체적인 예일 뿐이다. 이 소설은 전체가 불교적 세계, 그 중에서도 원효의 사상인 진속일여(眞俗一如)의 세계관이 지배한다. 즉 모든 세속과 진리가 떨어져 존재할 수 없으며, 둘일 수 없다는 생각은 모든 만물이 동등하다는 전제하에 출발한다. 이러한 세계관이 반영된 작품은 자연스럽게 생태적 관점에 가까이 갈 수밖에 없다. 그러니까 「원효대사」는 그 자체로 이미 생태적 관점을 포용하고 있다고 보아도 무방할 것이다.

지금까지 필자는 기(氣)가 지니는 의미의 다양성과 그것이 지니는 생태학적 연관성을 점검하여 보았다. 기일원론적 입장에서 자연을 보는 관점이 바로 생태학적 관점과 동일하다는 것도 논의되었다. 이것은 자연은 생명체이며 자연의 본질이 인간을 비롯한 모든 생명체의 본질과 동일하다는 유기체적 자연관이며, 이것이 바로 생태학적 관점임이 확인되었다. 이러한 관점은 예술론에서도 그대로 적용될 수 있었다. 참다운 예술, 힘 있는 예술, 감동을 주는 예술은 바로 자연으로부터 오는 것이며, 천인합일의 경지에 이르러야 진정한 예술이 나올 수 있음도 논의되었다. 이러한 관점은 모두 생태학적 인식과 그 실천을 기본으로 한다. 그만큼 생태학은 문학에서 중요한 것이며, 그 어떤 것보다 핵심에 위치하는 것이라 하겠다. 「원효대사」를 생태학적 관점에서 살펴 본 것은 위의 개념이 작품에 그대로 적용될 수 있는가를 알아보기 위한 한 시도였다. 특히 불교 소설인 「원효대사」를 생태학적 관점에서 살펴본다는 것은 매우 의의 있는 일이라 생각된다. 불교 소설은 그 자체로 주제적 측면에서 생태학과 매우 근접해 있다. 이 점은

「원효대사」에서도 그대로 확인되는 점이었다. 앞으로 이 연구는 역사소설이나 불교소설은 물론, 일반 소설로까지 확대되어 그 실상이 점검되어야 할 것이다.

본문 속 인용문의 한자원문

'4. 고려시대 문예론과 기' 부분의 인용문 원문

文1) 天下之事 不以貴賤貧富 爲之高下者 唯文章耳 盖文章之作 如日月之麗
天也 雲煙歛散於大虛也 有目者無不得覩 不可以掩蔽 是以布葛之士 有
足以垂光虹霓 而趙孟之貴 其勢豈不足以富國富家 至於文章 則蔑稱焉.
　　　　　　　　　　　　　　　　　　　　　　　　　　　　　－ 破閑集

文2) 古今詩人 托物寓意 多類此 二公之作初不與之相期 吐辭悽惋 若出一人
之口 其有才不見用 流落天涯 羈游旅泊之狀 了了然 見於數字間 則所謂
詩源乎心者 信哉.　　　　　　　　　　　　　　　　　　　　　－ 破閑集

文3) 昔山谷論詩 以謂不易古人之意 而造其語 謂之換骨 規模古人之意 而形
容之 謂之奪胎 此雖與夫活剝生吞者 相去如天淵 然未免剽掠潛竊以爲
之工 豈所謂出新意於古人所不到者之爲妙哉.　　　　　　　　－ 破閑集

文4) 且人之才如器皿 方圓不可以該備 而天下奇觀異賞 可以悅心目者甚夥 苟
能才不逮意 則譬如駑蹄臨燕越千里之途 鞭策雖勤 不可以致遠 是以古之
人 雖有逸材 不敢妄下手 必加鍊琢之功 然後足以垂光虹蜺輝映千古.
　　　　　　　　　　　　　　　　　　　　　　　　　　　　　－ 破閑集

文5) 詩家作詩多使事 謂之點鬼簿 李商隱用事險僻 號西崑体 此皆文章一病
近者 蘇黃崛起 雖追尙其法 而造語益工 了無斧鑿之痕 可謂靑於藍矣…
吾友著之 亦得其妙…皆播在人口 眞不愧於古人.　　　　　　　－ 破閑集

文6) 未識七賢內 誰爲鑽核人.　　　　　　　　　　　　－ 東國李相國集 七賢設

文7) 夫詩以意爲主 設意尤難 綴辭次之 意亦以氣爲主 由氣之優劣 乃有深淺耳.
　　　　　　　　　　　　　　　　　　　　－ 東國李相國集論詩中微旨略言

文8) 然氣本乎天 不可學得 故氣之劣者 以雕文爲工 未嘗以意爲先也 盖雕鏤
其文 丹靑其句信麗矣 然中無含蓄深厚之意 則初若可翫 至再嚼則味旣

窮矣.   -論詩中微旨略言

文9) 予本嗜詩 雖宿負也 至病中尤酷好 倍於平日 亦不知所以 每寓興燭物 无日不吟 欲罷不得 因謂此亦病也 曾著詩癖篇以見志 盖自傷也.

-白雲小說

文10) 余自少放浪無檢 讀書不甚精 雖六經子史之文 涉獵而已 不至窮源 況諸家章句之文哉 旣不熟其文 其可效其體 盜其語乎 此所以不得不作新語.

- 東國李相國集 卷第二十六, 答全履之論文書

文11) 凡效古人之體者 必先習讀其詩 然後效而能至也 否則 剽掠猶難 譬之盜者 先窺諜富人之家 習熟其門戶墻籬 然後善入其宅 奪人所有爲己之有 而使人不知也 不爾 探卵肤篋 必見捕捉.   - 白雲小說

文12) 詩有九不宜体 是予所深思而自得之者也-篇內多用古人之名 是載鬼盈車体也 攘取古人之意 善盜猶不可 盜亦不善 是拙盜易擒体也 押强韻無根據處 是挽弩不勝体也 不揆其才 押韻過差 是飮酒過量体也 好用險字 使人易惑 是設坑盜盲体也 語未順而勉引用之 是强人從己体也 多用常語 是村父會談体也 乎犯語忌 是凌犯尊貴体也 詞荒不刪 是莨莠滿田体也 能免此不宜体格 以後可與言詩矣.   - 東國李相國集

文13) 詩文以氣爲主 氣發於性 意憑於氣 言出於情 情卽意也.   - 補閑集

文14) 詩評曰氣尙生語欲熟 初學之氣生然後壯氣逸 壯氣逸然後老氣豪.

- 補閑集

文15) 文者 蹈道之門 不涉不經之語 然欲鼓氣肆言 竦動時聽 或涉於險怪 況詩之作 本乎比興諷喻 故必寓託奇詭 然後其氣壯其意深其辭顯 足以感悟人心 發揚微旨 終歸於正.   - 補閑集 序

文16) 凡作詩 莫善於借字爲喩 然老手用之 則語熟而意巧 新學用之 則語生而意疏.   - 補閑集

文17) 若剽竊刻畫 誇耀靑紅 儒者固不爲也 雖詩家有琢鍊四格 所取者 琢句鍊意而已 今之後進 尙聲律章句 琢字必欲新 故其語生 鍊對必以類 故其意拙 雄傑老成之風由是喪矣.   - 補閑集 序

文18) 且人之才如器皿 方圓不可以該備 而天下奇觀異賞 可以悅心目者甚夥 苟
能才不逮意 則譬如駑蹄臨燕越千里之途 鞭策雖勤 不可以致遠 是以古
之人 雖有逸材 不敢妄下手 必加鍊琢之功 然後足以垂光虹蜺輝映千古.
                                                              －破閑集

文19) 夫才勝其情 則雖無佳意語猶圓熟 情勝其才 則辭語鄙靡 而不知有佳意
情與才兼得 而後其詩有可觀.   －補閑集

文20) 凡作者當先審字本 凡與經史百家所用 叅會商酌 應筆 卽使辭 輒精强 能
發難得巧語 辭若不精强 雖有逸情豪氣 無所發揚 而終爲拙澁之詩文也.
                                                              －補閑集

文21) 學者讀經史百家 非得意傳道而止 將以習其語效其體 重於心熟於工 及
賦詠之際 心與口相應發言成章 故動無生澁之辭 其不襲古人 而出自新
警者 唯構意設文耳.   －補閑集

文22) 金壯元莘鼎曰…夫意雖雄深 已陳則常也 雖淺近 新鑿則可警 予未能答
今復思之金之言然.   －補閑集

文23) 予嘗謁文安公…公曰 近得李學士春卿詩稿見之 警絶新意頗多 其長篇
中氣至末句而愈壯 如千里驥足方展走通衢 未半途勒止也.   －補閑集

文24) 文順公常謂人曰 吾平生所作 隨歲而進 去年所作 今年視之可笑 年年類
此 凡公少年時走筆立書 略不構思 其語或有近於時體者 則人皆傳寫以
頌之 至於老貴閑吟 徐詠覃思 造語之作 學者罕能悅其味 然則知詩之難
難復難矣.   －補閑集

文25) 文順公 家集已行於世 觀其詩文 如日月不足譽 近代律詩 於五七字中 有
聲韻對偶 故必須俯仰穿琢 以應其律 雖宏材偉器 不得肆意放言 披露妙
蘊 故例無氣骨 公自妙齡 走筆皆創出新意 吐辭漸多 騁氣益壯 雖入於聲
律繩墨中 細琢巧構猶豪肆奇峭 然以公爲天才俊邁者 非謂對律 蓋以古
調長篇强韻險題中 縱意奔放 一掃百紙 皆不踐襲古人 卓然天成也.
                                                              －補閑集

文26) 棄菴居士 安淳之…見文順公文豪 作小序略云 發言成章 頃刻百篇 天縱
神授 淸新俊逸 人以公爲李太白 盖實錄 然以僕言之 其醉吟之際 狂海

蕩然 錦腸爛然 即已相類 至於律格嚴整 對偶眞切 於忽忽不暇中 尤見
工夫 似過之矣.   － 補閑集

文27) 文以豪邁壯逸爲氣 勁峻淸駛爲骨 正直精詳爲意 富贍宏肆爲辭 簡古倔
强爲體 若局生澁瑣弱蕪淺是病.   － 補閑集

文28) 若詩則新奇絶妙 逸越含蓄 險怪俊邁 豪壯富貴 雄深古雅上也 精雋遒緊
爽豁淸峭 飄逸勁直 宏贍和裕 炳煥激切 平淡高邈 優閑夷曠 淸玩巧麗
次之 生拙野疎 蹇澁寒枯 淺俗蕪雜 衰弱淫靡病也.   － 補閑集

文29) 夫評語者 先以氣骨意格 次以辭語聲律 一般意格中其韻語 或有勝劣一
聯 而兼得者盡寡 故所評之辭亦雜而不同 詩格曰句老而字不俗 理深而
意不雜才縱而氣不怒 言簡而事不晦 方入於風騷 此言可師.   － 補閑集

文30) 古人之詩 目前寫景 意在言外 言可盡 而味不盡.   － 櫟翁稗說 後集一

文31) 若陶彭澤 採菊東籬下 悠然見南山 陳簡齋 開門知有雨 老樹半身濕 之
類 是也.   － 櫟翁稗說 後集一

文32) 予獨愛池塘生春草 以爲有不傳之妙 昔嘗客于餘抗 人有種蘭盆中 以相
惠者 置之几案之上 方其應對賓客 酬酢事物 未覺其有香焉 夜久靜坐
明月在牖 國香觸乎鼻觀 淸遠可愛 而不可形於言也 予欣然獨語曰 惠
連春草之句也.   － 櫟翁稗說 後集一

文33) 蘇老泉上歐公書有云 非孟子韓子之文 乃歐陽子之文也 雖詩亦然 使李
杜作歐公之詩 未必似之 歐公而作李杜之詩 如優孟抵掌談笑 便可謂眞
孫敖也耶.   － 櫟翁稗說 後集二

文34) 張章簡鎰 昇平燕子樓詩云 風月淒凉燕子樓 郎官一去夢悠悠 當時座客
何嫌老 樓上佳人亦白頭 郭密直預 壽康宮逸鵠詩云 夏凉冬暖飼鮮肥
何事穿雲去不歸 海燕不會資一粒年年還傍畫樑飛 李文安承休 咏雲詩
云 一片忽從泥上生 東西南北便縱橫 謂成霖雨蘇群槁 空掩中天日月明
鄭密直允宜 膾廉使云 凌晨走馬入孤城 籬落無人杏子成 布穀不知王事
急 傍林終日勸春耕 令人喜稱之 然章簡感奮 而作 無他義 三篇 皆含諷
諭 鄭郭微而婉.   － 櫟翁稗說 後集

文35) 詩者 志之所之 在心爲志 發言爲詩.   －史贊

文36) 林西河椿 聞鶯詩云 田家椹熟麥將稠 綠樹初聞黃栗留 似識洛陽花不客
殷懃百囀未能休 崔文淸公滋 夜直聞採眞峰鶴唳詩云 雲掃長空月正明
松巢宿鶴不勝淸 滿山猿鳥知音少 獨刷疎翎半夜鳴. 二詩俱是不遇感傷
之作 然文淸氣節慷慨 非林之比.　　　　　　　　　　　-櫟翁稗說 後集二

文37) 語不云乎 鄕人 皆好之 未可也 皆惡之 未可也 不如其善者 好之 其不善
者 惡之也 爲詩文 亦奚以異於是乎.　　　　　　　　　- 櫟翁稗說 後集

文38) 古人云 詩可以喧萬古 不可以得首肯 可以驚四筵 不可以適獨坐 眞名言也.
　　　　　　　　　　　　　　　　　　　　　　　　　- 櫟翁稗說 後集

'5. 조선시대 문예론과 기' 부분의 인용문 원문

文1) 文章者, 氣也, 時運也 氣稟於天 有淸濁粹駁之殊 故發於詞者 有工拙高
下之異.　　　　　　　　　　　　　- 四佳文集 券之四, 觀光錄序

文2) 詩當先氣節 而後文藻.　　　　　　　　　　　- 東人詩話 卷上
詩者 心之發 氣之充 古人以謂讀其詩 可以知其人 信哉. - 東人詩話 卷下
詩 言志 志者 心之所之也 是以讀其詩 可以知其人 盖臺閣之詩 氣象豪富
草野之詩 神氣淸淡 禪道之詩 紳枯氣乏.　　　-四佳文集 卷之六 桂庭集序
昔之論詩者 有曰 有朝廷台閣之詩 有山林草野之詩 夫所處之地不同 則
發而爲言辭者 不得不爾也.　　　　　　　　　　- 四佳文集 卷一四

文3) 天地精英之氣 鍾於人而爲文章 文章者人言之精華也 是故有遭遇盛時
康載歌詠者 則其文之昭著 如五緯之麗天而燁乎其光 不遇而咏山林 托
於空言者 則其文之炳耀 如珠璧損委山谷 明朗而終不掩其煒矣 其所以
駭一時之觀聽 而垂名聲於不朽 一也.　　　　　　- 四佳文集 卷一四

文4) 蘇潁濱嘗論 文者 氣之形 孟子善養浩然之氣 司馬遷遠遊以壯其氣 故其
爲文 有宏博焉 有疎蕩焉 潁濱亦欲求大觀以壯其氣則覽 終華之窮崇 膽
黃河之奔放 及觀京師宮闕之壯麗 人物歐韓之俊偉 然後 乃曰 天下之文

章 盡在是矣 馬子才亦曰 子長之文不在書 在學遊 不學遊西學文 乃腐熟
常常耳…居正亦嘗從事乎遊 有志於壯其氣奇其文者 今則老矣.

- 四佳文集 卷一三, 遊松都錄序

文5) 士可以遠遊乎 曰讀書萬卷 不出戶 而知天下古今之事 何必遠遊乎哉 士
不以不遠遊乎 曰奉使四方 歷覽山川 增益其文章意氣 何不遠遊乎哉 然
則讀萬卷以立其本 遊四方以達其用然後 大丈夫之能事 畢矣.

- 四佳文集 卷一三

文6) 文之與武 猶陰陽之不相離 故曰一張一弛 文武之道 盖文者非章句訓詁
之謂 武者非斬將搴旗之謂 文以立其体 武以達其用 安民之責 邊之略 施
武不可 然後 可言文武矣.   - 四佳文集 卷一三

文7) 詩者 小技 然或有關於世敎 君子宜有取之.   - 東人詩話

文8) 古人用事 有直用其事 有反其意而用之者 直用其事 人皆能之 反其意而
用之 非材料卓越者 自不能到.   - 東人詩話

文9) 趙先生 嘗詠秋穫詩 有磨鎌似新月之句語予曰 韓退之試云 新月似磨鎌
吾用此語 而反基意 此謂飜案法 學詩者不可不知也.   - 東人詩話

文10) 李大諫仁老 題天水寺壁云 待客客未到 尋僧僧亦無 唯餘林外鳥 款曲勸
提壺 古之評詩者 以謂詩能寫之景 如在目前 含不盡之意 見於言外然後
爲至 予於此詩見之矣.   - 東人詩話

文11) 詩貴含蓄不露 然微詞隱語 不明白痛快亦詩之大病.   - 東人詩話

文12) 古之詩人 托物取況 語多精切 如…崔文靖恒 詠黑豆云 白眼似嫌憎俗意
添身還有報仇心 以文人烈士 譬黑豆 用事奇特.   - 東人詩話

文13) 予嘗讀李相國長篇 豪健峻壯 凌厲振踔如以赤手搏虎虎豹拏龍蛇 可怪
可愕.   - 東人詩話

文14) 牧隱長篇 變化闔闢 縱橫古今 如江漢滔滔波瀾自潤 奇怪畢呈 然喜用俗語.

- 東人詩話

文15) 學詩者 學牧隱不得 其失也 流於鄙野 學相國不得 其失也 如捕風繫影
無著落處.   - 東人詩話

文16) 天地之間 惟一氣橐籥耳 此理有屈有伸 有盈有虛 屈伸者 妙也 盈虛者
道也 伸則盈而屈則虛 盈則出而虛則歸 出則曰神而歸則曰鬼 其實理則
一 而其分則殊 其循環往復 榮華枯落 造化之迹莫非二氣消長之良能也.
－梅月堂集 卷之二十, 鬼神說

文17) 凡作文不欲虛飾多言 只以實摛掇. －梅月堂集 與柳自漢

文18) 首尾一貫 而句句字字誠懇發越 然後可以感格人心.
－梅月堂集 與柳自漢

文19) 豈不見諸葛亮出師表 胡銓上高宗奉事乎 雖不得經伸其志 千載之下 忠
誠卓然 見者知其諸葛胡氏精神不死 爽塏長存 豈非作文字模範乎.
－梅月堂集, 與柳自漢

文20) 凡作文不欲虛飾多言 只以實摛掇 首尾一貫 而句句字字誠懇發越 然後
可以感格人心 豈不見諸葛亮出師表 胡銓上高宗奉事乎 雖不得經伸其
志 千載之下 忠誠卓然 見者知其諸葛胡氏精神不死 爽塏長存 豈非作
文字模範乎 今之科場之文 看之則似美 究之則無趣 但以之而乎也飾淺
意 其辭雖流於唇吻 其意似曉露春霜之無實. －梅月堂集 與柳自漢

文21) 客言詩司學 詩法似寒泉 觸石多鳴咽 盈潭靜不喧…… 剗斷尋常格 玄關
未易言. －梅月堂集, 學詩

文22) 或又難曰 屈原楚之忠臣 諫其君不聽 將赴汨羅之淵 作神祀之歌 其章有
九 極陳主宰造化之靈山怪戰殤之魂以娛樂之而抒其懷 按太史公議屈
原曰蟬蛻於濁穢之中以蜉遊當埃之外 不獲世之滋垢推此志也 與日月
爭光可也 如太史之言 屈子之言當斥之矣 乃何竭誠祀神 至於製作樂章
如此其動乎 淸寒子曰 屈原旣不遇 放逐湘南自不能陳其淸志 乃托淫祀
之歌 以抒忠臣不獲明主之情 冀悟君心而終不省也 故其歌有云沅有芷
兮 澧有蘭 思公子兮 未敢言 可以見忠君愛國之心矣 焉有昵於淫祀 以
助揚其荒誕乎. －梅月堂集 鬼神論

文23) 農夫揮汗勤終歲 蠶婦蓬頭苦一春 醉飽輕裘滿城市 相逢盡是自安人.
－梅月堂集 咏山家苦

文24) 吾亦曰 死生人鬼 只是氣之聚散而已 有聚散而無有 無氣之本體然矣 氣
之湛一淸虛者 彌漫無外之虛 聚之大者爲天地 聚之小者爲萬物 聚散之
勢 有微著久速耳 大小之聚散於太虛 以大小有殊.
－花潭集 卷之二, 雜著, 鬼神死生論

文25) 有物來來不盡來 來纔盡處又從來 來來本自來無始 爲問君初何所來 有
物歸歸不盡歸 歸繩盡處未曾歸 歸歸到底歸無了 爲問君從何所歸.
－花潭集 卷之一, 有物

文26) 然挹之則虛 執之則無 然而却實不得謂之無也 到此田地 無聲可耳 無臭
可接.　　　　　　　　　　　　　　－花潭集, 卷之二, 雜著, 原理氣

文27) 太虛虛而不虛 虛卽氣.　　　　　　　－花潭集, 卷之二, 雜著, 太虛設

文28) 太虛湛然無形 號之曰先天.　　　　　－花潭集 卷之二, 雜著, 原理氣

文29) 彌漫無外之遠逼 塞充實無有空闕 無一毫可容問也.
－花潭集, 卷之二, 雜著, 原理氣

文30) 倏爾躍 忽爾闢 孰使之乎 自能爾也 亦自不得不爾 …… 不能無動靜 無
闔闢 其何故哉 機自爾也.　　　　　－花潭集, 卷之二, 雜著, 原理氣

文31) 君子之所貴乎學 以其可以知止也 學而不知止 與無學何異 文藝其亦一
學也 當嚴立課程 盡基力量 必充吾所期之數 其究也視所攻之藝利鈍收
功 與不而一切放下 退聽於無事 則豈非超然知所謂止者哉.
－花潭集, 卷之二, 序, 送沈敎授義序

文32) 琴而無絃 存體去用 非誠去用 靜其含動 聽之聲上 不若聽之於無聲 樂
之形上 下若樂之於無形 樂之於無形 乃得其徽 聽之於無聲 乃得其妙
外得於有 內會於無 顧得趣乎其中 爰有事於絃上工夫.
－花潭集, 卷之二, 銘文, 無絃琴銘

文33) 理氣元不相離 似是一物 而其所以異者 理無形也 氣有形也 理無爲也
氣有爲也 無形無爲 而爲有形有爲之主者理也 有形有爲 而爲無形無爲
之器者 氣也 理無形而氣有形 故理通而氣局 理無爲而氣有爲 故氣發
而理乘 理通者何謂也.　　　　　　　　　－栗谷集, 書, 答成浩原

文34) 氣發而理乘者 何謂也 陰靜陽動 機自爾也 非有使之者也 陽之動 則理乘於動 非理動也 陰之靜 則理乘於靜 非理靜也 故朱子曰 太極者本然之妙也 動靜者所乘之機也 陰靜陽動其機自爾 而其所以陰靜陽動者理也 故周子曰 太極動而生陽 靜而生陰 夫所謂動而生陽 靜而生陰者 原其未然而言也 動靜所乘之機者 見其已然而言也 動靜無端 陰陽無始則理氣之流行 皆已然而已 安有未然之時乎 是故天地之化吾心之發 無非기發而理乘之也 所謂氣發理乘者 非氣先於理也 氣有爲而理無爲 則其言不得不爾也 夫理上不可加一字 不可加一毫 修爲之力 理本善也 何可修爲乎.　　　　　　　　　　　　　　－ 栗谷集, 書, 答成浩原

文35) 聖賢之千言萬言 只使人檢束其氣 使復其氣之本然而已 氣之本然者 浩然之氣也 浩然之氣 充塞天地 則本善之理 無少掩蔽 此孟子 養氣之論所以有功於聖門也 若非氣發理乘一途而理亦別有作用 則不可謂理無爲也 孔子何以曰 人能弘道非道弘人乎 如是看破則氣發理乘一途 明白坦然.　　　　　　　　　　　　　　　　　　－ 栗谷集, 書, 答成浩原

文36) 且以人乘馬喻之 則人則性也 馬則氣質也 馬之性 或馴良 或不順者 氣稟淸濁粹駁之殊也 出門之時 或有馬從人意而出者 或有人信 馬足而出者 馬從人意而出者 屬之人 乃道心也 人信馬足而出者 屬之馬 乃人心也 門前之路 事物當行之路也 人乘馬而未出門之時 人信馬足 馬從人意 俱無端倪 此則人心道心本無相對之苗脈也 聖人之血氣與人同耳 飢欲食渴欲飮寒欲衣癢欲搔亦所不免 故聖人不能無人心 譬如馬性雖極馴 豈無或有人信馬足而出門之時乎 但馬順人意 不待牽制 而自由正路 此則聖人之從心所欲而人心亦道心者也 他人則氣稟不純 人心之發而不以道心主之 則流而爲惡矣 譬如人信馬足出門 而又不牽制 則馬任意而行 不由正路矣 其中最不馴之馬 人雖牽制而勝躍不已 必奔走于荒榛荊棘之間 此則氣稟濁駁而人心爲主 道心爲所掩蔽者也 馬性如是不馴 則每每騰躍 未嘗少有靜立之時 此則心中昏昧雜擾而大本不立者也 雖不馴之馬 幸而靜立 則當其靜立之時 與馴良之馬 無異 此則衆人之心 昏昧雜擾中 體雖不立 幸有未發之時 則此刻之間 湛然之體 與聖人不異者也 如此取喻 則人心道心主理主氣之說 豈不明白易知乎 若以互發之說譬之 則是未出門之時 人馬異處 出門之後 人乃乘馬 而或有人出而馬隨之者 或有馬出而人隨之者矣 名理俱失 不成說話矣.　　　　　　　　　　　　－ 栗谷集, 書, 答成浩原

文37) 物之不能離器而流行不息者 惟水也 故惟水可以喩理 水之本淸 性之
本善也 器之淸淨汗穢之不同者 氣質之殊也 器動而水動者 氣發而理乘
也 器水俱動 無有器動水動之異者 無理氣互發之殊也 器動則水必動
水未嘗自動者 理無爲而氣有爲也.　　　　　　－栗谷集, 書, 答成浩原

文38) 心一也 而謂之道 謂之人者 性命形기之別也 情一也 而或曰四 或曰七
者 專言理兼 言氣之不同也 是故 人心道心 不能相兼 而相爲終始焉 四
端不能兼七情 而七情則 兼四端.　　－四端七情論, 答成浩原 其一의 一

文39) 今人之心 直出於性命之正 而或不能順而遂之 間之以私意 則是始以道
心而終以人心也 或出於形氣 而不咈乎正理 則固不違於道心矣 或咈乎
正理 而知非制伏 不從其欲 則是始以人心 而終以道心也.
　　　　　　　　　　　　　　　　　　－四端七情論, 答成浩原 其一의 一

文40) 今欲兩邊說下 則當遵人心道心之說 欲說善一邊 則當遵四端之說 欲兼
善惡說 則當遵七情之說 不必將柄鑿紛紛立論也.
　　　　　　　　　　　　　　　　　　－四端七情論, 答成浩原 其一의 一

文41) 人情安有不本於仁義禮智 而爲善情者乎(此一段當深究精思) 善情旣有
四端 而又於四端之外有善情 則是人心有二本也 其可乎 大抵未發則性
也 己發則情也 發而計較商量則意也 心爲性情意之主故 未發己發及其
計較 皆可謂之心也 發者氣也 所以發者理也 其發直出於正理 而氣不用
事 則道心也 七情之善 一邊也 發之之際 氣己用事 則人心也 七情之合
善惡也 知其氣之用事 精察而趨乎正理 則人心聽命於道心也 不能精察
而惟其所向 則情勝慾熾而人心愈危 道心愈微矣 精察與否 皆是意之所
爲故 自修莫先於誠意.　　　　　－四端七情論, 答成浩原 其一의 二

文42) 程子曰, 人生氣稟 理有善惡……其所謂理者 指其乘기流行之理 而非指
理之本然也 本然之理 固純善 而乘氣流行 其分萬殊 氣稟有善惡故 理
亦有善惡也 ……而在淸淨則理亦淸淨 在汗穢則理亦汗穢 若以汗穢者
爲非理之本然則可 遂以爲汗穢之物 無理則不可也 夫本然者 理之一也
流行者分之殊也 捨流行之理 而別求本然之理 固不可 若以理之有善惡
者 爲理之本然則亦不可.　　　　　－四端七情論, 答成浩原 其二의 一

文43) 大抵古人之所謂文者 與今人異 古人之文 無意於爲文者也 夫雲行雨施
日照月臨 山川之流峙 草木之賁飾者 天地之文也 天地不自知其爲文

和順積中 英華發外 動作有威儀 言語爲經籍者 聖賢之文也 聖賢不自
知其爲文 是故 古之人 以道爲文 以道爲文 故不文而爲文 噫孰知夫不
文之文 是乃天下之至文耶. － 栗谷全書, 卷 十二, 拾遺卷 三, 與宋頤菴

文44) 敢不悉心以對 竊謂道之顯者 謂之文 道者 文之本也 文者 道之末也 得
其本 而末在其中者 聖賢之文也 事其末 而不業乎本者 俗儒之文也 古
之學者 必先明道 苟能明道 而有得於心 則見乎威儀 發乎言辭者 莫非
道之著者也 是故 其爲文也 辭約而理當 言近而指遠 卒澤於道德仁義
炳如也 此則聖賢之文也 後之學者 不求實理 而徒尙浮藻 心無所得 而
外爲巧言 取悅於人 而衒玉於世 是故 其爲文也 工於撰述 而外於道義
辭繁而理碍 語圓而意滯 此則俗儒之文也 苟能窮其本末 知所先後 則可
以與議於斯文矣.　　　　　　　　　　　　－ 栗谷全書 拾遺 卷六 文策

文45) 人之有聲 氣使之也 氣之爲氣 孰使之耶 氣之爲氣 心使之也 心之爲心
孰使之耶 心之爲心 天地使之也耶 天地之爲天地 孰使之耶 天地之爲
天地 無極太極使之也耶 無極太極之爲無極太極 孰使之耶 立之知此則
爲我辨之.　　　　　　　　　　　－ 栗谷全書, 拾遺, 卷三, 贈崔岦之序

文46) 聲之出亦非一也 有無用之聲 有有用之聲噴嚏鼻 唾之類 人聲之無用者
也 咄嗟言笑之類 人聲之有用者也 有用之中 亦有美聲惡聲 人間其聲
而好之則爲美聲 惡之則 爲惡聲 美聲之中 亦有實聲虛聲 出於口而不
著於文 則爲虛聲 出於口而著於文 則爲實聲 實聲之中 亦有正者邪者
或似正而邪者 或似邪而正者 人之發其聲而好於人好於人而著於文 著
於文而合於正者.　　　　　　　　　－ 栗谷全書, 拾遺 卷三, 贈崔岦之序

文47) 人之發其聲而好於人好於人而著於文 著於文而合於正者 謂之善鳴 善
鳴之功 厥惟艱哉.　　　　　　　　　－ 栗谷全書, 拾遺 卷三, 贈崔岦之序

文48) 聲之精者 莫大乎言 而言之精而煥然軒然 不野不俗者 莫大乎文辭也 詩
者 文辭之詠嘆淫洙而最秀者也.　　　－栗谷全書, 拾遺 卷三, 人物世藁序

文49) 人聲之精者爲言 詩之於言 又其精者也 詩本性情 非矯僞而成 聲音高下
出於自然 三百篇 曲盡人情 旁通物理 優柔忠厚 要歸於正 此詩之本源
也 世代漸降 風氣漸淆 其發爲詩者 未能悉本於性情之正 或假文飾 務
說人目者多矣.　　　　　　　　　　－ 栗谷全書 卷十三, 精言杪選序

文50) 元字集曰 此集所選 主於沖澹蕭散 不事繪飾 自然之中 深有玅趣……讀
此集 則味其淡泊 樂其希音.
亨字輯曰 此集所選 主於閒美淸適 從容自得 出於寓興 非思索可到 讀
此集 則心平氣和 如乘小車 隨意行于花蹊草徑 而勢利芬華 視之邈矣.
利字集曰 此集所選 主於淸新灑落 蟬蛻風露 似不出於煙火食之口 讀
此集 則可以一洗腸胃葷血 而魂瑩骨爽 人閒臭腐 不足以累吾靈臺矣.
貞字集曰 此集所選 主於用意精深 句語鍛鍊 格度嚴整 閒有造玅之論
非常情所可企及者 讀此集 則可以探微見隱 而意思自不淺近矣.
仁字集曰 此集所選 主於情深意遠 卽景經事 寫出襟懷 怨而不悖 哀而
不傷 讀此集 則未嘗不穆爾長思 悽然興歎 求獲古人之心 而自無怨懟
淫放之失矣.
義字集曰 此集所選 主於格詞淸健 筆力遒勁 而無急迫之意 有凝遠之
味 讀此集 則氣聳神揚 而懶夫可以有立志 鄙夫興雅趣矣.
禮字集曰 此集所選 主於精工玅麗 雖有雕繪之飾 而不至於淫豔 讀此
集 則情濃意秀 瘦瘠者 可以增肌 枯槁者 可以發華矣.
　　　　　　　　　　　　　－ 栗谷全書, 拾遺 卷四, 雜著一 精言玅選總叙

文51) 詩有別趣 非關理也 詩有別材 非關書也 唯其於弄天機奪玄造之際 神逸
響亮格越思淵爲最上.　　　　　　　　　　　　　－ 惺所, 石洲小稿序

文52) 由是觀之 天地雖久 不斷生生 日月雖久 光暉日新 載籍雖전 旨意各殊
故飛潛走躍或未著名 山川草木必有秘靈 朽壤烝芝 腐草化螢 禮有訟
樂有議 書不盡言 圖不盡意 仁者見之 謂之仁 智者見之 謂之智.
　　　　　　　　　　　　　　　　　　　　　　　　－ 燕岩集, 楚亭集序

文53) 曰此可以觀 由古視今 今誠卑矣 古人自視 未必自古 當時觀者 亦一今耳
故日月滔滔 風謠屢變 朝而飲酒者夕去其帷 千秋萬世從此以古矣 然則
今者對古之謂也 似者方彼之辭也 夫云似也似也 彼則彼也方則非彼也
吾未見其爲彼也 紙旣白矣 墨不可以從 白像雖肖矣 畵不可以爲語.
　　　　　　　　　　　　　　　　　　　　　　　　－燕岩集, 嬰處稿序

文54) 由是觀之 外舐水匏 全舌胡椒者 不可與語味也 羨鄰人之貂裘 偕衣於
盛夏者 不可與語時也 假像衣冠 不足以欺孺子之眞率矣.
　　　　　　　　　　　　　　　　　　　　　　　　－ 燕岩集, 嬰處稿序

文55) 倣古爲文 如鏡之照形 可謂似也歟 曰左右相反 惡得而似也 如水之寫形 可謂似也歟 曰木宋倒見 惡得而似也 如影之隨形可謂似也歟 曰午陽則 侏儒儁僥 斜日則龍伯防風 吾得而似也 如畵之描形可謂似也歟 曰行者 不動 語者無聲 吾得而似也.　　　　　　　　　　　－ 燕岩集, 綠天舘集序

文56) 曰然則終不可得而似歟 曰夫何求乎似也 求似者非眞也 天下之所謂相 同者 必稱酷肖 難辨者 亦曰逼眞 夫語眞語肖之際 假與異在其中矣 故 天下有難解而可學絶而相似者 鞮象寄譯 可以通意 篆籀隷楷皆成文 何 則所異者形 所同者心故耳 繇是觀之 心似者志意也 形似者皮毛也.
　　　　　　　　　　　　　　　　　　　　　　　－ 燕岩集, 綠天舘集序

文57) 李氏子洛瑞 年十六 從不佞學 有年矣 心靈 開 慧識如珠 嘗携其綠天之 稿 質于不佞 曰嗟乎 余之爲文纔數歲矣 其犯人之怒多矣 片言稍新 雙字 涉奇 則輒問古有是否 否則怫然于色曰 安敢乃爾噫於古有之 我何更爲 願夫子有以定之也 不佞攢手加額 三拜以跪曰此言甚正 可興絶學 蒼頡 造字倣於何古 顔淵好學 獨無著書 苟使好古子思蒼頡造字之時 著顔子 未發之旨 文始正矣 吾子年少耳逢人之怒敬而謝之 曰不能博學 未巧於 古矣 問猶不解嘵嘵然 答曰殷?周雅三代之時文 丞相右軍 秦晉之俗筆.
　　　　　　　　　　　　　　　　　　　　　　　－ 燕岩集, 綠天舘集序

文58) 習久則成性 俗之習矣 其可變乎哉 東方婦人之服 頗與此事相類 舊制有 帶 而皆濶袖長裙 反勝國宋 多尙元公主 宮中髢服皆蒙古胡制于時 士大 夫爭慕宮樣 遂以成風 至今三四百載 不變其制 衫纔覆肩 袖窄如纏 妖 佻猖披 足爲寒心 而列邑妓服反存雅制 束釵爲髢圓衫有純 今觀其廣袖 容與 長紳委蛇褒然可喜 今雖有知禮之家 欲變其妖佻之習 以復其舊制 而俗習久矣 廣袖長紳爲其似妓服也 則其有不決裂而罵其夫子者耶.
　　　　　　　　　　　　　　　　　　　　　　　－ 燕岩集, 自笑集序

文59) 李君弘載自其弱冠學於不佞 及其長 肄漢譯 乃其家世舌官 余不復勉其 文學 李君旣肄其業 冠帶仕本院 余亦意謂李君前所讀書頗聰明 能知文 章之道 今幾盡忘之 乾沒可歎 一日李君稱其所自爲者而題之 曰自笑集 以示余 論 辨若序 記 書 說 百餘篇 皆宏傳辯肆 勒成一家 余初訝之曰 棄其本業 而從事乎無用 何哉 李君謝曰是乃本業 而果有用 則蓋其事 大交隣之際 莫善乎辭令 莫嫺乎掌故 故本院之士 其日夜所肄者 皆古 文辭 而命題試才皆取乎此 余於是改容而歎 曰士大夫生而幼能讀書 長

而學功令 習爲駢驪藻繪之文 既得之也 則爲弁髦筌蹄 其未得之也 則
白頭碌碌豈復知有所謂古文辭哉 輗象之業士大夫之所鄙夷也 吾恐千
載之間反以著書立言之實 視爲胥役之末技 則其不爲戲場之鳥帽邑妓
之長裙者幾希矣.　　　　　　　　　　　　　　　　　　　－ 燕岩集, 自笑集序

文60) 山川風氣地異中華 言語謠俗世非漢唐 若乃效法於中華 襲體於漢唐 則
吾徒見其法益高而意實卑 體益似而言益僞耳.　　　　－ 燕岩集, 嬰處稿序

文61) 左海雖僻國亦千乘 麗羅雖儉 民多美俗 則字其方言 韻其民謠 自然成章
眞機發現 不事沿襲 無相假貸從容現在 卽事森羅 惟此詩爲然 嗚呼 三
百之篇無非鳥獸草木之名不過閭巷男女之語 則鄙檜之間地不同 風江漢
之上民各其俗 故采詩者以爲列國之風 攷其性情驗其謠俗也 復何疑乎
此詩之不古耶 若使聖人者作於諸夏 而觀風於列國也 攷諸嬰處之稿 而
三韓之鳥獸草木多識其名矣 貊男濟婦之性情可以觀矣.

　　　　　　　　　　　　　　　　　　　　　　　　　　　－ 燕岩集, 嬰處稿序

文62) 小川菴雜記城內風謠 民彝 方言 俗技 至於紙鷂有譜 艸謎著解曲巷窮閭
爛情熟態 倚門鼓刀 肩媚掌誓? 不蒐載 各有條貫 口舌之所難辨 而筆則
形之 志意之所未到 而開卷輒有 凡鷄鳴 狗嗅 蟲翹 蠡蠢 盡得其容聲.

　　　　　　　　　　　　　　　　　　　　　　　　　　　　－ 燕岩集, 旬稗序

文63) 所見少者 以鷺嗤烏 以鳧危鶴 物自無怪 己迺生嗔 一事不同 都誣萬物
噫 瞻彼烏矣 莫黑其羽 忽暈乳金 復耀石綠 日映之而?紫 目閃閃而轉翠
然則吾雖謂之蒼烏可也 復謂之赤烏赤可也 彼旣本無定色 而我乃以目
先定 奚特定於其目 不覩而先定於其心 噫錮烏於黑足矣 迺復以烏錮天
下之衆色烏果黑矣 誰復知所謂蒼赤乃色中之光耶 謂黑爲闇者 非但不
識烏並黑而不知也 何則 水玄故能照 漆黑故能鑑 是故 有色者莫不有
光 有形者莫不有能.　　　　　　　　　　　　　　　　－ 燕岩集, 菱洋詩集序

文64) 萬事萬物 皆是氣也 我身亦氣也 以我神氣 通於萬事萬物 則萬事萬物
皆備於我矣.　　　　　　　　　　　　－ 人政, 卷九, 敎人門二, 性理皆是氣

文65) 若以古今取捨論之 我之所資育所依賴 在今不在古 所須用所遵行 在今
不在古 寧可捨古 而不可捨今 苟使文學之士 罔昧今之氣化 只將古之
文蹟 欲治今之民 必多違所料 何能有濟.

　　　　　　　　　　　　　　　　　　　－ 人政, 卷十一, 敎人門四, 古今通不通

文66) 學問比較 自有古今之異 上古 以齊家治國之大經大法 顧俊擧賢 措處質
實 中古 訓詁文辭繁興 佛教禪說參入淸虛 近古 理學 探無形而勉誠實
矯靡俗而明義理 方今地球呈露 而四海人道一統 運化漸明 而萬物造化
有準.　　　　　　　　　　　　　　　　　－人政, 卷十六, 選人門三, 學問比較

文67) 工匠之教 其可忽哉 擧重引重 挈水生火 規矩準繩 皆是明於氣數者所能
氣數之明 將於何處得見 何處證驗 天地氣數 常所漬染 惟見知者 默運
導化 不知者 雖日用而罔昧矣 言論氣數 未有形跡 愚迷者 何以辨其優
劣深淺矣 文籍氣數 只有糟粕 初學人 何能明形質範圍也 惟有造器械而
驗試 張器械而發用 百人所不動 二三人擧之 千人所難運 數十人引行
高山絶頂 轉水而上 磨軋玻璃 生火起炎 是由於規矩準繩 適合無違也
人皆見之 不知其所以然 但有神通之稱 爲其人造器械 而得用氣數也 地
月日星 撑拄旋轉 風雨雷電 乘時發作 乃氣之運化 自成形質也 人之智
巧 能於活動運化之氣 攄得端緒 設爲數學 制作器械 無限妙用 載在力
藝 豈可一任工匠 不思所以講明其教也 蓋輪轉螺纏 生力助力 驅氣吸氣
皆有分數 不適則不可成其用 不明氣數者 見此而過信其術 謂無不可 爲
氣數不明之害 多如此類 愚迷者 過信 庶或無怪 高明者疑惑 以其教不
明也.　　　　　　　　　　　　　　　－人政, 卷十一, 教人門四, 工匠教

文68) 後之學文者 必於天之文章 地之文章 人物之文章 見得活動運化之氣 養
得胸中活動運化之文 氣發言吐 辭皆有靈 氣之呈露 蜿蜒成體 陶鎔萬化
見之者讀之者 掀動神氣 易於感通 是乃不期乎文章 而自臻乎文章 不患
文章之不進 惟患氣化之未養 文章豈可强力爲也 摹倣成之.
　　　　　　　　　　　　　　　　　　　　　－人政, 卷八, 教人門一, 文章

文69) 文章 出於神氣敷達 織文成章 有得於經綸事勢者 有得於掇拾古書者 有
得於詞調虛影者 有得於放蕩無碍者 稟質所具 縱有自好之成心 大勢所
趨 惟從選擧而風靡 是實教化之虛實所係也 上古選擧 未有文章之說 惟
以德行才能 進退庶官 後來 經術零瑣 文章擅名 可取之文 惟經綸事
勢之辨論精爽也.　　　　　　　　　　　－人政, 卷十四, 選人門一, 選文章

한국 전통문예론 연구

찾아보기

■ 인명색인

■ 서명색인

■ 일반색인

ㄱ

개성　　　102, 181, 212, 238, 255
개천설(蓋天說)　　　26
격사청건(格詞淸健)　　　143
고려시대 문예론　　　49, 87
관계성　　　342
구불의체(九不宜體)　　　60
구인회　　　246
구조주의비평　　　196, 200
국풍(國風)　　　146
글맵시(文藻)　　　94
기문학　　　324
기문학론　　　315
기문학자　　　318
기백　　　99
기상(氣象)　　　43, 84, 95, 336
기상론(氣象論)　42, 195, 276, 319,
　　336, 341
기상론적 측면　　　42
기상론적 특질　　　274
기운(氣韻)　　　36, 316
기의 선천성　　　58
기의 후천성　　　95, 97
기일원론　　　122
기절(氣節)　　　84, 94
기질(氣質)　　　131
기질론　　　195, 276
기질론(氣質論)　　　42, 319
기질론적 측면　　　42

기질론적 특질　　　274
기질설　　　37
기질지성(氣質之性)　　　41, 134
기화론(氣化論)　　　28
김환태 비평　　　243

ㄷ

다성성　　　106
다양성　　　342
다의성　　　310
달관　　　295, 302
대성기상(大聖氣象)　　　43
도심(道心)　　　133
독자반응비평　　　157, 196, 199
독창성　　　87, 148, 181, 213
뜻(意)　　　147, 217

ㄹ

레즈비안 게이 퀴어비평　　　196, 201

ㅁ

마르크스비평　　　196, 198
모방　　　161
무극이태극(無極而太極)　　　123, 139
무용지성(無用之聲)　　　139
문사(文辭)　　　140
문학생태학　　　323
미성(美聲)　　　139
미적 범주　　　189

저자소개

한승옥

고려대학교 국어국문학과 및 동대학원 국어국문학과 졸업(문학박사)
동아대학교 조교수 역임
숭실대학교 국어국문학과 교수
Brigham Young University에서 한국현대문학 강의
숭실대학교 인문과학연구원장
숭실대학교 인문대학장
한국현대소설학회 회장
현) 숭실대학교 인문대학 국어국문학과 명예교수

저서
[이광수연구](선일문화사, 1984)
[한국 현대장편소설 연구](민음사, 1990)
[한국 전통비평론 탐구](숭실대 출판부, 1995)
[한국 현대소설과 사상](집문당, 1995)
[기문학론](태학사, 1996)
[현대소설의 이해](집문당, 1998)
[이광수 문학사전](고려대학교 출판부, 2002)
[근 현대 작가 작품론](제이앤씨, 2006)
[이광수 장편소설 연구](박문사, 2009)
그 외 논문 다수.

한국 전통문예론 연구

초판 인쇄 ㅣ 2011년 9월 27일
초판 발행 ㅣ 2011년 10월 4일

저　　자　한승옥

책임편집　윤예미

발 행 처　도서출판 지식과교양
등록번호　제 2010-19호
주　　소　서울시 도봉구 창5동 320번지 행정지원센터 B104
전　　화　(02) 900-4520 (대표)/ 편집부 (02) 900-4521
팩　　스　(02) 900-1541
전자우편　kncbook@hanmail.net

ISBN 978-89-94955-41-4 93810　　　　　　　　　　　**정가** 26,000원

이 도서의 국립중앙도서관 출판도서목록(CIP)은 e-CIP홈페이지(http://www.nl.go.kr/ecip)에서
이용하실 수 있습니다. (CIP제어번호: CIP2011004086)